OPEN是一種人本的寬厚。

OPEN是一種自由的開闊。

OPEN是一種平等的容納。

OPEN 2/33

詩學

作者◆亞里斯多德
譯者◆陳中梅
發行人◆施嘉明
總編輯◆方鵬程
責編◆李俊男
美術設計◆吳郁婷

出版發行：臺灣商務印書館股份有限公司
台北市重慶南路一段三十七號
電話：(02)2371-3712
讀者服務專線：0800056196
郵撥：0000165-1
網路書店：www.cptw.com.tw
E-mail：ecptw@cptw.com.tw
部落格：http://blog.yam.com/ecptw
臉書：http://facebook.com/ecptw

局版北市業字第 993 號
初版一刷：2001 年 8 月
初版五刷：2012 年 11 月
定價：新台幣 300 元
本書由北京商務印書館授權出版繁體字本

Peri Poiētikēs

詩 學

亞里斯多德
Aristotelēs ／著

陳中梅／譯注

臺灣商務印書館　發行

目　錄

引　言

亞里斯多德生平簡介

亞里斯多德(Aristotelēs)的祖先住在安德羅斯(Andros)，以後移居斯塔吉拉(Stagira)。①他的父親名叫尼各馬可斯(Nikomakhos)，是一位名醫，在馬其頓(Makedonia)王國的宮廷裡任職，和國王阿慕塔斯(Amuntas)二世頗有私交。尼各馬可斯是個有學問的人，曾撰寫過醫學論著。亞里斯多德自幼跟著父親出入宮廷，結識了王子菲利普(Philippos)。亞氏的母親名叫法伊絲提絲(Phaistis)，娘家是來自卡爾基斯(Xalkis)的移民。

亞里斯多德於公元前 384 年出生在斯塔吉拉，從小受過良好的教育。為了繼續求學，十七歲的亞里斯多德在「保護人」普羅克塞諾斯(Proxenos)的帶領下，於公元前 367 年去了雅典，就讀於柏拉圖(Platōn)的學園(hē Akadēmeia)。亞氏不僅天資聰穎，而且勤奮好學，②據說被譽為「讀書人」(anagnōstēs)和學校的「頭腦」(nous tēs diatribēs)。在學園裡，他一待就是二十年，先當學生，繼而獨立進行了一些課題研究。儘管在學術上走出了自己的路子，但對老師，亞里斯多德始終是非常尊敬的。柏拉圖是一位傑出的思想家，對於他，「卑劣的人甚至連讚揚的資格都沒有」。③

柏拉圖於公元前 348－347 年間去世後，其位置由外甥西培烏西珀斯(Speusippos)接替，亞里斯多德遂和柏拉圖的另一位高足

塞諾克拉忒斯(Xenokratēs)一起離開了雅典。④在慕西亞(Musia)，亞氏受到了赫耳梅阿斯(Hermeias)的熱情接待，並和已在那裡的「校友」厄拉斯托斯(Erastos)和科里斯科斯(Koriskos)等聚首。不久後，瑟俄弗拉斯托斯(Theophrastos)亦抵達該地，被亞氏收爲門生。三年後，亞氏離開阿索斯(Assos)，在萊斯波斯(Lesbos)做了一段時間的考察和研究，側重點可能在生物學方面。公元前 343－342 年間，亞氏應菲利普之邀，前往培拉(Pella)，當了年方十三歲的王子亞歷山大(Alexandros)的教師。⑤亞氏所授的課程包括詩（荷馬史詩和悲劇等）、政治、倫理學和修辭學等。⑥公元前 340 年，亞歷山大受命主持政務，亞氏可能於不久後返回老家斯塔吉拉。

亞里斯多德於公元前 335 年重返雅典，在城的東南郊租了幾幢房子，辦起了一所學校，取名魯開昂(to Lukeion)。⑦在校園的建築物中，有一處帶遮蓋的庭院或走廊(peripatos)，⑧據說亞氏講學時喜歡在裡面來回踱步(peripatein)——可能是因爲這方面的原因，「逍遙學派」（或「庭廊學派」）以後成了亞里斯多德學派的同義語。辦學期間，亞氏不遺餘力地多方搜集手搞、地圖和標本等資料，可能還籌建了一座供教學用的博物館。⑨學校開設了多種課程。在亞里斯多德的精心指導下，高材生們既有較爲寬廣的知識面，又各有自己的專長。比如，瑟俄弗拉斯托斯鑽研過植物學，歐代摩斯(Eudēmos)擅長各種「史」的研究，阿里斯托克塞諾斯(Aristoxenos)在研究音樂方面展現了才華。師生有每月一次的研討會，還有定期的聚餐會。經過亞氏的長期努力，魯開昂裡群星閃爍，精英薈萃，學校的名聲逐漸蓋過了當時在塞諾克拉忒斯

主持下的學園。

　　亞里斯多德在魯開昂講學和從事著述凡十三年。亞歷山大於公元前 323 年去世後，希臘各地反馬其頓的情勢日趨表面化。以他的家庭背景以及和亞歷山大的私交，亞氏在當時自然難免受到某些雅典人的懷疑和猜忌；事實上，有人已在為他羅織罪名。⑩在這種政治氣候下，亞里斯多德——「爲了不讓雅典人第二次對哲學犯罪」⑪——決定離開雅典，去他母親的老家，即歐波亞島(Euboia)的卡爾基斯。一年後，即公元前 322 年，亞里斯多德因病逝世，享年六十二歲。

　　在慕西亞居留期間，亞里斯多德娶了赫耳梅阿斯的外甥女（一說養女）普茜阿絲(Puthias)，生一女，亦名普茜阿絲。妻子普茜阿絲死後，亞氏續娶了斯塔吉拉女子赫耳普莉絲(Herpullis)，生一子，名尼各馬可斯。

思想家・學問家・著述家

　　亞里斯多德是一位天才的哲學家。他以知識的廣博著稱，以擅能「駕馭」學問聞名。兩千多年來，西方人從他的學術中領取教益，在他的啓發下從事文理科方面的研析。亞里斯多德是知識的不倦的探求者，是大規模、跨學科的研究工程的設計者，是哲學史上有數的幾位集大成者的傑出代表。

　　亞里斯多德把知識或科學分作三類，即理論或思辨科學(theoria)、實踐科學(praxis)和製作科學(poiēsis)。製作科學的任務是製造，其目的體現在製作活動以外的產品上。詩屬於製作科學或技藝的範疇。實踐科學（如政治和倫理學）包含行動的目的，其意

義體現在行動或活動(energeia)本身。實踐科學是自足的科學，儘管它們不直接指導具體的生產和製作活動。亞里斯多德哲學認為，凡是自足的事物便自然地高於不自足或有欠缺的事物——因此，實踐科學高於製作科學。但是，實踐科學一般不包括自己的工作對象，比如，政治不包括作為其工作對象的城邦和公民。從這個意義上來說，實踐科學還不是嚴格意義上的完全自足的科學。真正自足的科學是理論科學（物理學、數學、形而上學等）因為它們不僅包括行動的目的，而且還包括自己的工作對象，即思辨的內容。理論科學在神⑫的活動中找到自己的「歸宿」。神的活動是理論科學之「自我實施」的最佳典範——神的活動是作為最高活動形式的「思想」，其思辨內容是作為最高思辨對象的神本身。神是「思想的思想」(noēsis noēseōs)。高精度、高純度的思辨是最徹底的「善」(aretē)。

亞里斯多德一生著述極豐，⑬研究面極廣，在當時的人們所知道的絕大多數學科領域內幾乎都有重大的建樹。亞氏的論述分兩類，一類面向廣大的讀者和聽眾，因而是「公開的」或對外的；另一類則專供小範圍內使用，其聽眾和讀者主要是亞氏的學生，因而是「不公開的」或對內的。前一類論著（即 ekdedomenoi logoi）一般用對話體寫成（但不像柏拉圖「對話」那樣具戲劇性），結構嚴謹，文句經過推敲潤色，具較高的文學價值，頗受西塞羅(Marcus Tullius Cicero)的推崇。⑭第二類論著（即 akroatikoi logoi）一般用論述文形式寫成，內容相對艱深，用詞比較簡煉，文句較少潤色，某些篇章的結構亦比較鬆散。《詩學》可能是一篇對內的或者說未經正式發表的著作。

有趣的是，除了《雅典憲政》(*Athēnaiōn Politeia*)外，亞氏的對外的著作已全數佚失，而他的 akroatikoi logoi 中的相當一部分卻被保存了下來。公元前 387 年，亞里斯多德在離開雅典前曾把文稿託付給瑟俄弗拉斯托斯。瑟氏把文稿轉託給學生奈琉斯 (Nēleus)，後者把它們帶到斯開浦西斯(Skēpsis)，以後又轉手他人。為了躲過帕耳伽蒙(Pergamon)的搜書官的耳目，書稿的保存者把它們塞進了地窖裡。多年後，藏稿人的後代以高價將這批文稿賣給了忒俄斯(Teos)學者阿裴利孔(Apellikōn)。蘇拉(Lucius Cornelius Sulla)攻陷雅典後，將文稿運回羅馬，經語法學家圖拉尼昂 (Turanniōn)校勘，最後由羅得斯(Rhodos)的安德羅尼科斯(Andronikos)在公元前 40 年左右整理出版。⑮

詩　　論

　　古希臘人以專文論詩（包括音律、修辭等）或評詩並非始於亞里斯多德。亞氏從前輩手裡接過的詩評「遺產」是豐厚的，包括高爾吉亞(Gorgias)的《海倫頌》(*Helenēs enkōmion*)，厄利斯 (Elis)的希庇阿斯(Hippias)的《詩論》，德謨克里特(Demokritos)的《論詩》，雷吉昂(Rhēgion)的格勞科斯(Glaukos)的《古代詩人》和柏拉圖的《伊昂篇》以及其它「對話」中的有關卷節等。一些學者對荷馬史詩頗有研究：德謨克里特探究過其中的詞義問題；和當時的專家們一樣，薩索斯(Thasos)的斯忒西伯羅托斯 (Stēsibrotos)可以揭示作品中「藏而不露」的意思(tas huponoias)。⑯從公元前五世紀中葉起，藝術家中亦有人開始著書立說；阿伽薩耳科斯(Agatharkhos)、歐弗拉諾耳(Euphranōr)、阿培勒斯(Apellēs)和普羅托革奈斯(Prōtogenēs)等寫過專著或論文。在柏拉圖的學園裡，亞氏的同窗西培烏西珀斯研究過修辭和藝術理論，塞諾克拉忒斯寫過一些有關講演術和文學評論的著述。⑰至公元前四世紀中葉，對悲劇的研究也早已超過了「填補空白」的水平。亞里斯多德沒有生活在真空裡。當我們為他的成就瞠目時，不應忘記他的前人和同時代的學者們的貢獻，尤其不應低估他的老師柏拉圖對他的影響。《詩學》提出的某些觀點顯然是柏拉圖所熟悉的，例如藝術活動的特點是摹仿(mimēsis)，優秀的作品應該是一個完整的統一體，等等。

據有關文獻記載，亞里斯多德用對話體寫過一部《詩人篇》（*Peri Poiētōn*，共三卷）和一部《格魯洛斯篇》⑱(*Grulos*)或《修辭篇》(*Peri Rhētorikēs*)。在他的對內的論著中，專門論詩（包括音樂）和藝術的著作包括《技藝集錦》（*Tekhnōn Sunagōgē*，共兩卷）、《論音樂》(*Peri Mousikēs*)、《詩論》（*Poiētika*，共一卷）、《論悲劇》(*Peri Tragōidiōn*)和《荷馬問題》(*Aporēmata Homērika*)等。此外，亞氏還編纂過一部*Didaskaliai*，專門記載歷屆狄俄尼索斯慶祭活動(ta Dionusia)中上演的劇目以及得勝詩人的名字。上述著作均已失傳。⑲第歐根尼・拉爾修（Diogenēs Laertios，生活在公元二至三世紀）所收列的書目中還有一部《詩藝指導》（*Pragmateia Tekhnēs Poiētikēs*，共兩卷），一般認為，這篇著作即為《詩學》（即*Peri Poiētikēs*）。

詩評當然也包括對詩和詩人的批評。古希臘人對詩和詩人的評論始於公元前六世紀。塞諾法奈斯(Xenophanēs)指責荷馬(Homēros)和黑西俄得(Hesiodos)不恰當地把神人格化，並讓他們

做出偷竊、欺騙和通姦等不光彩的事情。⑳赫拉克利特(Hērakleitos)主張禁止誦讀荷馬和阿耳基洛科斯(Arkhilokhos)的作品。㉑柏拉圖繼續了這場曠日持久的「哲學與詩的抗爭」。㉒他對詩和詩人的抨擊次數之多，論據之充分，駁斥之有力，都是前人無法與之比擬的。在嚴詞鞭撻之餘，柏拉圖對學人們發出了如下挑戰：如有哪位懂詩的學者能夠證明詩不僅可以給人快感，而且還有助於建立一個合格的政府和有利於公民的身心健康，我將洗耳恭聽他的高論。㉓《詩學》可能是對這一挑戰的應答，儘管我們無須對此作出狹義上的或排它性的理解。《詩學》的意義或許不在於是不是一篇答文，也不在於它的應答是否成功，而在於它的寬廣的涉及面，它的豐富的理論內涵和可貴的實用價值。

《詩學》

　　《詩學》立論精闢，內容深刻，雖然篇幅不長，但氣度不小，無疑是一篇有分量、有深度的大家之作。《詩學》探討了一系列值得重視的理論問題，如人的天性與藝術摹仿的關係，構成悲劇藝術的成分，悲劇的功用，情節的組合，悲劇和史詩的異同，等等。《詩學》提出的某些觀點——如情節是對行動的摹仿的觀點和詩評不應套用評論政治的標準的觀點——在當時具有可貴的創新意義。這篇不朽的著作集中地反映了一種新的、比較成熟的詩學思想的精華。作為西方現存最早的一篇高質量的、較為完整的論詩和關於如何寫詩及進行詩評的專著，《詩學》的學術價值以及它在西方、乃至世界文學評論史上的地位，是怎麼估計都不會太高的。

當然，如果以「苛刻」的標準來衡量，《詩學》中的不盡如人意之處也是顯而易見的。比如，《詩學》強調了詩的「自我完善」，卻沒有提及希臘悲劇的起源和發展的宗教背景，也忽略了悲劇的存在、興盛和趨於衰落的社會原因。悲劇人物固然應對自己的抉擇（或決定）和行動負責，但在某些作品裡，命運(moira)的制約或神的催動是導致悲劇性結局的重要原因。《詩學》對此沒有給予應有的重視。《詩學》肯定了藝術在開發人的心智方面所起的積極作用，但認為這種作用主要體現在使人「認出了某某人」㉔——作者放棄了一個極好的從理論上闡述和論證藝術摹仿有益於深化人對自我以及客觀世界的認識的機會。

　　《詩學》不是一篇完整的、經過作者認真整理潤色的、面向公眾的著作。成文以後，又歷經波折，包括被擱置地穴多年，原稿中平添了一些損蝕和模糊不清之處。此外，歷代（尤其是早期的）傳抄者和校勘者的增刪和改動，有的或許符合作者的原意，有的則可能純屬杜撰，故此反而加大了理解的難度。從「技術」的角度來衡量，《詩學》也不是白璧無瑕的。《詩學》中的術語有的模稜兩可，個別概念缺少必要的界定。文字的布局有些凌亂，某些部分的銜接顯得比較突兀。

　　關於《詩學》的成文年代，學術界有兩種意見。一種認為該書成於公元前 347 年前，即作者離開柏拉圖的學園之前；另一種認為該書成於公元前 335 年以後，即亞氏回到雅典後，在魯開昂辦學期間。㉕兩種觀點各有依據，但多數學者比較傾向於接受第二種觀點。《詩學》也可能不是一次寫成的，也就是說，作者可能對它作過增補或局部的修改。

《詩學》究竟是不是兩卷本（或是否還有一個已經遺失了的部分），一般的看法是肯定的。㉖在第歐根尼‧拉爾修列出的書目中，*Pragmateia Tekhnēs Poiētikēs* 有 a、b 兩卷。從《詩學》本身的布局來看，似乎也應包括一個討論喜劇的部分。事實上，作者在第 6 章開宗明義地指出，喜劇是他將要討論的一個項目。亞氏在《政治學》8. 7. 1341ᵇ39 裡表明，他將在 en tois peri poiētikēs（「論詩的著作裡」）解決 katharsis。《詩學》的現存部分中找不到這一解釋，因此，有理由相信，有關論述或許包容在已經佚失了的那一部分裡。㉗阿蒙尼俄斯（Ammōnios，活動年代約在五世紀）曾評論過亞氏的《論闡釋》（*De Interpretatione*），在提及《詩學》時用了複數。㉘波厄修斯（Boethius，約 480－524 年）也鑽研過《論闡釋》，並於 507 年發表了六卷本的譯文和注釋。在第 2 卷裡，他似乎間接地指出了《詩學》是一部兩卷本的論著。㉙歐斯特拉提俄斯（Eustratios，大約生活在十一世紀）在論及《尼各馬可斯倫理學》1141ᵇ14 時，提到了《詩學》1448ᵇ30 中的內容，並說他所引的話出現在 peri poiētikēs 的「第 1 卷裡」。在 1278 年出版的一部著作裡，莫耳貝克的威廉（或 Guillaume de Moerbeke）似乎也暗示《詩學》還有第 2 卷。㉚十六世紀時，義大利學者維克托里烏斯(Victorius)對《詩學》(*arte poetarum*)第 1 卷進行了評論。㉛

抄本、校譯本及《詩學》的流傳和影響

在長期的流傳過程中，《詩學》產生了許多抄本。㉜現存最好的抄本是 Parisinus 1741，校勘者們往往把它簡稱作 A 或 Aᶜ。

該抄本成於十一世紀，是公認的較為可靠的範本。這部抄本 1427 年時還在君士坦丁堡，於十五世紀末經人轉至佛羅倫斯，日後被送往巴黎，存放在法國國家圖書館(Bibliothèque Nationale)。十六世紀時，維克托里烏斯在佛羅倫斯對抄本作過校勘。在此以後的幾個世紀裡，不少學者為校勘 Parisinus 1741 花過心血。在該抄本的基礎上，蒂里特(Thomas Tyrwhitt)於 1794 年，貝克(Immanuel Bekker)於十九世紀三十年代初先後發表了校勘本。德國學者瓦倫(Johannes Vahlen)於 1867、1874 和 1885 年三次發表了校勘本和評論，基本上確立了 A 或 A^{c}的權威地位。根據原始抄本及瓦倫校勘本等文獻，英國學者布切爾(S. H. Butcher)和拜瓦特(Ingram Bywater)分別於 1894 年和 1909 年發表了校勘本、譯文和具有空前水平的評注。

　　另一部具有較高學術價值的抄本是 Riccardianus 46，校勘者們稱之為 B 或 R。該抄本的成文年代在十三至十四世紀，[33]但遲至十九世紀下半葉才引起人們的重視，現存佛羅倫斯。研究表明，Riccardianus 46 可能代表了一個不同於 A 或 A^{c}的抄本系統，所以，任何一位負責的校勘者都不能忽視它的存在。該抄本中的某些語句填補了 Parisinus 1741 中的不足。例如，Riccardianus 46 在 1455^{a}14 行的 to men gar toxon 和下行的 toxon 之間有十四個詞，而這些詞卻沒有出現在 Parisinus 1741 系統的抄本裡。這一遺漏似應歸咎於當年的某個粗心的傳抄者——他在抄完第一個 toxon 後，眼神溜到了第二個 toxon 以後的內容。

　　大約在九世紀末，Ishāq ibn Hunain 將《詩學》由古希臘文譯成敘利亞文，他所依據的是七世紀以前的某個古抄本。除了第 6

章的部分內容外，該譯本早已不復存在。大約在十世紀，阿拉伯學者 Abū Bishr Mattā 又把《詩學》從敘利亞文譯成阿拉伯文，儘管他連悲劇是什麼都不知道。㉞十二世紀下半葉，哲學家阿威洛伊(Averroes，1126－1198 年)根據某個阿拉伯文本對《詩學》作過評論。㉟阿拉伯譯文的粗糙和不精確是可想而知的。但是，由於敘利亞文本譯自一個比 Parisinus 1741 早得多的古希臘文抄本，因此，儘管阿拉伯文本譯自本身已是譯文的敘利亞文本，對校勘者來說，該譯本仍然具有相當重要的參考價值。㊱英國學者馬戈琉斯(D. S. Margoliouth)的《詩學》英譯本較爲倚重於阿拉伯文本提供的信息。自本世紀三十年代以來，學者們在校勘《詩學》時一般都採用了兼取各家之長，認真比較、審定的方法，儘管他們主要依據的還是 Parisinus 1741 及其系統的抄本和校勘本。牛津大學出版社 1965 年推出的卡塞爾(Rvdolfvs Kassel)校勘本，是目前最權威的《詩學》原文本──它的出現使其它校勘本不得不退居次要的地位。㊲

儘管蘇拉於公元前 86 年將亞里斯多德的書稿運至羅馬，但在其後相當長的一段時期內，這批著作的流通量並不很大。西塞羅讀過亞氏的「對話」，但不熟悉亞氏的對內的著作。當時的哲學家大概主要是通過亞氏的「對話」接觸亞里斯多德哲學的。儘管如此，亞里斯多德哲學在羅馬還是有影響的。羅馬皇帝尼祿(Nero Claudius Caesar)當過亞里斯多德學派成員的學生，馬科斯・奧瑞利烏斯(Marcus Aurelius)也曾聽過該學派成員的講座。在二世紀，學校已開設亞里斯多德邏輯學。

在羅馬，學者文人中可能不乏對亞氏哲學有所了解的人，但

是，人們絕少提及《詩學》，好像這篇著作根本不存在似的。沒有人對《詩學》作過專門的研究。哈利卡耳那索斯(Halikarnassos)的狄俄努西俄斯(Dionusios)和修辭學家昆提利阿努斯(Marcus Fabius Quintilianus)對亞氏的詩學理論所知甚少，僅提過詞類的劃分；大詩人維吉爾(Publius Vergilius Maro)似乎沒有讀過《詩學》。在拜占庭，儘管阿提開(Attikē)悲劇是小學生必讀的課程，㊳但《詩學》卻同樣是無人問津的「冷門」。四世紀時，瑟彌斯提俄斯(Themistios)引述過亞氏關於多里斯人聲稱喜劇最早出現在西西里的論述。五至六世紀時，哲學家阿蒙尼俄斯和波厄修斯對亞氏詩學理論的了解，似乎也僅限於對詞類的劃分。那個時期的學者很可能把《詩學》和《修辭學》當作亞里斯多德邏輯學的一部分，並進而把《詩學》當作《修辭學》的一部分。㊴學問家俄魯庇俄道羅斯（Olumpiodoros，約生活在六世紀）認為，亞氏的三段論有五個表現領域，即論證、分辨、修辭、辯說和詩。修辭三段論的論證前提是真假摻半的現象，詩學三段論的論證前提是完全虛構的現象。

亞氏關於詩和藝術的思想，尤其是他在《詩人篇》中表述的一些觀點，經過亞里斯多德學派的瑟俄弗拉斯托斯、薩圖羅斯(Saturos)和尼俄普托勒摩斯(Neoptolemos)等人的介紹和闡釋，對包括西塞羅、賀拉斯(Quintius Horatius Flaccus)等在內的羅馬學人產生過程度不等的影響。㊵據珀耳夫里俄斯(Porphurios)記述，賀拉斯在《詩藝》中表述的觀點大部分取自尼俄普托勒摩斯的《詩論》。㊶《詩藝》重複了亞氏的某些觀點，如情節和戲劇行動的完整性，人物性格的一致性以及悲劇對情感的衝擊作用等。但

是，賀拉斯很可能沒有直接讀過《詩學》。《詩藝》對後世的影響是巨大的；它所表述的某些觀點被十七、十八世紀的歐洲新古典主義劇作家和戲劇理論家們奉為金科玉律，成為指導創作和評論的重要原則。㊷

在五世紀，一些敘利亞哲學家已程度不等地接觸過亞里斯多德哲學。至六世紀，有人已將亞氏的大部分倖存著作譯成敘利亞文。可能是因為受拜占庭學者的影響，阿拉伯人感興趣的主要是亞氏的邏輯學和希臘學者的醫學論著。隨著阿拉伯帝國勢力的膨脹，亞氏的論著和思想開始向西「回流」。赫耳馬努斯・阿勒馬努斯(Hermannus Alemannus)於 1256 年將阿威洛伊的著述譯成拉丁文，該書於 1481 年在威尼斯以 *Determinatio in poetria Aristotilis*（簡稱 *Poetria Aristotilis*）（《亞里斯多德的詩學》）為名發表。㊸

在中世紀，亞里斯多德的邏輯學和物理學在西方頗受推崇。至中世紀後期，他的形而上學也受到了當時某些一流學者的重視。托馬斯・阿奎那(Thommaso d' Aquino)尊亞氏為「哲學家」，㊹但丁(Dante Alighieri)亦把他譽為「有知識者的先生」(il maestro di color che sanno)。㊺但是，亞氏的《詩學》仍然鮮為人知。羅吉爾・培根(Roger Bacon)讀過 *Poetria Aristotilis*，但沒有接觸過《詩學》原文。沒有跡象表明但丁讀過《詩學》；佩特拉克(Francesco Petrarca)大概只是隱約地知道亞氏寫過一部《詩學》。大約在 1278 年，莫耳貝克的威廉用拉丁語翻譯過《詩學》，但這個本子直到 1930 年才被法國學者拉孔伯(Père Lacombe)所發現。十二、十三世紀時，曾有人寫過一些論詩的文字，但他們往往把論詩混同於對修辭技巧的討論。㊻

十四世紀以後，歐洲人乘著文藝復興的長風，把探索的「觸角」伸向了自然科學領域。偉大的時代造就了一批傑出的人才。布魯諾(Giordano Bruno)、培根(Francis Bacon)和伽利略(Galileo)等科學巨匠用實驗手段證實了一些新的見解，直接或間接地糾正了亞里斯多德的某些觀點或結論。這是一個奇妙的時代：正當亞氏的物理學在某種程度上受到人們的懷疑和挑戰之際，他的《詩學》卻從故紙堆裡走了出來，昂首闊步地邁進了學者的書房。亞里斯多德似乎注定要當學壇的霸主——他的物理學理論還沒有走下霸壇，他的詩學理論卻已開始朝著詩評權威的寶座邁步。從十五世紀末起，《詩學》受到了前所未有的重視；在一個不太長的時期內，各種校勘本、譯文和評注紛至沓來，一時間讓人目不暇接，眼花撩亂。

義大利是文藝復興的發源地，義大利學者當仁不讓地擔起了整理和評注《詩學》的重任。1494 年，G. 瓦拉(Giorgio Valla)推出了《詩學》的拉丁文譯本。[47]這本譯本儘管不夠完善，但確定了一些重要術語的標準譯法。[48] 1508 年問世的阿爾都斯(Aldus)校勘本為當時的學術界提供了《詩學》的標準文本。[49]此後不久，亞歷山德羅(Alessandro de'Pazzi)發表了《詩學》原文和拉丁語譯文。這部合訂本於 1527 年在巴塞爾(Basel)重印，於 1538 年在巴黎再版。總的說來，譯文品質超過瓦拉譯本。至遲從 1541 年起，已有學者講授《詩學》。

弗朗塞斯科・羅伯泰羅(Francesco Robortello)是第一位撰寫《詩學》評論的義大利學者，他的 *In librum Aristotelis de arte poetica explicationes*（《亞里斯多德的詩藝詮解》1548 年出版）在

《詩學》研究史上占有重要的地位。一年以後，參照羅伯泰羅的拉丁文譯本，B. 塞吉(Bernardo Segi)第一次把《詩學》譯成義大利文。譯文比較通順，適合於不懂拉丁文的一般讀者。1550 年出版的朗巴第(Bartolomeo Lambardi)和馬吉(Vincenzo Maggi)的《詩學》評論似乎仍然堅持了賀拉斯的觀點，即詩的作用在於教育人民和取悅於人。繼維托里(Pietro Vettori)的 *Commentatii in primus librum Aristotelis de arte poetarum* （《亞里斯多德的詩藝第一卷評論》）之後，卡斯泰爾維特羅(Lodovico Castelvetro)於 1570 年發表了 *Poetica d'Aristotele vulgarizzata et sposta* （《亞里斯多德的詩學：翻譯、評論》）。卡斯泰爾維特羅是義大利語撰寫《詩學》評論的第一人。他不像以往的評注家那樣，懷著敬慕的心情小心翼翼地進行注釋和詮解，而是針對《詩學》中的某些觀點大膽地指出反駁，並通過評論發表自己對詩和詩藝的見解。義大利學者，尤其是羅伯泰羅、明托諾(Minturno)、卡斯泰爾維特羅和斯伽里格(Julius Caesar Scaliger)等人的研究，涉及了《詩學》中的一些重要觀點，加深了人們對這篇內涵豐富的論著的認識和理解，也為後世的學者積累了許多資料和經驗。⑩當然，在絕大多數義大利學者的論述中，我們可以或多或少地看到賀拉斯的「影子」；在歐洲，人們只是到了近代才比較明確地區分了《詩學》和《詩藝》的不同。義大利學者對《詩學》的研究取得了豐碩的成果，儘管他們的某些闡釋和引伸似乎不符合或不完全符合作者的原意。比如，根據前人和同時代學者以及他本人的研究，卡斯泰爾維特羅於 1570 年系統地提出了被後人稱為「三整一律」（即時間整一律、地點整一律和行動整一律）的創作原則。

希臘文《詩學》於 1538 年出現在巴黎書店的書架上。第一部法文版《詩學》於 1671 年問世。根據自己對《詩學》的理解，高乃依(Pierre Corneille)寫過一些心得，另一位劇作家拉辛(Jean Racine)也對《詩學》作過一些研究。1692 年，達西爾(André Dacier)發表了《詩學》譯文和評論，這部著作在十七、十八世紀的法國戲劇界和文藝評論界產生過一定的影響。

在英國，菲利普‧西德尼(Philip Sidney)於 1595 年發表了著名的《詩辯》。莎士比亞(William Shakespeare)肯定沒有讀過《詩學》，但本‧瓊森(Ben Jonson)卻從荷蘭學者丹尼爾‧海修斯(Daniel Heinsius)的 *De Tragoediae Constitutione*（《論悲劇的構合》）中間接地接觸過亞氏的詩學理論。西奧多‧古爾斯頓(Theodore Goulston)於 1623 年在倫敦發表了拉丁文版的《詩學》。在德國，萊辛(Gotthold Ephraim Lessing)是受《詩學》影響較深的劇作家和戲劇理論家。在他的名作 *Humburgische Dramaturgie*（《漢堡劇評》）裡，萊辛針對高乃依、達西爾以及德國劇作家高茲切德(Johann Gottfried Gottsched)等人的新古典主義戲劇理論，提出了深刻的批評。

工業化和現代化的浪潮沒有捲走《詩學》的魅力和影響。現代生活或許不能沒有酒吧和舞廳的點綴，但作為「政治動物」的人類不會、也不能僅僅滿足於感官刺激帶來的沈醉。生活自有它嚴肅的一面；獲取知識永遠是人生的一種企求。在西方的高等院校裡，《詩學》是文科教授們案頭常備的參考書，也是一些專業的學生必讀的古文獻。《詩學》早已不是一篇普通的詩論，也不同於那些風靡一時的「世紀之作」——它是一部跨越時代和國界

的文獻，一部現在沒有、將來也不會失去風采的經典。

【注　釋】

① Stagira 在 Khalkidikē 的東北部，現名 Stavro。Andros 現名 Andro。

② 當柏拉圖念誦他的《斐多篇》時，堅持聽完的只有亞里斯多德，其他人都中途打了「退堂鼓」（第歐根尼·拉爾修《著名哲學家生平》3.37，另參考 5.16 等處）。

③ 詳見 Werner Jaeger, "Aristotle's Verses in Praise of Plato", *Classical Quarterly* 22(1927), pp. 13－17。

④ 就學問而言，有資格接替柏拉圖的當首推亞里斯多德，其次才是西培烏西珀斯和塞諾克拉忒斯。亞氏出走的具體原因不明。

⑤ 參見普魯塔耳科斯(Plutarkhos)《亞歷山大》5－7。

⑥ 據傳亞氏專門為亞歷山大校勘過一部《伊利亞特》（普魯塔耳科斯 同上，8）。亞氏的政治學說可能沒有給年輕的亞歷山大留下太深刻的印象；後者成年後的征伐間接地說明了他對城邦制的不滿（參考 J. B. Bury, *A History of Greece,* New York: The Modern Library, 1913, pp. 819－820）。

⑦ 學校所在地是一片奉獻給阿波羅(Apollēn)魯開俄斯的園林。魯開俄斯(Lukeios)是阿波羅的別名。

⑧ 菲利普曾為亞氏和他的學生們蓋過庭院和走廊的建築物，而亞氏亦可能習慣於在那裡面邊走邊講，所以「逍遙學派」也可能係由此得名。

⑨ 據說亞歷山大曾給亞氏提供過大筆的資金〔參考埃里阿諾斯(Klaudios Ailianos)《研究》(*Varia Historia*)5.19，帕里尼烏斯(Gaius Plinius Secundus)《自然研究》(*Naturalis Historia* 9.17)〕。

⑩ 主要「罪狀」是「瀆神」（asebeia，參考第歐根尼·拉爾修《著名哲學

家生平》5.5—6）。亞氏從未投身或捲入雅典的政治漩渦，也沒有發表過親馬其頓的言論。

⑪ 雅典人在公元前399年將蘇格拉底(Sōkratēs)判處死刑，此謂對哲學的「第一次犯罪」。

⑫ 這是哲學意義上的、而不是宗教意義上的供人頂禮膜拜的神。對一種試圖解釋一切的哲學來說，承認這個神的存在是重要的。

⑬ 第歐根尼‧拉爾修列出的著述名稱達一百五十多種，但沒有提到《形而上學》和《尼各馬可斯倫理學》這兩部重要著作。

⑭ 《學術問題》(*Academica*) 2.119，《論題》(*Topica*) 1.3。

⑮ 參考斯特拉堡(Strabōn)《地理》13.54.608—609，普魯塔耳科斯《蘇拉》26.1。

⑯ 色諾芬(Xenophōn)《討論會》(*Symposium*) 3.6。據說生活在公元前七世紀的 Rhēgion 人瑟阿格奈斯(Theagenēs)是評論荷馬史詩的第一人。

⑰ 《詩學》亦提到了一些對詩和語言有所研究的學者和評論家，如普羅塔哥拉斯(Protagoras)、希庇阿斯(Hippias)、歐克雷得斯(Eukleidēs)、格勞孔(Glaukōn)和阿里弗拉得斯(Ariphradēs)等。

⑱ 這篇對話以色諾芬的兒子 Grulos 為名。在如何看待修辭藝術的問題，年輕時代的亞里斯多德可能是一位柏拉圖主義者。《格魯洛斯篇》可能針對當時著名的非學園派修辭學家伊索克拉忒斯(Isokratēs)的某些觀點，提出了異議。

⑲ 有的（如《詩人篇》等）尚有片斷傳世。

⑳ 片斷 11。

㉑ 片斷 42。黑西俄得不知白天和黑夜的同一（片斷 57）。

㉒ 《國家篇》10.607B

㉓ 同上，607D。

㉔ 《詩學》譯文第 4 章第 10 行。

㉕ 《詩學》的作者顯然已形成了自己的詩學思想。

㉖ A. P. McMahon 撰文否定過《詩學》還有第 2 卷的傳統觀點（參閱 "On the Second Book of Aristotle's Poetics and the Source of Theophrastus' Definition of Tragedy", *Harvard Studies in Classical Philology* 28(1917), pp. 1－46；另參考他的 "Seven Questions on Aristotle's Definition of Tragedy and Comedy", *Harvard Studies in Classical Philology* 40(1929), pp. 97－198）。

㉗ 奇怪的是，作者為什麼不在討論悲劇時解釋 katharsis？當然，根據 *Tractatus Coislinianus**，喜劇亦可起到 katharsis 的功能，但悲劇引發的 katharsis 無疑有自己的特點並且可能更具代表性。

㉘ 參考 A. Bandis, *Scholia in Aristotelem(Aristotelis Opera iv),* Berlin, 1836, p. 99 A12; A. Busse, *Ammonni in Aristotelis de Interpretatione Commentarium* 1, Berlin, 1897, p. 13。

㉙ 參見 *Commentarii in Librum Aristotelis Peri Ermhneias*(Pars Posterior secundam editionem continens), edited by C. Meiser, pp. 6, 11ff.。

㉚ 參考 D. W. Lucas, *Aristotle: Poetics,* Oxford: Clarendon Press, 1968, p. xiv。

㉛ 參考第 29 段。Victorius 即 Pietro Vettori。

㉜ 參考 E. Lobel, "The Greek Manuscripts of Aristotle's Poetics", *Supplement to the Bibliographical Society Transaction* 9(1993)。

㉝ 一說在十二世紀。

㉞ AL-Nadīm 在 990 年左右寫道：「Abū Bishr Mattā 把《詩學》從敘利亞文譯成阿拉伯文；Yahyā ibn 'Adi 亦翻譯過這篇著作」(*The Fihrist of al-Nadīm*, 2 volumes, edited and translated by Bayard Dodge, Columbia University Press, 1970, p. 602)。Yahyā 是 Abū Bishr 的學生，於 960 年左右重譯《詩學》，所用的「母本」可能仍然是 Ishāq 的敘利亞文本（此外，他當然不會不參考 Abū Bishr 的品質不高的譯文）。Abū Bishr 將悲劇譯

作「讚頌藝術」，將喜劇譯作「諷刺藝術」。

㉟ 有理由相信，阿威洛伊當時手頭上有 Abū Bishr Mattā 的譯文或某個和它十分相似的文本（詳見 *Averroes' Middle Commentary on Aristotle's Poetics*, translated with introduction by C. E. Butterwooth, New Jersey: Princeton University Press, 1968, p. xi）。阿威洛伊的評論於 1174 年左右問世；在此之前（約 1020 年左右），Avicenna 已對《詩學》作過評論，所依據的可能是 Yahyā 的譯文。

㊱ 關於這一點，讀者可從對《詩學》的注釋中看得很清楚。

㊲ 見 G. F. Else, *Aristotle: Poetics*, Ann Arbor: The University of Michigan Press, 1967, p. 12.

㊳ 包括埃斯庫羅斯(Aiskhulos)的《普羅米修斯》、《七勇攻瑟拜》、《波斯人》，索福克勒斯(Sophoklēs)的《埃阿斯》、《厄勒克特拉》、《俄底浦斯王》，以及歐里庇得斯(Euripidēs)的《赫庫柏》、《俄瑞斯忒斯》和《福伊尼開婦女》。

㊴ 第歐根尼‧拉爾修認為，亞里斯多德邏輯學有兩個目的，即對可然性（或可能性）的求證和對真理的求證。分辨法和修辭是對可然性的求證，分析和哲學是對真理的求證。另參考注㊾。

㊵ 厄拉托塞奈斯(Eratosthenēs)及阿里斯托芬(Aristophanēs)等亞歷山大學者亦通過《詩人篇》和其他渠道接觸過亞氏的某些詩學理論。

㊶ 參見 *The Oxford Classical Dictionary*, Oxford: Clarendon Press, 1966, p. 603。

㊷ 參考第 4 章注㉒，第 24 章注⑭。

㊸ 該書於 1515 年重版，以後又多次再版。

㊹ 含有「真正的哲學家」或「名副其實的哲學家」之意。

㊺ 參考 W. D. Ross, *The Pocket Aristotle*, New York: Washington Square Press, 1974, p. x。

㊻ 有趣的是，但丁稱他的《神曲》為 *Commedia*，而英國文豪喬叟(Geoffrey Chaucer)以為悲劇是 certeyn storie as olde bokes maken us memorie。

㊼ Poliziano 於十五世紀八十年代引用過《詩學》中的語句。

㊽ 如把 mimēsis 譯作 imitatio 等。

㊾ 《詩學》只是 *Rhetores Graeci* 中的一部分。Aldus 在 1495 至 1498 年首次出版亞氏文集時，沒有收錄《詩學》。

㊿ 關於文藝復興時期義大利學者對《詩學》的研究，詳見 Bernard Weinberg, *A History of Literary Criticism in the Italian Renaissance,* Chicago: The University of Chicago Press, 1961, pp. 349－632。另參考 Lane Cooper, *The Poetics of Aristotle: Its Meaning and Influence*, Ithaca: Cornell University Press, revised edition, 1956, pp. 99－119; Marvin Carlson, *Theories of the Theatre,* Ithaca: Cornell University Press, 1984, pp. 37－56。

* 現存法國國家圖書館，抄本編號 MS 120（抄本成文年代約在十世紀初）。此篇文獻闡述喜劇理論，其（原文）作者無疑受過亞里斯多德或亞里斯多德學派成員的喜劇理論的影響（有人把它當作《詩學》第 2 卷的「摘要」）。

説　明

㈠術語

抄本 A：Parisinus 1741（見「引言」第 19 段，第 9－10 頁）

抄本 B：Riccardianus 46（見「引言」第 20 段，第 10 頁）

原文、校勘本：R. 卡塞爾校勘本（見「引言」第 21 段，第 11 頁）

㈡符號（下列符號分別表示屬性不同的內容）

[　]　　雖有抄本爲依據，但和上下文不相協調的詞語

†　†　　原來模糊不清、經校勘綴補的詞語

〈　〉　　校勘者增補的詞語

＊＊＊　損蝕部分

ff.　　及後續部分

p.　　頁

pp.　　頁（複數）

＊　　說明

－　　長音符（位於字母之上）

&　　和

㈢數碼

　　自德國學者貝克(Immanuel Bekker)於 1830 年整理出版了亞里斯多德著作的標準文本以來，各國學者在引用亞里斯多德原話以及翻譯或編纂亞里斯多德文集時，一般沿用或參照貝克文本的頁碼和行碼。《詩學》收在貝克校編本的第 2 卷，始於第 1447 頁，止於第 1462 頁。該文本在頁面上分左右欄，分別標作 a 和 b。這樣，1448^a22 表示貝克校編本的第 1448 頁左欄第 22 行。本譯文沿用了貝克文本的頁碼，但不照搬行碼。譯文頁邊的數字係譯者所標的行碼，供讀者查索時使用。

內容提要

又能表現因果關係的事件，最能引發憐憫和恐懼。在簡單情節中以穿插式的爲最次。

第 1 章①

關於詩藝②本身和詩的類型③，每種類型的潛力，④應如何組　1447ᵃ
織情節⑤才能寫出優秀的詩作，詩⑥的組成部分⑦的數量和性質，
這些，以及屬於同一範疇的其它問題，都是我們要在此探討的。
讓我們循著自然的順序，⑧先從本質的問題談起。

史詩的編製，悲劇、喜劇、狄蘇朗勃斯的編寫⑨以及絕大部　5
分供阿洛斯⑩和豎琴⑪演奏的音樂，這一切總的說來都是摹仿。⑫它
們的差別有三點，即摹仿中採用不同的媒介，採用不同的對象，
使用不同的、而不是相同的方式。

正如有人⑬（有的憑技藝，有的靠實踐）用色彩和形態摹仿，
展現許多事物的形象，而另一些人則借助聲音來達到同樣的目的　10
一樣，⑭上文提及的藝術都憑借節奏、⑮話語⑯和音調⑰進行摹仿
——或用其中的一種，或用一種以上的混合。阿洛斯樂、豎琴樂
以及其它具有類似潛力的器樂（如蘇里克斯樂⑱）僅用音調和節
奏，而舞蹈的摹仿只用節奏，⑲不用音調（舞蹈者通過糅合在舞
姿中的節奏表現人的性格、⑳情感㉑和行動㉒）。　　　　　　　15

有一種藝術㉓僅以語言摹仿，所用的是無音樂伴奏的話語㉔或
格律文㉕（或混用詩格，或單用一種詩格）㉖，此種藝術至今沒有　1447ᵇ
名稱。㉗事實上，我們沒有一個共同的名稱來稱呼索弗榮㉘和塞那
耳科斯㉙的擬劇及蘇格拉底對話；㉚即使有人用三音步短長格、對
句格㉛或類似的格律進行此類摹仿，㉜由此產生的作品也沒有一個　20

共同的稱謂。㉝不過，人們通常把「詩人」㉞一詞附在格律名稱之後，從而稱作者為對句格詩人或史詩詩人——稱其為詩人，不是因為他們是否用作品進行摹仿，而是根據一個籠統的標誌，即他們都使用了格律文。即使有人用格律文撰寫醫學或自然科學論著，㉟人們仍然習慣於稱其為詩人。然而，除了格律以外，荷馬㊱和恩培多克勒㊲的作品並無其它相似之處。㊳因此，稱前者為詩人是合適的，至於後者，與其稱他為詩人，倒不如稱他為自然哲學家。㊴同樣，如果有人在摹仿中用了所有的詩格㊵——就像開瑞蒙在他的敘事詩《馬人》㊶中混用了所有的詩格一樣——我們仍應把他看作是一位詩人。關於上述區別，就談這些。

還有一些藝術，如狄蘇朗勃斯和諾摩斯㊷的編寫以及悲劇和喜劇，兼用上述各種媒介，即節奏、唱段㊸和格律文，㊹差別在於前二者同時使用這些媒介，後二者則把它們用於不同的部分。㊺藝術通過媒介進行摹仿，以上所述說明了它們在這方面的差異。㊻

【注　釋】

① 《詩學》共 26 章，係後人所分。《詩學》原文作 *Aristotelous peri Poiētikēs*，即「亞里斯多德的詩學」。Peri poiētikēs 作「關於詩的藝術」解。譯作「詩學」，一則為了有別於賀拉斯(Guintus Horatius Flaccus)的《詩藝》(*Ars Poetica*)，二則也為了和傳統譯法保持一致。

② Poiētikē（「製作藝術」），等於 poiētikē tekhnē，派生自動詞 poiein（「製作」）。因此，詩人是 poiētēs（「製作者」），一首詩是 poiēma（「製成品」，另參考第 4 章注⑬）。從詞源上來看，古希臘人似不把

做詩看作是嚴格意義上的「創作」或「創造」，而是把它當作一個製作或生產過程。詩人做詩，就像鞋匠做鞋一樣，二者都憑靠自己的技藝，生產或製作社會需要的東西。稱「寫詩」或「做詩」，古希臘人不用graphein（「寫」、「書寫」），而用 poiein。

③ Eidē（單數eidos）。在第21章裡，eidos指「屬」，與「種」形成對比。作者亦用 eidos 指悲劇的「類型」（譯文第 18 章第 6 行）和悲劇的「部分」或「成分」（參見第 12 章第 1 行，第 19 章第 1 行）。在《詩學》裡，「種類」、「部分」和「成分」（eidos、meros、morion和idea）經常是可以互換的同義詞。另參考第 19 章注④等處。

④ 原文作 dunamis。在亞里斯多德(Aristotelēs)哲學裡，dunamis 有時作「能」或「能量」解，有時作「潛力」或「潛能」解。Dunamis 的「發揮」或「實現」(energeia)須通過事物本身的按規律的運作或技藝的促動。關於「潛力」，詳見《形而上學》5. 12。《詩學》中多次用到這個詞。另參考第 4 章注㉝，第 6 章注(61)，附錄七第 7－8 段。

⑤「情節」(muthos)是《詩學》的一個重點論述對象。在某些上下文裡，muthos 作「故事」或「傳説」解（參見第 8 章注⑥等處，另參考附錄「Muthos」）。

⑥ Poiēsis，原意為「製作」，亦指「詩的製作」或「詩」〔即對poiētikē的實施，參考柏拉圖(Platōn)《會飲篇》205B，197A〕。

⑦ Moria，等於merē（參考注③；另參考第 4 章注⑨，第 6 章注⑧等處）。

⑧ Kata phusin，即從分析事物的屬性或共性出發（參見《物理學》1.7. 189[b] 30ff.）。另參考第 4 章注㉝。

⑨ 關於這些藝術形式，分別參見附錄八、九、十和十一。

⑩ Aulos，為一種管樂器，帶簧片，故較為近似單簧管或雙簧管（但若譯作「單簧管」或「雙簧管」則顯然是不合適的，見 W. E. Sweet, *Sports and Recreation in Ancient Greece,* New York: Oxford University Press, 1987, p.

182；另參考 *The Oxford Companion to Classical Literature,* Oxford: Oxford University Press, 1989, p. 373）。早期的 aulos 只有三至四個氣孔，後經普羅諾摩斯(Pronomos)等人的改進，長度和氣孔都有所增加。演奏者可用單管(monaulos)，亦可用雙管(diaulos)，後者是遠為常見的演奏形式。阿洛斯音色較為尖刻，穿透力強，聽了容易使人動情，故不適用於對兒童和公民的道德教育（見《政治學》8.6.1341ᵃ17ff.，另參考柏拉圖《國家篇》3.399C－D）。阿洛斯是狄蘇朗勃斯的伴奏樂器，悲劇和喜劇中的歌隊亦以它伴唱。

⑪ Kitharis（或 kithara），為一種弦樂器。在古希臘語中，豎琴有好幾種稱謂。荷馬（參見注㊱）史詩中出現過福耳鳴克斯（《奧德賽》1.55：phormizein，即「彈撥福耳鳴克斯」）。公元前七世紀時出現了 lura。一般認為，kithara 是 lura 的一種改良形式。在公元前五世紀，這些詞常可替換使用（參考 *Greek Musical Writings,* volume 1, edited by Andrew Barker, Cambridge: Cambridge University Press, 1984, p. 25）。豎琴一般為七弦，弦的長度劃一。最接近於希臘豎琴（尤其是kithara）的現代樂器是吉他。豎琴是諾摩斯和抒情詩的伴奏樂器。公元前三世紀後，亞歷山大的學者們把通常用豎琴伴奏的詩(melikos)歸為一類，稱之為 lurikos（見 Hugh Parry, *The Lyric Poems of Greek Tragedy,* Toronto: Samuel Stevens, 1978, p. ix；比較拉丁詞 lyricus）。英語詞 lyric（或 lyrical）既可指「豎琴的」，亦可指「抒情的」；漢語中的「抒情詩」一般不帶用不用樂器和用什麼樂器的含義。

⑫ 在《詩學》，乃至在古希臘文藝理論中，mimēsis（「摹仿」、「表現」）是一個重要的概念（詳見附錄「Mimēsis」）。《詩學》為什麼不（具體）討論抒情詩，作者沒有說明。下述「理由」僅供參考。(一)抒情詩和 mousikē（「音樂」、「詩」，參考附錄十四第8段）的關係十分密切，《詩學》既不著重討論mousikē（該詞在《詩學》中僅出現一次，

見第 26 章第 25 行），自然也就沒有必要在抒情詩上費筆墨。㈡抒情詩一般沒有悲劇式的情節，而《詩學》用了大量的篇幅討論情節（另參考 John Jones, *On Aristotle and Tragedy*, Stanford: Stanford University Press, 1962, reprinted 1980, p. 161）。㈢非合唱型抒情詩在當時已不很時髦。

⑬ 指畫家和雕塑家（或畫匠和雕塑匠）。作者反覆強調了藝術的共性。他認為，詩和繪畫、雕塑等藝術一樣，有著寬廣的工作面（即有同樣的摹仿對象，參見譯文第 2 章第 4－6 行，第 25 章第 3－5 行）。在繪畫等藝術裡，一部作品只摹仿一個對象，同樣，在詩裡，情節只摹仿一個完整的行動（第 8 章第 14－15 行）。如同好的畫作一樣，優秀的悲劇應該表現人物的性格（第 6 章第 33－35 行）。詩人要向高水平的畫家學習，在描寫人物時既不失真，又要有所提煉（第 15 章第 25－29 行）。評詩，應區分兩種不同性質的錯誤，一種是實質性錯誤（就像畫鹿畫得面目全非一樣），另一種是非實質性錯誤（就像不知母鹿無角而畫出角來一樣，參見第 25 章第 23－24 行）。

⑭ 「另一些人」可能指靠說唱謀生的表演者或藝人；這些人擅用聲音摹仿各種聲響（比較柏拉圖《國家篇》3.397A－B）。在《道德論》(*Moralia*) 裡，普魯塔耳科斯(Ploutarkhos)提到過一位名叫帕耳梅農(Parmenōn)的演員，此君學豬叫幾可亂真(674B)。亞氏說過，在人所擁有的 moria 中，phonē（「聲音」）最擅摹仿（《修辭學》3. 1. 1404 ᵃ 21－22）。

⑮ 「節奏」(rhuthmos)是個含義較廣的概念（參考第 4 章注⑨）。嚴格說來，語言和音調中也包含節奏。

⑯ 或「語言」。Logos 是個多義詞（比較注㉔，詳見附錄「Logos」）。

⑰ Harmonia（字根 harmo-；動詞 harmozein，意為「連接」），原指「連接物」（《奧德賽》5. 248, 361），亦引伸指「協議」（《伊利亞特》22. 255）。較古老的 harmoniai 有六種。柏拉圖推崇多里斯調，認為這才是希臘人的 harmonia（《拉凱斯篇》188D）。音樂理論家阿里斯泰得斯

（Aristeidēs 約生活在三至四世紀）指出，在古希臘，harmonia 和 melodia
（「調」、「歌」，參考注㊸）同義。有的專家認為，harmonia 近似於
中國古代的「調」，印度人的 rāg 和阿拉伯人的 maqam(R. P. Winnington-
Ingram, *Mode in Ancient Greek Music,* Cambridge: The University Press,
1936, p. 3)。柏拉圖在《國家篇》第 3 卷裡寫道：歌(melos)由語言(lo-
gos)、音調(harmonia)和節奏(rhuthmos)組成(398C－D)。在《法律篇》第
2 卷裡，他提出了藝術評論的三項內容，其中之一是：藝術家是否有效
地使用了語言、音調和節奏(669A－B)。音調和節奏均可體現「順序」
（《問題》9. 38. 920^b 30ff.），而「順序」或「秩序」是一種原則（參見
《物理學》8. 1. 252^a 12－14）。注重對媒介的分析無疑是有意義的，因
為這將會有助於揭示藝術種類或門類的某些區別性特徵（參考注㊻）。

⑱ Surinx（或 surigx），一般為七管，亦有多於或少於此數的（還有單管
的，即 surinx monokalamos）。蘇里克斯也是一種古老的樂器，荷馬史
詩裡已有提及（《伊利亞特》10. 13）。括弧為譯者所加。

⑲ 古希臘人稱非伴奏器樂或純器樂為 psilē mousikē（儘管原文所指不一定
僅限於純器樂）。公元前 590（或 582）年，阿洛斯獨奏被列為普希亞賽
會(ta Puthia)中的一個項目；前 558 年，豎琴獨奏亦成為該賽會中的一項
活動。在西庫昂(Sikuōn)，至遲在公元前五世紀已出現豎琴合奏和阿洛斯
合奏。在喜劇裡，人們偶爾用樂器的發聲摹仿鳥鳴等聲響（參考 A. W.
Pickard-Cambridge, *The Dramatic Festivals of Athens,* second edition, revised
by John Gould and D. M. Lewis, Oxford: Clarendon Press, 1968, p. 262）。
柏拉圖對 psilē mousikē 頗有微詞，認為沒有唱詞的音樂不能形象地表達
意思（《法律篇》2. 669E）。亞氏認為，音樂是最有表現力的摹仿藝
術，它可以塑造形象，表現人物的情感和氣質等（參考《政治學》8. 5.
1340^a 18－22）。

⑳ 「性格」原文作 ēthē（單數 ēthos）。在古希臘人看來，藝術可以摹仿或

表現人的性格和道德情操。關於「性格」，參考第 2 章注③，第 6 章注
㉒。「表現」亦可作「摹仿」解（參考注⑫）。

㉑ Pathē（單數 pathos，參見第 19 章注⑤），亦可作「苦難」解（見譯文第
11 章第 19 行）。另參考第 25 章第 7 行及該章注⑥。

㉒ Praxeis（單數 praxis），參見第 6 章注⑥。

㉓ 卡塞爾(R. Kassel)校勘本在此保留了被疑為後人杜撰的 epopoiia（「史
詩」）一詞；阿拉伯譯本中沒有與之對應的詞。

㉔ 原文意為：無修飾的（或「光」的）logoi。Logos 在此作「話語」或「散
文」（即「非格律文」）解（另見第 6 章第 57 行，第 22 章第 56 行）。

㉕ Metron（複數 metra），原意為「度量」（見第 22 章第 24 行及該章注
⑲），這裡指「格律文」。「格律」或「詩格」即切分成音步的節奏群。
不分音步的「節奏流」屬節奏的範疇（參考第 4 章第 14 行）。

㉖ 比較第 5 章第 14－15 行，第 24 章第 20－21 行，第 26 章第 25 行等處。

㉗ 關於「名稱」，參考第 20 章注㉔。

㉘ 索弗榮（Sōphrōn，約公元前470－400年），蘇拉庫賽(Surakousai)人，受
厄庇卡耳摩斯（參見第 3 章注⑮）的作品影響頗深。索弗榮以對話形式
描寫人們的日常生活，其作品可按內容分為「關於男人」(andreioi)和
「關於女人」(gunaikeioi)兩類。據說柏拉圖喜讀他的作品〔阿瑟那伊俄
斯(Athēnaios)《學問之餐》11. 504B，第歐根尼‧拉爾修(Diogenēs Laer-
tios)《著名哲學家生平》3. 18〕。很可能是因為他的努力，才使擬劇成
為一種文學形式。作者把他和塞那耳科斯的擬劇歸為 logoi 的範疇。古希
臘擬劇(mimos)常以一名不帶面具的演員串演不同的角色。

㉙ Xenarkhos 是索弗榮之子，亦擅寫擬劇。

㉚ Sōkratikoi logoi，指柏拉圖、色諾芬(Xenophōn)和埃斯基奈斯(Aiskhinēs)
等人的對話體作品。蘇格拉底（Sōkratēs，公元前469－399年）本人沒有
寫過論著。亞氏在《詩人篇》中指出，忒俄斯(Teōs)人阿勒克薩梅諾斯

(Alexamenos)首創「對話」（片斷 72）；柏拉圖「對話」是一種介於詩和散文之間的作品（片斷 73）。西塞羅(Marcus Tullius Cicero)寫道，有人認為德謨克里特(Dēmokritos)和柏拉圖的作品比喜劇更富詩味（《演說家》67）。《詩學》專家羅斯塔格尼(Augusto Rostagni)認為，亞氏可能藉此反駁柏拉圖的指責：您說詩是一種摹仿，因而還不如它所摹仿的現實更接近真理，但您的大作本身也是一種摹仿。

㉛ 對句格比較接近於英雄格（即六音步長短短格），其結構特徵是交替使用六音步長短短格和五音步長短短格（實際上是兩組兩個半音步的組合）。最早的 elegoi（「對句格詩」）多為描寫戰爭或戰鬥生活的詩歌（參考 Jacqueline de Romilly, *A History of Greek Literature,* translated by Lillian Doherty, Chicago: The University of Chicago Press, 1985, p. 30）。Elegoi 還有別的功用，如記敘往事及表示對死難者的紀念和哀悼等。認為所有的 elegoi 都是「輓歌」，是一個錯誤(Werner Jaeger, *Paideia: the Ideals of Greek Culture* volume 1, New York: Oxford University Press, 1945, p. 89)。Elegos 的詞源已難查考，似有可能取自某個指某種管樂器的外來詞（比較阿美尼亞語中的 elegn-）。

㉜ 即：即使有人用這些格律寫擬劇或對話。

㉝ 當時尚無「文學」一詞。柏拉圖亦意識到名稱匱缺的問題（參考《智者篇》267D，《政治家篇》301B）。假如當時已出現小說，亞氏「會把它歸入 poiēsis」之列(D. A. Russel, *Criticism in Antiquity,* London: Gerald Duckworth, 1981, P. 13)。

㉞ 古時的詩人不僅要會做詩，而且還要會作曲和歌唱；早期的劇作家還要參加演出（參考《修辭學》3. 1. 1403^b 23－24）和指導排練〔所以，詩人又身兼「導演」(didaskalos)〕。由此可見，poiētēs 除了表明詩人是「製作者」外（參考注②），還附帶某些我們通常所說的「詩人」所不包括的含義。另參考第 4 章注㉛、㉟。

㉟ 例如巴門尼德(Parmonidēs)和恩培多克勒（見注㊲）等。

㊱ 荷馬(Homēros)是希臘最偉大的詩人，史詩《伊利亞特》和《奧德賽》的作者。荷馬可能出生在伊俄尼亞(Iōnia)的基俄斯(Khios)島〔《阿波羅頌》的作者自稱來自 Khios（《荷馬詩頌》3.172）；關於荷馬的出生地至少有七種説法〕，活動年代約在公元前八世紀。記在荷馬名下的還有一批頌神詩，雖然它們的成文年代似乎明顯地遲於荷馬生活的年代。作者多次熱情地讚頌了荷馬的詩才（參考第 24 章注㉖）。

㊲ 恩培多克勒(Empedoklēs)生活在公元前五世紀（約前 493－433 年），西西里的阿克拉加斯(Akragas)人。恩培多克勒是一位「奇才」，集詩人、自然哲學家、演說家和巫師於一身。他用六音步長短短格寫過《論自然》(Peri phuseōs)和《淨化》(Katharmoi)，共 5,000 餘行，現存約 450 行。據統計，恩氏的言論在亞里斯多德作品中的出現次數僅次於荷馬和柏拉圖的言論，達一百三十三次〔詳見 G. F. Else, *Aristotle's Poetics: The Argument*, Cambridge(Massachusetts): Harvard University Press, 1957, pp. 50－51〕。亞氏讚揚他行文有荷馬的遺風，且擅用隱喻（《詩人篇》片斷 70）。柏拉圖似乎傾向於把他看作是一位像普羅塔哥拉斯（參見第 19 章注⑬）和赫拉克利特(Hērakleitos)一樣的哲人（《瑟埃忒托斯篇》152E）。

㊳ 亞氏把「摹仿」當作是一個區別詩和自然科學論著的特徵，這在當時或許是個新穎的觀點。希羅多德的歷史即使被改寫成格律文，也還是歷史（參見第 9 章第 3－4 行及該章注③、⑥）。

㊴ Phusiologos，「自然論著作者」。

㊵ 「所有的詩格」指寫作念誦部分所用的六音步長短短格、三音步短長格、四音步長短格和對句格。Metra 不包括寫作供唱誦的詩段所用的為數衆多的抒情格，因此和 melos（見注㊸）不同，後者包括詞和音樂。

㊶ 開瑞蒙(Khairēmon)，悲劇詩人，公元前 380 年左右在雅典成名，擅寫供

閱讀的作品（《修辭學》3. 12. 1413^b 12－13，有人據此推測當時已有專供閱讀的作品，另參考第 26 章第 22 和 27 行及該章注⑯），喜用牽強、晦澀的隱喻。「馬人」可指一個群體(kentauroi)，為一些上身像人、下身似馬的生靈，活躍在山林之中。《伊利亞特》中的馬人是一群「野獸」(phēres，比較《奧德賽》21. 303)。「馬人」亦指單一的個體，有自己的名字和經歷。原文用了單數，不知指哪一個馬人（作品早已佚失）。根據原文，《馬人》(*Kentauros*)是一部 rhapsōidia，即一長段供念誦的敘事詩，但阿瑟那伊俄斯卻把它當作一齣 drama（《學問之餐》608E）。《馬人》混用了多種詩格，作者認為此舉效果不佳（參考第 24 章第 25－26 行）。

㊷ Nomos（複數 nomoi），意為「調子」、「曲調」；詩人阿爾克曼（Al-kman，生活在公元前七世紀）曾用它指「歌」或「音樂」（參考 H. W. Smith, *Greek Melic Poets,* New York; Biblo and Tannen, 1963, p. 1viii）。作為一種類型，nomoi 有自己的音樂格式和格律形式（nomos 亦作「條律」和「標準」解）。諾摩斯的內容以對神的讚頌和祈求為主，阿波羅(Apol-lōn)是出現率較高的主人公。史籍中亦提到以宙斯(Zeus)和其他神祇的活動和經歷為題材的諾摩斯。像其它一些詩體一樣，後期的諾摩斯也呈現出「世俗化」的傾向。

㊸ 注意，作者在此用 melos 取代了第 11 行中的「音調」(harmonia)。Melos 指有音樂伴奏的語言（或詩行），即「歌」或「唱段」，因此可包括 har-monia（參見第 6 章第 7 行）。荷馬稱歌（包括詩和音樂）為 aoidē（《奧德賽》1. 351; 8. 44, 429）。Melos（複數 melē）原意為「肢」。約在公元前七世紀，melē 被用於指「歌」或「詩歌」（參考《荷馬詩頌》19. 16）。在公元前五世紀，melos 一般不包括無音樂伴奏或音樂比重較小的詩歌，如短長格詩和史詩等。嚴格說來，無音樂伴奏的歌 ōidē（雖然有時亦可用 ōidē 取代 melos），而始終有音樂伴奏的歌才是 melos（H.

W. Smyth，同上（見注㊷），pp. xix－xx）。

㊹ 作者在此用 metron 替代了第 11 行中的「話語」(logos)。Metron 和 melos 是組成悲劇和喜劇的兩大部分。「格律文」包括演員的誦說和對話。

㊺ 亦可譯作：後二者只在某些部分中使用它們。作者的意思大概是：狄蘇朗勃斯和諾摩斯是從頭至尾以歌唱表達內容的藝術，而悲劇和喜劇則是以交替使用對話和歌（或唱段）表達內容的藝術（參見第 6 章第 7－9 行）。

㊻ Diaphorai，即在屬項內分出種項的區辨因素（另參考第 2 章第 15 行，第 3 章第 1、6 及 22 行）。在《詩學》第 1－4 章裡，作者對摹仿藝術進行了系統的劃分（參考 Alfred Gudeman, *Aristoteles' Peri Poiētikēs,* Berlin: Walter De Gruyter, 1934, p. 108），並「創造性」地使用了柏拉圖和他的學生們都很熟悉的「對分法」（或「分辨法」，diairesis）。分辨須在聚合(sunagogē)的基礎上進行，其工作程序是從最高項或總項開始，至最低項或最小支項(infima species)止（參考《法伊德羅斯篇》265D，《智者篇》253D－E, 219ff.）。分辨通過區別性特徵(diaphorai)進行，而分辨的「界線」應在部分的「自然銜接處」（《法伊德羅斯篇》265E）。根據柏拉圖對 diairesis 的理解，一次分辨一般只能產生兩個支項或部分(eidē)（當然，不是絕對的），而再次分辨應從右邊（或最後提及）的支項開始。亞氏沒有嚴格依從柏拉圖的範例。通過對 1－4 章的分析可以看出，作者對分辨法的應用至少有以下兩個特點：㈠一次分辨可以產生兩個以上的支項，㈡各對等支項均可產生更小的支項。

第 2 章

　　既然摹仿者表現的是行動中的人，①而這些人必然不是好人，便是卑俗低劣者②（性格③幾乎脫不出這些特性，人的性格因善④與惡相區別），他們描述的人物就要麼比我們好，要麼比我們差，要麼是等同於我們這樣的人。正如畫家所做的那樣：⑤珀魯

5　格諾托斯⑥描繪的人物比一般人好，泡宋⑦的人物比一般人差，而狄俄努西俄斯⑧的人物則形同我們這樣的普通人。

　　上文提及的各種摹仿藝術顯然也包含這些差別，也會因為摹仿包含上述差別的對象而相別異。這些差別可以出現在舞蹈、阿洛斯樂和豎琴樂裡，也可以出現在散文和無音樂伴奏的格律文裡，⑨比

10　如，荷馬描述的人物比一般人好，⑩克勒俄豐⑪的人物如同我們這樣的一般人，而最先寫作滑稽詩的薩索斯人赫革蒙⑫和《得利亞特》的作者尼科卡瑞斯⑬筆下的人物卻比一般人差。這些差別同樣可以出現在狄蘇朗勃斯和諾摩斯裡，因為正如提摩瑟俄斯⑭和菲洛克塞諾斯⑮都塑造過圓目巨人⑯的形象一樣，詩人可以不同的方式表現人

15　物。⑰此外，悲劇和喜劇的不同也見之於這一點上：喜劇傾向於表現比今天的人差的人，⑱悲劇則傾向於表現比今天的人好的人。⑲

【注　釋】

　　① 作者馬上即會知訴我們，悲劇是對行動的摹仿——它之摹仿行動中的人

物，是出於摹仿行動的需要（譯文第 6 章第 47－48 行）。

② 原文用了形容詞 spoudaious 和 phaulous。作者認為，人有「高雅」或「高
貴」和「低劣」或「低俗」之分，前者指注重品行、有責任心和榮譽感
的、能夠認真對待生活（因而也應被認真對待）的「君子」，後者指能
力和品行欠佳的、無足輕重的、不值得認真對待的「小人」。Spoudaios
有時意為「嚴肅的」（1448^b 34，第 4 章第 27 行；1449^b 10，第 5 章第
14 行；1449^b 24，第 6 章第 3 行），其對立面是「滑稽可笑的」(gel-
oios)。悲劇可以死裡逃生或親人團聚結尾，但不能不嚴肅。悲劇摹仿嚴
肅的行動。在柏拉圖看來，《奧德賽》亦是一齣悲劇（另參考第 4 章注
㉘）。《詩學》用了好幾個表示「好」的詞（參考第 13 章注⑤，第 15
章注③及第 4 章注⑪等處）。

③ Ēthē，可能和 ethō（「習慣於」）及 ethos（「習慣」）同源（《尼各馬
可斯倫理學》2. 1. 1103^a 17）。在公元前八世紀，ēthos 可指「熟悉的位
置」。荷馬用它指馬「常去的地方」（《伊利亞特》6. 511，另參考《奧
德賽》14. 411）；黑西俄得(Hesiodos)用它指人的「住所」（《農作和日
子》167，525）及「習慣」或「習慣性行為」（同上，137）。黑西俄得
大概是最早用該詞指「性情」或「性格」的作者（同上，67，78）。另參
考第 6 章注㉒，比較第 24 章注㉛。

④ Aretē，「好」、「善」、「優秀」（參考第 22 章注②）。用於指人時，
該詞常作「美德」解（參見第 13 章第 15 行）。

⑤ 《詩學》多次將做詩和繪畫等藝術相比較（參考第 1 章注⑬）。

⑥ 珀魯格諾托斯(Polugnōtos)，薩索斯(Thasos)人，公元前五世紀的大畫家，
善於描繪處於是非衝突中的人物的表情（參見 J. J. Pollitt, *The Ancient
View of Greek Art: Criticism, History, and Terminology*, New Haven: Yale
University Press, 1974, pp. 188－189）。亞氏建議讓青少年欣賞珀魯格諾
托斯等擅長表現性格（或好的氣質或精神面貌）的畫家的作品，而不要

讓他們接觸泡宋的畫作（《政治學》8.5.1340ᵃ35－37）。

⑦ Pausōn，雅典畫家。阿里斯托芬在《阿卡耳那伊人》(*Akharnenses*)第854行裡提到過一位名叫泡宋的畫家。《詩人篇》指出，泡宋喜描繪滑稽可笑的人物。

⑧ 羅馬學者帕里尼烏斯(Gaius Plinius Secundus)曾提及一位名叫狄俄努西俄斯(Dionusios)的畫家（《自然研究》(*Historia Naturalis*)35.113），不知是否就是此君。

⑨ 關於「話語」或「散文」，參考第1章注㉔；關於「格律文」，見該章注㉕。

⑩ 假如真像作者以為的那樣（他認為《馬耳吉忒斯》乃荷馬所作，見第4章第22行），那麼，荷馬亦應描寫過「低劣的人」。

⑪ 克勒俄丰(Kleophōn)是公元前四世紀的雅典悲劇詩人，其作品早已如數佚失。《舒達》(*hē Souda*)中提到過一位名叫克勒俄丰的悲劇詩人並記載了他的某些作品的名稱。亞氏曾批評他（如果不是另一位克勒俄丰的話）用詞不當（《修辭學》3.7.1408ᵃ14－16）。在第22章裡，作者嫌他的作品「平淡無奇」。

⑫ Hegēmōn，舊喜劇詩人，擅寫滑稽作品，公元前五世紀下半葉時住在雅典。在他的努力下，滑稽作品得以成為一種獨立的藝術，並被列為比賽項目。Parodia 可作「滑稽史詩」解。薩索斯（Thasos，現名 Thaso 或 Tasso）是愛琴海北部的一個島嶼。

⑬ 尼科卡瑞斯(Nikokharēs)是和阿里斯托芬同時代的喜劇詩人，其父菲洛尼得斯(Philōnidēs)亦是喜劇詩人。《舒達》收錄了尼氏的十部作品的名稱。*Deiliad* 即一部描寫 deilos（「膽小鬼」）的史詩。若作 *Deliad* 理解，則為「德洛斯的故事」（德洛斯(Dēlos)是愛琴海中的一個小島）。

⑭ 提摩瑟俄斯（Timotheos 約公元前450－360年）係米利都(Milētos)人，擅寫狄蘇朗勃斯，和歐里庇得斯相交甚篤。提氏還是一位音樂的革新者。

他的《波斯人》（*Persae, The Oxford Classical Dictionary* 稱之為一曲 lyric nome）是一部成功之作，其中相當一部分被保存了下來。《詩學》兩次提及他的《斯庫拉》（第 15 章第 11 行，第 26 章第 7 行）。

⑮ 菲洛克塞諾斯（Philoxenos，約公元前 436－380 年），庫瑟拉(Kuthēra)人，亦以寫作狄蘇朗勃斯聞名。他曾借圓目巨人的形象諷刺過西西里的獨裁者狄俄努西俄斯(Dionusios)一世。如果說提摩瑟俄斯把合唱引進了諾摩斯，菲洛克塞諾斯則將獨唱引進了狄蘇朗勃斯。

⑯ 荷馬史詩中的圓目巨人(Kuklōpes)或獨目巨人，是一群散居在某個邊遠地帶的、以畜牧為生的野蠻人。俄底修斯(Odusseus)和他的夥伴們曾到過那裡，並因誤進了一個名叫珀魯斐磨斯(Poluphemos)的圓目巨人的洞穴而被抓。俄底修斯設計弄瞎了巨人的眼睛，然後混在羊群裡逃出了洞穴（參閱《奧德賽》9. 105ff.）。珀魯斐摩斯是海神波塞冬(Poseidōn)的兒子，為同夥中最強健者。菲洛克塞諾斯可能借珀魯斐摩斯影射獨裁者，而提摩瑟俄斯則可能以較為嚴謹的筆調描述了這位「草莽英雄」的經歷。

⑰ 或「摹仿人物」（參考第 1 章注⑫）。

⑱ 在古希臘，喜劇亦可描寫有身份的上層人物（參考第 13 章第 40－41 行及該章注㊲），可惜此類作品早已蕩然無存。《詩學》沒有告訴我們是否可將此類作品中的人物歸入「低劣者」之列。羅馬劇作家帕拉烏吐斯(Titus Maccius Plautus)在《安菲特魯俄》(*Amphitruo*)的開場白中寫道，如果一部作品的 dramatis personae（「戲劇人物」）既包括神和貴族，又有平民和奴隸，那麼就可稱這部劇作為「悲喜劇」(tragicomodia)。

⑲ 參考第 13 章。在這兩句話裡，「表現」亦可作「摹仿」解。

第 3 章

　　這些藝術的第三點差別是摹仿上述各種對象時所採的方式不同。人們可用同一種媒介的不同表現形式摹仿同一個對象：即可憑敘述——或進入角色，①此乃荷馬的做法，②或以本人的口吻講述，③不改變身份——也可通過扮演，表現行動和活動中的每一
5　個人物。④

　　正如開篇時說過的，⑤摹仿的區別體現在三個方面，即它的媒介、對象和方式。所以，從某個角度來看，索福克勒斯⑥是與荷馬同類的摹仿藝術家，因為他們都摹仿高貴者；⑦而從另一個角度來看，他又和阿里斯托芬⑧相似，因為二者都摹仿行動中的
10　和正在做著某件事情的人們。

　　有人說，此類作品之所以被叫做「戲劇」⑨是因為它們摹仿行動中的人物。⑩根據同樣的理由，多里斯人⑪聲稱他們是悲劇和喜劇的首創者（這裡的麥加拉人聲稱喜劇起源於該地的民主時代，⑫西西里的麥加拉⑬人則認為喜劇是他們首創的，因為詩人厄
15　庇卡耳摩斯⑭是他們的鄉親，而他的活動年代比基俄尼得斯⑮和馬格奈斯早得多。⑯伯羅奔尼撒的某些多里斯人聲稱首創悲劇）⑰他們引了有關詞項⑱為證：他們稱鄉村為 kōmai，而雅典人稱之為 dēmoi ⑲——他們的看法是，喜劇演員⑳這一稱謂不是出自 kōmazein，㉑而是出自如下原因：這些人因受人蔑視而被逐出城
1448ᵇ　外，流浪於村里鄉間。㉒他們還說，他們稱「做」為 dran，㉓而雅

典人卻稱之爲 prattein。㉔

　　關於摹仿的鑒別特徵㉕以及它們的數量和性質，就談這麼多。

【注　釋】

① 字面意思爲：變成某人，即以人物的身份出現。

② 原文作 poiei，意爲像荷馬所「做」或「處理」的那樣。另比較第 1 章注
　　②。荷馬善用表演或扮演式摹仿（參見譯文第 24 章第 27－29 行）。

③ 作者認爲，除荷馬外，其他史詩詩人均以此法述誦作品（參見第 24 章第
　　32－34 行）。

④ 柏拉圖指出，詩的表達可通過三種方式進行：㈠敘述，㈡表演，㈢上述
　　二者的混合。狄蘇朗勃斯、悲劇和史詩各取其中的一種方式作爲媒介
　　（《國家篇》3.392D－394C，另參考附錄四第 12 段）。在第 24 章裡，
　　作者從另一個角度出發區分了表演和敘述（見該章注㉗）

⑤ 見第 1 章第 7－8 行。

⑥ 索福克勒斯（Sophoklēs，公元前 496－406 年），雅典悲劇詩人，和埃
　　斯庫羅斯及歐里庇得斯齊名。公元前 468 年，索福克勒斯首次參賽便擊
　　敗了老資格的埃斯庫羅斯。索氏寫過一百二十至一百三十部作品，現存
　　七部悲劇和一齣薩圖羅斯劇，曾二十四次在比賽中獲勝。作者極爲欣賞
　　他的名作《俄底浦斯王》（劇情見第 11 章注③）。

⑦ Spoudaioi（參考第 2 章注②）。

⑧ 阿里斯托芬（Aristophanēs，約公元前 450－385 年）爲雅典舊喜劇詩人，
　　據說至少寫過四十四部作品，現存十一部。阿里斯托芬是喜劇詩人中的
　　佼佼者，也是古希臘喜劇詩人中惟一有完整作品傳世的作家。

⑨ Drama 在此作廣義上的「戲劇」解。在另一些上下文裡，drama 似乎

「悲劇」（見第 14 章第 29 行，第 15 章第 20 行）。在論及悲劇和史詩的異同時，作者亦兩次用到 drama（第 17 章第 27 行，第 18 章第 22 行）。作者兩次使用了 drama 的形容詞形式（dramatikas，1448^b 35，第 4 章第 28 行；dramatikous，1459^a 19，第 23 章第 2 行），意為「戲劇式的」。1448^b 37（第 4 章第 29 行）中的 dramatopoiēsas 的所指明顯地與戲劇有關：荷馬所做的不是諷刺詩，而是戲劇化的滑稽詩。在專指喜劇時，阿提開（Attikē，或阿提卡）人一般傾向於用 kōmōidia。Drama 有時指薩圖羅斯劇或有薩圖羅斯劇色彩的作品（參考柏拉圖《會飲篇》222D，《政治家篇》303C）。另參考注㉓。

⑩ Drōntas（參考注㉓）。

⑪ 多里斯人(Dōrieis)是希臘民族中的一個重要分支，大約在公元前十一至前十世紀進入希臘本土。希臘人傳統上把多里斯人的到來看作是「英雄時代」（黑西俄得《農作和日子》156－165）的結束（參見 T. A. Sinclair, *A History of Classical Greek Literature,* New York: Haskell House, 1973, p. 11）。荷馬提及過克里特(Krētē)島上的多里斯人（《奧德賽》19, 175－177）。多里斯人的主要集居地是伯羅奔尼撒、麥加拉和科林索斯(Korinthos)。他們在西西里開闢了好幾個移民點，包括蘇拉庫賽。

⑫ 麥加拉人(megareis)在公元前 581 年左右結束了瑟阿格奈斯(Theagenēs)的獨裁統治，建立了民主政體。可以想見，當時的政治氣氛大概是比較寬鬆的。麥加拉(Megara)是個沿海城市，和薩拉彌斯(Salamis)隔海相望。Entautha（「這裡」）似乎間接地表明作者當時仍在雅典。由此推論，《詩學》的成文年代大概不是早於公元前 347 年，便是遲於公元前 335 年（參考第 8 頁「引言」第 17 段）。

⑬ 即 Megara Hyblaea，是麥加拉人在西西里的一個移民點。「西西里」原文作 Sikelia。

⑭ 厄庇卡耳摩斯（Epikharmos，約公元前 530－440 年）是早期的一位有造

諧的喜劇詩人，長期定居蘇拉庫賽（一說為蘇拉庫賽人）。厄庇卡耳摩斯至少寫過三十五部作品，從現存的片斷來看，他的劇作似乎更接近於今天所說的「笑劇」(farce)。厄氏的作品影響過阿里斯托芬等阿提開喜劇詩人。柏拉圖把他當作喜劇詩人的代表，與荷馬相伯仲（《瑟埃忒托斯篇》152E）。亞氏至少九次引用過他的詩行。「詩人」一詞讀來顯得「生分」，疑是後人的增補。

⑮ 基俄尼得斯(Khionidēs)，雅典舊喜劇詩人。據《舒達》記載，基氏於公元前 487 年在城市狄俄努西亞〔ta en astei Dionusia，即大狄俄努西俄(ta megala Dionusia)〕戲劇比賽中獲勝，是第一位被錄下名字的喜劇比賽得勝者。作品包括《英雄》(Hērōes)和《波斯人》(Persai ē Assurioi)等，均已失傳。

⑯ 馬格奈斯(Magnēs)出生在公元前 500 年左右，可能係雅典人。前 472 年首次在城市狄俄努西亞喜劇比賽中獲勝，以後又十次得獎。古文獻中記載了八部據說是由他所作的作品的名稱，其中有些像是後人的杜撰。「早得多」值得懷疑，大概是一種誇張的說法。

⑰ 多里斯人沒有通過追溯「悲劇」的詞源來論證他們的觀點。Tragōidia 很可能是個阿提開詞（另參考附錄「悲劇」第 1 段）。伯羅奔尼撒(Peloponnēsos)是多里斯人的一個集居地。

⑱ Onomata，即「名稱」（參考第 20 章注㉔）。

⑲ 亞氏本人在著述中兼用二者。Kōmē 一般泛指「村落」（參考《政治學》1. 2. 1252^b 16, 2. 2. 1261^a 28, 3. 9. 1280^b 40 等處），dēmos 多少帶些政治色彩，指阿提開地區的村社。

⑳ Kōmōidos（複數 Kōmōidoi），有時兼指喜劇詩人。

㉑ 「狂歡」。或解作「……不是出於他們的 kōmazein」。作者在第 4 章中指出：喜劇起源於生殖崇拜活動中歌隊領隊的即興表演——此類活動即是一種「狂歡」。另參考附錄「喜劇」。

㉒ Kata kōmas。

㉓ Dran 意為「做」，drama（即「作成之事」）可能係由此派生而來。並非只有多里斯人才用 dran；事實上，該詞在阿提開地區也很普通，雖然至公元前四世紀，除柏拉圖和演説家德謨瑟奈斯(Demosthenēs)等人外，哲學家、史學家和修辭學家們一般不用或少用這個詞。作者有時把 dran 當作 prattein 的同義語；在給悲劇下定義時，作者用了 drōntōn，而不是 prattontōn（見 1449^b 26，譯文第 6 章第 5 行）。

㉔ Prattein 的確是個伊俄尼亞或阿提開詞，其名詞形式是 praxis（「行動」，參見第 6 章注⑥）。

㉕ 參考第 1 章注㊻。

第 4 章

　　作爲一個整體，詩藝的產生似乎有兩個原因，都與人的天性有關。首先，從孩提時候起人就有摹仿的本能。人和動物的一個區別就在於人最擅摹仿①並通過摹仿獲得了最初的知識。其次，每個人都能從摹仿的成果中得到快感。②可資證明的是，儘管我們在生活中討厭看到某些實物，比如最討人嫌的動物形體和屍　5
體，但當我們觀看此類物體的極其逼眞的藝術再現③時，卻會產生一種快感。④這是因爲求知⑤不僅於哲學家，而且對一般人來說都是一件最快樂的事，⑥儘管後者貪圖此類感覺的能力差一些。因此，人們樂於觀看藝術形象，因爲通過對作品的觀察，他們可以學到東西，並可以就每個具體形象進行推論，比如認出作品中　10
的某個人物是某某人。⑦倘若觀賞者從未見過作品的原型，他就不會從作爲摹仿品的形象中獲取快感——在此種情況下，能夠引發快感的便是作品的技術處理、色彩或諸如此類的原因。

　　由於摹仿及音調感和節奏感的產生是出於我們的天性⑧（格律文顯然是節奏的部分），⑨所以，在詩的草創時期，那些在上　15
述方面生性特別敏銳的人，通過點滴的積累，⑩在即興口占的基礎上促成了詩的誕生。詩的發展依作者性格的不同形成兩大類。較穩重者摹仿高尙的行動，即好人的行動，⑪而較淺俗者則摹仿低劣小人的行動，前者起始於製作頌神詩和讚美詩，⑫後者起始於製作謾罵式的諷刺詩。⑬我們舉不出一首由荷馬以前的作者所作　20

的此類作品，⑭雖然在那個時候可能已經有過許多諷刺詩作者。⑮但從荷馬及荷馬以後的作者的作品裡，我們卻可以找出一些例子，例如荷馬的《馬耳吉忒斯》⑯和其它類似的作品。⑰短長格⑱亦由此應運而生，因為它是一種適合於此類作品的詩格。由於人們在相互嘲諷⑲時喜用短長格，這種格律至今仍被叫做諷刺格。⑳這樣，在早期的開拓者中，有的成了英雄詩詩人，㉑另一些則成了諷刺詩人。

荷馬不僅是嚴肅作品的最傑出的大師（唯有他不僅精於做詩，而且還通過詩作進行了戲劇化的摹仿），㉒而且還是第一位為喜劇勾勒出輪廓的詩人。㉓他以戲劇化的方式表現滑稽可笑的事物，㉔而不是進行辱罵。他的《馬耳吉忒斯》同喜劇的關係，㉕就如他的《伊利亞特》㉖和《奧德賽》㉗同悲劇的關係一樣。㉘當悲劇和喜劇出現以後，人們又在天性的驅使下作出了順乎其然的選擇：一些人成了喜劇、而不是諷刺詩人，另一些人則成了悲劇、而不是史詩詩人，因為喜劇和悲劇是在形式上比諷刺詩和史詩更高和更受珍視的藝術。

就悲劇本身及其與觀眾的關係來看，㉙它的成分是否已臻完善，此乃另一個論題。㉚不管怎樣，悲劇——喜劇亦然——是從即興表演發展而來的。悲劇起源於狄蘇朗勃斯歌隊領隊的即興口誦，㉛喜劇則來自生殖崇拜㉜活動中歌隊領隊的即興口占，此種活動至今仍流行於許多城市。悲劇緩慢地「成長」起來，每出現一個新的成分，詩人便對它加以改進，經過許多演變，在具備了它的自然屬性以後停止了發展。㉝

埃斯庫羅斯㉞最早把演員由一名增至兩名，㉟並削減了歌隊㊱的合唱，從而使話語㊲成為戲劇的骨幹成分。索福克勒斯啓用了

三名演員㊳並率先使用畫景。㊴此外，悲劇擴大了篇制，從短促的　45
情節和荒唐的言語中脫穎出來——它的前身是薩圖羅斯劇㊵式的
構合——直到較遲的發展階段才成為一種莊嚴的藝術。悲劇的格
律也從原來的四音步長短格改為三音步短長格。㊶早期的詩人採
用四音步長短格，是因為那時的詩體帶有一些薩圖羅斯劇的色
彩，㊷並且和舞蹈有著密切的關連。念白的產生使悲劇找到了符　50
合其自然屬性的格律。㊸在所有的格律中，短長格是最適合於講
話的，㊹可資證明的是，我們在相互交談中用得最多的是短長格
式的節奏，卻很少使用六音步格——即使偶有使用，也是因為用
了不尋常的語調之故。

至於場次㊺的增加以及傳聞中有關悲劇的其它成分的完善，　55
就權當已經談過了，因為要把這一切交待清楚，或許是一件工作
量很大的事情。

【注　釋】

① 或：最具摹仿傾向。

② 人有摹仿的本能，且具欣賞的能力，因此，在詩的形成和發展過程中，
人絕不是無所作為的（參見本章第 15－17 及第 32－33 行等處，比較注
㉝）。

③ 原文作 eikonas，「形象」。

④ 參考《論動物的部分》(De Partibus Animalium)1. 5. 645^a 11ff.及《修辭
學》1. 11. 1371^b 8 中類似的論述。當然，如果藝術摹仿的原型是美的，
那麼原型和藝術品都能給人快感（《政治學》8.5.1340^a 25－28）。在另

一篇著作裡，亞氏似乎暗示某些藝術表現不如它們的原型那樣能激發人的情感（《論靈魂》3. 3. 427^b 21ff.）。作者在此指出了美與醜的某種轉換關係，並初步論及了審美範圍和「距離」的問題。

⑤ 原文作 mathantein，「學習」。

⑥ 對學習的熱愛和對學問或智慧的熱愛是一碼事（參考柏拉圖《國家篇》2.376B，另參考《斐多篇》114E）。和柏拉圖一樣，亞氏亦認為求知是一件樂事——對於知識，人有一種出於本能的渴求（參考《形而上學》1. 1. 980^a 22）。不同之處在於，作者把求知或廣義上的學習和藝術摹仿聯繫了起來。包括繪畫、雕塑和詩在內的摹仿藝術必然會給人帶來快感，因為人們樂於「獲知」和體驗驚詫之情（《修辭學》1.11.1371^b 4－7）。

⑦ 直譯作：這個人就是那個人（參見《修辭學》1. 11. 1371^b 9 中類似的論述，另參考《問題》19.5.918^a 3ff.）。當然，從美學和知識論的角度來看，藝術作品的功用不會僅限於讓觀眾和觀賞者「認出某某人」。

⑧ 參見《問題》19.38.920^b 31ff.中相似的論述，另參考柏拉圖《法律篇》2.653D－654A。在論及詩的形成時，作者隻字未提柏拉圖主張的靈感論（詳見附錄十三），也沒有因襲傳統的觀念，即把詩的產生歸功於某個神或個人（參考附錄十四中的有關段落）。

⑨ 「部分」原文作 moria（參考第 1 章注③等處）。一種節奏可以千百次地重複，直至無限。詩人從某一種節奏中取出若干個音步，形成詩格。例如，六音步長短短格是從「長短短」這一節奏流中切分出來的「部分」。作者認為，節奏和語言及音調一樣，是摹仿的媒介。

⑩ 亦可譯作：經過逐步提高上述素質。

⑪ 或：好的行動和好人的行動。Kai（「和」）在此似可作「即」解（另參考第 5 章注⑰等處；比較第 9 章注㉔和㉞，第 23 章注⑰等處）。Kalas（「好」）是個很普通的詞，在此等於 spoudaious（參考第 2 章注②）。與 agathos 相比（參考第 15 章注㉝），kalos 包含較多審美的含義（參考

譯文第 7 章第 12 行）。Kalos 的應用面很廣，柏拉圖不止一次地説過，agathon 即 kalon（「好即美」，參考《提邁俄斯篇》87C，《魯西斯篇》216D）。關於「行動」，參見第 6 章注⑥。

⑫ 柏拉圖的「共和國」或「理想國」容不得現有的史詩、悲劇和喜劇，但卻給頌神詩(humnos)和讚美詩(enkomion)保留了一席之地（《國家篇》10. 607A，《法律篇》7. 801D－E, 8. 829C－D）。作者將柏拉圖推崇的兩種詩定為詩歌的原始形式，讀來頗有回味的餘地。

⑬ Psogoi（單數 psogos）。在古希臘，詩歌從一開始便具備了兩種社會功能，即 epainos（「讚頌」）和 psogos（另見附錄十四注㊿）。Psogoi 的攻擊對象多為具體的個人（參見第 9 章第 13 行），所取的是未經普遍性「篩選」的具體事例。生活在公元前七世紀的帕羅斯(Paros)詩人阿耳基洛科斯(Arkhilokhos)尤其擅寫此類作品。據傳亞里斯多德曾專文評論過阿耳基洛科斯作品中的問題，可惜不得傳世。作者認為，詩的一個特徵是描寫帶普遍性的事件（見第 9 章第 6－7 行），從這個意義上來説，他或許無意把諷刺詩作者當作嚴格意義上的詩人。

⑭ 原文作 poiēma，指具體的詩作（另參考第 1 章注②）。自公元前三世紀起，一些學者對如何區辨 poiēma 和 poiēsis（或 poema 和 poesis）進行了具體的研究（參閱 C. O. Brink, *Horace on Poetry,* Cambridge: Cambridge University Press, 1963, pp. 65－73）。

⑮ 根據傳說，俄耳斐烏斯(Orpheus)、利諾斯(Linos)和慕賽俄斯(Mousaios)等詩人的生活年代均在荷馬之前，但他們不是諷刺詩人。作者所指究為何人，不明。對髒話或辱罵(aiskhrologia)，作者和柏拉圖一樣無意恭維（參考《法律篇》11. 934E, 935B－C）。亞氏主張，不應讓公民，尤其是年輕人聽到不雅的言談，因為骯髒的言論是骯髒的行為的先行。在孩子們尚未長到能喝烈酒的年齡之前，不要讓他們看諷刺作品或喜劇（詳見《政治學》7. 17. 1336^{b} 3－23，另參考《尼各馬可斯倫理學》4. 8. 1128^{a}

22ff.）。

⑯ *Margitēs*（比較 margos，「瘋狂的」）。作品的主人公「所知不少」，但對諸事的理解「無一正確」。他數數不能超過五，也不知究竟是父親還是母親生了他。因此，有人稱這部作品為「傻瓜史詩」。現存最長的一個片斷描述了一場發生在夜間的惡作劇。詩中混用了六音步長短短格和三音步短長格。亞氏以為此作出自荷馬（另見《尼各馬可斯倫理學》6.7.1141ᵃ14），依據什麼，不得而知。根據普魯塔耳科斯的記敘和《舒達》的記載，《馬耳吉忒斯》是公元前六世紀的作品，作品是庇格瑞斯(Pigrēs)。作者把詩分作嚴肅的和非嚴肅的兩類；和前者一樣，後者也將通過不斷的發展和揚棄，最終實現自己的目的。

⑰ 可能指其他詩人的作品。

⑱ 短長格接近於口語的節奏（見第51－52行，第22章第55－56行）。

⑲ Iambizein。

⑳ Iambion 和 iambizein 可能都和 iambos（「嘲諷」、「短長格詩」）同源。Iambos 的詞源尚難以確定。

㉑ 即史詩詩人。

㉒ 「戲劇化的摹仿」可作兩種解釋：㈠摹仿完整劃一的行動（見第23章第2行），㈡表演式摹仿（參見第3章第3－4行，第24章第33－34行）。這裡指的可能是第一種意思。

㉓ 上文說過，詩的發展依詩人性格的不同而分成兩大類，穩重之士和膚淺之輩分別製作兩種不同的詩歌。但此間的論述似乎要人們接受一個「例外」——荷馬不僅精於史詩，而且諳熟編製滑稽作品的門道。在古希臘，悲劇詩人可兼作薩圖羅斯劇（有的亦寫過狄蘇朗勃斯），但絕不兼作喜劇。

㉔ 關於「滑稽」的定義，見第5章首段。注意，作者在此把《馬耳吉忒斯》當作一部滑稽作品，儘管上文似乎已把它列入諷刺詩之列。

㉕ 如果承認《馬耳吉忒斯》是荷馬的作品，那麼，它的出現理應是早於阿耳基洛科斯的諷刺詩（見注⑬）。換言之，非嚴肅詩歌的發展在歷史上曾出現過令人費解的「倒退」現象。作者沒有提及阿耳基洛科斯，可能不是出於簡單的疏忽。大學問家的高明，就在於懂得如何成功地擺脫歷史事實的局限性。作者認為，《馬耳吉忒斯》已不是典型意義上的 psogos，它的主人公雖然愚笨，但不是惡人。此外，作品已具某些戲劇特點，如人物以第一人稱身份講話等。在《馬耳吉忒斯》裡，作者看到了非嚴肅詩歌的發展方向，看到了滑稽作品的明天。從這個意義上來說，作者躍過阿耳基洛科斯，而把《馬耳吉忒斯》和喜劇直接掛起鉤來的做法，是可以理解的。當然，該詩很有可能是公元前六世紀的作品（見注⑯）。因此，從時間上來看，詩的發展並沒有出現過上文假設的「倒退」。

㉖ 《伊利亞特》(*Iliad*)以阿伽門農(Agamemnōn)和阿基琉斯(Akhilleus)的爭執開篇，以阿基琉斯擊殺赫克托耳（參見第 24 章注㉞）後，特洛伊人贖回他的屍體並為他舉行葬禮收尾。全詩分作二十四卷，共 15,693 行。

㉗ 《奧德賽》(*Odusseia*)可能是荷馬的晚年之作（朗吉諾斯(Longinos)《論崇高》(*Peri Hupsous*) 9. 13），分二十四卷，計 12,105 行。關於《奧德賽》的梗概，參見第 17 章第 28－31 行。《伊利亞特》和《奧德賽》的成詩年代大概不會遲於公元前 700 年。據說早在公元前七世紀即已有人引用其中的詩行。

㉘ 柏拉圖稱荷馬為悲劇大師（《國家篇》10. 607A，《瑟埃忒托斯篇》152E；另參考附錄十三注②）。

㉙ 觀眾的標準不一定總是和藝術的標準相符合。比如，觀眾喜看以皆大歡喜結尾的戲，而用藝術的標準來衡量，此類作品並不是第一流的（參考第 13 章末段）。

㉚ 「論題」原文作 logos。「成分」(eidē)可能指第 6 章論及的六個 merē 和

第 12 章提及的「部分」，亦可能指第 18 章論及的悲劇的四個種類。

㉛ 諸如此類的演唱形式源遠流長（比較《伊利亞特》24. 721, 747, 761）。「領隊」(exarkhōn)本身即為詩人，往往負有訓練歌隊的任務（另參考第 1 章注㉞）。阿耳基洛科斯聲稱：只要美酒澆開我的詩興，我就能引導眾人用動聽的狄蘇朗勃斯讚頌狄俄尼索斯（片斷 77）。關於狄俄尼索斯，參見第 21 章注⑱。

㉜ 抄本似有損蝕，卡塞爾取 phallika。在古希臘，人們通過此種活動表示對狄俄尼索斯和生殖的崇拜。在雅典，它是狄俄尼索斯慶祭活動的一部分。在領隊的帶領下，放蕩的人群一邊簇擁著男性生殖器模型行進，一邊唱著言詞污穢的歌（參考阿里斯托芬《阿卡耳那伊人》241－279）。公元前四世紀後，此類活動仍在一些地方盛行不衰。倘若訂作 phaula（「低級的」），似乎也符合下文的意思，但多數專家傾向於取 phallika。順便提一下，在雅典，演出中的喜劇演員經常佩帶生殖器模型，但歌隊成員一般不帶。

㉝ 作者的藝術觀頗具「進化論」的傾向，但他的「進化論」受到在他的哲學體系中占有重要地位的目的論的制約。亞里斯多德認為，事物包含可以實現的潛力(dunamis)，而化潛力為現實的過程，即為實現目的或獲取事物本身的的自然屬性(phusis)的過程。因此，一個充分發展了（即實現了本身的目的）的事物，即為實現或獲取了自己的 phusis 的事物（hē de phusis telos estin，詳見《政治學》1. 2. 1252^b 30ff.，另參考《物理學》2. 1，《形而上學》5. 4）。悲劇的完善需要一個過程，而目的的實現則意味著這一過程的中止。悲劇走過了漫長的行程，它繼承了頌神詩和史詩的「精神」，採用了史詩的內容，改良了狄蘇朗勃斯的表演形式，經過許多演變，終於成為藝術王冠上的一顆璀璨的明珠。從悲劇和觀眾的關係來看，悲劇的目的或功效(ergon)體現在它的效果之中（參見第 6 章注㊳）。

㉞ 埃斯庫羅斯（Aiskhulos，公元前 525－456 年）出生在厄琉西斯(Eleusis)
的一個貴族之家，當過兵，於公元前 484 年首次在戲劇比賽中獲勝。一
生中寫過九十餘部作品，現僅存七部。一般認為，埃氏對悲劇藝術的貢
獻之一在於起用了第二位演員（參考注㉟）。埃氏擅寫簡單劇（參考第
10 章）。

㉟ 作者不曾提及瑟斯庇斯(Thespis)，不知何故。一般認為，瑟斯庇斯是把
歌隊領隊或隊長(exarkhōn)變為 hupokritēs（「回答者」、「述說者」、
「演員」）的第一人。由於埃斯庫羅斯（及其同行們）的革新，才使
Thespis 式的問答升格為正式的戲劇對話。在悲劇發展史上，這是重要的
一步。但是，在埃氏的作品裡，合唱仍然占有較大的比重。另據美國學
者埃爾斯(G. F. Else)考證，這裡說的「演員」不包括悲劇詩人，後者在公
元前五世紀被稱作 tragōidos（複數 tragōidoi）。埃斯庫羅斯本人是一位
tragōidos，和演員（hupokritēs，複數 hupokritai）一起參加演出。悲劇的
標準陣容由一位 tragōidos、兩位 hupokritai 和歌隊組成（詳見 "The Case
of the Third Actor"，*Transactions of the American Philological Association*
76(1945), pp. 1－10，比較 John B. O'Connor, *Chapters in the History of Ac-
tors and Acting in Ancient Greece,* Chicago: The University of Chicago Press,
1908, p. 2）。

㊱ Khoros（「歌隊」），原意為「舞蹈」或「歌舞」（比較 khoreuō，「我
在跳舞」）。柏拉圖認為，khoros 派生自 khora，意為「歡呼」（《法律
篇》2. 654A）。在悲劇裡，歌隊有時是劇情的評論者，有時是理想的觀
眾，有時還可與角色進行簡短的對話。作者要求詩人像索福克勒斯那樣
使用歌隊（第 18 章第 28 行）。悲劇歌隊的排列一般呈長方形，狄蘇朗
勃斯歌隊的標準隊列為圓形。歌隊的活動一般在 orkhēstra（「舞場」）
裡進行。據說索福克勒斯把歌隊的人數從十二名增至十五名（在悲劇的
草創時期，歌隊的人數可能和狄蘇朗勃斯歌隊的人數相等，即五十人）。

㊲ 即 logos，在此和 dialektos（「對話」）等義。另見第 22 章注㉙等處。
詳見附錄「Logos」。

㊳ 埃斯庫羅斯於公元前 458 年推出了 *Oresteia*〔《阿伽門農》(*Agamemnon*)、
《奠酒人》(*Choephori*)和《復仇女神》(*Eumenides*)三連劇的總稱〕，據
信上演該劇需用三位表演者。索福克勒斯於前 468 年首次參賽，有人認
為索氏起用三位演員的時間可能遲於前 458 年。

㊴ 據記載，畫家阿伽薩耳科斯(Agatharkhos)曾於公元前 468－456 年間為埃
斯庫羅斯置景。阿伽薩耳科斯是第一位較為系統地在大作業面上運用透
視法的畫家，很難設想他不願通過畫景的機會一展這方面的才華。究竟
是不是索福克勒斯最早使用畫景，已難查考。

㊵ 薩圖羅斯劇是一種較為古老的戲劇形式，內容一般取自傳說。薩圖羅斯
劇的歌隊由一群戴著馬尾和馬耳的 saturoi 組成（在傳說中，saturoi 是狄
俄尼索斯的隨從，據說黑西俄得稱他們是一群「調皮搗蛋的廢物」），
舞蹈中帶著較多跳躍動作。一般認為，對悲劇的形成（約在公元前五世
紀），弗利鳥斯(Phlious)詩人帕拉提那斯(Pratinas)作出過重要的貢獻。
現存惟一的一齣完整的薩圖羅斯劇是歐里庇得斯的《圓目巨人》
(*Cyclops*)。薩圖羅斯劇一般比悲劇短，《圓目巨人》僅 709 行（比較
第 7 章注㉑）。

㊶ 原文作：⋯⋯從原來的四音步（或四音段）改為短長格。埃斯庫羅斯的
《波斯人》(*Persae*)中尚有較多的四音步長短短格詩行。此種格律適用於
舞蹈和在阿洛斯伴奏下的念誦。《修辭學》3. 1. 1404^a 31 亦提到了這一
轉變。

㊷ 上文說過，悲劇是從狄蘇朗勃斯歌隊領隊的表演發展而來的（這一觀點
在今天仍然很有吸引力）。既然如此，這裡又何以把悲劇和薩圖羅斯劇
扯在一起呢？這個問題不易解答。至少，我們不應僅憑此間的論述，便
貿然做出「一邊倒」的結論。當然，早期的悲劇可能比較粗糙，也不夠

莊嚴。有一點可以肯定，即上述三種藝術的產生和發展，似乎都與狄俄尼索斯慶祭活動有關。

㊸ 原文作：……自然屬性(phusis)本身找到了合適的格律。「念白」（或「對話」）原文作 lexis（在《詩學》裡常作「言語」解，見第 6 章注⑮），意為「話語」或「對話」（另見第 22 章注㊶），和「唱」形成對比（另比較注㊲）。據《詩人篇》介紹，瑟斯庇斯是使用開場白(prologos)和話語(rhēsis)的第一人。

㊹ 比較第 22 章第 55－56 行。《修辭學》3. 1. 1404^a 30－31, 3. 8. 1408^b 33－35 中亦有類似的論述。根據這段話推測，當年瑟斯庇斯把 rhēsis 引入作品時所用的詩格，應該是三音步（或三音段，實為三雙音步即六音步，習慣上稱三音步）短長格，而不是四音步（實為四雙音步即八音步，習慣上稱四音步）長短格（參考 A. W. Pickard-Cambridge, *Dithyramb, Tragedy, and Comedy,* second edition, revised by T. B. L. Webster, Oxford: Clarendon Press, 1962, p. 79）。

㊺ Epeisodion（複數 epeisodia），原意為「另一個人物的出場」（即與歌隊會合，epeisodos），可表示「場」或「幕」的開始。古希臘劇場裡沒有幕，場次（或 epeisodia）的轉換由歌隊的表演來表示。在公元前五世紀，「開場白」和「退場」之間的場次似沒有嚴格的規定，一般在四場左右。至公元前四世紀，場次減為三場（至少在新喜劇中是如此），加上開場白和退場，共為五場，由此開出「五場劇」的先河。1452^b 16（第 12 章第 3 行）和 1456^a 31（第 18 章第 39 行）中的 epeisodion 亦作「場」解。關於「場」的定義，見第 12 章第 6－7 行。Epeisodion 的另一個意思是「穿插」（參見第 17 章注⑳，第 9 章注㉘）。

第 5 章

如前所述，①喜劇摹仿低劣的人；這些人不是無惡不作的歹徒——滑稽只是醜陋的一種表現。②滑稽的事物，或包含謬誤，③或其貌不揚，但不會給人造成痛苦或帶來傷害。④現成的例子是喜劇演員的面具，⑤它雖然既醜又怪，卻不會讓人看了感到痛苦。

悲劇的演變以及促成演變的人們，我們是知道的。⑥至於喜劇，由於不受重視，從一開始就受到了冷遇。早先的歌隊由自願參加者組成，而執政官指派歌隊給詩人已是相當遲的事情。⑦當文獻中出現喜劇詩人⑧（此乃人們對他們的稱謂）⑨時，喜劇的某些形式已經定型了。誰最先使用面具，⑩誰首創開場白，⑪誰增加了演員的數目，⑫對這些以及諸如此類的問題，我們一無所知。有情節的喜劇⑬〔厄庇卡耳摩斯和福耳彌斯〕⑭最早出現在西西里。在雅典的詩人中，克拉忒斯⑮首先擯棄諷刺形式，⑯編製出能反映普遍性的劇情，即情節。⑰

就以格律文的形式⑱摹仿嚴肅的人物而言，史詩「跟隨」悲劇；⑲它們的不同之處在於前者只用一種格律，⑳並且只用敘述的方式。在長度㉑方面，悲劇盡量把它的跨度限制在「太陽的一周」㉒或稍長於此的時間內，而史詩則無須顧及時間的限制㉓——這也是史詩不同於悲劇的地方，雖然早先的詩人在寫悲劇時也和做史詩一樣不受時間的限制。至於成分，㉔有的為二者所共有，有的則為悲劇所獨具。所以，能辨別悲劇之優劣㉕的人也能辨別史詩

5

149^b

10

15

20

的優劣，因為悲劇具備史詩所具有的全部成分，而史詩則不具備悲劇所具有的全部成分。㉖

【注　釋】

① 參見譯文第 2 章第 16 行，第 4 章第 18 行。

② 「醜陋」兼指外貌的醜和心智的「醜」（或愚笨）。喜劇不同於咒罵（psogos，見第 4 章注⑬），它所表現的是於人無害的滑稽(to geloion)。喜劇的目的在於通過滑稽的表演和情景逗人發笑。

③ Hamartēma。喜劇人物的「錯誤」恐怕主要應歸咎於自己的低能、笨拙或生理上的缺陷，因此不同於悲劇人物的 hamartia，後者可能給當事人帶來毀滅性的災難（參見第 13 章第 16 及第 22－23 行）。

④ 換言之，喜劇不應表現流血和殘殺等令人悲痛的事件（比較第 11 章第 20－21 行）。柏拉圖認為，喜劇式的快感中包含痛苦的成分。他有時似乎不那麼嚴格區分可笑的事物和壞的事物。在《菲勒波斯篇》裡，無知既是一種滑稽，又是一種邪惡（49A－E）。但在《法律篇》裡，柏拉圖（在有所保留的前提下）表示可以接受某些無害的喜劇(11. 935D－936B)。

⑤ 直譯：滑稽可笑的面具。據傳瑟斯庇斯發明了悲劇面具，但他的實際功績可能僅限於對原始面具作了某些改進。

⑥ 字面意思為：沒有被忘記；亦可作「有記錄可查的」解。

⑦ 在雅典，準備參賽的詩人必須事先向民事執政官(arkhōn epōnumos)提出申請，若獲批准，即由後者撥給歌隊並指派一位富有的公民負責支付排練所需的花費（此人即為 khorēgos）。比賽結果要專門註冊備案。根據此類記錄，我們得知喜劇在公元前 486 年被首次接納進城市狄俄努西亞。

「配備歌隊」(khoron edōke)幾乎是「准予參賽」的同義語。這裡談論的應是雅典的情況，因為只有雅典才有執政官。

⑧ 原文意為：它的製作者們（「它」指喜劇）。

⑨ 作者或許並不認為這些人是嚴格意義上的詩人。括弧為譯者所加。

⑩ 指喜劇面具。

⑪ 開場白的出現，說明喜劇有了第一位演員（參考第 4 章注㊸等處）。開場白屬於作品中表示「量」的部分（詳見第 12 章）。

⑫ 或：確定了演員的數目。演員的增加意味著喜劇的發展和完善（比較第 4 章第 43－45 行）。原文中的排列順序（即面具、開場白和演員人數）從某個側面反映了喜劇發展的歷史進程。

⑬ 或「情節的編製」。詩人是「情節的編製者」（第 9 章第 25 行）。

⑭ 福耳彌斯(Phormis 或 Phormos)，喜劇詩人，據說出生在阿耳卡迪亞(Arkadia)，但長期住在西西里。福氏當過西西里的統治者格隆（Gelōn，約公元前 540－478 年）的孩子們的家庭教師，從這一點上或許可以大致推測出他的活動年代。關於厄庇卡耳摩斯，參見第 3 章注⑮。從語法上來看，「厄庇卡耳摩斯和福耳彌斯」似和上下文難以協調，疑是後來的增補。

⑮ 克拉忒斯(Kratēs)，雅典喜劇作家，其創作年代可能主要在公元前 450－430 年間。克氏在成為劇作家之前已是一位演員。De Comoedia 說他寫過七部作品，《舒達》收錄了他的六部作品的名稱，包括《鄰居》(Geitones)和《野獸》(Thēria)等。阿里斯托芬對他作過一番褒貶陳雜的評價（《騎兵》(Equites) 537－540）。

⑯ 參考第 4 章注⑬，比較第 9 章第 12－13 行。

⑰ Logous kai muthous。Logos 是個多義詞，在此似亦可作「故事」解，關於 muthos，詳見附錄一。Kai 在此似可作「即」解（另參考第 4 章注⑪等處）。

⑱ 原文作 meta metrou logōi，「帶格律的話語」。

⑲ 史詩和悲劇同為嚴肅文學（或藝術）。它們摹仿同一種對象，並且具有相似的類型和成分（參見第 24 章第 1－3 行）。在談論悲劇時，作者會很自然地引用史詩中的例子（參見第 13 章第 35－36 行，第 15 章第 19 行，第 16 章第 7－9 行）；事實上，他有時似乎傾向於把二者當作同一種藝術的兩種表現形式（參考第 26 章中的有關論述）。作者不僅論證了史詩和悲劇的共性，而且還指出了二者的「級差」。他認為，儘管史詩有其獨特的優勢，但總的說來，悲劇優於史詩（見第 26 章第 22－23、41－42 行）。悲劇是嚴肅作品的「典範」和「代表」，因而比史詩更能體現此類作品的特點和「精神」（悲劇亦能比史詩更好地實現此種藝術的功效）。因此，儘管從時間上來看史詩比悲劇古老，作者卻把它看作是後者的「追隨者」。

⑳ 即六音步長短短格或英雄格（參考第 6 章注①）。

㉑ 「長度」(mēkos)指作品的時間跨度，對下文中的「時間」也應作如是解。比較第 26 章注㉓。

㉒ Periodon Hēliou. 對如何解釋這個短語，學術界一直存在著兩種意見。一種主張把它解作「一天」（包括白天和黑夜，即二十四小時），另一種則認為把它解作「白天」（十二小時）更合適。在索福克勒斯和歐里庇得斯的作品裡，行動所用的時間一般不超過十二小時。參考 O. J. Todd, "One Circuit of the Sun", *Transactions of the Royal Society of Canada* 36 (1942), pp. 119－132。少數悲劇的時間跨度似乎超過了一天，如《阿伽門農》和《復仇女神》。在《復仇女神》裡，俄瑞斯忒斯（參考第 13 章注㉑）從德爾福(Delphoi)到雅典，少說也需用三天時間。可能是根據此番話語，十七世紀的義大利學者們提出了三整一律中的「時間整一律」。劇中人的活動時間一般在白天——在現存的悲劇中，只有《雷索斯》（*Rhēsos* 或 *Rhesus*，有人認為係歐里庇得斯所作，但不甚可信）是個例外，雖然還有幾部悲劇始於拂曉之前，如《阿伽門農》、歐里庇得斯的

《厄勒克特拉》(*Electra*)和《伊菲革涅婭在奧利斯》（參考第 15 章注⑯）。關於悲劇的長度（就行次而言），參見第 7 章注㉑。

㉓ 《伊利亞特》和《奧德賽》的時間跨度分別為五十和四十天左右。另參考第 24 章注⑪。

㉔ Merē，「成分」、「部分」。

㉕ 「優劣」原文作 spoudaias kai phaulēs（比較第 2 章注②）。

㉖ 參見第 26 章。

第 6 章

　　用六音步格摹仿的詩①和喜劇，我們以後再談。②現在討論悲劇，先根據上文所述，③給它的性質④下個定義。

　　悲劇是對一個嚴肅、完整、⑤有一定長度的行動⑥的摹仿，它的媒介是經過「裝飾」的語言，⑦以不同的形式分別被用於劇的不同部分，⑧它的摹仿方式是借助人物的行動，而不是敘述，通 5 過引發憐憫和恐懼使這些情感⑨得到疏洩。⑩所謂「經過裝飾的語言」，指包含節奏和音調[即唱段⑪]的語言，所謂「以不同的形式分別被用於不同的部分」，指劇的某些部分僅用格律文，而另一些部分則以唱段的形式組成。⑫

　　既然摹仿通過行動中的人物進行，那麼，戲景⑬的裝飾就必然 10 應是悲劇的一部分；⑭此外，唱段和言語亦是悲劇的部分，因爲它們是人物進行摹仿的媒介。所謂「言語」，⑮指格律文的合成本身，至於「唱段」⑯的潛力，我想不說大家也知道。既然悲劇是對行動的摹仿，⑰而這種摹仿是通過行動中的人物進行的，這些人的 1450ᵃ 性格和思想就必然會表明他們的屬類⑱（因爲只有根據此二者我們 15 才能估量行動的性質⑲[思想和性格乃行動的兩個自然動因]，而人的成功與失敗取決於自己的行動）。因此，情節是對行動的摹仿；⑳這裡說的「情節」㉑指事件的組合。所謂「性格」，㉒指的是這樣一種成分，通過它，我們可以判斷行動者的屬類。「思想」㉓──我的意思是──體現在論證觀點或述說一般道理的言論裡。㉔ 20

由此可見，作爲一個整體，悲劇必須包括如下六個決定其性質的成分，㉕即情節、性格、言語、思想、戲景和唱段，其中兩個指摹仿的媒介，一個指摹仿的方式，另三個爲摹仿的對象。㉖形成悲劇藝術的成分盡列於此。†不少詩人†——或許可以這麼說

25 ——使用了這些成分，㉗因爲作爲一個整體，戲劇包括戲景、㉘性格、情節、言語、唱段和思想。

　　事件的組合㉙是成分中最重要的，因爲悲劇摹仿的不是人，而是行動和生活㉚〔人的幸福與不幸均體現在行動之中；生活的目的是某種行動，而不是品質；㉛人的性格決定他們的品質，但他們的

30 幸福與否卻取決於自己的行動。〕㉜所以，人物不是爲了表現性格才行動，而是爲了行動才需要性格的配合。㉝由此可見，事件，即情節是悲劇的目的，㉞而目的是一切事物中最重要的。此外，沒有行動即沒有悲劇，但沒有性格，悲劇卻可能依然成立。㉟事實上，當代大多數悲劇詩人㊱的作品缺少性格，一般說來，許多詩人的作

35 品也都有這個毛病。再以畫家爲例：比較珀魯格諾托斯和宙克西斯㊲的作品可以看出，前者善於刻畫性格，而後者的畫作卻無性格可言。再則，要取得我們所說的悲劇的功效，㊳只靠把能表現性格、㊴言語和思想都處理得很妥帖的話語連接起來是不夠的；㊵相反，一部悲劇，即使在這些方面處理得差一些，但只要有情節，

40 即只要是由事件組合而成的，卻可在達到上述目的方面取得好得多的成效。另外，悲劇中的兩個最能打動人心的成分是屬於情節的部分，即突轉和發現。㊶還有一點可資證明：新手們一般在尚未熟練掌握編排情節的本領之前，即能嫻熟地使用言語和塑造性格——在這一點上，過去的詩人也幾無例外。㊷

因此，情節是悲劇的根本，用形象的話來說，是悲劇的靈魂。㊸ 45
性格的重要性占第二位（類似的情況也見之於繪畫：一幅黑白素描 1450ᵇ
比各種最好看的顏料的胡亂堆砌更能使人產生快感）。悲劇是對行
動的摹仿，它之摹仿行動中的人物，是出於摹仿行動的需要。㊹

　　第三個成分是思想。思想指能夠得體地、恰如其分地表述見
解的能力；㊺在演說中，㊻此乃政治㊼和修辭藝術的功能。㊽昔日 50
的詩人讓人物像政治家似地發表議論，㊾今天的詩人則讓人物像
修辭學家似地講話。㊿性格展示抉擇�51（無論何種）�52的性質［在
取捨不明的情況下］，�53因此，一番話如果根本不表示說話人的
取捨，是不能表現性格的。思想體現在論證事物的眞僞或講述一
般道理的言論裡。�54 55

　　第四個成分是†話語中的†言語。�55所謂「言語」，正如我們說
過的，�56指用詞表達意思，其潛力在詩裡和在散文�57裡都一樣。在
剩下的成分裡，唱段是最重要的「裝飾」。�58戲景雖能吸引人，卻
最少藝術性，�59和詩藝的關係也最疏。一部悲劇，即使不通過演出�60
和演員的表演，也不會失去它的潛力。�61此外，在決定戲景的效果 60
方面，服裝面具師�62的藝術比詩人的藝術起著更爲重要的作用。

【注　釋】

① 即史詩。史詩取六音步格(hexametros)，每個音步由一個長音節和兩個短
　音節構成。在占時方面，兩個短音節大致等於一個長音節。六音步格又
　名「英雄格」（hērōos、hērōikon 或 hērōikon metron）。這裡指的是用六
　音步格作成的摹仿型作品，因而不包括諸如恩培多克勒的《論自然》一

類的著作。六音步長短短格適用於史詩，因為它「最莊重，最有分量」（第 24 章第 22 行）。

② 關於史詩的論述始於第 23 章。《詩學》第 2 卷（或另一部分）討論喜劇，可惜早已失傳（詳見「引言」第 18 段（第 8—9 頁））。

③ 上文已經論及或涉及的內容包括：悲劇㈠是一種摹仿藝術（譯文第 1 章第 5—6 行），㈡摹仿高貴者的（即嚴肅的）行動（參見第 4 章第 18 行），㈢應有一定的長度（參考第 4 章第 45 行），㈣摹仿的媒介是節奏、唱段和格律文（第 1 章第 32 行），㈤由不同的部分（即對話和合唱）組成（第 1 章第 32—33 行），㈥採用表演的方式（第 3 章第 9—10 行）。上文尚未涉及行動的完整性的問題（參考第七章）。

④ 「性質」原文作 ousia。在亞里斯多德哲學裡，ousia 是一個重要的概念（參考附錄四注㊼）。

⑤ Teleias。一個物體如果有了應該具有的一切，即包容了組成這個事物所必需的一切要素和部分，這個物體便是完整劃一的（teleion kai holon，《物理學》3. 6. 207^a 9，另參考第 7 章注④）。用於形容產品和藝術品時，teleios 意為「完美的」或「精美的」，近似於拉丁詞 perfectus。關於「嚴肅的」，見第 2 章注②。

⑥ 亞里斯多德倫理學認為，行動(praxis)既不同於生產(poiēsis)，也不同於純度很高的思辨活動（見《尼各馬可斯倫理學》6. 4. 1140^a 1ff., 6. 2. 1139^a 26ff.）。Praxis 的主體是人，因而是一種受思考和選擇（proairesis，參見注�）驅動的、有目的的實踐活動（參考同上，6. 2. 1139^a 31 —^{b} 5）。嚴格說來，只有智力健全的成年人才有組織和進行 praxis 的能力（《歐德摩斯倫理學》2. 8. 1224^a 28—30）。所以，對行動引起的後果，當事人必須承擔應該由他承擔的責任（或某一部分責任）。

⑦ Hēdusmenōi logōi。Hēdusma 原意為「調味品」（參見《尼各馬可斯倫理學》9. 10. 1170^b 29，另參考注㊞）。

⑧ Tois moriois; moria 在此指與悲劇的「量」有關的「部分」，等於第 12 章論及的 merē（參考第 1 章注③）。「不同的形式」直譯作「每一種類型」(eidos)。

⑨ 根據原文，似亦可作「此類情感」解。比較第 19 章第 4 行：情感的激發（如憐憫、恐懼和憤怒等）；另參考《修辭學》2. 1. 1378ᵃ 19－22，《政治學》8. 8. 1342ᵃ 12。《修辭學》第 2 卷對憐憫和恐懼作了詳細的闡述（參考附錄三）。

⑩ 在定義所包括的內容中，「淨化」(katharsis)是《詩學》現存部分沒有作過說明的惟一的一項內容（參考「引言」第 18 段（第 9 頁））。另參考附錄「Katharsis」。

⑪ Harmonia [kai melos]。Harmonia 和 melos 意思接近（參考第 1 章注㊸），但後者似更明確地包含「有歌詞」之意。Kai melos（參考第 4 章注⑪）是對 harmonia 的（或許是可有可無的）說明。比較第 1 章第 11、32 行。

⑫ 比較第 1 章第 33 行。

⑬ Opsis，原意為「外觀」、「形貌」等，譯作「戲景」，表「演出情景」之意。Opsis 是重要的，因為觀看演出實際上是觀看人物在戲場或戲台上的活動；opsis 又不是那麼重要，因為即使僅憑閱讀或聽人講誦，人們也能領略到悲劇的美和氣勢（參考譯文第 14 章第 2－4 行，第 26 章第 21、27 行及該章注 16，本章第 59－60 行）。作者在下文中用了「裝飾」(kosmos)一詞，絕非出於偶然。Opsis 可能主要指人物的外觀，不過，我們有時似乎很難把人物的活動和周圍的環境分割開來。原文 1453ᵇ 1（第 14 章第 1 行）中的 opsis 似可作泛指的「劇景」解。

⑭ Meros，即下文中的「成分」。

⑮ 像 dianoia（見注㉓）等詞彙一樣，lexis 也是不易準確釋譯的術語。譯作「語言」，似嫌泛了點；譯作「措詞」，難免顯得有些拘謹；譯作「文體」或「風格」，讀來又略帶幾分生硬。作「言語」或「話語」解，雖

説相對好一些，亦不能完整表達 lexis 的內涵（當然，即使在《詩學》裡，lexis 亦可表示不同的意思，參考第 4 章注㊸，第 20 章注②等處）。Lexis 的詞根是 leg-（比較 legein，「說」、「講」），加上後綴，包含動作之意（參考附錄四注②），故不僅可作「言語」解，而且還帶有「正確地使用語言」的意思（參考《修辭學》3. 1. 1403^b 16）。難怪作者認為，lexis 即「格律文的合成」或「通過詞（或語言）表達意思」（見第57 行）。Lexis 指格律文或散文，不指詞和音樂的接合，即 melos（但亞氏亦用 lexis 指狄蘇朗勃斯中的「言詞」，《修辭學》3. 3. 1406^b 2）。第20－22 章對 lexis 作了較為細緻的分析。

⑯ Melopoiia，即「歌的製作」。悲劇的寫作包括兩個部分，即格律文（念白、對話）的合成(lexis)和唱段（或歌）的合成(melopoiia)。因此，悲劇詩人既是格律文的寫作者，又是唱段的寫作者(melopoios)。歐里庇得斯稱埃斯庫羅斯為「一個蹩腳的 melopoios」〔阿里斯托芬《蛙》(Ranae)1249－1250〕。

⑰ 作者反覆強調了悲劇是對行動的摹仿的觀點（另見第 4 章第 17－18 行，本章第 47－48 行和第 9 章第 23 行）。比較：悲劇是對行動和生活的摹仿（第 27－28 行）；悲劇摹仿的不僅是一個完整的行動，而且是能引發恐懼和憐憫的事件（第 9 章第 35－36 行）。

⑱ 或：這些人必須在性格和思想方面具備某些特性(poious tinas)。To poion 亦可作「性質」或「品質」解。

⑲ Poias tinas（參考注⑱）。

⑳ 比較第 13 行：悲劇是對行動的摹仿。

㉑ 作者對 muthos 進行了限定：muthos 在此指「情節」，而不是通常所說的「故事」（參考附錄「Muthos」）。

㉒ 亞氏認為，性格(ēthē)屬倫理美德的研究範疇。倫理美德得之於習慣(ethos)或習慣性活動。人們通過正義的行動而成為有正義感的人（詳見《尼各馬可斯倫理學》2. 1. 1103^a 31 －^{b} 2）。性格出自實踐，也體現在實踐

之中，也就是說，通過一個人的抉擇或行動，人們可以看出他的性格。另參考第 2 章注③，第 13 章注⑪。

㉓ Dianoia 指在理智和智能制導下的精神活動，可解作「推理」、「思想」和「思考」等。在亞里斯多德哲學裡，psukhē（「心靈」）包括可引發行動(praxis)的三個成分，即 aisthēsis（「感覺」）、orexis（「慾望」）和 nous（「理智」）；參考《尼各馬可斯倫理學》6. 2. 1139^a 17－18。Nous 是 psukhē 的精華，其功用是思考(dianoia)。作為一種推理思考，dianoia 可包括以下三個方面的知識，即 epistēmē（「科學或系統知識」）、tekhnē（「製作知識」）和 phronēsis（「實踐或行為知識」）〔《分析續論》(*Analytica Posteriora*)1. 33. 89^b 7－9〕。《詩學》賦予 dianoia 如下兩個「特點」：㈠體現在（某些）言論之中（另見第 19 章第 3－4 行，參考該章第 8－9 行），㈡可以反映人的說理能力（見本章第 54 行）另參考注(51)、(54)。

㉔ 或：指論證觀點或說明道理的言論。Gnōmē 指具一定概括力的、能說明某個道理的言論。對一般人而言，它是經驗的總結，生活的教訓；它的作用是告訴人們如何為人處世（參見《修辭學》2. 21. 1394^a 21－25）。Gnōmē 不回答純理論問題，既不解釋數學定義，也不從哲學的高度分析和說明宇宙的起源、極限和歸向。Gnōmē 不是智慧(sophia)的最高表現形式，也不是人對世界的最後解釋，因此不同於純哲學的結論或「第一哲學」的研究內容和成果。

㉕ Merē，指和悲劇的「質」有關的「成分」和「部分」（比較注⑧）。

㉖ 媒介：言語和唱段；方式：戲景；對象：情節、性格和思想。

㉗ Eidē，等於 merē（參考第 1 章注③）。

㉘ 校勘本作†opsis ekhei pan†，其中 ekhei pan 可作「具所有的成分」解。但如果說每部悲劇都包括這裡提及的六個成分，我們又該如何解釋第 33－34 行中的內容呢？

㉙ 即情節。

㉚ 藝術摹仿生活的觀點在公元前四世紀大概已相當流行。和作者同時代的演說家魯庫耳戈斯(Lukourgos)說過，詩人「摹仿生活」（《譴責萊俄克拉忒斯》(*Kata Leōkratous*)102）；亞氏本人也曾引述過阿爾基達馬斯(Alkidamas)的話：《奧德賽》是生活的鏡子（《修辭學》3.3.1406ᵇ12－13）。

㉛ 或：而不是為了形成（某種）品質（poiotēs，比較注⑱）。

㉜ 生活的目的(telos)是追求幸福(eudaimonia)。亞氏一再指出，幸福不是「狀態」，而是「活動」（energeia，《尼各馬可斯倫理學》1.6.1098ᵃ16, 10.6.1176ᵇ6－7；《政治學》7.3.1325ᵃ32－34）。「活動」（或行動）包括我們今天所說的某些「狀態」，如幸福、思考等。亞里斯多德認為，幸福本身即包含自己的目的（《尼各馬可斯倫理學》10.6.1176ᵇ30－31）。

㉝ 悲劇摹仿人物的行動，而不是他們的性格，因為只有通過表現行動，才能揭示生活的目的（即對幸福的追求）和人生的意義。具有某種品質或養成某種性格和習性，不是生活的最終目的。所以，在作者看來，性格「屈從」於行動（即情節）是很自然的事（今天的詩人、劇作家和小說家們或許不會完全同意這一點）。亞氏的戲劇理論明顯地受到他的倫理學思想的影響。

㉞ 這裡，「事件」(pragmata)和「情節」等義。「即」原文作 kai（參考第4章注⑪）。作者認為，情節是悲劇中最重要的成分，因此是悲劇的目的(telos tragōidias)。

㉟ 當時是否有人主張重性格、輕情節，不得而知。

㊱ 指歐里庇得斯以後，即公元前四世紀的悲劇詩人。

㊲ 宙克西斯(Zeuxis)出生在魯卡尼亞（即 Lucanus）境內的赫拉克雷亞(Herakleia)。在柏拉圖的《普羅塔哥拉斯篇》（可能作於公元前430年左右）裡，他還是一位剛到雅典不久的年輕人。宙克西斯是一位譽滿希臘城邦的畫家（另參考西塞羅《論創造》(*De Inventione* 或 *De Inventione Rhet-*

orica) 2.1.1），以畫面綺麗和逼真著稱。他畫的葡萄曾使飛鳥「受騙」（帕里尼烏斯《自然研究》35.65）。儘管作者認為宙氏的作品不表現性格，帕里尼烏斯卻稱他的「裴奈羅珮」是一幅展現人物道德情操的畫作（同上，35.63）。關於珀魯格諾托斯，參見第 2 章注⑥。

㊳ 作者不曾用整段的文字講述悲劇的功效(ergon tragōidias)，有關論述散見在幾個章節之中。簡言之，悲劇的 ergon 是：通過能使人驚異的劇情引發憐憫和恐懼並使人們在體驗這些情感中得到快感（參見本章第 6 行，第 14 章第 7－8 行，第 18 章第 31 行，第 25 章第 20 行，第 26 章第 42 行）。從某種意義上來說，ergon 的實現，也就意味著悲劇達到了預期的或應該達到的目的；不過，實現這個目的似應有觀衆或讀者的參與（比較第 4 章注㉝）。作者喜用 ergon 一詞，比較：「此種藝術的功效」（第 26 章第 42 行），「政治和修辭藝術的功用」（本章第 50 行），「詩人的 ergon」（第 9 章第 1 行）和「說話者的 ergon」（參見第 19 章注⑨）。

㊴ 講演者不僅應通過語言準確地表達意思，而且還應用合適的詞語表現自己的性格，以爭取聽衆的了解和支持（詳見《修辭學》2.1.1377^b 23ff.）。在講演中，話語分三類，即表示性格的話語(ēthikos logos)、激發情感的話語(pathētikos logos)和說理的話語(apodeiktikos logos)。

㊵ 比較柏拉圖《法伊德羅斯篇》268C－D。

㊶ 《詩學》九次連用突轉(peripeteia)和發現(anagnōrisis)，可見二者的關係之密切。突轉和發現（或認出、意識到）是區別複雜情節和簡單情節的兩個成分（見第 10 章）。第 11 章 1、2 段分別對突轉和發現下了定義。

㊷ 在現存的悲劇中，除《雷索斯》被疑為是歐里庇得斯早年的作品外（參考第 5 章注㉒），其餘的都不是作者「初出茅廬」時的作品。

㊸ 靈魂(psukhē)是生命之根本，即 arkhē（《論靈魂》1.1.402^{a}6－7）。Psukhē 乃事物中最重要的、決定其性質、功用和意義的部分。布萊希特(Bertolt Brecht)不是亞氏戲劇理論的「信徒」，但仍在某種程度上同意情節是悲

劇之靈魂的觀點〔參見《安提戈涅模式》(*Antigonemodell*) 5〕。

㊹ 此番解釋當有助於我們更好地理解第 2 章中的有關論述（見該章第 1、15－16 行）。關於悲劇是對行動的摹仿，參考注⑰。

㊺ 或：思想指說可以說的和合適的話的能力。

㊻ Epi tōn logōn，亦可作「在講話中」解。

㊼ Politikē，即關於城邦(polis)生活的藝術。當時的politikē還包括倫理學等（參考《尼各馬可斯倫理學》1. 2. 1094a 26 —b 10，《修辭學》1. 2. 1356a 25－27），因此比我們今天所說的「政治」含義廣一些。政治是全體公民的事，關心政治（即城邦的事務）是全體公民的義務。

㊽ 譯作「政治和修辭藝術中的演說即具此種功用」，似乎也過得去。

㊾ 或：……像公民似地講話。

㊿ 原文用了副詞rhētorikōs。在公元前四世紀，雅典文壇上不乏重修辭的悲劇詩人。瑟俄得克忒斯（修辭大師伊索克拉忒斯(Isokratēs)的學生）既是出色的修辭學家（西塞羅很欣賞他的文采，見《演說家》51. 172），又是多產的悲劇詩人（見第 16 章注㉗）。阿斯圖達馬斯（參見第 14 章注㉓）和阿法柔斯(Aphareus)等名詩人也都專門學過修辭〔詳見 G. Xanthakis-Karamanos, "The Influence of Rhetoric on Fourth-Century Tragedy", *Classical Quarterly* (N. S.) 29(1979), pp. 66－69〕。在公元前五世紀的詩人中，歐里庇得斯寫過大段的「演說詞」（參見《特洛伊婦女》(*Troades*) 914－1032）。自公元前五世紀末起，修辭可能已帶有為了實現某種政治目的而不合適地利用言論控制和引導輿論的含義。

(51) Proairesis指智力正常的人在經過認真考慮(bouleusis)後作出的「抉擇」或「決定」（參見《尼各馬可斯倫理學》3. 3. 1113a 9－12）。一般說來，proairesis是對有助於實現某個目的的方式的選擇（同上，3. 3. 1113a 12－14, 6. 2. 1139a 31－33）。Proairesis是亞里斯多德行為哲學中的一個不可忽視的成分，與之相關的重要概念包括 nous（「理智」）、dianoia

（「思考」）和 ēthē（「性格」）（同上 3. 3. 1139ª 33－35）。根據亞氏的倫理思想，選擇是一種帶傾向性的行為（參考第15章第2－4行），因而也就可以和應該接受道德標準的檢驗。由此可見，將這句話譯作「性格顯示人的道德意向」，亦是可以的。

(52) 括弧為譯者所加。

(53) 阿拉伯譯本中沒有這一「說明」。

(54) Dianoia包含運用智力進行思考或推理之意（參考注㉓），故這句話似亦可作如下解：人們通過推理論證事物的真偽或發表包含一般性道理的言論。

(55) 「話語中的」一語是個不必要的「說明」，因為 lexis 即指供念誦的「話」或「台詞」（參見注⑮），而不是供唱誦的歌詞或唱詞。

(56) 指第 12 行中的內容。

(57) Epi tōn logōn。Logos在此與「詩」或「格律文」形成對比（另見第 1 章第 16 行等處）。

(58) 參考注⑦。演說者不應把「調料」（修飾性詞語）當「菜肴」（《修辭學》3. 3. 1406ª 18－20）。

(59) 換言之，戲景是個相對次要的成分。高明的詩人不應借助戲景引發憐憫和恐懼，因為那是缺少藝術性的做法（見第 14 章第 4－5 行）。有無藝術性亦是作者評判發現之優劣的標準（參見第 16 章中的有關論述）。

(60) Agōn，（公開）「演出」、「比賽」（參考第 7 章第 20 行，第 13 章第 32 行）。

(61) 「潛力」原文作 dunamis。根據亞氏的哲學思想，事物的 dunamis 是屬於事物本身的東西。因此，即使事物沒有進入運作狀態，它的潛力依然存在。從這個意義上來說，悲劇，即便躺在書架上，也不會失去它的 dunamis。另參考第 1 章注④。

(62) Skeuopoios，由 skeuos（「器械」、（演員的）「服裝」）和 poiein（「製作」）組成，此間所指可能比「服裝面具製作師」的含義廣一些。

第 7 章

　　定義有了，①現在討論應如何編組事件的問題，因為在悲劇裡，情節是第一，也是最重要的成分。②

　　根據定義，③悲劇是對一個完整劃一，④且具一定長度的行動的摹仿，因為有的事物雖然可能完整，卻沒有足夠的長度。⑤一
5 個完整的事物由起始、中段和結尾組成。⑥起始指不必承繼它者，但要接受其它存在或後來者的出於自然之承繼的部分。與之相反，結尾指本身自然地承繼它者，但不再接受承繼的部分，它的承繼或是因為出於必須，或是因為符合多數的情況。⑦中段指自然地承上啓下的部分。因此，組合精良的情節不應隨便地起始和
10 結尾，它的構合應該符合上述要求。⑧

　　此外，無論是活的動物，還是任何由部分組成的整體，若要顯得美，⑨就必須符合以下兩個條件，即不僅本體各部分的排列要適當，而且要有一定的、不是得之於偶然的體積，因為美取決於體積和順序。⑩因此，動物的個體太小了不美（在極短暫的觀
15 看瞬間裡，該物的形象會變得模糊不清），⑪太大了也不美（觀
1451ᵃ 看者不能將它一覽而盡，故而看不到它的整體和全貌——假如觀看一個長一千里⑫的動物便會出現這種情況）。⑬所以，就像軀體和動物應有一定的長度一樣——以能被不費事地一覽全貌為宜，⑭情節也應有適當的長度⑮——以能被不費事地記住為宜。
20 　　用藝術標準來衡量，作品的長度限制⑯不能以比賽的需要和

對有效觀劇時間⑰的考慮來定奪。不然的話，若有一百部悲劇參賽，⑱恐怕還要用水鐘來記時呢——†就像人們傳說的那樣。†⑲但是，若從以事物本身的性質決定其長度的觀點來看，只要劇情清晰明朗，篇幅越長越好，因爲長才能顯得美。⑳說得簡要一點，作品的長度要以能容納可表現人物從敗逆之境轉入順達之境或從順達之境轉入敗逆之境的一系列按可然或必然㉑的原則依次組織起來的事件爲宜。長度若能以此爲限，㉒也就足夠了。

【注　釋】

① 事實上，作者沒有給每個成分下定義（參考譯文第 6 章第 13 行）。

② 或譯作：這是第一、也是最重要的一件事。作者反覆強調了情節的重要性（參見第 5 章第 12—13 行，第 6 章第 32、45 行，第 9 章第 25 行等處）。

③ 參見第 6 章第 3—6 行。

④ Teleias kai holēs。悲劇的定義中有 teleias 一詞（見第 6 章注⑤），holēs 的出現，可能是爲了強調。如果說 holon 和 teleion 不是嚴格意義上的同義詞，它們的意思也是「十分接近的」（《物理學》3. 6. 207^a 13）。

⑤ Megethos，或作「體積」解。

⑥ 另參見第 23 章第 3 行。類似的論述也見之於柏拉圖的《法伊德羅斯篇》264C。

⑦ 或：在大多數情況下是如此（參考《分析續論》2. 12. 96^a 8—10）。在下文中，作者用「必然」和「可然」表達了同樣的意思。

⑧ 直譯：應該使用上述成分（ideai，即起始、中段和結尾）。

⑨ Kalon（參考第 4 章注⑪）。美的要素包括順序、比例和限度〔《形而上學》12. 3. 1078^a 36—37，另參考《論題》(Topica) 3. 1. 116^b 21—23〕。

⑩ 美的個體應有一定的體積（參考《政治學》7.4.1326ᵃ33，《尼各馬可斯倫理學》4.3.1123ᵇ6－8，比較希羅多德《歷史》1.60）。「體積」原文作 megethos（比較注⑤）；「順序」原文作 taxis，亦可作「排列」解。

⑪ 亞氏認為，物體的體積和對它進行觀察所需的時間之間存在著某種必然的關連（參考《物理學》4.13.222ᵇ15）。物體太細小，使人難以分辨它的組成部分（美的個體應有完好的內部組織），也弄不清它是怎麼組合起來的，自然就無美可言。

⑫ 毫無疑問，這是一種誇張的說法。一個 stadion 等於六個 plethra，合六百另六英尺九英寸。

⑬ 在原文中，括弧止於「全貌」。

⑭ 參見第 23 章第 14 行及第 24 章第 12 行中相似的論述。

⑮ Mēkos，比較 megethos。

⑯ Horos，「限制」，亦可作「定義」解。

⑰ 原文作 pros tous agōnas kai tēn aisthēsin，「與比賽和感察有關」。關於 agōn，參考第 6 章注⑩。

⑱ 當然，這是誇張的說法，學問家的嚴謹沒有泯滅他的幽默感。在城市狄俄努西亞戲劇比賽中，一天內上演的悲劇一般不超過三部（參考附錄「悲劇」第 3 段）。

⑲ 或：正如人們有時提及的那樣。阿拉伯譯文作：正如人們慣常所說的那樣。在法庭上，為了使捲入糾紛的雙方有相等的說話時間，古希臘人曾用水鐘記時。現存的古文獻中查不到在悲劇比賽中用水鐘記時的記載。

⑳ 參考注⑩。對這裡的提法不可作過於機械的理解——作者大概不會鼓勵詩人寫一萬行的悲劇。事實上，作者剛剛說過，情節的長度應以能被不費事地記住為宜。所以，即便是史詩，也不宜拉得過長（參考第 24 章第 11－12 行）。

㉑ 可然(to eikos)和必然(to anankaion)可能是當時的學者們所熟悉的術語（柏

拉圖曾合用過這兩個詞,見《提邁俄斯篇》40E)。亞氏認為,事物的存在或不存在,事情的發生或不發生,若是符合一般人的看法,這種存在或不存在,發生或不發生便是可然的〔《分析論》(*Analytica Priora*) 2.27.70^{a}2－6,另參閱《修辭學》1.2.1357^{a}34ff.〕。「必然」排斥選擇或偶然:一個事物若是必然要這樣存在,就不會那樣存在;一件事情若是必然會發生,就不會不發生(《形而上學》4.5.1010^{b}26－30)。「可然」和「必然」將在下文中反覆出現。關於人物命運的變化,詳見第13章。

㉒ 參考注⑯。對悲劇的長度,作者沒有作出硬性的規定,這是明智的。公元前五世紀的悲劇一般不超過1,600行。在現存的索福克勒斯的悲劇裡,《俄底浦斯在科羅諾斯》(*Oedipus Coloneus*)最長,為1,779行,《特拉基斯婦女》(*Trachiniae*)最短,為1,278行。在現存的歐里庇得斯的作品中,《赫拉克勒斯的後代》(*Heraclidae*)最短,僅1,055行。另參考第24章注㉒。

第 8 章

　　有人以為，①只要寫一個人的事，情節就會整一，其實不然，在一個人所經歷的許多，或者說無數的事件中，有的缺乏整一性。②同樣，一個人可以經歷許多行動，但這些並不組成一個完整的行動。所以，那些寫《赫拉克雷特》、③《瑟塞伊特》④以及
5 類似作品的詩人，在這一點上似乎都犯了錯誤。⑤他們以為，既然赫拉克勒斯是單一的個人，關於他的故事⑥自然也是整一的。然而，正如在其它方面勝過別人一樣，⑦在這一點上——不知是得力於技巧還是憑藉天賦⑧——荷馬似乎也有他的眞知灼見。⑨在作《奧德賽》時，他沒有把俄底修斯⑩的每一個經歷都收進詩裡，
10 例如，他沒有提及俄底修斯在帕那耳索斯山上受傷⑪以及在徵集兵員時裝瘋⑫一事——在此二者中，無論哪件事的發生都不會必然或可然地導致另一件事的發生——而是圍繞一個我們這裡所談論的整一的行動完成了這部作品。他以同樣的方法作了《伊利亞特》。⑬

　　因此，正如在其它摹仿藝術裡一部作品只摹仿一個事物，⑭
15 在詩裡，情節既然是對行動的摹仿，就必須摹仿一個單一而完整的行動。事件的結合⑮要嚴密到這樣一種程度，以至若是挪動或刪減其中的任何一部分就會使整體鬆裂和脫節。⑯如果一個事物在整體中的出現與否都不會引起顯著的差異，那麼，它就不是這個整體的一部分。

【注 釋】

① 《詩學》不指名地駁斥了某些人的意見（另參見譯文第 13 章第 20、29 行，第 26 章第 11 行等處）。

② 或：有的不能併為一個整體。

③ *Hēraklēis*。公元前七至六世紀的培桑德拉(Peisandros)、公元前五世紀的帕努阿西斯(Panuasis)等都寫過以赫拉克勒斯的經歷為素材的史詩，赫拉克勒斯(Hēraklēs)是傳說中著名的英雄，曾做過十二件極難、極危險的事情(Twelve Labours)。關於他的傳說形形色色，不一而足。

④ 以講述瑟修斯的經歷為主。瑟修斯(Thēseus)是埃勾斯(Aigeus)和埃絲拉(Aithra)之子，傳說中的雅典英雄。和赫拉克勒斯一樣，瑟修斯一生經歷坎坷，頗多傳奇。哪些詩人寫過史詩 *Thēsēis*，不明。

⑤ 比較第 23 章第 17 行。

⑥ 「故事」原文作 muthos（在此之前，該詞一直作「情節」解，另參考第 9 章第 20 行等處；詳見附錄「Muthos」）。

⑦ 參考第 24 章注㉖。

⑧ 參考第 17 章注⑧，附錄十四第 21－22 段（第 285－286 頁）。

⑨ Kalōs idein，意為「看得很清楚」。

⑩ 俄底修斯(Odusseus)乃萊耳忒斯(Laertēs)之子，忒勒馬科斯（見第 25 章注㊽）和忒勒戈諾斯（見第 14 章注㉔）的父親，伊薩凱(Ithakē)國王。在《伊利亞特》裡，他不僅英勇善戰(11.312ff.)，而且足智多謀，能說善辯(19.154ff.)。阿基琉斯死後，他爭得了死者的甲冑。俄底修斯是《奧德賽》的第一主角。

⑪ 事實上，《奧德賽》原原本本地交待過這件事(19.392－466)。此外，該詩第 21 卷第 217－220 行、第 23 卷 73－74 行及第 24 卷第 331－332 行對傷痕亦作過簡單的提及，目的是為了證明俄底修斯的身份。現在的問

題是，既然《奧德賽》對此事有過明顯的交待，作者何以又有此番言論呢？亞里斯多德不是聖人，自然不會無所不知，但總還不至孤陋寡聞到如此可悲的地步吧？專家們因此作了如下解釋：作者認為史詩應該描述一個完整的行動（見下文，另參見第26章第39行），而某些與之無關的事件實際上和作品本身也沒有什麼實質性的關連，因此，說這些事件不在行動之中，是可以理解的。帕那耳索斯山(Parnassos)為品道斯(Pindos)山脈的一個分支，其主峰距德爾福僅幾英里。

⑫ 俄底修斯無心征戰，故以裝瘋回絕阿伽門農的邀請，被帕拉梅得斯(Palamēdēs)識破。《奧德賽》的確沒有提到這件事；此事可能出現在史詩《庫普利亞》裡。

⑬ 此種方法顯然是作者欣賞的（另見第23章第1－3行）。亞里斯多德「剖析了《伊利亞特》和《奧德賽》的結構（第8、23章）以及這兩部作品的區別性特徵（第24章），在這些方面，亞里斯多德的判斷具有無可爭辯的權威性」。古時的學者們有時沒有真正理解亞氏的評析，「沒有一個人具有那樣深邃的洞察力」(D. B. Monro, *Homer's Odyssey* Books 13－24, Oxford: Clarendon Press, 1901, p. 418)。

⑭ 參考第1章注⑬。

⑮ 或「事件的部分的組合」。

⑯ 「脫節」，阿拉伯譯本作「被摧毀」。

第 9 章

　　從上述分析中亦可看出，詩人的職責①不在於描述已經發生的事，而在於描述可能發生的事，即根據可然或必然的原則②可能發生的事。歷史學家和詩人的區別不在於是否用格律文寫作 1451^b（希羅多德③的作品可以被改寫成格律文，但仍然是一種歷史，④用不用格律不會改變這一點），⑤而在於前者記述已經發生的事， 5 後者描述可能發生的事。⑥所以，詩是一種比歷史更富哲學性、更嚴肅的⑦藝術，因為詩傾向於表現帶普遍性的事，而歷史卻傾向於記載具體事件。所謂「帶普遍性的事」，指根據可然或必然的原則某一類人可能會說的話或會做的事——詩要表現的就是這種普遍性，雖然其中的人物都有名字。⑧所謂「具體事件」指阿 10 爾基比阿得斯⑨做過或遭遇過的事。⑩

　　在喜劇裡，這一點清晰可見：⑪詩人先按可然的原則編製情節，⑫然後任意給人物起些名字，而不再像諷刺詩人那樣寫具體的個人。⑬在悲劇裡，詩人仍在沿用歷史人名，⑭理由是：可能生之事是可信的；我們不相信從未發生過的事是可能的，但已經 15 發生之事則顯然是可能的，否則它們就不會發生。然而，即使在悲劇裡，有的作品除了使用一兩個大家熟悉的人名外，其餘的都取自虛構，⑮有的甚至連一個這樣的人名都沒有，如阿伽松⑯的《安修斯》。⑰該劇的事件和人名都出自虛構，但仍然使人喜愛。因此，沒有必要只從那些通常為悲劇提供情節的傳統故事⑱中尋 20

找題材。說實在的，這麼做還眞荒唐，因爲即便是有名的事件，⑲熟悉它們的也只是少數人⑳——但儘管如此，它們仍然能給大家帶來愉悅。

以上所述表明，用摹仿造就了詩人，㉑而詩人的摹仿對象是行動的觀點來衡量，㉒與其說詩人應是格律文的製作者，倒不如25 說應是情節的編製者。㉓即使偶然寫了過去發生的事，他仍然是位詩人，因爲沒有理由否認，在過去的往事中，有些事情的發生是符合可然性[和可能發生]的㉔——正因爲這樣，他才是這些事件的編製者。㉕

在簡單情節和行動中，㉖以穿插式的爲最次。㉗所謂「穿插30 式」，指的是那種場與場㉘之間的承繼不是按可然或必然的原則連接起來的情節。拙劣的詩人寫出此類作品㉙是因爲本身的功力問題，優秀的詩人寫出此類作品則是爲了照顧演員的需要。㉚由於爲比賽而寫戲，他們把情節拉得很長，使其超出了本身的負荷1452ᵃ 能力，並且不得不經常打亂事件的排列順序。㉛

35 悲劇摹仿的不僅是一個完整的行動，而且是能引發恐懼和憐憫的事件。㉜此類事件若是發生得出人意外，但仍能表明因果關係，㉝那就是最能[或較好地]取得上述效果。如此發生的事件比自然或㉞偶爾發生的事件更能使人驚異，㉟因爲即便是出於意外之事，只要看起來是受動機驅使的，亦能激起極強烈的驚異之情，40 比如阿爾戈斯的彌圖斯塑像倒下來砸死了正在觀賞它的、導致彌圖斯之死的當事人一事，㊱便是一個佐證——此種事情似乎不會無緣無故地發生。所以，此類情節一定是出色的。

【注　釋】

① Ergon，即「功用」或「功效」（參考第 6 章注㊳）。

② 參見第 7 章注㉑。

③ 希羅多德（Herodotos 約公元前 482－425 年）出生在哈利卡耳那索斯(Hali-karnassos)的一個貴族之家，一生中閱歷廣博，著有《歷史》(*Historiai*)，即《希波戰爭史》，共九卷，主要描述波希戰爭（前 499－479 年）的起因和過程。希羅多德的工作在一些方面具有開創性的意義，被後人尊為「歷史之父」。他的作品體現了荷馬的風範（朗吉諾斯《論崇高》13.3）。

④ 據說薩摩斯(Samos)詩人科伊里洛斯(Khoirilos)曾參考希羅多德的《歷史》寫過一部史詩。作者引用過科伊里洛斯的詩行（《修辭學》3. 14. 1415^a 4, 16－18），並以他在處理明喻方面的不足襯托荷馬的高明（《論題》8. 1. 157^a 14－17）。

⑤ 比較第 1 章第 22－26 行。

⑥ 作者視歷史為一本記述已發生之事的「流水賬」。歷史學家的任務是按年代把一段時間內發生的事情全部記下來，而詩人的任務是摹仿完整的行動（參見第 23 章第 1－8 行）。在談及歷史時，作者沒有用「摹仿」一詞。其實，希羅多德的《歷史》所介紹的並不都是「已發生過的事」，某些描述明顯地出自作者的構思和想像〔參考 W. V. Harris, *Ancient Literacy*, Cambridge(Massachusetts): Harvard University Press, 1989, p. 80；另參考附錄「Historia」第 4 段〕。

⑦ Spoudaioteron（參考第 2 章注②），在此亦可作「更高的」或「更重要的」解。

⑧ 古希臘人一般有名無姓。

⑨ 阿爾基比阿得斯(Alkibiadēs)是蘇格拉底的學生和朋友，雅典政治家，受過歐珀利斯(Eupolis)、斐瑞克拉忒斯(Pherekratēs)和阿里斯托芬等喜劇詩

人的嘲諷。

⑩ 在《論闡釋》(*De Interpretatione*) 7.17^a 38 —^{b} 1 裡，作者對普遍和具體作了抽象度更高的定義。普遍高於具體，因為前者可以展現事物存在和變化的原因（《分析續論》1.31.88^a 5—7，另參考《論靈魂》2.5.417^b 22—24）。歷史學專家科林烏(R. G. Collingwood)分析道：歷史告訴人們克羅伊索斯(Kroisos)失敗了，而詩告訴人們一些很富有的人失敗了，但後者還只是一個具體的科學結論，因為人們不一定能從詩中領悟到「富人為什麼會失敗的道理」。詩所展現的普遍性不能通過三段論的形式反映出來，雖然用哲學的觀點來看，此種普遍性仍然具有重要的價值，因為人們可以把它當作組成一個包含新的內容的推理模式的前提(*The Ideas of History*, Oxford: Clarendon Press, 1946, p. 24)。亞氏的此番論述似乎沒有得到同時代的學者們的重視。相比之下，伊索克拉忒斯的論述卻在某種程度上影響過當時的史學家。著名歷史學家珀魯比俄斯（Polubios 約公元前 203—120 年）曾比較過歷史和悲劇，認為前者優於後者〔《歷史》（或《羅馬史》）2.56〕。

⑪ 在放手編製情節和任意選用人名方面，喜劇詩人走在悲劇詩人的前頭（參考第 5 章第 10—13 行）。據傳阿爾基比阿得斯曾主持制定過一條法律，禁止喜劇詩人「指名道姓」地諷刺公民。這裡所說的喜劇，可能包括阿里斯托芬後期的作品和所謂的「中期喜劇」。在當時，「新喜劇」尚未誕生，梅南德羅斯(Menandros)的第一部作品在公元前 321 年問世。

⑫ 或：用可然的事件組織情節。

⑬ 參考譯文第 4 章第 17—20 行及該章注⑬。

⑭ 和他的同胞們一樣，作者大概相信，傳說中的英雄或其中相當一部分人（如阿伽門農、阿基琉斯等），是歷史上確有其名的人物（genomenoi，另參考附錄十三注㊲，十四注㊽）。不過，我們不能因此假設作者缺乏起碼的歷史知識。可以相信，儘管他的歷史觀明顯地帶著時代的烙印和

局限性，亞氏不會以為關於特洛伊戰爭的傳說和描述波斯戰爭的史篇具
有完全同等的歷史真實性。

⑮ 歐里庇得斯的《海倫》(Helena)和《厄勒克特拉》中的某些人名可能出自
虛構。

⑯ 阿伽松(Agathōn)，雅典悲劇詩人，公元前 416 年在萊那亞（Lēnaia 或
Dionusia ta epi Lēnaiōi）戲劇比賽中首次獲勝，其時可能還不到三十歲。
阿伽松是一位有才華、富創新精神的劇作家，亞氏引用過他的詩行（《尼
各馬可斯倫理學》6. 2. 1139^b 9－11, 6. 4. 1140^a 19－20；另參考第 18 章第
27－29 行，第 25 章第 90－91 行）。阿里斯托芬挪揄過他的誦唱〔《婦
女的節日》(Thesmophoriazusae) 101ff.〕，作者亦對他使用與作品的主題
或情節不相干的「插曲」(embolima)的做法提出了批評（見第 18 章第 38
－39 行）。阿伽松的作品僅剩少量片斷傳世。

⑰ Antheus，劇情不明。亞氏曾提及一位名叫安修斯的哈利卡耳那索斯人，
被愛他的婦女所殺（片斷 556）。

⑱ 「故事」原文作 muthos（另見第 8 章第 6 行，第 13 章第 25、40 行等
處）。

⑲ 或：有名的故事。

⑳ 這句話不易理解。我們知道，古希臘民眾從小接受詩的薰陶，對世代相
傳的故事一般是比較熟悉的（人們都了解阿基琉斯的生平和經歷，見《修
辭學》3. 16. 1416^b 28；另參考附錄十四第 6 段）。當然，普通民眾對傳
統故事的了解大概不會很細，也不會很全面。真正熟悉故事的來龍去脈，
有能力對複雜的內容進行綜合辨析的，可能只是少數人。

㉑ 比較第 1 章的 21－24 行。

㉒ 參考第 6 章注⑰。

㉓ 情節是悲劇的「根本」（第 6 章第 45 行），因此詩人首先應是編製情節
的「里手」。作者並非主張寫詩應該不用格律，他的用意是提請人們注

意詩的某些在他看來應該予以重視的特點，如具有情節和進行摹仿等。在亞氏看來，格律文作者不一定都是嚴格意義上的詩人。

㉔ 字面意思為：因為沒有什麼可以阻止已經發生的某些事情⋯⋯。〔Kai dunata genesthai〕中的 kai 亦可作「即」或「或」解（參考第 4 章注⑩）。

㉕ 「編製者」原文作 poiētēs，即「詩人」（參考第 1 章注②）。

㉖ 「情節」和「行動」在此幾乎同義（另見第 11 章第 12 行，比較第 6 章注㉞）。

㉗ 複雜情節優於簡單情節（見第 13 章第 4 行；第 10 章將討論這兩種情節），而在簡單情節中又以穿插式的為最次。在《詩學》裡，名詞 epeisodia（「穿插」）幾乎是個中性詞，但形容詞 epeisodiōdēs（「穿插式的」）則明顯地包含貶薄之意（參考 G. M. A. Grube, *Aristotle on Poetry and Style,* New York: The Liberal Arts Press, 1958, p. 20）。不是所有用了穿插的作品都是「穿插式」的（參考第 17 章注⑳等處）。

㉘ Epeisodia，在此似亦可作「部分」解。參考第 4 章注㊺。

㉙ 或：編出此類情節。

㉚ 在當時的戲劇比賽中，演技已是一個重要的評審內容（城市狄俄努西亞和萊那亞均設表演獎），演員的重要性「已超過詩人」（《修辭學》3.1. 1403^b 33）。供辯說的文體適用於表演，所以演員在尋找能表現辯才的劇本，詩人也在尋找有較強表達能力的演員（參考同上，3. 12. 1413^b 8－12）。

㉛ 或：打亂情節的連貫性。

㉜ 換言之，悲劇應摹仿由能引發憐憫和恐懼的事件組成的完整的行動（參考第 6 章注⑰）。

㉝ 直譯：因為這個和那個的關係（參考第 10 章第 6 行）。

㉞ 「或」原文作 kai，亦可作「和」或「即」解。

㉟ 悲劇應包容能使人驚異的內容（第 24 章第 36 行，另參考第 16 章第 38
　　—39 行）。

㊱ 據普魯塔耳科斯所敘，當事人其時正在市場裡，彌圖斯(Mitus)的銅像倒
　　下來砸死了他（《道德論》553D）。彌圖斯可能死於公元前 374 年左
　　右，阿耳戈斯(Argos)在伯羅奔尼撒的東北部。

第 10 章

　　由於情節所摹仿的行動明顯地有簡單和複雜之分，故情節也有簡單和複雜之別。所謂「簡單行動」，正如上文解釋過的，①指連貫、整一、其中的變化②沒有突轉或發現伴隨的行動。所謂「複雜行動」，指其中③的變化有發現或突轉、或有此二者伴隨的行動。這些應出自情節本身的構合，④如此方能表明它們是前事的必然或可然的結果。⑤這些事件與那些事件之間的關係，是前因後果，還是僅為此先彼後，大有區別。⑥

【注　釋】

　　① 參考第 7 章，尤其是該章第 26－27 行。

　　② Metabasis，大概指人物命運的變化（比較第 11 章注①）。

　　③ 原文中的 ex hēs 可作「出自此種行動」或「由於此種行動的展開」解。

　　④ 作者反覆強調了以情節為本的觀點（參見譯文第 14 章第 1 行，第 15 章第 18 行，第 16 章第 14、38 行等處）。

　　⑤ 比較第 15 章第 15－17 行。

　　⑥ 比較第 8 章第 9－11 行，第 9 章第 30 行。

第 11 章

突轉，①如前所說，②指行動的發展從一個方向轉至相反的方向；我們認為，此種轉變必須符合可然或必然的原則。例如在《俄底浦斯》③一劇裡，信使的到來本想使俄底浦斯高興並打消他害怕娶母為妻的心理，不料在道出他身世後引出了相反的結果。④又如在《倫丘斯》裡，倫丘斯被帶去處死，達那俄斯跟去 5 執刑，結果，作為前事的結局，後者被殺，前者反而得救。⑤

發現，如該詞本身所示，⑥指從不知到知的轉變，即使置身於順達之境或敗逆之境中的人物認識到對方原來是自己的親人或仇敵。⑦最佳的發現與突轉同時發生，如《俄底浦斯》中的發現。⑧當然，還有它種發現：上述形式的發現可以和⑨無生命物⑩和偶然 10 發生之事聯繫在一起；此外，還可發現某人是否做過某事。⑪但是，和情節，即行動⑫關係最密切的發現，是前面提到的那一種，因為這樣的發現和突轉能引發⑬憐憫或恐懼（根據上文所述，⑭悲劇摹 1452^{b} 仿的就是這種行動）；此外，⑮通過此類事件還能反映人物的幸運和不幸。⑯既然發現是對人的發現，⑰這裡就有兩種情況。有時，一 15 方的身份是明確的，因此發現實際上只是另一方的事；有時，雙方則須互相發現。例如，通過伊菲革涅婭托人送信一事，俄瑞斯忒斯認出了她，⑱而伊菲革涅婭則需另一次發現才能認出俄瑞斯忒斯。⑲

突轉和發現是情節的兩個成分，⑳第三個成分是苦難。㉑在這些成分中，我們已討論過突轉和發現。苦難指毀滅性的或包含痛 20

苦的行動，如人物在眾目睽睽之下的死亡、㉒遭受痛苦、受傷以及諸如此類的情況。㉓

【注　釋】

① 「突轉」(peripeteia)不完全等同於metabasis（見第10章注②），前者是複雜劇的標誌，且有發現的伴隨，後者（從理論上來說，可以）出現在所有的悲劇裡。另參考第6章注㊶。

② 上文並沒有專門討論過突轉（參見譯文第6章第41行）。

③ 即《俄底浦斯王》(Oedipus Tyrannus)，作者索福克勒斯。瑟拜（Thēbai 或 Thēbē）國王拉伊俄斯(Laios)知其子俄底浦斯(Oedipus)日後會弒父娶母，遂差人將其遺棄。科林索斯(Korinthos)國王收養了男孩。成年後，為躲避預言中的橫禍出走瑟拜，路殺一老人（即拉伊俄斯）。抵瑟拜，娶王后伊娥卡絲忒(Iokastē)為妻；在弄清自己是殺父娶母的罪人後，扎瞎了雙眼。據荷馬所述，俄底浦斯的母親名叫厄庇卡絲忒(Epikastē)。俄氏殺父娶母，待發現後，厄庇卡絲忒懸樑自盡，俄氏則照舊統治國內的臣民（《奧德賽》11.271－276，另參考《伊利亞特》23.679）。據黑西俄得的《農作和日子》，瑟拜曾發生過爭奪俄家牲畜的械鬥，一些英雄死於混戰之中(162－163)。除索福克勒斯外，至少還有埃斯庫羅斯、卡耳基諾斯（見第16章注⑤）、歐里庇得斯、尼各馬可斯(Nikomakhos)、瑟俄得克忒斯等多位詩人寫過有關俄底浦斯的悲劇。

④ 作者的「小結」太過簡練，以至不完全符合有關劇情。信使自科林索斯來，帶來的消息是：老國王珀魯波斯(Polubos)已死，國民已擁戴俄底浦斯為王。信使以為俄氏聽了這則消息後會感到高興——可見他的到來並不是為了打消俄氏的恐懼心理。直到了解到對方正為自己可能成為殺父

娶母的罪人而擔憂時，為了安慰他，信使方說出了俄氏的身世，卻不料引出了相反的結果（參閱該劇 924ff.）

⑤ *Lunkeus* 的作者是當時已蜚聲雅典的瑟俄得克忒斯。此劇的內容別處均無記載，作者的兩次提及（另見第 18 章第 4 行）囊括了自己所掌握的關於該劇的全部信息。瑟氏依據的可能是如下傳說：阿耳戈斯國王達那俄斯(Danaos)有五十個女兒，他的兄弟埃古普托斯(Aiguptos)的五十個兒子欲娶她們為妻。達那俄斯命令女兒們於新婚之夜盡殺新郎。唯有倫丘斯(Lunkeus)的新娘呼柏耳奈絲特拉(Hupermnestra)手下留情，藏起了夫婿，並為他生子阿巴斯(Abas)。《倫丘斯》的突轉究為如何，不得而知，可能與阿巴斯的突然出現有關。

⑥ 比較：anagnōrisis（「發現」）、gnōsis（「知曉」）、agnoia（「無知」）。

⑦ 直譯作：使……意識到 philia 或敵意。philia 在此可作「親緣」解，其含義遠較一般的「友誼」為強（比較第 13 章第 41 行中的「朋友」）。

⑧ 《俄底浦斯王》一劇的高潮始於信使的到來（第 924 行）。稍後，伊娥卡絲忒發現了俄底浦斯的真實身份（參見第 1056－1072 行）；俄氏的發現來得遲一些，約在第 1167 行以後。某些悲劇中的發現似乎沒有導致命運的變化，如《發瘋的赫拉克勒斯》（*Heraklēs Mainomenos* 或 *Hercules Furens*）中赫拉克勒斯的發現和《巴科斯的女信徒們》(*Bacchae*)中阿伽維(Agauē)的發現。「發現」首先是對人之真實身份的發現。

⑨ 原文放在† †號內，意為：正如（剛才）所說的（也會）發生（在）……。

⑩ 參考第 16 章第 1 段。

⑪ 例如菲洛克忒忒斯(Philoktētēs)意識到尼俄普托勒摩斯(Neoptolemos)偷了他的弓。關於發現的種類，見第 16 章。另參考該章注㉚。

⑫ 「情節」在此和「行動」等義（參考第 9 章注㉖）。原文中的 kai 作「即」解。

⑬ Hekhei，亦可作「包容」解。

⑭ 參考第 6 章第 6 行，第 9 章第 35 行。

⑮ 參考了布切爾(S. H. Butcher)等人的校勘本。卡塞爾校勘本作「因為」。

⑯ 參考第 6 章第 27－28 行。

⑰ 此乃發現的一個重要內容。

⑱ 這裡指的是歐里庇得斯的《伊菲革涅婭在陶羅依人裡》（參見第 14 章注⑬）中的一段劇情。伊菲革涅婭(Iphigeneia)身陷異鄉，托俄瑞斯忒斯（見第 13 章注㉑）的隨從帶信給俄瑞斯忒斯。但俄瑞斯忒斯當時即在現場，故而認出了伊菲革涅婭(759－797)。關於此事，另參見第 16 章第 15－16 行。該劇的梗概見第 17 章第 16－21 行。據《伊利亞特》，阿伽門農有一子（俄瑞斯忒斯）三女（克魯索瑟彌絲(Khrusothemis)、勞迪凱(Laodikē)和伊菲阿娜莎(Iphianassa)）。伊菲阿娜莎可能即為伊菲革涅婭。

⑲ 參閱《伊菲革涅婭在陶羅依人裡》800－830，另參考第 16 章第 12－14 行及該章注⑯。

⑳ Merē。作者在此再次重申了突轉和發現是屬於情節的兩個成分的觀點（參見第 6 章第 41－42 行；另比較第 18 章第 7－8 行，第 24 章第 3 行）。

㉑ 「苦難」原文作 pathos（比較第 1 章注㉑，第 19 章注⑤）。和突轉及發現不同，苦難既可出現在複雜情節，亦可出現在簡單情節之中。此外，有無 pathos 還是區別悲劇和喜劇的一個特徵（參考第 5 章第 1 段）

㉒ 在現存的悲劇中，除阿爾開斯提斯(Alkēstis)和希珀魯托斯(Hippolutōs)等少數人物是在 skēnē（參見第 12 章注⑦）上死去的外（索福克勒斯筆下的埃阿斯(Aias)亦有撲劍之舉），此類情況實不多見。作者在論及史詩時指出，史詩也應表現突轉、發現和苦難（第 24 章第 3 行）。由此看來，pathos 似亦可指肉眼看不見的殘殺和人物所遭受的磨難。

㉓ 如赫拉克勒斯和菲洛克忒特斯的傷痛以及普羅米修斯(Promētheus)、俄底浦斯、珀魯梅斯托耳(Polumēstōr)等所遭受的苦痛等。

第 12 章①

　　悲劇中的應被用作合成成分的部分。②上文已作過說明。③從量的角度來分析，④悲劇的部分，⑤即把悲劇切分成節段的部分是：開場白、場、⑥退場及合唱。合唱分帕羅道斯和斯塔西蒙，此二者爲所有的劇所共有；至於演員在戲場上所唱的段子⑦及孔摩斯，則只有某些劇才有。⑧

5

　　開場白⑨指悲劇中歌隊演唱帕羅道斯之前的整個部分，場是悲劇中介於兩個完整的合唱之間的整個部分，⑩退場⑪是悲劇中的一個完整的部分，其後再無歌隊的合唱。在合唱中，帕羅道斯⑫是歌隊第一次完整的表述；⑬斯塔西蒙⑭由歌隊演唱，其中沒有短短長格或長短格詩行；⑮孔摩斯⑯是歌隊和戲台上的演員輪唱的哀

10

歌。

　　悲劇中的應被用作〈合成成分〉的部分，上文已作過說明。這裡，我們從量的角度出發列舉了悲劇的部分，即把悲劇切分成節段的部分。

【注　釋】

① 本章打斷了從第 7 章開始的對情節的討論。根據這一點及其它理由（參
　見注⑬、⑮、⑯），有人將本章內容定為後世語法學家(grammatikoi)的續
　筆。本段文字中的確有一些「疑點」，但我們不能僅憑「疑點」下結

論。就內容而言，本章所述似乎沒有超出《詩學》本身所限定的討論範疇（參考第 1 章第 1 段）。就結構而言，《詩學》既有「縱向」（即對「質」）的分析，似亦應有與之對應的「橫向」（即「量」）的分析（其對象即本章論及的四個部分，似亦可包括第 18 章論及的「結」和「解」）。因此，對審定本章的真偽，我們應持謹慎的態度。

② 在本句裡，作者用了 merē 和 eidē，均可作「成分」或「部分」解。我們說過，在《詩學》裡，meros、eidos 和 morion 等經常是沒有實質性區別的近義詞（參考第 1 章注③，本章注⑤）。

③ 參見第 6 章，重點參考該章第 21—26 行。

④ 有別於 kata to poion（「從質的角度來分析」）。

⑤ 在 1449^b 26（譯文第 6 章第 5 行）裡，作者稱此類部分為 moria。

⑥ Epeisodion（參考第 4 章注㊺）。

⑦ Ta apo tēs skēnēs，即「從 skēnē 上來的歌」。比較：apo skēnēs（1452^b 25，本章第 10 行），epi tēs skēnēs，即「在 skēnē 上」或「在 skēnē 前」（1455^a 28，第 17 章第 6 行；1459^b 25，第 24 章第 13 行），epi skēnēs（1460^a 15，第 24 章第 30 行），epi tōn skēnōn（1453^{a}27，第 13 章第 32 行）。下文沒有解釋 ta apo tēs skēnēs。Skēnē（複數 skēnai）原意為「棚」或「棚屋」，指劇場內供演員換裝的簡易建築。後來，經過改裝的 skēnai 被兼用作演出的背景建築〔同時亦負有提供演出設施，包括「機械送神」（參見第 15 章注⑳）的「任務」〕。一般認為，在埃斯庫羅斯活動的年代即已有了此類 skēnai，因為上演他的《俄瑞斯忒斯三連劇》（約公元前 458 年）需要一棟這樣的背景建築。泛指的 skēnē 包括建築物前面的演出場地。演出場地前面是 orkhēstra，即歌隊的活動場地。歌隊的合唱在形式及音調方面都和演員在 skēnē 上唱的段子有所不同（參見《問題》19. 15. 918^b 26ff., 30. 920^a 8ff., 48. 922^b 10ff., ）。當時的劇場內是否已有高出地面的戲台，現存的古文獻沒有為我們提供明確的答

案（參考 A. W. Pickard-Cambridge, *The Theatre of Dionysus in Athens*, Oxford: Clarendon Press, 1946, pp. 73－74）。儘管如此，不少專家學者在這個問題上仍傾向於持肯定的態度。

⑧ 大致說來，開場白、場和退場屬 lexis（「言語」）或 metron（「格律文」）的範疇，合唱和獨唱屬 melos（「歌」或「唱段」）的範疇（參考第 1 章注㊸，第 6 章注⑯；另比較本章注⑬）。

⑨ Prologos（另參考第 5 章注⑪，第 4 章注㉜）。少量悲劇以帕羅道斯開場，如埃斯庫羅斯的《波斯人》和《祈求者》(*Supplices*)。

⑩ Epeisodion 中亦可包容較短的合唱〔參考《希珀魯托斯》(*Hippolutos*) 362－372, 669－679；《菲洛克忒特斯》(*Philoktetes*) 391－402, 507－518〕，但這些算不得「完整的合唱」。埃斯庫羅斯的《祈求者》中的某個可作 epeisodion 計的部分裡，有一段近百行的合唱(625－709)。

⑪ Exodos，原來大概指歌隊離開 orkhēstra 時唱的段子，即退場歌，和 parodos 遙相呼應，最後的 khorou melos（「合唱歌」）有時遠在劇終之前，在這種情況下，exodos 的長度可達數百行（如《發瘋的赫拉克勒斯》1042－1428）。

⑫ Parodos 是歌隊入場（即進入 orkhēstra）時唱的段子，因而包容某些「行進格律」（如短短長格和長短格，後者在公元前五世紀僅為喜劇所用）。在帕羅道斯裡使用短短長格詩行，是一種較為古老的做法，埃斯庫羅斯用過此法，索福克勒斯僅在《埃阿斯》和《安提戈涅》（當然是就現存的作品而言；關於《安提戈涅》見第 14 章注㉘）的帕羅道斯裡寫過此類詩行。不過，不能完全排除公元前四世紀的劇作家們在帕羅道斯裡重新啟用此種詩格的可能性（遺憾的是，公元前四世紀的悲劇無一倖存）。短短長格分雙音步和四音步，前者為正常的入場節奏，後者則適合於伴隨較快的行進步伐（參閱 A. M. Dale, *Collected Papers,* edited by T. B. L. Webster and E. G. Turner, Cambridge: Cambridge University Press, 1969, pp. 34—40）。在公元前五世紀末，帕羅道斯常被孔摩斯（見注⑯）所取代。

⑬ 「表述」原文作 lexis。在這句話裡，lexis 是個可能引起誤解的詞彙，因為它的一般所指是「言語」（參考第6章注⑮），而不是合唱，後者屬 melos 的範疇。我們知道，帕羅道斯中可以包容短短長格詩行，而遇到此類詩行，行進中的歌隊成員可能不是把它們唱出來，而是把它們念誦或吟誦出來的。作者稱 parodos 為 lexis，所依據的是否就是這一點呢？

⑭ Stasimon，即「歌隊入場後唱的段子」或「站著唱的歌」。通過分析現存悲劇中的斯塔西蒙可以看出，某些段子的演唱似應有舞蹈的伴隨，因此第一種意思可能更為可取，雖然我們似乎沒有理由忽略喜劇詩人普拉同（Platōn 寫作年代約在公元420—390年間）的「抱怨」：如今的歌隊成員啥都不幹，個個都像呆子似地站在那裡嚎叫（片斷130）。

⑮ 事實上，短短長格和長短格詩行在斯塔西蒙中均有出現。作者的意思或許是：斯塔西蒙中沒有供念誦的短短長格和長短格詩行。

⑯ Kommos（「哀歌」），派生自動詞 Koptein（「捶胸悲悼」，參閱《奠酒人》306ff., 重點參考第423行）。事實上，在演員和歌隊的輪唱中，半數以上的唱詞不表示悲悼性的內容；由此看來，kommos 的含義或許會比詞義所示的範圍廣一些。

第 13 章

　　承上文所述，①現在似有必要討論如下問題：在組織情節時，詩人應追求什麼，避免什麼，②以及應該怎樣才能使悲劇產生它的功效。③

　　既然最完美的悲劇的結構應是複雜型、而不是簡單型的，④既然情節所摹仿的應是能引發恐懼和憐憫的事件（這是此種摹仿 5 的特點），那麼，很明顯，首先，悲劇不應表現好人⑤由順達之境轉入敗逆之境，因為這既不能引發恐懼，亦不能引發憐憫，倒是會使人產生反感。⑥其次，不應表現壞人由敗逆之境轉入順達之境，因為這與悲劇精神背道而馳，在哪一點上都不符合悲劇的要求──既不能引起同情，⑦也不能引發憐憫或恐懼。再者，不 1453ᵇ 應表現極惡的人由順達之境轉入敗逆之境。此種安排可能引起同 10 情，卻不能引發憐憫或恐懼，因為憐憫的對象是遭受了不該遭受之不幸的人，而恐懼的產生是因為遭受不幸者是和我們一樣的人。⑧所以，此種構合不會引發憐憫或恐懼。⑨介於上述兩種人之間還有另一種人，⑩這些人不具十分的美德，⑪也不是十分的公 15 正，他們之所以遭受不幸，不是因為本身的罪惡或邪惡，而是因為犯了某種錯誤。⑫這些人聲名顯赫，生活順達，如俄底浦斯、⑬蘇厄斯忒斯⑭和其他有類似家族背景的著名人物。

　　由此看來，一個構思精良的情節必然是單線的，⑮而不是──像某些人所主張的那樣──雙線的。⑯它應該表現人物從順達之 20

境轉入敗逆之境，而不是相反，即從敗逆之境轉入順達之境；⑰人物之所以遭受不幸，不是因為本身的邪惡，而是因為犯了某種後果嚴重的錯誤——當事人的品格應如上文所敘，也可以更好些，但不能更壞。⑱事實證明，我們的觀點是正確的。起初，詩
25 人碰上什麼故事就寫什麼戲，而現在，最好的悲劇都取材於少數幾個家族的故事，⑲例如，取材於有關阿爾克邁恩、⑳俄底浦斯、俄瑞斯忒斯、㉑墨勒阿格羅斯、㉒蘇厄斯忒斯、忒勒福斯㉓以及其他不幸遭受過或做過可怕之事的人的故事。所以，用藝術的標準來衡量，最好的悲劇出自此類構合。因此，那些指責歐里庇得斯㉔以
30 此法編寫悲劇並批評他在許多作品裡以人物的不幸結局的人，㉕犯了同樣的錯誤，㉖因為正如我們說過的，這麼做是正確的。一個極好的見證是，只要處理得當，在戲場上，㉗在比賽中，此類作品最能產生悲劇的效果。因此，儘管在其它方面手法不甚高明，㉘歐里庇得斯是最富悲劇意識的詩人。
35 　　第二等的結構㉙——一些人認為是第一等的——是那種像《奧德賽》那樣包容兩條發展線索，到頭來好人和壞人分別受到賞懲的結構。㉚由於觀眾的軟弱，此類結構才被當成第一等的；㉛而詩人則被觀眾的喜惡所左右，為迎合後者的意願而寫作。㉜但是，這不是悲劇所提供的快感——此種快感更像是喜劇式的。㉝在喜劇裡，
40 傳說㉞中勢不兩立的仇敵，例如俄瑞斯忒斯和埃吉索斯，㉟到劇終時成了朋友，㊱一起退出，誰也沒有殺害誰。㊲

【注　釋】

① 接第 11 章。

② 或：注意什麼。

③ Ergon（參考第 6 章注㊳）。

④ 關於簡單情節和複雜情節的區別，參見第 10 章。簡單劇中以穿插式的為最次（第 9 章第 29 行）。

⑤ Epieikeis andres，此處應指「完美無缺的人」方能和下文的意思相吻合（比較第 15 行），因為有缺點的好人仍然是好人。第 15 章指出，詩人在摹仿易怒的、懶散的或性格上有其它缺陷的人物時，也應既求相似，又要把他們寫成好人（用了 epieikeis 一詞，見 1454^b 13，譯文第 25－29 行）；人物的性格必須好（第 2 行）。阿基琉斯是個好人，但不是完人。應該承認，作者沒有在用詞上區別「好人」和「完人」是一個缺憾。

⑥ 「反感」(miaron) 不是悲劇應該引發的情感。關於憐憫和恐懼，參見附錄三。

⑦ 從詞源上來看，philanthrōpon 和名詞 philanthrōpia（「友善」、「善良」，由 phil-（「愛」）和 anthrōpos（「人」）組成同「宗」，可作「同情」解。值得注意的是，在亞里斯多德倫理學裡，「同情」不是一個孤立的概念。對遭受苦難者的同情，包含了對導致苦難者的憤怒和樂於見到後者受懲的心情。人們同情不該遭受但實際上遭受了苦難的人，對命運之神使不配走運的人「發跡」感到憤懣不平（參考《修辭學》2.9.1386^b 8－15）。所以，philanthrōpon 又可作「滿足人的道德要求（或願望）的」解。

⑧ 校勘本重複了憐憫和恐懼的對象：前者……，後者……，憐憫……，恐懼……。悲劇英雄或人物也是人，而不是神。他們有人的弱點和喜怒哀樂，也會像一般人那樣犯錯誤。從這個意義上來說，他們和我們或一般人沒有太大的區別。悲劇之所以感人，和這一點很有關係。但是，悲劇人物出身高貴，地位顯赫，舉足輕重——這些人往往和神有著直接和具體的交往，在一個崇尚力量和英雄的時代裡有過不尋常的經歷。這一切

又是一般人所不可企及的。從這個意義上來說，悲劇摹仿或表現比今天的人好的人（第 2 章第 16 行，第 15 章第 25 行）。

⑨ 根據邏輯推理，似還應有另一種境況變化，即好人由敗逆之境轉入順達之境。為何不見提及此種變化，原因頗費猜度。是源出傳抄者的遺誤，還是因為作者覺得此類變化完全背離悲劇精神，故而不值一提？事實上，此種變化不僅悲劇中有，而且還出現在作者為之總結出一般性大綱的《伊菲革涅婭在陶羅依人裡》裡。作者不認為伊菲革涅婭應該殺了俄瑞斯忒斯，然後再表示追悔，相反，他很欣賞歐里庇得斯的處理方式（參見第 14 章第 44—45 行）。在《詩學》裡，需要讀者發揮想像力的地方頗多，這裡所指，只是其中的一例而已（另參考第 4 章注㊷，第 18 章注⑦、⑭、㉑，第 26 章注⑳等處）。

⑩ 可以稱此種人為悲劇的「主人公」，但作者沒有使用這個詞。

⑪ Aretē（另參考第 22 章注②）。美德（或德、德性）分兩種，一種為心智美德(dianoētikai aretai)，如哲學思辨，另一種為倫理美德(ēthikai aretai)，如克制（《尼各馬可斯倫理學》1.13.1103^a 5—6）。參考附錄七注㉒。

⑫ 關於「錯誤」(hamartia)，詳見附錄五。比較第 5 章注③。

⑬ 參考第 11 章注③。

⑭ 蘇厄斯忒斯(Thuestēs)和阿特柔斯（Atreus，阿伽門農和墨奈勞斯之父）同為裴洛普斯(Pelops)之子。裴洛普斯殺了神之信使赫耳梅斯(Hermēs)的兒子，赫耳梅斯因此發誓要讓裴氏家族遭殃。他給了阿特柔斯一隻象徵王權的金羊。蘇厄斯忒斯通過與阿特柔斯之妻通姦之便偷取了金羊，事發後被逐出城外。其後，阿特柔斯烹煮了蘇厄斯忒斯的兒子，並以兄弟修好為名邀請蘇氏赴宴（另參考第 16 章注⑥）。索福克勒斯、阿伽松、卡耳基諾斯、阿波洛道羅斯(Apollodōros)、開瑞蒙、克勒俄豐以及羅馬詩人厄紐斯(Quintus Ennius)和塞奈卡(Lucius Annaeus Seneca)等都寫過蘇厄斯忒斯的經歷。索福克勒斯寫過一齣《蘇厄斯忒斯》和一齣《蘇厄斯

忒斯在西庫昂》，均已失傳。《蘇厄斯忒斯在西庫昂》的內容包括：蘇
厄斯忒斯在不知對方是自己的女兒裴洛庇婭(Pelopia)的情況下，同她生
子埃吉索斯（參見注㉟、㉑）。阿特柔斯把後者養大成人並指使他去殺
蘇厄斯忒斯。蘇厄斯忒斯認出女兒後，裴洛庇婭含羞自盡；憤怒的埃吉
索斯殺了阿特柔斯。

⑮ Haplous 在此作「單線的」解，和 diplous（「雙線的」）形成對比。注
意，單線情節和簡單情節不是同一個概念。就單線情節和雙線情節而言，
作者認為前者優於後者；就簡單情節和複雜情節而言，作者認為後者優
於前者。比較第 10 章第 1－2 行。

⑯ 雙線發展的情節往往會引出兩個結局，即好人得到好報，惡人受到懲罰
（見下文）。「某些人」所指不明（參見第 8 章注①）。

⑰ 這一觀點可能和第 14 章中的有關論述相矛盾（參考該章注㉞）。

⑱ 參考注⑤、⑧。

⑲ 作為一種趨勢，可能始於公元前五世紀下半葉。Muthos 在此作「故事」
解。

⑳ 阿爾克邁恩(Alkmaiōn)是安菲阿拉俄斯之子。為了替父報仇，殺死母親
厄里芙勒（見第 14 章注⑮），後被復仇女神逼瘋。普索菲斯(Psophis)國
王為他淨罪，並以女兒嫁之；遇荒年出走，又婚，被前妻的兄弟殺死。
索福克勒斯、歐里庇得斯、阿伽松、瑟俄得克忒斯、尼各馬可斯和阿斯
圖達馬斯等都寫過有關阿爾克邁恩的悲劇。歐里庇得斯的《阿爾克邁恩
在科林索斯》（已失傳）的劇情包括如下內容：阿爾克邁恩和女祭司生
女提西芬奈(Tisiphonē)；提氏成年後被賣作奴隸，落到了阿爾克邁恩手
中，後者直到回科林索斯認領女兒時，才發現自己做了亂倫之事。

㉑ Orestēs 是慕凱那伊(Mukēnai)國王阿伽門農和克魯泰梅絲特拉（參見第 14
章注⑭）之子。據《奧德賽》，俄瑞斯忒斯於阿伽門農被害後的第八年
回來，殺了埃吉索斯，並可能還殺了克魯泰梅絲特拉(3. 306－310)。另

傳阿伽門農死後，俄瑞斯還在襁褓之中，經僕人〔一說姐姐厄勒克特拉（見第24章注⑱）〕保護而免遭毒手。俄氏為父報仇後受到復仇女神的追究，備嘗艱辛，經雅典娜（Athēnē 或 Athēna）干涉獲赦。現存的有關悲劇表現㈠俄氏的回歸，㈡姐弟相認，㈢復仇及其後的遭遇。作品包括埃斯庫羅斯的《奠酒人》和《復仇女神》，索福克勒斯的《厄勒克特拉》(Electra)，以及歐里庇得斯的《俄瑞斯忒斯》(Orestes)和《伊菲革涅婭在陶羅依人裡》。

㉒ 墨勒阿格羅斯(Meleagros)是俄伊紐斯(Oineus)和阿爾莎婭(Althaia)之子，傳說中著名的勇士。墨勒阿格羅斯殺過大熊（《伊利亞特》9.543），當卡魯冬(Kaludōn)受到攻擊時，因受過母親的詛咒而拒絕出戰（同上，9.567），死於特洛伊（Troia，即 Ilios 或 Ilion）戰爭之前（同上，2.642）。據傳墨氏出生時，命運之神告訴阿爾莎婭，火爐裡的一小段木塊燃盡後，她的兒子就會死去；阿爾莎婭隨即藏起了木塊。成年後的墨氏殺了母親的兄弟，阿氏於悲痛中燃著木塊，隨後自縊而死。弗魯尼科斯(Phrunikhos)、索福克勒斯、歐里庇得斯、安提丰(Antiphōn)和索西格奈斯(Sōsigenēs)等都寫過以墨勒阿格羅斯的經歷為題材的悲劇。

㉓ Telephos 是赫拉克勒斯和忒革亞(Tegea)公主奧格(Augē)的兒子。奧格生子於神廟之中，由此引發了一場瘟疫。國王把她賣到海外，孩子亦遭遺棄。嬰兒幸得母鹿哺乳，後被牧人救起，取名忒勒福斯〔參考：thēlan（「吸吮」），elaphos（「鹿」）〕。若干年後，忒勒福斯登上了慕西亞(Musia)國王的寶座，據說在慕西亞曾與奧格成婚，以後才互知對方的身份。埃斯庫羅斯寫過一部《忒勒福斯》(Telephus)，一部《慕西亞人》(Musi)，索福克勒斯寫過一套關於忒勒福斯的三連劇，歐里庇得斯作過一部《忒勒福斯》和一部《奧格》。

㉔ 歐里庇得斯（Euripidēs，約公元前 485－406 年），著名的悲劇三巨頭之一，於公元前 455 年首次參賽，成績平平，據說生前僅五次獲勝。一生

中寫過約九十二部作品，剩十九部傳世。歐里庇得斯生前飽受喜劇詩人的諷刺，去世後，其作品比他在世時享有更高的聲譽。《詩學》對他有批評（參見注㉘），亦有讚揚；作者把他的《伊菲革涅婭在陶羅依人裡》看作是悲劇中的精品。

㉕ 其實，索福克勒斯沒有少寫以「悲」結尾的作品，歐里庇得斯也沒有少寫以「喜」結尾的悲劇。據德國學者古德曼(Alfred Gudeman)統計，索福克勒斯寫過四十三部以「悲」結尾的作品，歐里庇得斯寫過四十六部；索氏寫過十六部以「喜」結尾的作品，歐氏寫過二十四部（囿於資料，此類統計不易達到很高的精度）。作者稱歐里庇得斯為最富悲劇意識（或最有悲劇感）的詩人，可能是因為他的某些作品突出表現了「悲」的緣故。「許多」，抄本B作「大多數」。

㉖ 指責歐里庇得斯以悲終劇的人和主張情節應雙線發展的人一樣，對悲劇的性質和目的缺乏必要的了解。

㉗ 參考第12章注⑦。

㉘ 《詩學》對歐里庇得斯的批評涉及下述三方面：㈠情節的編製（參見譯文第14章第25－27行，第15章第19行，第25章第89－91行），㈡性格的塑造（參見第15章第10－11行，第25章第91行），㈢歌隊的使用（參見第18章第35－36行）。

㉙ 「結構」在此等於「情節」（另見第24章注⑧）。「第二等的」即「次好的」。

㉚ 《奧德賽》的結局是：俄底修斯脫險還家，與妻兒團聚；求婚者們則罪有應得，下場淒慘（另參考第17章第31行）。柏拉圖認為，詩人不應編寫好人遭殃，惡人走運的故事（參見《國家篇》3.392B），因為真正的好人不會、也不應該不幸福。美好的事物應該符合道德的原則，文學藝術應該接受道德標準的檢驗（參考附錄十三有關部分）。亞氏的觀點是，悲劇不等於道德說教，它有自己的內容和形式，亦有自己的製作方

式和評審標準（見第 25 章第 9 行）。因此，他不認為「懲賞分明」的悲劇是理想的上乘之作。在這裡，取自史詩的例子也同樣適用於對悲劇的分析（參考第 5 章注⑲，第 15 章注⑭）。

㉛ 或：才顯得像是第一流的。

㉜ 依普通觀衆的喜惡評判作品的優劣，在當時可能是較爲普遍的現象。柏拉圖主張，評審人員應是觀衆的先生，而不應被觀衆的喜惡所左右（參閱《法律篇》2. 659A－C，另參考《高爾吉阿斯篇》510D－502A）。

㉝ 喜劇的功效(ergon)在於表現滑稽並藉此逗人發笑（參考 *Tractatus Coislinianus* 中對喜劇的定義）（參見「引言」注＊），因此明顯地不同於悲劇的 ergon（見第 6 章注㊳）。受引發的情感不同，人所體驗到的快感也就不同。關於悲劇快感，參見第 14 章第 7－9 行。

㉞ 「傳說」原文作 muthos（參考第 8 章注⑥等處）。

㉟ 埃吉索斯(Aigisthos)，蘇厄斯忒斯之子，出生後即遭遺棄，幸得山羊哺乳（其名字的前半部可能取自 aix，「山羊」），後被阿特柔斯收養。阿伽門農出兵特洛伊後，埃吉索斯趁機勾引了克魯泰梅絲特拉，以後又合謀殺害了凱旋歸來的阿伽門農（參見《奧德賽》1. 35－36）。另參考注⑭、㉑。

㊱ Philoi genomenoi（比較第 11 章注⑦）。

㊲ 早期的喜劇詩人，如厄庇卡耳摩斯、瑟俄彭珀斯(Theopompos)、菲魯里俄斯(Philullios)、卡利阿斯(Kallias)、普拉同等都從《奧德賽》中選取過題材。中期喜劇中有一些取材於《伊利亞特》和其它史詩或傳說的作品，史詩故事在新喜劇中比較罕見（參見 D. B. Monro, *Homer's Odyssey* Books 13－24, Oxford: Clarendon Press, 1901, p. 415）。作者或許無意特指某一部作品，雖然喜劇詩人阿勒克西斯〔Alexis，約公元前 372－270 年（？）〕可能寫過一部《俄瑞斯忒斯》。另參考第 2 章注⑱。

第 14 章

恐懼和憐憫可以出自戲景，①亦可出自情節本身的構合，②後 ^{1453b}
一種方式比較好，有造詣的詩人才會這麼做。組織情節要注重技
巧，使人即使不看演出而僅聽敘述，也會對事情的結局感到悚然
和產生憐憫之情③——這些便是聽人講述《俄底浦斯》的情節④時
可能會體驗到的感受。靠借助戲景來產生此種效果的做法，既缺 5
少藝術性，⑤且會造成靡費。⑥那些用戲景展示僅是怪誕、⑦而不
是可怕的情景的詩人，只能是悲劇的門外漢。我們應通過悲劇尋
求那種應該由它引發的，而不是各種各樣的快感。⑧既然詩人應
通過摹仿使人產生憐憫和恐懼並從體驗這些情感中得到快感，那
麼，很明顯，他必須使情節包蘊產生此種效果的動因。 10

接著要討論的是，哪些事情會使人產生畏懼和憐惜之情。⑨
此類表現互相爭鬥的行動必然發生在親人之間、仇敵之間或非親
非仇者之間。如果是仇敵對仇敵，那麼除了人物所受的折磨外，
無論是所做的事情，還是打算做出這種事情的企圖，⑩都不能引
發憐憫。如果此類事情發生在非親非仇者之間，情況也一樣。⑪ 15
但是，當慘痛事件發生在近親之間，比如發生了兄弟殺死或企圖
殺死兄弟，兒子殺死或企圖殺死父親，母親殺死或企圖殺死兒
子，兒子殺死或企圖殺死母親或諸如此類的可怕事例，⑫情況就
不同了。詩人應該尋索的正是此類事例。對歷史上流傳下來的故
事，⑬我指的是如俄瑞斯忒斯殺克魯泰梅絲特拉⑭或阿爾克邁恩殺 20

厄里芙勒⑮這樣的事例，不宜作脫胎換骨式的變動；⑯但是，詩人仍應有所創新，巧妙地⑰處理此類傳統素材。至於「巧妙地」的含義，我們還要作進一步的解釋。

行動的產生，可以通過如下途徑。可以像早先的詩人那樣，
25 讓人物在知曉和了解情勢的情況下做出這種事情——亦即如歐里庇得斯所做的那樣：⑱他筆下的美狄婭⑲便是在此種情況下殺了自己的孩子。⑳人物亦可做出行動，但在做出可怕之事時尚不知對方的眞實身份，以後才發現與受害者之間的親屬關係，如索福克勒斯筆下的俄底浦斯所做的那樣。㉑誠然，此事不在劇內，㉒但悲
30 劇本身亦可包容流血事件，如阿斯圖達馬斯㉓筆下的阿爾克邁恩或《俄底修斯負傷》一劇裡忒勒戈諾斯的作爲。㉔除此而外的第三種方式是，人物在不知自己和對方之關係的情況下打算做出某種不可挽回之事，但在動手之前，因發現這種關係而住手。㉕除了這些以外，再無其它可行的方式，因此行動必然不是做了，便
35 是沒有做，而當事人亦必然不知道，便是不知道有關情況。

在這些方式中，最糟的是在知情的情況下企圖做出這種事件而又沒有做。㉖如此處理令人厭惡，㉗且不會產生悲劇的效果，因
1454ᵃ 爲它不表現人物的痛苦。因此，除了偶爾爲之外——如《安提戈涅》中海蒙和克瑞恩的衝突㉘——詩人一般不寫這樣的事例。次
40 糟的是把事情做出來。㉙較好的方式是在不知情的情況下做出此種事情，事後才發現相互間的關係。㉚如此處理不會使人產生反感，而人物的發現還會產生震驚人心的結果。㉛最好的方式是上述最後一種。我指的是下列情況，比如，在《克瑞斯丰忒斯》裡，梅羅珮打算處死兒子，但在殺他的前一刻認出並救免了他；㉜在《伊

菲革涅婭》裡，姐弟倆有過類似的經歷；㉝在《赫蕾》裡，兒子 45
在交出母親的前一刻認出了她。㉞這就是爲什麼——正如我們剛
才所說的㉟——悲劇取材於少數幾個家族的故事的原因。詩人們
在尋索能在情節中產生此種效果㊱的題材時，碰巧——而不是憑
技巧——找到了一些如願以償的機會。所以，他們不得不把注意
力集中在那幾個有過此類痛苦經歷的名門望族的故事上。 50

關於事件的組合以及情節應取什麼類型的問題，以上所述足
矣。

【注　釋】

① 阿里斯托芬曾嘲笑歐里庇得斯，說他故意讓人物穿起破衣爛衫，以引發
觀衆的憐憫（《蛙》1063，另參見《阿卡耳那伊人》407－445）。另參
考注⑦。

② 悲劇藝術的核心是如何編排事件（即組織情節）。情節是悲劇的靈魂（譯
文第 6 章第 45 行）。詩人應通過情節打動觀衆，表現自己的藝術水平。
戲景是一個相對次要的成分，其效果如何，主要不是取決於詩人的藝術
（第 6 章第 60－61 行）。另參考第 10 章注④。

③ 比較第 6 章第 58－60 行，第 26 章第 21 行。情感有其外露的一面，人的
感覺會通過表情表現出來（參考《論靈魂》1. 1. 403^a 6－8）。

④ Ton tou Oidipou muthon，在此似亦可作「俄底浦斯的故事（或傳説）」
或「俄底浦斯的故事的情節」解。從作者對索福克勒斯的《俄底浦斯王》
一劇的熟悉和喜愛的程度來看，這個短語可能指該劇的情節（參考第 11
章注③）。

⑤ 比較第 6 章第 58－59 行及該章注㊾。

⑥ 即需要 khorēgos 的努力（參考第 5 章注⑦）。Khorēgia 可泛指演出的費

用。

⑦ 據說埃斯庫羅斯喜用怪誕的戲景，他的 *Eumenides* 中的復仇女神們模樣極其可怕，曾使孕婦流產〔參考《埃斯庫羅斯傳》(*Vita Aeschyli*) 7〕。這裡所指可能即為諸如此類的事例。

⑧ 比較第 13 章注㉝，另參考第 23 章第 4 行和第 26 章第 42 行。

⑨ 作者在此用「畏懼」和「憐惜」（參考《修辭學》3. 16. 1417ª13）取代了「恐懼」和「憐憫」，意思上無實質性區別。

⑩ 或：無論是做了這種事情，還是即將做出這種事情。

⑪ 即也不能引發憐憫。

⑫ 這裡涉及的實際上是人類學中的一個重要課題，即關於血污(blood pollution)的問題。在古希臘，殺死親人是難以辯解的罪過；當事者即便有足夠的理由，仍須接受某種形式的懲罰和必要的淨洗（有時還會受到神的追究）。以原始宗教為背景的有關血污的觀念，會給當事人帶來難以忍受的心理壓力。這一點可以從傳說和某些悲劇（如《俄瑞斯忒斯三連劇》和《俄底浦斯王》等）中看得很清楚。即使在古典時期（公元前五至四世紀），這一觀念仍在很大的程度上支配著人們的潛意識，影響著人們對宗教和法律的思考。對此感興趣的讀者，不妨讀一讀柏拉圖的《法律篇》第 9 卷。

⑬ 「故事」原文作 muthos（參考第 8 章注⑥，第 9 章注⑱）。

⑭ 克魯泰梅絲特拉(Klutaimēstra)是屯達瑞俄斯(Tundareōs)之女，阿伽門農之妻。荷馬認為克魯泰梅絲特拉的本質是好的（《奧德賽》3. 266），只是經不起壞蛋埃吉索斯的勾引，她的主要過錯是殺了卡桑德拉（Kassandra 同上，11. 422）。斯忒西科羅斯(Stēsikhoros)強調了愛神阿芙羅底忒(Aphroditē)的驅使（作為對屯達瑞俄斯的報復）。埃斯庫羅斯等詩人為克氏提供了一條荷馬史詩中的她不曾（或沒有「機會」）提及的「理由」或「藉口」，即阿伽門農對愛情的不忠。另參考第 13 章注⑭、㉑、㉟。

⑮ 厄里芙勒(Eriphulē)是安菲阿拉俄斯（見第 17 章注⑤）之妻，因受賄而逼

迫丈夫參加七勇攻瑟拜的戰鬥。安菲阿拉俄斯自知不能生還，囑其子阿爾克邁恩為他報仇（參考第 13 章注⑳）。索福克勒斯的《英雄的後代》(Epigoni)和阿斯圖達馬斯的《阿爾克邁恩》涉及了阿爾克邁恩的復仇之舉。亞里斯多德認為，即使受到逼迫，受逼者也不能無所不為；歐里庇得斯對阿氏殺母一事的處理是「荒唐的」（《尼各馬可斯倫理學》3. 1. 1110ᵃ26－29）。

⑯ 因為這些都是家喻戶曉的事──改動的幅度過大，就難以取信於人。

⑰ Kalōs，副詞，字面意思為「好」，「漂亮地」（比較第 4 章注⑪）。

⑱ 從原文來看，似較難確定 hoi palaioi（「早先的詩人」）中是否包括歐里庇得斯。歐里庇得斯是一位勇於革新的詩人，在這一點上，他似乎和阿伽松較為相似。歐氏寫過不少複雜劇，而埃斯庫羅斯等詩人擅寫沒有發現的簡單劇。但從生卒年代來看，歐氏雖然出生晚於索福克勒斯，卻和後者同年去世（參考第 3 章注⑦，第 13 章注㉔）。

⑲ 美狄婭(Mēdeia)乃科爾基斯(Kolkhis)國王埃厄忒斯(Aeētēs)的愛女，精於巫術，曾幫助情人伊阿宋(Iasōn)獲取金羊毛。這裡指的是歐里庇得斯的《美狄婭》一劇中的內容：為了報復伊阿宋對愛情的不忠，悲憤交加的美狄婭親手殺了她和伊阿宋的兩個兒子。在第 15 章裡，作者批評了《美狄婭》的結局方式。

⑳ 阿拉伯譯文在此後還有一句：或他們可能在知情的情況下打算做出行動，結果卻沒有做。

㉑ 比較第 24 章第 53－54 行。這是一種「較好的」方式（參見 40－41 行）。

㉒ Exō tou dramatos，字面意思為「在劇外」（另參考第 15 章第 23 行，第 24 章第 53－54 行），但劇外之事仍可能在情節的「結」之內（參見第 18 章第 1－2 行）。

㉓ 公元前四世紀有過兩位父子都以阿斯圖達馬斯(Astudamas)為名的悲劇作家。父子中有一人是伊索克拉忒斯的學生。老阿斯圖達馬斯的第一部作

品於公元前 389 年上演；父子中有一人（可能是小阿斯圖達馬斯）於前 372 年在比賽中獲勝。小阿斯圖達馬斯生前已蜚聲雅典，他的《阿爾克邁恩》將傳說中的蓄意殺母改為出於無知（不知情）。他的《赫克托耳》是一部成功之作〔普魯塔耳科斯《雅典人的光榮》(*De Gloria Atheniensium*) 7，《道德論》349F〕。兩位詩人的作品得以傳世的還不到二十行。

㉔ 忒勒戈諾斯(Tēlegonos)是俄底修斯和基耳凱(Kirkē)之子。受母命外出尋父，於黑暗中抵達伊薩凱。混戰中刺傷了俄底修斯，待後者咽氣後方知他的身份。《俄底修斯負傷》(*Traumatia Odusseus*)乃索福克勒斯所作，已失傳。

㉕ 參考本章第 43－46 行。

㉖ 上文不曾提及此種方式（阿拉伯譯文將其列為第二種可能，見注⑳）。似有兩種解釋：㈠抄本有遺漏，㈡為第一種方式的變體，故無須另作說明。

㉗ Miaron（參見第 13 章注⑥）。

㉘ 海蒙(Haimōn)是克瑞恩(Kreōn)之子，安提戈涅（Antigonē，俄底浦斯和伊娥卡絲忒之女）的未婚夫。俄底浦斯出走後，其子厄忒俄克勒斯(Eteoklēs)和珀魯內開斯(Poluneikēs)為爭奪王位相互殘殺致死，克瑞恩遂成為瑟拜的實際統治者。兄弟死後，安提戈涅意欲將其土葬，克瑞恩執意不允，安氏便以死抗爭。海蒙悲憤交加，用劍擊克瑞恩，被後者躲過（參閱索福克勒斯《安提戈涅》(*Antigone*)）。

㉙ 即在知情的條件下不僅企圖，而且真的把對方殺了。如此處理尚能表現痛苦(pathos)，故而比上述方式略好些。但「知情」（或知道對方的身份）是個不很理想的行動「前提」——大凡只有「無知」才能引出發現，沒有突轉或發現的情節只能是簡單型的（《美狄婭》即屬此類作品）。

㉚ 如俄底浦斯所做的那樣（見第 28 行）。

㉛ 比較第 25 章第 22 行。

㉜ 克瑞斯丰忒斯(Kresphontēs)是梅塞尼亞(Messēnia)國王和梅羅珮(Meropē)之子。珀魯丰忒斯(Poluphontēs)弑「君」竊國，並強占了梅羅珮。有人將幼小的克瑞斯丰忒斯偷送出城。珀魯丰忒斯出重金懸賞克氏的腦袋，成年後的克氏即以要賞金為由返回王宮。梅羅珮恨他殺了自己的兒子，急於復仇，就在斧起即落的那一刻，克氏的僕人闖了進來，澄清誤會，促成了母子的相認（另參考《尼各馬可斯倫理學》3. 1. 1111^a 11－12）。《克斯丰忒斯》(Kresphontēs)係歐里庇得斯所作，已失傳。

㉝ 參見該劇第 725－830 行。另參考第 11 章注⑱。Iphigeneia 即 Iphigeneia ē en Taurois 或 Iphigenia Taurica，且譯作《伊菲革涅婭在陶羅依人裡》。

㉞ 「兒子」指弗里克索斯(Phrixos)，阿薩馬斯(Athamas)和女神奈法蕾(Nep-halē)之子，赫蕾(Hellē)的兄弟。據傳阿薩馬斯的後妻伊諾(Inō)出於對奈法蕾的一雙兒女的妒忌，決心害死他（她）們。她把將用於撒播的種子烤熟，人為地製造災情，以後又串通去德爾福祈求神諭的使者，假稱只有犧牲弗里克索斯和赫蕾才能消災避難。奈法蕾讓兒女們騎著金毛公羊逃生，但赫蕾在途中掉入海裡，海峽因此得名 Hellēspontos（「赫蕾的海」）。《赫蕾》(Hellē)的作者及劇情不明。此番敘述似乎和第 13 章第 20－21 行中表述的觀點相矛盾。既然悲劇應該表現人物從順達之境轉入敗逆之境，又何以容得「大團圓」式的結局？以親人團聚結局是否能引發憐憫和恐懼？倘若不能，悲劇又將如何實現它的功效(ergon)？或許，作者的意思是，命運變化指的是總的趨勢——就大勢而言，優秀的悲劇不應表現人物由敗逆之境轉入順達之境——而如何處理發現只是個具體問題，因此，只要大勢把握得好，「刀不血刃」也不會影響悲劇的效果。遺憾的是，作者沒有就此作出必要的說明。

㉟ 參考第 13 章第 24－25 行。

㊱ 即引發憐憫和恐懼。

第 15 章①

　　關於性格②的刻畫，詩人應做到以下四點。第一、也是最重要的一點是，性格應該好。③我們說過，④言論⑤或行動若能顯示人的抉擇⑥〈無論何種〉，即能表現性格。⑦所以，如果抉擇是好的，也就表明性格亦是好的。每一類人中都有自己的好人，婦人中有，⑧奴隸中也有，⑨雖然前者可能較爲低劣，後者則更是十足的下賤。第二，性格應該適宜。人物可以有具男子漢氣概的性格，⑩但讓女人表現男子般的勇敢或機敏卻是不合適的。第三，性格應該相似，⑪這一點與上文提及的性格應該好和適宜不同。第四，性格應該一致。即使被摹仿的人物本身性格不一致，而詩人又想表現這種性格，他仍應做到寓一致於不一致之中。⑫不必要的卑劣性格，可舉《俄瑞斯忒斯》中墨奈勞斯的表現爲例；⑬不相宜和不合適的性格，可舉《斯庫拉》中通過俄底修斯的慟哭⑭以及梅拉尼珮的言論所表現的性格爲例；⑮不一致的性格，可以《伊菲革涅婭在奧利斯》中伊菲革涅婭的表現爲例：請求免死的她和後來的她判若二人。⑯

　　刻畫性格，就像組合事件一樣⑰，必須始終求其符合必然或可然的原則。這樣，才能使某一類人按必然或可然的原則說某一類話或做某一類事，⑱才能使事件的承繼符合必然或可然的原則。由此看來，情節的解顯然也應是情節本身發展的結果，⑲而不應借「機械」⑳的作用，例如在《美狄婭》㉑和《伊利亞特》的準備

歸航一節中那樣。㉒機械應被用於說明劇外㉓的事——或是先前的㉔、凡人不能知道的事，或是以後的、須經預言和告示來表明的事，因爲我們承認神是明察一切的。事件中不應有不合情理的內容，即使有，也要放在劇外，㉕比如在《俄底浦斯》裡，索福克勒斯就是這樣處理的。㉖

既然悲劇摹仿比我們好的人，㉗詩人就應向優秀的肖像畫家學習。㉘他們畫出了原型特有的形象，在求得相似㉙的同時，把肖像畫得比人更美。㉚同樣，詩人在表現易怒的、懶散的或性格上有其它缺陷的人物時，也應既求相似，又要把他們寫成好人，㉛†荷馬描繪的阿基琉斯儘管倔強，㉜但仍然是個好人。㉝†

詩人必須注意上述各點，此外，還應注意感察的效果問題㉞——這一點必然與詩藝有關——事實上，人們可能在這方面㉟常出差錯。關於此類問題，㊱我們在那篇已發表的著述㊲中已作過足夠的說明。

【注　釋】

① 本章討論 ēthos（「性格」），因而再次打斷了自第 7 章開始的對情節的討論（第 12 章從「量」的角度出來，列舉和說明了組成悲劇的成分）。

② 參考第 1 章注⑳，第 2 章注③，第 6 章注㉒。

③ 「好」原文用了 khrēsta。Khrēstos 包含（同類事物中）「優秀的」之意（比較 khrēsmos，「有用的」）。Khrēstos 和 spoudaios 及 epieikēs 意思接近（參考第 2 章注②，第 13 章注⑤）。古希臘人一般不用 spoudaios 形容奴隸。另兩個表示「好」的詞是 kalos 和 agathos（參考第 4 章注⑪，本章注㉝；另參考第 2 章注④）。

④ 參見譯文第 6 章第 18－19 及第 52－54 行。

⑤「言論」原文作 logos，在此與「行動」(praxis)形成對比（另參考第 19 章注③）。

⑥ 關於 proairesis，參考第 6 章注51。

⑦ 或：悲劇即有了性格（有的悲劇缺少或沒有性格，參考第 6 章第 33－35 行）。

⑧ 女人的美德包括外表美、能紡織、善理家、貞潔、忠誠等（參考《伊利亞特》1. 115，《奧德賽》24. 193－196，柏拉圖《梅農篇》71E，亞里斯多德《修辭學》1. 5. 1361ᵃ 5－7）。可望成為國家棟樑的男子不應效仿女人的行為（《國家篇》3. 395C－E）。亞里斯多德繼承了希臘人傳統的「男尊女卑」的觀點：就本質而言，男性比女性優越（詳見《政治學》1. 5. 1254ᵇ 13－16；另參考 K. J. Dover, *Greek Popular Morality in the Time of Plato and Aristotle,* Oxford: Basil Blackwell, 1974, pp. 98－102）。

⑨ 直譯：因為婦人可以好，奴隸也可以好。對奴隸，亞氏沒有很高的要求。作為奴隸，只要不十分缺少理智，不過於膽小以至無法勝任份內的工作，就算可以了（《政治學》1. 13. 1260ᵃ 35－36）。正人君子不可摹仿奴隸的舉動（《國家篇》3. 395E）。

⑩ 抄本作：人物可以有具男子漢氣概的性格，卡塞爾將它改作「女人可能具有男子般的性格」似無太大的必要。Andreios 意為「男子般的」、「勇敢的」；比較 anēr，「男人」、「丈夫」。

⑪「相似」(homoion)，和誰相似呢？比較易於接受的解釋似應為：像生活中的人。上文指出，狄俄努西俄斯描繪和我們一樣的普通人（第 2 章第 5－6 行），遭受不幸者是和我們一樣的人（第 13 章第 13 行），而「和我們一樣的人」和生活中的人大概不會有實質性的區別。另一種解釋是：和原型相似（參考本章第 26－28 行）。對本段所列的四點要求，第二段沒有舉例說明的只有這一點。

⑫ 參考柏拉圖《小希庇阿斯篇》367A。

⑬ 墨奈勞斯(Menelaos)，斯巴達（Spartē 或 Sparta，即拉凱代蒙）國王，阿伽門農的胞弟，海倫(Helenē)的丈夫。在《俄瑞斯忒斯》（歐里庇得斯作）裡，墨奈勞斯沒有幫助危難中的侄兒俄瑞斯忒斯，有失英雄和長輩的風度(682−715, 1056ff.)。這一例子還出現在第 25 章裡（見該章第 91 行）。當然，作者沒有說絕對不能表現卑劣的性格，關鍵在於有沒有必要。

⑭ 《斯庫拉》(Skulla)描寫俄底修斯在海怪吞食了他的隨從後放聲慟哭，此舉不符合人物的地位和身份（須知俄底修斯是一位智勇雙全的英雄；關於海怪斯庫拉吞噬俄氏的六位隨從一事，見《奧德賽》12. 245ff.）。《斯庫拉》是一部狄蘇朗勃斯，作者提摩瑟俄斯。本段同時取例於悲劇和狄蘇朗勃斯（比較第 5 章注⑲，第 13 章注㉚）。

⑮ Melanippē 是歐里庇得斯的《梅拉尼珮》或《聰明的梅拉尼珮》(Melanippē hē sophē)中的主人公。梅拉尼珮將波塞冬和她所生的一對雙胞胎遺棄，為歸途中的父親所遇。其時孩子正在吸吮牛乳，老人因此斷定孩子係母牛所生——此乃不祥之兆。他下令將小生命火焚祭神。為救孩子，梅氏講了一套內容深奧的話，以說明牛不會生人的道理。其父不為所動，梅氏只得道出真情，最後在波塞冬的干預下救出了孩子。能言善辯是男人的美德。

⑯ 《伊菲革涅婭在奧利斯》(Iphigenia Aulidensis)是歐里庇得斯的作品。為借順風，聯軍統帥阿伽門農決定獻出愛女。當伊菲革涅婭得知這一消息後，於驚恐中表現出求生的願望(1211−1252)。其後，為了希臘的利益，伊氏又毅然表示願意犧牲自己(1368−1401)。

⑰ 參見第 10 章第 4−5 行，第 8 章第 18−19 行等處。

⑱ 另參考第 9 章第 8−9 行。

⑲ 參考第 10 章注④。第 18 章將討論情節的「結」和「解」。本段講述情節，打斷了上文和第 4 段之間的銜接。

⑳ 原文作 apo mēkhanēs(「來自機械」)。Mēkhanē(「機械」)指一種簡易的、由手工操作的吊車,用以送神,偶爾也送人。「機械送神」亦指「神的突然出現和調解」,比如在下文所舉的例子中,雅典娜的出現實際上無須機械的幫助。靠 deus ex machina 解決爭端,不是上策。在公元前五世紀,歐里庇得斯是較常使用「機械送神」的劇作家。「機械送神」亦引伸指突然出現的事物(參見《形而上學》1. 4. 985^a 18)。

㉑ Mēdeia,作者歐里庇得斯。這裡所指可能是該劇的結尾部分,美狄婭乘坐突兀而至的龍車逃往雅典,躲過了伊阿宋的報復(另參考第 14 章注⑲)。第 25 章指出了該劇中的另一件不合情理之事,即雅典國王埃勾斯的突然出現(見該章第 90 行)。

㉒ 雅典娜的干預(詳見《伊利亞特》2. 109－210)只能算是排解糾紛,而不是嚴格意義上的「解」(lusis)。受宙斯的欺編,阿伽門農以為特洛伊城指日可下(參考第 25 章注㉝)。為了激發鬥志,他故意宣布要率軍返航。不料軍士們信以為真,吵鬧著要馬上啟程。經雅典娜點撥,俄底修斯說服眾人,穩住了軍心。在《荷馬問題》裡,亞氏對此事作了分析(《參考片斷》142)。似可把這句話看作是對荷馬間接的批評(另分析第 24 章第 11－12 行,第 13 章第 35－36 行)。

㉓ Exō tou dramatos,「劇外」(比較注㉕)。

㉔ 即發生在作品所包容的事件之前的事。

㉕ 原文意為「悲劇之外」(另參考第 18 章注②)。

㉖ 另參見第 14 章第 29 行,第 24 章第 53 行。

㉗ 另見第 2 章第 16 行;比較第 13 章第 14、22 行。

㉘ Mimeisthai,亦可作「仿效」解(參考附錄「Mimēsis」)。關於詩畫的共通之處,參見第 1 章注⑬。

㉙ 參考注⑪。

㉚ 珀魯格諾托斯描繪的人物比一般人好(第 2 章第 4－5 行),宙克西斯所

畫的人物比生活中的人更美（見第 25 章第 81－82 行）。

㉛ 直譯：也應既要把它們反映在性格上，又要把他們寫成好人。關於「好人」，參見第 13 章注⑤。「表現」亦可作「摹仿」解。

㉜ 或：倔拗者的例子。阿基琉斯(Akhilleus)乃裴琉斯（見第 18 章注⑬）和女神瑟提絲(Thetis)之子，《伊利亞特》中首屈一指的英雄。由於受到阿伽門農的侮辱，阿基琉斯拒絕出戰，從而導致了希臘人在戰場上的失利。阿伽門農差人送去厚禮說情，但裴琉斯之子不為所動，後被好友帕特羅克洛斯(Patroklos)之死激怒，出戰殺了赫克托耳（另見第 25 章注⑯）。阿基琉斯是惟一仍在使用人祭的希臘將領——荷馬認為這是一種罪惡（《伊利亞特》23. 176）。他對赫克托耳屍體的踐躪，是「不體面的」（同上，22. 395；另參閱 24. 14ff.）。

㉝ Agathon 既可作人名（參考第 9 章注⑯），亦可作「好」解。

㉞ 「感察」(aisthēsis)的主體可能是觀眾（另參見 1451^a 7，第 7 章第 14－18 行；1461^b 29，第 26 章第 5 行）。從上下文來看，本段內容若出現在第 17 章之首，似更貼切些。

㉟ 或：在這些事上。

㊱ Peri autōn，「關於這些」，似亦可作「關於這些過失」解。

㊲ 指三卷本對話《詩人篇》（參考「引言」第 12 段）。

第 16 章①

何謂發現，上文已有交待。②現在討論發現的種類。第一種是由標記引起的發現。由於詩人缺少才智，此種發現儘管最少藝術性，③卻是用得最多的。此類標記中，有的是天生的，如「地生人身上的矛頭標記」，④或卡耳基諾斯⑤在《蘇厄斯忒斯》中所用的星狀胎記；⑥有的是後天才有的，包括身上的，如傷疤，和身外的，如項鏈，⑦或如《圖羅》中引起發現的小船。⑧使用上述發現，手法有高低之別。比如，保母以一種方式發現了俄底修斯，而牧豬人以另一種方式發現了他，儘管引出發現的都是傷疤。⑨牧者的發現和所有通過標誌證明身份的發現，都比較缺乏藝術性。⑩較好的發現出自情況的突然變化，⑪如「盥洗」中的發現。⑫

第二種是由詩人牽強所致的發現，因而也沒有多少藝術性可言。可舉《伊菲革涅婭》⑬中俄瑞斯忒斯如何讓對方知道他就是俄瑞斯忒斯一事為例：⑭伊菲革涅婭是通過托人送信一事被認出來的，⑮而俄瑞斯忒斯卻說了詩人，而不是情節的發展要他說的話。⑯所以，此種發現的缺點和剛才說過的那種差不多，⑰因為俄瑞斯忒斯亦可通過出示什麼標記來證明自己的身份。⑱索福克勒斯的《忒柔斯》中通過「梭子的訴說」引起的發現，⑲是此種發現的又一個例子。

1455ᵃ　第三種是通過回憶引起的發現，其觸發因素是所見到的事物——例如，狄開俄革奈斯《庫普利亞人》中的人物因看見畫像而哭泣。⑳

在「給阿爾基努斯講的故事」中，豎琴詩人的吟述打動了俄底修斯，對往事的回憶使他潛然淚下。㉑這兩人因此而被發現。㉒

第四種是通過推斷引出的發現。比如，《奠酒人》中有這樣一個推斷：一個像我的人來了；除了俄瑞斯忒斯外，沒有人像我，因此是俄瑞斯忒斯來了。㉓詭辯家珀魯伊多斯㉔曾就如何處理伊菲革涅婭的發現㉕提過看法——他說，讓俄瑞斯忒斯作出如下推斷是合理的：我姐姐是被殺了獻祭的，現在輪到我了。㉖在瑟俄得克忒斯的《圖丟斯》裡，父親的話也是一個推斷：我來尋子，卻因此自身難保。㉗再以《菲紐斯的兒子們》㉘中的發現為例：女人們㉙一看到那地點便知命運不佳——她們注定要死在那兒，因為那是她們遺棄男孩們的地方。㉚

還有一種複合的、由觀眾的錯誤推斷㉛引起的發現。例如在《偽裝報信人的俄底修斯》㉜中，詩人提供的前提是，只有俄底修斯才能開這張弓，其他人都不足以勝任，而俄底修斯也說他可以開這張弓，儘管還沒有見過它。㉝但是，當人們以為俄底修斯會以開弓來表明自己的身份時，他卻以認弓來實現這一點——這中間便包含了一個錯誤的推斷。㉞

在所有的發現中，最好的應出自事件本身。㉟這種發現能使人吃驚，㊱其導因是一系列按可然的原則組合起來的事件。索福克勒斯的《俄底浦斯》中有這樣的發現，㊲《伊菲革涅婭》裡也有類似的例子，因為在那種情況下，伊菲革涅婭想要托人送信回家是符合可然性的。只有此類發現不要人為的標示㊳和項鏈的牽強。其次是通過推理引出的發現。㊴

【注 釋】

① 第16章繼續討論情節（發現是情節中的一個成分，見第11章末段）。論述情節，《詩學》用了兩個「單元」：第7至第14章為第一單元（中間插入了第12章），第16至第18章為第二單元。第二單元可能是對第一單元的補充。

② 見譯文第11章第7行。

③ 「缺少藝術性」是「不好」的同義語（參考第6章注(59)）。作者希望詩人意識到「藝術性」的重要性（另參考第14章第5—6行）。在區分論據的優劣時，亞氏用了同樣的評析標準（參見《修辭學》1.2.1355b 35)。

④ 這句話可能引自某位悲劇詩人的作品（可能是歐里庇得斯或小阿斯圖達馬斯的《安提戈涅》）。據傳卡德摩斯(Kadmos)遵父命外出尋找被宙斯帶走的姐妹歐羅珮(Eurōpōē)，後奉神諭在他跟行的母牛下臥處建城（即後來的瑟拜）。殺巨龍，將龍牙埋於地下，長出一群好鬥的武士。武士們互相殘殺，存五人，為瑟拜人的祖先，其後代身上都有矛頭標記。在歐里庇得斯的《安提戈涅》(*Antigone*)裡，克瑞恩正是根據陌生人身上的矛頭標記，認出了後者原來是自己的孫子（即海蒙和安提戈涅的兒子）。

⑤ 卡耳基諾斯(Karkinos)出生於悲劇世家（其祖父、父親和兒子都是悲劇詩人），公元前四世紀多產的劇壇名流，寫過約一百六十部劇作，十一次獲獎，可惜作品已全數佚失。卡耳基諾斯的名字多次出現在亞氏的論著裡（參見第17章第4行，《修辭學》2.23.1400b 10, 3.16.1417b 18；《尼各馬可斯倫理學》7.7.1150b 10）。

⑥ 據傳西普洛斯(Sipulos)國王唐塔洛斯(Tantalos)曾殺子裴洛普斯敬神。除黛梅忒耳(Dēmētēr)吃掉一塊肩肉外，其他諸神都沒有碰這道不尋常的菜肴。其後，奉宙斯之命，諸神把切開的部分復原成人，並用象牙填補了肩上的殘缺。裴洛普斯後代肩上的星狀標記便是由此而來的。*Thuestēs*

的內容大概包括：阿特柔斯烹煮了蘇厄斯忒斯的兒子並邀請蘇氏赴宴，蘇氏因看到肉上的星狀標記而知道阿特柔斯殺了他的孩子（另參考第13章注⑭）。

⑦ 借用 perideraia（單數 perideraion，「項鍊」、「項飾物」）和搖籃等小物品引出發現的做法，可能是古希臘悲劇觀眾所熟悉的。在現存的悲劇中，包含此種發現的只有歐里庇得斯的《伊昂》(*Ion*)。

⑧ 圖羅(Turō)是波塞冬和莎爾蒙紐斯(Salmōneus)的女兒。《奧德賽》中提到波塞冬冒充河神厄尼裴烏斯（Enipeus，圖羅的情侶）接近圖羅，致使後者懷孕的事(11.235－252)。圖羅將孩子遺棄，被牧馬人救起。《圖羅》（*Turo* 或 *Turō*）為索福克勒斯所作，已失傳，內容可能包括圖羅由認船（她曾將兒子置此船上漂走）進而認人一事。

⑨ 保母奉命為客人洗腳，無意中發現了傷疤並由此認出了俄底修斯（《奧德賽》19.386－475）。牧豬人和牧牛人的發現屬另一種情況：俄底修斯不僅道出了自己的身份，而且還顯露出腿上的傷疤以為證明（同上，21.205－225）。在《荷馬問題》裡，亞氏從邏輯的角度出發，對如此使用標記提出了異議：腿上有傷疤的不一定就是俄底修斯。《奧德賽》中頗多發現（參考第24章注⑤）。

⑩ 或：牧者的發現及所有類似的發現都缺乏藝術性──問題在於證明身份時所用的方式。另參考注③。

⑪ Peripeteia，一般作「突轉」解（參考第11章注①）。但是，「盥洗」中的發現沒有導致情節的突轉──此時的裴奈羅珮(Penelopē)尚不知陌生人就是她的丈夫。

⑫ 在公元前四世紀，荷馬史詩尚未按數字分卷。當時，《奧德賽》按內容分段，「盥洗」包括第19卷的大部分。大約在公元前三世紀，亞歷山大的學者們將《伊利亞特》和《奧德賽》分別截為二十四卷。

⑬ 即《伊菲革涅婭在陶羅依人裡》（參考第14章注㉝）。

⑭ 抄本 B 和阿拉伯譯本作：她發現此人就是俄瑞斯忒斯。

⑮ 參見第 11 章第 17 行及該章注⑱。用藝術的觀點來衡量，這是最佳的發現（參見本章第 38—41 行）。

⑯ 俄瑞斯忒斯不僅說出自己是誰，而且還道出了一系列他和伊菲革涅婭都知道的事情（參見該劇第 811—826 行）。

⑰ 即這種發現和上文所說的由標記引起的發現一樣缺乏藝術性。

⑱ 比如，歐里庇得斯完全可以讓俄瑞斯忒斯出示伊菲革涅婭的織物，這與口頭「論證」並沒有什麼不同。對於發現，作者的評判標準似乎是：㈠得之於情節之自然發展的發現，優於由「自報家門」引出的發現，㈡意料之外、情理之中的發現，優於斧跡明顯、為發現而安排的發現，㈢有突轉伴隨的發現，優於單純的、一般的發現。

⑲ 斯拉凱（Thraikē 或 Thrēkē）國王忒柔斯(Tereus)娶妻普羅克奈(Proknē)，其後姦污了她的姐妹菲洛梅拉(Philomēla)並割掉了後者的舌頭。菲洛梅拉把經過編織在織物上，使普羅克奈知道了忒柔斯的暴行。劇本僅剩片斷傳世。

⑳ 狄開俄革奈斯(Dikaiogenēs)是公元前五世紀下半葉的悲劇及狄蘇朗勃斯詩人，其作品已全部佚失。*Kuprioi* 中的發現大概是這樣的：薩拉彌斯(Salamis)人忒烏克羅斯(Teukros)在塞浦路斯建立了另一個薩拉彌斯後回到故鄉，因「見畫生情」（看到其父忒拉蒙(Telamōn)的畫像）而暴露了身份。

㉑ 在聆聽德摩道科斯(Demodokos)唱誦希臘人用木馬計攻破特洛伊城的故事時，俄底修斯忍不住哭了起來，由此引出身份的「曝光」（《奧德賽》8.521ff., 9.16—20）。接著，俄底修斯向阿爾基努斯(Alkinoos)等講述了自己的經歷（同上，9—12 卷）。亞氏評論道，俄底修斯的此番述說可以引發憐憫或憤怒（《修辭學》3.16.1417[a] 13—14）。「講給阿爾基努斯聽的故事」(Alkinou apologos)是個節段名稱（參見注⑫）。阿爾基努

斯是斯開里亞(Skheria)國王，曾熱情款待過俄底修斯。

㉒ 或：他們因此發現了他（俄底修斯）。

㉓ 「我」即厄勒克特拉。厄勒克特拉(Elektra)發現父親墓前的頭髮和墓旁的腳印均與自己的相似，這些是她進行推斷的依據(168−234)。《奠酒人》是埃斯庫羅斯的作品。

㉔ Poluidos。歷史上是否有過一位名叫珀魯伊多斯的辯說家，史籍中查不到答案。公元前五世紀末至四世紀初有過一位以珀魯伊多斯為名的狄蘇朗勃斯詩人（沒有證據表明他同時又是辯說家），其作品曾在前399−380年間獲獎。至於他有沒有寫過悲劇，不詳。

㉕ 或：《伊菲革涅婭在陶羅依人裡》中的發現（參考第14章注㉝，比較第17章注㉑）。

㉖ 另見第17章第22−24行。抄本A及阿拉伯譯本中沒有「他說」一語。

㉗ 瑟俄得克忒斯〔Theodektēs，約公元前375（或更早些）−334年〕出生在魯基亞(Lukia)的法塞利斯(Phasēlis)，曾從師柏拉圖，亦是亞里斯多德的學生和朋友。瑟俄得克忒斯是一位有才華的修辭學家和悲劇詩人，寫過五十部悲劇，在十三次比賽中八次獲勝，作品僅以片斷傳世。另參考第6章注㊿，第11章注⑤。圖丟斯(Tudeus)是俄伊紐斯（參見第13章注㉒）之子，狄俄墨得斯(Diomēdēs)的父親。據《伊利亞特》，圖丟斯是一位矮小、強悍的鬥士(5.801)。在 Tudeus 裡，他可能因為說了這句話而被即將處死他的兒子所發現。

㉘ Phineidai，或《菲紐斯的女兒們》，作者及劇情不明。菲紐斯(Phineus)是一位國王。後妻虐待他和前妻克勒娥帕特拉(Kleopatra)的兒子，以後又弄瞎了他們的眼睛（一說菲紐斯親手弄瞎了孩子們的眼睛）。另據傳說，克勒娥帕特拉因見孩子們遭到遺棄，一氣之下扎瞎了他們的雙眼。

㉙ 可能指菲紐斯的後妻和她的侍女們（或孩子的保母們）。

㉚ 由此看來，發現的對象亦可是某個事實或某種結果（比較第11章第9−

11 行）。

㉛ Paralogismos。倘若 q 的出現一般緊接在 p 的出現之後，那麼，當人們看到 q 時，便會想當然地以為在此之前一定已出現過 p。這是一種不嚴密的推理。雨後的土地總是濕的，但下雨不是使土地變濕的惟一原因〔《論詭辯反駁》(De Sophistici Elenchis) 1. 5. 167^b 6－8〕。另參考第 24 章第 44－48 行。Ek…theatrou 意為「出於觀眾的……」，也就是說，作出錯誤推斷的是觀眾，而不是劇中人。但是，到目前為止，發現是劇中人的發現，觀眾不是發現的主體。根據這一點，德國學者 Hermann 認為這裡的 theatrou 係 thaterou（「雙方中的一方」）的筆誤。若作 thaterou 解，發現的主體似乎就只能是劇中人。校譯者們一般傾向於接受抄本中的 theatrou。

㉜ Odusseus ho Pseudaggellos，不知係何人所作，已失傳。可能由裝成報信人的俄底修斯告訴裝奈羅珮俄底修斯已死的消息，借此引出矛盾和衝突。情節中或許包括《奧德賽》第 21 卷中的某些內容。

㉝ 只有抄本 B 保留了 1445^a 14 中的 to toxon 後面的十四個詞；阿拉伯譯文雖然模糊不清，但似仍可證明抄本 B 在這一點上的權威性。

㉞ 原文很含糊，不易準確解釋。以認弓「驗證」身份似不十分妥當，因為雖然只有俄底修斯可以對付這張弓，但能夠認弓的卻不止他一人。

㉟ 上文已提過這一點（見第 10 章第 5 行，另參考該章注⑥）。

㊱ 另參考第 14 章第 40－41 行，第 25 章第 10－20 行。

㊲ 參考第 11 章注③、④。

㊳ Sēmeia，不單指可見的標記，還包括其它「提示」，如通過話語表明身份等（像歐里庇得斯筆下的俄瑞斯忒斯所做的那樣）。阿拉伯譯文中沒有「標示」一詞。

㊴ 可能包括正確的和錯誤的推斷。

第 17 章①

　　在組織情節並將它付諸言詞時，②詩人應儘可能地把要描寫的情景想像成就在眼前，③猶如身臨其境，極其清晰地④「看到」要描繪的形象，從而知道如何恰當地表現情景，並把出現矛盾的可能性壓縮到最低的限度。可以說明這一點的是，卡耳基諾斯就因這方面的過失而受過批評：安菲阿拉俄斯正從神殿回來——若 5
是不看演出，人們就不會注意到其中的矛盾之處；⑤但在戲台上，這一疏忽卻引起了觀眾的不滿，戲也因此而告失敗。⑥

　　詩人還應儘可能地將劇情付諸動作；在稟賦相似的情況下，那些體察到人物情感的詩人的描述最使人信服。例如，體驗著煩躁的人能最逼真地表現煩躁，體驗著憤怒的人能最逼真地表現憤 10
怒。⑦因此，詩是天資聰穎者或瘋迷者的藝術，⑧因為前者適應性強，後者能忘卻自我。⑨

　　至於故事，⑩無論是利用現成的，還是自己編製，詩人都應先 1455ᵇ
立下一個一般性大綱，⑪然後再加入穿插，⑫以擴充篇幅。我的意思是，詩人可通過以下例子了解擬制大綱的方法。比如，《伊菲革 15
涅婭》⑬的大綱可以這麼擬：某個將被祭神的少女在獻祭者前神秘地消失了。她被帶到另一個國度，⑭那地方的民眾有用外國人敬祭一位女神⑮的習俗，她就當了該祭神儀式的祭司。過了些日子，女祭司的弟弟碰巧也到了那兒（至於神論指示他到那裡一事［出於某個原因，不屬於一般性情況］以及他來的目的都在情節之外）。⑯ 20

到那以後，他被抓了起來，在被用於祭神的前一刻表明了自己的身份⑰（發現的引出可用歐里庇得斯的方式，亦可用珀魯伊多斯的方式，即讓人物說道——這麼說是符合可然性的——不僅他姐姐，連他自己也是注定要被殺來獻祭的）。⑱他因此而得救。接著，就應
25 給人物取名⑲並加入穿插。⑳使用穿插，務求得當，以俄瑞斯忒斯㉑爲例：他因發瘋而被抓，㉒以後又通過淨洗而得救。㉓

戲劇中的穿插都比較短，而史詩則因穿插而加長。《奧德賽》的梗概㉔並不長：一個人離家多年，被波塞冬㉕暗中緊盯不放，變得孤苦伶丁。此外，家中的境況亦十分不妙；求婚者們正
30 在揮霍他的家產並試圖謀害他的兒子。他在歷經艱辛後回到家鄉，使一些人認出了他，然後發起進攻，消滅了仇敵，保全了自己。這是基本內容，㉖其餘的都是穿插。㉗

【注　釋】

① 參考第 15 章注㉞。

② 一般説來，詩人總是先擬定劇情，然後動筆寫詩，梅南德羅斯即是善用此法的喜劇作家（參見普魯塔耳科斯《道德論》347F）。

③ 詩人要先「看到」打算讓觀衆觀看的情景。傳遞形象的工具是表演和語言。講演者生動的描述可使聽衆看到栩栩如生的情景（參見《修辭學》3. 11. 1411[b] 22–29）。另參考朗吉諾斯對歐里庇得斯的讚揚（《論崇高》15）。

④ Enargestata，意爲「非常生動地」，但「十分生動地看到」不是規範的漢語。抄本 A 作 energestata，「非常活躍地」。校勘者們一般取 enargestata。

⑤ 這裡提及的內容可能出自卡耳基諾斯的《安菲阿拉俄斯》。此劇的情節

已無從查考，故對其中的矛盾之處，人們至多只能作些猜測。安菲阿拉俄斯(Amphiaraos)是俄伊克勒斯(Oiklēs)之子，厄里芙勒的丈夫（另參考第 14 章注⑮）。

⑥ 柏拉圖熟悉劇場裡的噓聲和喊叫聲（參考《法律篇》3. 700Cff.，《國家篇》6. 492B－C）。據德謨瑟奈斯記載，當梅迪阿斯(Meidias)進入劇場時，觀眾報之以表示奚落的唏噓聲〔《譴責梅迪阿斯》(Kata Meidiou 226)〕。塞奈卡曾提及觀眾要求歐里庇得斯中場停演某一部作品的傳聞（參考 A. W. Pickard-Cambridge, *The Dramatic Festivals of Athens* second edition, revised by John Gould and D. M. Lewis, Oxford: Clarendon Press, 1968, pp. 272－273）。關於「戲台上」，參考第 12 章注⑦。

⑦ 賀拉斯有過類似的論述（《詩藝》101ff.）。歐里庇得斯曾穿著破衣爛衫描寫命運淒慘的人物（阿里斯托芬《阿卡耳那伊人》412），而為描寫婦人，阿伽松竟穿起了女裝（阿里斯托芬《婦女的節日》148－152）。蘇格拉底問伊昂(Iōn)在念誦荷馬史詩時是否進入作品特定的情境，伊昂的回答是肯定的：其時頭髮直立，雙目流淚（柏拉圖《伊昂篇》535B－C）。講演者若能在講話時合理地使用姿勢、聲音、服飾和「表演」的「配合」，就能給人如臨其境之感，因此更能引發憐憫（《修辭學》2. 8.1386^a 32－35，另參考西塞羅《論演說家》2. 188－197，《演說家》38. 132，昆提利阿努斯（Marcus Fabius Quintilianus）《演說訓導》(*Institutio Oratoria*) 6.2）。

⑧ 天資聰穎的人(euphueis)有較強的分辨能力，判斷準確（參考《尼各馬可斯倫理學》3. 5. 1114^b 4－9），善用引喻（《修辭學》3. 10. 1410^b 8），有較強的可塑性。相比之下，感情熾熱、激越的人容易擺脫理性的約束，進入「狂迷」的心態〔即成為「瘋迷之人」(manikoi)〕。蘇拉庫賽詩人馬拉科斯(Marakos)在「痴迷中」(hot' ekstaiē)能寫出更好的作品（《問題》30. 1. 954^a 38〕某些 ekstatikoi 具有特別敏銳的預察力〔參考《論夢

中的預示》(*De Divinatione per Somnum*) 2. 464^a 24－26〕。進入狂迷心態的人思路怪癖，想像奇特，辦事往往不入俗套。天才和「瘋狂」既不互相排斥，也不構成對立的兩個方面。事實上，這兩類人還有某些相似之處：較多的熱黑膽汁既可使人聰明，亦可使人失控或想入非非（參考《問題》30.1.954^a 32ff.）。天賦高和瘋迷僅一步之遙。聰明伶俐的人可能生出狂熱型的或精神上不平衡的後代，而沉著鎮定的人則可能生出遲鈍、痴呆的子孫（詳見《修辭學》2. 15. 1390^b 27－31）。Manikos 和 mania（「瘋迷」、「偏離了正常的心態」）同根。從詞源上來看，此類詞彙和 menos（「力量」、「力氣」）似乎有著某種「親緣」關係。據羅馬醫學家奧瑞利阿努斯(Caelius Aurelianus)所敘，恩培多克勒提出過區分兩種 maniai 的觀點：一種係由人體失去正常的生理平衡所致，另一種是靈魂受過淨滌的表現。Mania 不一定是消極的東西。柏拉圖說過，神賜的 mania 比 sōphrosunē（「節制」）更可貴。通過 mania，人們可以接收到最美好的信息（參考《法伊德羅斯篇》244A－B）。哲學家是真正具有巴科斯精神的人（《斐多篇》69 C－D，《會飲篇》218B）。德謨克里特說過，沒有狂熱的激情和靈感，詩人寫不出優秀的詩篇（片斷 17、18）。亞里斯多德不是靈感至上論者，他崇尚理性，尊重科學，在論及文學和藝術時一般不多談靈感的作用。鑒於這些以及諸如此類的理由，有的學者對這句話的可靠性產生了懷疑。義大利學者卡斯泰爾維特羅(Lodovico Castelvetro, 1505－1571)把抄本中的 ē 改作 ou，從而使這句話讀作：做詩需要天分，而無須瘋狂。英國文豪屈萊頓(John Dryden 1631－1700)和法國文人拉賓(René Rapin, 1621－1678)持同樣的意見。英國學者蒂里特(Thomas Tyrwhitt, 1730－1786)建議在 ē 之前加訂 mallon（「更」、「甚於」）；本世紀的一些學者認為，阿拉伯譯文為如是闡解提供了依據。倘若接受這一改動，這句話的意思就會有所不同：與其說詩是感情狂熱者的活動，倒不如說它是天資聰穎者的藝術。

⑨ Ekstatikoio Ekstatikos 意為「失去常態」，在此可作「失去正常的心態」解。另參考注⑧。

⑩ Logoi，亦可作「情節」解（另見譯文第 5 章第 13 行，第 24 章第 52 行）。

⑪ 即先確定一般性內容（不包括穿插，亦不用具體的人名、地名等）。

⑫ 在第 4 章第 55 行等處，epeisodion 作「場」解（參考該章注㊺）。另參考注⑳。

⑬ 參考第 14 章注㉝。有趣的是，這裡所舉的例子和下文提及的《奧德賽》的 logos 都取自以「喜」結尾的作品。

⑭ 即陶羅依人或陶里人(Tauroi)居住的國度（即 Chersonesus Taurica）。

⑮ 即阿耳忒彌絲(Artemis)。

⑯ Exō tou muthou（比較第 15 章注㉓等處）。和下文聯繫起來看，情節(mut-hos)在此似不包括穿插。如果這一判斷可以成立，那麼，這個 muthos 的「覆蓋面」不僅小於「故事」（見第 9 章第 20 行），而且還小於和「悲劇」等義的「情節」（比較第 6 章第 13－17 行）。（ ）號為譯者所加。

⑰ 參考第 16 章注⑯。

⑱ 比較第 16 章第 27 行。關於珀魯伊多斯，見該章注㉔。括弧為譯者所加。

⑲ 比較第 9 章第 14 行，參考該章注⑧。

⑳ 由此可見，穿插(epeisodia)是作品的組成部分，因此不存在完全排除穿插的問題。只有濫用或不恰當地使用穿插的作品才是「穿插式」的（參見第 9 章第 29－31 行）。穿插既可增加作品的長度（見本章第 14、27 行），又可（尤其是在史詩裡）豐富作品的內容（參考第 23 章第 16－17 行，第 24 章第 17－18 行）。

㉑ En tōi Orestēi，可作「就俄瑞斯忒斯而言」或「在《俄瑞斯忒斯》裡」解（比較第 16 章注㉕），但下文所舉之例明顯地取自《伊菲革涅婭在陶羅

依人裡》。

㉒ 《伊菲革涅婭在陶羅依人裡》260－339。

㉓ 伊菲革涅婭認出了俄瑞斯忒斯後，以清洗神像和被獻祭者為理由，和俄瑞斯忒斯一起搭船逃離了陶羅依人的國度（同上，1031ff.）。

㉔ Logos，似亦可作「故事」解（比較注⑩）。

㉕ 波塞冬(Poseidōn)，克羅諾斯(Kronos)之子，宙斯的胞弟（《伊利亞特》15. 204；據黑西俄得所述，宙斯是克羅諾斯最小的兒子（《神譜》453ff.）），主管海洋。由於俄底修斯弄瞎了他的愛子珀魯斐摩斯的眼睛（參見第 2 章注⑯），波塞冬對俄氏的回歸進行了阻撓。「波塞冬」一詞用得不妥（是出於後人的改動？），因為大綱裡不應有具體的人名。可用「某位神祇」替代之。

㉖ Idion，「屬於該詩的」。換言之，如果《奧德賽》的作者不是荷馬，而是其他人，這個人也可能使用這些內容。

㉗ 《奧德賽》中多穿插，尤以第 1 至第 12 卷中為甚。據統計，該作的主要情節僅占整部史詩的三分之一。

第 18 章

　　一部悲劇由結和解①組成。劇外事件，經常再加上一些劇內事件，組成結，②其餘的劇內事件則構成解。所謂「結」，始於最初的部分，③止於人物即將轉入順境或逆境的前一刻；④所謂「解」，始於變化的開始，止於劇終。比如，在瑟俄得克忒斯的《倫丘斯》裡，結由劇前事件、孩子的被抓以及其後孩子雙親的　5被抓組成***解始於對謀殺的控告，⑤止於劇終。⑥

　　悲劇分四種（和上文提及的成分的數目相一致）：⑦㈠複雜劇，其全部意義在於突轉和發現⑧；㈡苦難劇，如多部以《埃阿　1456ᵃ斯》⑨和《伊克西恩》⑩為名的悲劇；㈢性格劇，⑪如《弗西亞婦女》⑫和《裴琉斯》；⑬以及㈣⑭……如《福耳庫斯的女兒們》、⑮　10《普羅米修斯》⑯和所有以冥土為背景的劇作。⑰詩人應盡量爭取使用所有的成分，⑱如果做不到，也應使用其中的大部分和最重要者。這一點在今天尤其忽視不得，因為詩人們正遭到不公正的批評。我們已有過在使用這些成分方面各有所長的詩人，⑲但批評者們卻因此要求當今的一個詩人在所有這些方面都超過前人。　15然而，評判悲劇的相似與否，正確的做法莫過於審視它們的情節，即看它們是否有相似的結和解。許多詩人善結不善解，這是不夠的；詩人應該諳熟貫通二者的門道。

　　詩人應記住我們說過多次的話，⑳寫悲劇不要套用史詩的結構。所謂「史詩的結構」，指包容很多情節的結構，㉑比如說，　20

倘若有人把《伊利亞特》的全部情節寫成一部悲劇，㉒便會出現這種情況。由於史詩容量大，因此各個部分都可有適當的長度，但在戲劇裡，如此處理的結果卻會使人大失所望。可資說明的是，那些套用了整部《伊利俄斯的陷落》的內容，㉓而不是像歐里庇得斯那樣一次只取其中的一部分，㉔和借用了整部《尼娥北》㉕的內容，而不是像埃斯庫羅斯那樣對事件有所選擇㉖的詩人，其作品在比賽中不是一敗塗地，就是顯得缺乏競爭力。㉗連阿伽松也僅為這一點而嚐過失敗的苦果。㉘在處理突轉和簡單事件方面，㉙他們力圖引發他們想要引發的驚異感，㉚因為這麼做能收到悲劇的效果，㉛並能爭得對人物的同情。㉜寫一個聰明的惡棍——如西蘇福斯㉝——被捉弄，或一個勇敢但不公正的人被擊敗，便可能產生這種效果。㉞按阿伽松的說法，此類事情的發生甚至是符合可然性的，因為許多事情可能在違反可然性的情況下發生。㉟

應該把歌隊看作是演員中的一分子。歌隊應是整體的一部分並在演出中發揮建設性的作用，像在索福克勒斯，而不是像在歐里庇得斯的作品裡那樣。㊱在其他詩人㊲的作品裡，合唱部分與情節的關係就如它們與別的悲劇一樣不相干。因此，歌隊唱起了「插曲」——首創此種做法的是阿伽松。㊳然而，設置這樣的插曲，和把一段話、乃至整場戲㊴從一齣劇移至另一齣劇的做法，又有什麼兩樣呢？

【注　釋】

①　「解」(lusis)可包括劇終前相當一部分的內容，因此不完全等同於一般的結

尾。「解」應是劇情發展的必然結果（參見譯文第 15 章第 18 行）。Lusis 有時指解決爭端（見第 15 章注⑫）或解決問題（見第 25 章第 1 行）。

② 作者似乎沒有完全排除由純劇外事件組成「結」(desis)的可能性。現在的問題是，如果說情節、劇和悲劇僅指劇內事件（參見第 14 章注⑫，第 15 章注㉓、㉕，第 24 章第 52－54 行），那麼，按照本段提出的觀點，「結」和「解」的相加是否可組成一個大於上述「單位」的結構？作者沒有就此作過說明。從「一部悲劇由結和解組成」一語中可以看出，作者仍然稱此種結構為「悲劇」。

③ 注意，不是「始於演出的起始」。

④ 或「人物將轉入……的最後部分」。

⑤ 抄本 B 作：要求判予死刑（即達那俄斯要求將倫丘斯處死，參考第 11 章第 5－6 行）。關於瑟俄得克忒斯，參見第 16 章注㉗。

⑥ 悲劇表現人物命運的變化，從這個意義上來說，「解」的重要性至少不亞於「結」（參考第 17 行）。

⑦ 「成分」即「部分」。第 6 章列舉了悲劇的六個成分(merē)，第 11 章又指出了屬於情節的三個部分。下文列舉的幾種悲劇的「代表成分」，有的是第 6 章論及的成分（如性格），有的則為成分中的部分（如突轉、發現和苦難）。因此，無論以單項，還是以複項計（兩套成分相加是九個），成分的數目都不是四個（或五個，複雜劇包含突轉和發現）。此乃《詩學》中的難點之一。我們知道，第 13、14、15 和 17 章分別討論或提及過複雜情節、苦難、性格和穿插，是否可以此來論證「數目相等」的說法呢？作者沒有提供明確的答案。應該指出的是，這四章內容涉及面較廣，如第 13 章還提到「單線」、「雙線」等內容，第 14 章用了較多的篇幅談論如何引發憐憫和恐懼以及如何巧妙地安排發現等問題，第 17 章的討論中心似乎不是穿插，而是「大綱」（穿插是否可作這裡所談論的「成分」計，還是個問題）。對第四種究為什麼悲劇，專家們的看

法不盡一致（參見注⑬），一般的意向是不取「穿插劇」。

⑧ 關於複雜劇和簡單劇的區別，參見第 10 章。

⑨ 埃阿斯(Aias)乃忒拉蒙(Telamōn)之子，體格高大魁偉（《伊利亞特》3.225－229），是在相貌和戰功方面僅次於阿基琉斯的希臘將領（《奧德賽》11.550－551）。埃阿斯作戰勇敢，曾威懾赫托耳（《伊利亞特》7.206ff.），因與俄底修斯爭奪阿基琉斯的甲仗未遂而死（參見《奧德賽》11.543ff.）。卡耳基諾斯、瑟俄得克忒斯和阿斯圖達馬斯等都寫過有關埃阿斯之死的悲劇，現存的僅有索福克勒斯的 *Ajax*。

⑩ 伊克西恩(Ixiōn)是傳說中的「無賴」。岳父向他索取早已答應要給的禮物，伊克西恩不僅不給，而且還把岳父推入火坑。淨罪後又企圖戲弄赫拉(Hēra)，受到宙斯的嚴懲：被綁在冥土的火輪上，永世受著熱火的炙烤。埃斯庫羅斯和歐里庇得斯等寫過有關伊克西恩的作品。

⑪ 按照作者的理解，悲劇在表現性格方面有著明顯的差異（參考第 6 章第34－35 行）。在史詩中，《奧德賽》以表現性格見長（參考第 24 章第6－7 行）。

⑫ 索福克勒斯寫過一齣 *Phthiōtides*，內容不詳。按劇名推測，作品可能取材於阿基琉斯家族成員的活動。弗西亞(Phthia)是阿基琉斯的故鄉。

⑬ 裴琉斯(Pēleus)乃傳說中的英雄，因殺同父異母兄弟而遭流放，淨罪後和歐魯提恩(Eurutiōn)的女兒安提戈奈(Antigonē)成婚。在追殺卡魯冬大熊時誤殺歐魯提恩。妻子聽信讒言自盡；裴琉斯殺了謀劃者，後與女神瑟提絲結婚，生子阿基琉斯。索福克勒斯和歐里庇得斯各寫過一齣 *Pēleus*。

⑭ 卡塞爾保留了抄本中的 oēs，但希臘語中沒有這個詞。抄本 A 在 1458ᵃ 5 裡有一個 hoēs（希臘語裡沒有這個詞），後世的校勘者們將其改作 ops（參考第 21 章第 42 行）。參照這一改動，英國學者拜瓦特(Ingram By-water)把這裡的 oēs 訂作 opsis（「戲景」）──這樣一來，第四種悲劇就應為情景劇。《普羅米修斯》（見注⑯）是埃斯庫羅斯的作品，而埃

氏是以注重場面的渲染著稱的。布切爾等人認為第四種悲劇是簡單劇，理由是：㈠第 24 章中的一句話（見該章第 1－2 行），㈡第 10 章把情節分為簡單的和複雜的兩類。《福耳庫斯的女兒們》（見注⑮）和《普羅米修斯》中沒有發現，因而都是簡單劇。埃爾斯不同意這兩種意見，認為後三種悲劇實際上都是簡單型的。按他的見解，作者的目的是要在簡單劇中分出三種不同的類型。所以，這四種悲劇應為簡單劇中的穿插劇，即檔次最低的悲劇（參見第 9 章第 29 行）。根據這一認識，他把《福耳庫斯的女兒們》和《普羅米修斯》看作是簡單劇中的穿插劇。埃爾斯認為，原文的排列順序體現了作者的評判傾向：複雜劇最好，苦難劇和性格劇次之，穿插劇最差。埃爾斯的見解，如同他對《詩學》中的許多難點和要點的看法一樣，具有不可忽略的參考價值，儘管他的個別設想或許是文思敏捷的作者本人當年所不曾想到的。

⑮ *Phorkides*，埃斯庫羅斯寫過一部以此為名的悲劇。福耳庫斯(Phorkus)是奈柔斯(Nēreus)之子（黑西俄得《神譜》237）。「福耳庫斯的女兒們」指看護蛇髮女怪的三個灰髮女怪(Graiai)。Graiai 共用一隻眼睛和一顆牙齒，受過裴耳修斯(Perseus)的蒙騙。

⑯ 普羅米修斯（Promētheus，「有先見之明的人」）是著名的大力神之一，好謀深算，聰穎過人，曾背著宙斯把火種送至人間。宙斯將他鎖在山岩之上，並差遣一隻大鷹每日啄食他的肝臟（白天吃去，晚上復生）。普羅米修斯受盡磨難，後得力士赫拉克勒斯解救脫身。埃斯庫羅斯寫過一套三連劇，即《傳送火種的普羅米修斯》（*Promētheus Purphoros*）、《被綁的普羅米修斯》（*Promētheus Desmōtēs* 或 *Prometheus Vinctus*，現存）和《被釋的普羅米修斯》（*Promētheus Lumenos*）。埃氏筆下的普羅米修斯是一位有正義感、性格堅強、敢於和暴力抗爭的英雄。

⑰ 如埃斯庫羅斯的《靈魂引導者》(*Psukhagōgoi*)和《西蘇福斯》(*Sisuphos*，可能包括兩部作品，參見注㉝)。阿里斯托芬曾提及此類作

品（《阿卡耳那伊人》(388－392)）。

⑱ 大概指第 6 章論及的六個決定悲劇性質的成分。並非所有的悲劇都包含
這些成分（參考下文及第 6 章第 32－33 行）。

⑲ 作者沒有舉例說明。在史詩詩人中，荷馬不僅用了這些成分，而且「用
得很好」（第 24 章第 4－5 行）。

⑳ 在此之前，作者並沒有明確闡述過下文表述的觀點。可參考第 5 章第 14
－17 行及第 8 章中的某些論述。

㉑ 「很多情節」(polumuthon)中不知是否包括穿插（長的穿插往往是自成一
體的「故事」）。另參考第 26 章中的某些論述：《伊利亞特》和《奧德
賽》是由許多本身具一定規模的部分組成的（第 36－37 行）；任何一部
史詩都可為多齣悲劇提供題材（第 32 行）。我們知道，根據第 8 章中的
有關論述，一部作品只摹仿一個行動。現在的問題是，一個行動中可以
包容若干個情節嗎？如果說此類構合指的是「流水賬」式的史詩，下文
又何以舉《伊利亞特》為例呢？儘管如此，作者對史詩的要求仍然是明
確的：好的史詩應該摹仿一個完整的行動（見譯文第 8 章第 14－16 行，
第 23 章第 1－3 行，第 26 章第 38－39 行），它的行動只能給一齣、至
多兩齣悲劇提供素材（第 23 章第 20 行）。當然，作者在此強調的並不
是荷馬史詩和其它史詩的不同，而是史詩和悲劇的不同。另參考第 23 章
注⑳和第 26 章注㉘。

㉒ 這裡所說的可能只是一種假設；沒有聽說有誰把整部《伊利亞特》改寫
成悲劇。埃斯庫羅斯寫過一部以阿基琉斯及其活動為中心的三連劇，即
《慕耳彌多奈斯人》(*Murmidones*)、《奈雷得斯》或《海中仙女》(*Nere-ides*)及《弗魯吉亞人》(*Phryges*)或《贖回赫克托耳》(*Hektoros Lutra*)。根
據英國學者魯卡斯(D. W. Lucas)的研究，這部三連劇包容了《伊利亞特》
最後三分之一部分中的許多內容(*Aristotle: Poetics*, Oxford: Clarendon Pre-ss, 1968, p. 191)。《雷索斯》的作者把《伊利亞特》第 10 卷搬上了戲

台。埃爾斯把原文中的 muthos 解作「故事」（即為《伊利亞特》提供素材的故事）。

㉓ 或：那些描述了整個有關伊利俄斯遭劫之事的詩人。*Persis Ilious* 內容上承《伊利亞特》，從現有的資料來看，這部史詩似乎沒有完整的情節和明確的中心。據傳米利都詩人阿耳克提諾斯(Arktinos)寫過一部以此為名的史詩。若干齣悲劇亦以此為名。伊利俄斯(Ilios)即特洛伊（參考第 13 章注㉒）。另參考第 23 章注⑲。

㉔ 歐里庇得斯的《赫庫柏》(*Hecuba*)和《特洛伊婦女》均以特洛伊的失陷為背景。

㉕ *Niobēn* 可能係由傳抄時的筆誤所致，因為歷史上似乎不曾有過一部以「尼娥北」為名的史詩。校勘者們作過種種努力，試圖解決這個問題。瓦拉(Giorgio Valla)的拉丁文譯本在此作「赫庫柏」，阿拉伯譯本作「瑟拜斯」〔埃斯庫羅斯寫過一齣《七勇攻瑟拜》(*Septem Contra Thebas*)〕。尼娥北(Niobē)是唐塔洛斯的女兒，仗著兒女眾多（六子六女），揚言可與萊托(Letō)一比高低（萊托僅有一子一女，即阿波羅和阿耳忒彌絲）。阿波羅和阿耳忒彌絲射殺了尼娥北的孩子。尼娥北被化作西普洛斯(Sipulos)山上的一尊面容悲苦的石雕（《伊利亞特》24.602－617）。

㉖ 埃斯庫羅斯寫過一齣《尼娥北》，僅剩片斷傳世。

㉗ *Kakōs agnōnizontai*，意為「比得很壞」，即不能贏得觀眾的喜愛（比較第 17 章注⑥）。

㉘ 具體指哪一部作品，不明。

㉙ 包含突轉的情節即為複雜情節（參見第 10 章）。「事件」在此近似於「情節」（參考第 6 章注㉞）。

㉚ 校勘本作（直譯）：他們爭取收到他們驚人地想要的效果。很明顯，這個句子讀來顯得彆扭。蒂里特將抄本中的 thaumastōs（「驚人地」）改作 thaumastōn（在這個上下文裡可作「驚人的事物」解），本譯文參考

了這一校改。卡斯泰爾維特羅在此用了 tōi thaumastōi。

㉛ 另參考第 25 章第 19－20 行。

㉜ 參考第 13 章注⑦。

㉝ 在《伊利亞特》裡，西蘇福斯(Sisuphos)被稱為「最精明的人」(6.153)。由於得罪了宙斯，西蘇福斯被送往冥土服役，無休止地推著一塊推上了又會滾下的巨石（《奧德賽》11.593－600）。埃斯庫羅斯寫過兩齣有關西氏的作品，即《推石頭的西蘇福斯》(Sisuphos Petrokulistēs)和《逃跑者西蘇福斯》(Sisuphos Drapetēs)，均已失傳。前者寫他在冥土服役，後者的內容大致如下：西蘇福斯告訴妻子，他死後，後者不要葬他；但在去了冥土後，卻反誣妻子沒有盡責，因此返回陽世「追究」她的責任（像是一齣薩圖羅斯劇）。索福克勒斯和歐里庇得斯似亦寫過以西氏的活動為題材的作品。

㉞ 「這種效果」指上文提及的悲劇效果和（或）引發人們的同情（或滿足道德願望）。根據第 13 章第 15－16 及第 22－23 行中的論述，悲劇英雄或人物儘管不具十分的美德，也不是非常的公正，但仍然是有缺點的好人。像西蘇福斯這樣的「壞蛋」顯然不是，也不應是典型意義上的悲劇主人公。西氏的受懲可以引起人們的同情（或滿足人們的道德要求），卻很難引發嚴格意義上的悲劇感。傳抄中是否出現過遺誤，現已無從稽考。

㉟ 《修辭學》2.24.1402^a 10－12 中引用了阿伽松論可然性的原話（片斷9）。在第 25 章裡，這也是反駁者可以借用的一條理由（見該章第 87 行）。

㊱ 在後期的作品裡，歐里庇得斯㈠增加了演員的獨唱，從而削弱了歌隊的作用；㈡讓歌隊擔任的角色往往與劇情無關；㈢經常割裂歌隊與演員之間的直接交流（人物常常無視歌隊的議論，這在索福克勒斯的作品裡較為罕見）。關於對歐里庇得斯的批評，詳見第 13 章注㉘。關於歌隊，參

考第 4 章注㊱。

㊲ 可能指歐里庇得斯以後的悲劇作家。

㊳ 阿伽松大概於公元前 410 年左右開始寫作此類唱段(embolima)。《詩學》
專家特威寧(Thomas Twining 1735－1804)有過一段精彩的論述：初始，
合唱獨領風騷，爾後雖接受了穿插其間的對話，但仍不失為作品之主體，
其後淪為對話的附庸，游離於主題之外，和其它部分不能相合，繼而張
冠李戴……。

㊴ 參考第 4 章注㊺。

第 19 章

　　其它成分上文已作過探討，①尚待討論的還有言語和思想。關於思想，《修辭學》中已有過論述，②因為這個成分主要是修辭學的研究對象。思想包括一切必須通過話語產生的效果，③其
1456^b　種類④包括求證和反駁，情感的激發（如憐憫、恐懼、憤怒等）⑤
5　以及說明事物的重要或不重要。很明顯，在事件中，當詩人需要引發憐憫、恐懼，說明事物的重要或事發的可然性時，也應該使用同樣的成分。⑥差別只有一點，即事件本身即可產生上述效果，⑦無須話語的解釋；⑧而對話語，產生這些效果須通過說話者和他的言論。若是不通過話語亦能取得意想中的效果，還要說話者幹什麼？⑨

10　　至於和言語有關的問題，有一種研究以言語的表達形式為對象，例如什麼是命令，什麼是祈求，什麼是陳述、恐懼、提問和回答，等等。⑩這門學問與演說技巧⑪有關，它的研析者是精通這門藝術的行家。以詩人是否了解這些形式為出發點，並在此基礎上對詩藝⑫進行的批評，是不值得認真對待的。普羅塔哥拉斯⑬批
15　評荷馬的「女神、歌唱憤怒」⑭一語用得不妥，因為荷馬自以為在祈求，其實卻發了命令，但誰會覺得這裡面有什麼錯誤呢？（據普羅塔哥拉斯所說，叫人做或不做某事是一個命令。）⑮所以，我們不打算多談這個問題，因為它屬於別的藝術，⑯而不是詩藝的研究範疇。

【注　釋】

① 上文談得較多的成分實際上只有兩個，即情節和性格。「成分」原文作 eidē（比較注④）

② 「思想包括一切須通過話語產生的效果」，因此和修辭關係密切。「修辭學」亦可作「關於修辭的論著」解。《詩學》的成文年代應遲於《詩人篇》，第 15 章末句可以證明這一點。《詩學》和《修辭學》何者為先，似不易確定——《修辭學》中多次提到《詩學》（參考第 20 章注①）。《詩學》對思想談得不多，第 19－22 章主要論言語。

③ 比較譯文第 6 章第 19－20 及第 49 行。「話語」(logos)在此等於 lexis（參考第 6 章注⑮），有別於「行動」（另參考第 15 章注⑤；詳見附錄「Logos」）。

④ 「種類」原文作 merē。比較第 6 行中的「成分」(ideai, 1456^b 3)，第 20 章第 1 行中的「部分」(merē, 1456^b 19)以及第 22 章第 23 行中的「類型」(merē, 1458^b 12)。另參考第 1 章注③。

⑤ 注意，這裡還提到了「憤怒」等情感（參考第 6 章注⑨）。Pethē 在此作「情感」解（參考第 1 章注㉑，比較第 11 章注㉑）。在《尼各馬可斯倫理學》第 2 卷第 5 章裡，亞氏列舉的 pathē 包括：慾望、憤怒、懼怕、信心、妒忌、歡樂、友好、仇恨、盼望、競爭和憐憫(5. 1105^b 21－23)。

⑥ Ideai，在此等於 merē（比較注①、④）。

⑦ 事件(pragmata)的展開有時可起到語言所能起的作用；造型、動作和表情等可以表示人物的感覺、看法、意向和心理狀況等。

⑧ 這麼說或許並不意味著人物在這種情況下絕對不能講話。

⑨ 即：又該怎樣體現說話者的 ergon 呢？參考第 6 章注㊳。

⑩ 參考《修辭學》3. 1. 1403^b 24－30，《論闡釋》4. 17^a 5。語調雖然不能表示（狹義上的）語義，卻可以表示語氣。命令、陳述和回答時一般用降

調，祈求、恐嚇和提問時可用升調。在當時，人們書寫不用標點符號。古希臘人對語法的研究可能始於公元前五世紀初。辯說家普羅塔哥拉斯（見注⑬）、普羅底科斯(Prodikos)和希庇阿斯(Hippias)等可能是公元前五世紀最好的語法學家。德謨克里特寫過論語法的專著，柏拉圖對語言也很有研究。斯多噶學派的學者們在語法領域頗有建樹，古典語法的集大成者是狄俄努西俄斯‧斯拉克斯(Dionusios Thrax)。

⑪ Hupokritikē，字面意思為「表演藝術」（比較第 4 章注㉟）。在討論修辭時，hupokritikē 可指「講演」，其組成部分包括音量(megethos)、音高(harmonia)和節奏(rhuthmos)（《修辭學》3. 1. 1403ᵇ 30—31）。另參考第 20 章注㉚，第 26 章注⑫。

⑫ Poiētikē（參考第 1 章注②、⑥等處）。

⑬ 普羅塔哥拉斯（Protagoras 約公元前 485—415 年）是古希臘著名的學問家和辯說家，對語法亦作過一定深度的研究。他從名詞（或名稱，參考第 20 章注㉔）中分出了「指物詞」（參見第 21 章注㊲），注意到了動詞的時態問題，並率先從話語(logos)中區分出四種基本形式，即要求（或祈求）、提問、回答和命令（一說七種，即敘述、提問、回答、命令、報告、要求和呼喚）。

⑭ 《伊利亞特》1. 1。

⑮ 括弧為譯者所加。

⑯ 即修辭或講演藝術。

第 20 章①

　　從整體上來看，言語②包括下列部分：字母、③音節、連接成分、名詞、動詞、指示成分、曲折變化和語段。④

　　字母為不可分的音⑤——不是每一種音，而是那種可自然地構成複合音的音。動物也能發不可分的音，但這些不是我們所說的字母。這類音分元音⑥、半元音和默音三種。⑦元音為可聽見的 5 音，⑧其形成無須通過口腔器官間的接觸。⑨半元音亦是可聽見的音，其形成須通過口腔器官間的接觸，如 s 和 r。⑩默音的形成須借助口腔器官間的接觸，本身不具可聽見的聲響，但當它和帶某些聲響的字母結合時，即成為可聽見的字母，如 g 和 d。⑪字母因下列因素而相區別：發音時口形及口腔器官的位置，送氣或不送 10 氣，⑫音的長短，⑬是高音、低音、還是介於二者之間的音。⑭詳細地探究此類問題，是格律學的任務。⑮

　　音節⑯是由一個默音和一個帶響聲的成分⑰組成的非表義音。事實上，gr 不帶 a 是一個音節，帶了 a 也是一個音節，即 gra。⑱但是，對此類區別的研究，也同樣是格律學的任務。　　　　　　　15

　　連接成分⑲分兩類，包括(一)非表義音。這些音既不妨礙，亦 1457ᵃ 不促成一個按自然屬性應有若干個音組成的表義音⑳的產生，且不宜出現在一個獨立存在的語段之首，如 men，ētoi，de。㉑(二)表義音。根據本身的屬性，可將若干個表義音連接成一個表義音，如 amphi 和 peri ㉒等。　　　　　　　　　　　　　　　　　20

指示成分㉓爲表示語段的起始、中止或轉折的非表義音；根據屬性，它的位置在語段的兩頭或中間。

名詞㉔爲合成的表義音，沒有時間性，其組成部分本身不直接表義——我們不把雙合詞中的部分當作可單獨表義的成分使用，比如 Theodōros 中的 -dōros 即不表示意思。㉕

動詞㉖爲合成的表義音，有時間性。和名詞一樣，動詞的組成部分本身也不表義。「人」或「白」不表示時間性，㉗但「他走」㉘和「他走了」卻表示動作進行的時間，前者表現在，後者表過去。

名詞或動詞的曲折變化㉙可表示關係，例如「屬於」或「對」等等，亦可表示單數或複數，如「人」和「人們」；還可表示說話的語氣，㉚比如是提問還是命令——從 ebadisen 和 badize ㉛中可以看出這個動詞在表示上述語氣時所展示的曲折變化。

語段㉜爲合成的表義音，它的某些部分能獨立表義（並非每個語段都出自動詞和名詞的結合，比如對「人」的定義㉝——可見語段的形成亦可不用動詞；但語段中總有一個能表示實體的成分，比如「克瑞恩在行走」中的「克瑞恩」）。㉞語段因㈠能表示某個事物或㈡由若干個部分連接而成而成爲一個完整的語段。例如，《伊利亞特》是一個完整的語段㉟，因爲它由許多部分連接而成；對人的定義也是一個完整的語段，因爲它能表示某個事物。

【注　釋】

① 第 20 至 22 章討論語言的成分、合成和詞語的用法。這三章內容有點像是《詩學》中的一個「穿插」，因為在今天的人們看來，論詩和研究語

言往往不是關係十分密切的一碼事。但是,在古希臘,詩和語法的關係遠比我們想像的要密切;grammatikē 是研究和評析詩,尤其是荷馬史詩的「工具」。本節文字論及的一些內容也出現在亞氏的其它論著裡(參見有關注釋),《修辭學》亦多次提到這裡論及的內容(參見第21章注①,第22章注①)。此外,本章中的 arthron 和 ptōsis 還不作「冠詞」和「格」解(參考注㉓、㉙),這一點亦可證明它的作者不是公元前三世紀或前三世紀以後的語法學家。

② Lexis,在此指作為一個整體的語言(即不專指悲劇中的言語,比較第6章注⑮,第22章注㉛)。

③ Stoikheion,「要素」、「成分」。作者沒有嚴格區分分屬於發音(或語音)和書寫這兩個系統中的某些內容。在語法的草創時期,出現這種情況是不足為怪的。在當時,grammatikē(字面意思是「書寫藝術」)不僅包括詞法和句法,而且還包括語音學和音位學方面的某些內容。

④ 在阿拉伯譯文裡,這八個成分的排列順序是:字母、音節、指示成分、連接成分、名詞、動詞、曲折變化和語段。

⑤ 「音」原文作 phōnē。在《動物研究》(*Historia Animalium*)裡,亞氏區分了 phōnē 和 psophos 的不同(4. 9. 535ᵃ 27;另參考柏拉圖《瑟埃忒托斯篇》203B)。Phōnē 亦指一個較大的語音單位(1457ᵃ 1,本章第 17 行),即詞、詞組或句子(比較「語段」)。

⑥ 元音共七個(《瑟埃忒托斯篇》203B,《形而上學》14. 6. 1093ᵃ 13),用羅馬字母表示即為 i、e、ē、o、ō、a 和 u(或 y;-為長音符,參考注⑫)。《詩學》沒有提及雙元音。

⑦ 公元前五世紀的辯說家們已開始使用這些術語。歐里庇得斯的 *Palamēdēs* 中有這麼一段文字:我教人書寫的知識,把元音和輔音連成音節(片斷578)。柏拉圖對音作過同樣的劃分(《克拉圖洛斯篇》)424C,《菲勒波斯篇》18B−C)。希臘語中共有十七個輔音(包括作者所說的半元

音和默音），其中三個為複合輔音，即 z (ds, sd), x (ks、gs、xs) 和 φ (ps、bs、phs)。

⑧ Phōnē akoustē。或：元音是帶可聽見音的字母。

⑨ 主要指舌的運動，但亞氏似乎也注意到了雙唇的作用（參考《論動物的部分》2. 16. 660ᵃ 6）。阿拉伯譯文提到了「和雙唇或齒的接觸」。

⑩ 可能還包括 l、m、n 等可延續的音。

⑪ 可能還包括 k、t、p、b 等非延續音（或爆破音）。作者沒有區分我們今天所說的清輔音和濁輔音。

⑫ 例如，ha 為送氣音，a 則為非送氣音。希臘語中沒有表示 h 音的字母，故用送氣符 ＇ 表示之（書面語中的讀音符號可能是由公元前三至二世紀的拜占庭學者們所發明的）。送氣或不送氣有時具辨義的功能，比如：horos（「分界」），oros（「山」）。

⑬ 參考第 21 章注㊵、㊷。

⑭ 三者的讀音符號分別為 ∕、＼ 和 ⌒。《修辭學》3. 1. 1403ᵇ 29 中有類似的提及（另參考柏拉圖《克拉圖洛斯篇》399A－B）。從現有的資料來看，亞氏可能是最早提及「介於二者之間的音」的學者。在古希臘，音的長短、高低、送氣與否等現象均屬 prosōdia（「發音」，參考第 25 章第 53 行，原文 1461ᵃ 22）的研究範疇。

⑮ 或：「人們應在關於格律學的論著裡探討有關細節問題」。《詩學》和《修辭學》都沒有專門討論格律；亞氏曾寫過一篇《論音樂》，不知其中可有涉及格律的論述。

⑯ 「音節」(sullabē) 是詞的組成部分。單音詞只有一個音節，但可表義。作者可能把單音節詞當作 onoma，而不是 sullabē 看待。

⑰ 根據上文所述，「帶響聲的音」可包括元音和半元音。

⑱ 阿拉伯譯文作：「……不是一個音節，加了 a 才組成音節。」作者對音節所下的定義不甚精確，因為一個元音（不加輔音）亦可構成音節。

⑲ 或「連詞」。Sundesmos（複數 sundesmoi）原意為「連接」或「連接物」，這裡指連詞和某些小品詞。《問題》的作者區分了必要的 sundesmoi（如 te 和 kai）和非必要的、一般僅用於強調的 sundesmoi（如 dē）。作者把我們今天所說的連詞、介詞和冠詞等歸為「非表義成分」。本段文字（包括本段和下一段譯文）內容比較含糊，其中似有令人費解的重複，翻譯時參考了瓦倫(Johannes Vahlen)、拜瓦特、布切爾、埃爾斯等人的校勘本。

⑳ 參考注⑤。

㉑ Ētoi 可作「肯定地」、「確信無疑地」解，men 和 de 通常連用，表示「一方面……另一方面」。

㉒ 可作介詞計。Amphi 意為「在……兩邊」或「有關」，peri 意為「在……周圍」或「關於」。

㉓ Arthron，原意為「韌帶」（解剖學術語），後世的語法學家用它指「冠詞」。但在這裡，arthron 的所指可能不僅限於冠詞。

㉔ 在公元前五至四世紀，onoma（複數 onomate）的所指包括名詞（或名稱）、形容詞、代詞，可能還有副詞。孤立的動詞亦是 onoma（《論闡釋》3.16^b 19）。遲至二世紀，斯多噶學派的學者們才把形容詞從 onoma 中區分出來。在柏拉圖的論著中，onoma 的所指有時寬窄不一（比較《智者篇》262A1 和 261D2）。《詩學》中的 onoma 有時亦明顯地包括動詞（參見譯文第 21 章第 27 行，第 22 章第 30 行，第 25 章第 65 行）。

㉕ 《論闡釋》對 onoma 和複合詞作過同樣的論述，並指出名稱是由約定俗成產生的(2.16^a 19－22)。Theodōros（人名）由 theos（「神」）和 dōron（「禮物」）組成，意為「神賜的禮物」。

㉖ Rhēma（複數 rhēmata）是表示行動的詞（《智者篇》262A，其中沒有提到動詞的時間性），因此可作「動詞」解。但是，和 onoma 一樣，rhēma 的所指有時也不僅限於動詞。在《克拉圖洛斯篇》裡，柏拉圖寫道：名

詞 anthrōpos（「人」）是由 anathrōn ha opōpen 這一短語(rhēma)壓縮而來的，因為只有人才具對所見之物進行觀察和思考的能力(399C)。柏拉圖認為，如果將 Diphilos 拆成兩部分，使之成為 Dii philos（「愛慕宙斯」），這兩部分就不再是一個名稱，而是一個 rhēma (399B)。即使在《智者篇》裡，rhēma 也不專指動詞——一些說明性成分，如「不大」等，也是 rhēmata (257B)。在很多情況下，rhēma 實際上是說明主語的成分，即「謂語」（另參考 G. F. Else, *Plato and Aristotle on Poetry*, Chapel Hill: The University of North Carolina Press, 1986, pp. 128－129）。Onoma 是語句中表示名稱的部分，rhēma 則是說明或關於名稱的部分。在亞氏的論著裡，rhēma 通常指動詞，有時也指謂語（《論闡釋》$10.20^b 1-4$）。

㉗ 參見《論闡釋》$3.16^b 6-7$ 中相似的論述。

㉘ Badizei，第三人稱現在時（陳述語氣），亦可解作「他正在走」。

㉙ Ptōsis 不僅指名詞、形容詞等的變格，而且指各種派生形式和動詞的曲折變化。在《門類》(*Categoriae*) $1.1^a 12-15$ 裡，ptōsis 包括如「語法」→「語法學家」這樣的變化。Ptōsis 甚至包括由語調引起的意思變化。

㉚ Kata ta hupokritika，直譯作：根據表述（另參考第 19 章注⑪等處）。

㉛ 分別意為「他走過嗎」？（口語中主要靠語調區別陳述和提問）和「走」！

㉜ Logos。在《詩學》裡，logos 表示多種意思（詳見附錄「Logos」）。

㉝ 亞氏給「人」下的定義是：足繫雙腳動物（《論闡釋》$5.17^a 13$，《論題》$7.103^a 27$）。並非每個語段都是包含真理或謬誤的論斷（《論闡釋》$4.16^b 26-17^a 4$）。「雙腳動物」是一個語段，而「人是雙腳動物」卻是一個包含真理或謬誤的論斷（參考同上，$5.17^a 11-12$）。

㉞ 在原文中，括弧至「表示實體的成分」止。

㉟ 參考《分析續論》$2.10.93^b 35-37$；《論闡釋》$5.17^a 8-9, 15-16$；《形而上學》$8.4.1045^a 12-14$。關於《伊利亞特》是一個由許多部分組成的整體，另參見《形而上學》$7.4.1030^b 9$。

第 21 章①

　　詞②分兩種，一種是單項詞（所謂「單項詞」，指由非表義成分組成的單詞，比如 gē）、③另一種是雙合詞。雙合詞又分兩種，一種由表義部分和非表義部分組成、④但在雙合詞中，這些部分均不表義，也就是說，是非表義的、⑤另一種則由兩個表義部分組成。⑥複合詞還可由三個、四個、甚至更多的部分組成，例如馬薩利亞人的語言裡就有很多這樣的例子，如 Hermokaikoxanthos ⑦***。

　　詞分普通詞、外來詞、隱喻詞、裝飾詞、⑧創新詞、延伸詞、縮略詞和變體詞。⑨

　　所謂「普通詞」，指某一地域的人民共同使用的詞；所謂「外來詞」、⑩指外方人使用的詞。因此，同一個詞顯然可以既是普通詞，又是外來詞——當然不是對同一地域的人民而言。對塞浦路斯人來說，sigunon 是個普通詞，但對我們來說，卻是個外來詞。⑪

　　用一個表示某物的詞借喻它物，這個詞便成了隱喻詞，⑫其應用範圍包括以屬喻種、以種喻屬、以種喻種和彼此類推。⑬所謂「以屬喻種」的例子，如「我的船停在這兒」、⑭因為「泊」是「停」的一種方式。所謂「以種喻屬」的例子，如「俄底修斯的確做過一萬件美事」、⑮其中「一萬」是「多」的一種表達形式，在此取代「大量」。所「以種喻種」的例子，如「用銅汲走生命」和「用長邊的銅切割」。⑯這裡，詩人用「汲」喻「切割」，又用「切割」喻「汲」，二者同為「取走」的表達形式。所謂「類

1457^b

5

10

15

20

推」，指的是這種情況：當 b 對 a 的關係等於 d 對 c 的關係時，詩人可用 d 代替 b，或用 b 代替 d。⑰有時，詩人還在隱喻中加入和被隱喻詞所替代的那個詞相關的內容。比如，酒杯之於狄俄尼索斯⑱猶如盾之於阿瑞斯，⑲因此可稱酒杯爲「狄俄尼索斯的

25　盾」，稱盾爲「阿瑞斯的酒杯」。⑳又如老年之於生命就像黃昏之於白晝，因而可稱黃昏爲「白晝的暮年」，也可用恩培多克勒的比喻，㉑稱老年爲「生命的黃昏」或「生命的夕陽」。㉒有時，我們或許找不到通用的名稱㉓來形容類推中的某些屬項，但即便如此，我們仍可通過同樣的方式把它們表現出來。比如，撒種叫

30　撒播，但太陽的「撒」光卻沒有一個專門的稱謂。然而，放光之於太陽的關係和撒播之於種子的關係是相似的，因此，詩人用了「撒播神造的光芒」㉔一語。使用此類隱喻還可用另一種辦法，即先用一個表示其它事物的名稱形容某個事物，然後再否定該詞原來表示的那個事物的某個特性，比如，假設詩人不稱盾爲「阿

35　瑞斯的酒杯」，而稱之爲「無酒的酒杯」。***㉕

　　創新詞即詩人㉖自己創造，一般人從來不用的詞。某些詞彙似乎屬於這一類，例如表 kerata ㉗的 ernuges ㉘和表 hiereus ㉙的 arētēr。㉚

1458ᵃ　　至於延伸詞和縮略詞，前者指用較長的元音取代原有的元音

40　或接受了另一個音節的詞，後者指縮略了某個部分的詞。延伸詞的例子如替代 poleōs 的 polēos ㉛以及替代 Pēleidou 的 Pēlēiadeō。㉜縮略詞的例子如 kri、dō ㉝和 mia ginetai amphoterōn ops ㉞中的 ops。

　　詩人用原詞的一部分，加上新增添的另一部分組成變體詞，比如用 dexiteron kata mazon ㉟替代了 dexion。

就其本身而論，名詞㊱分三類，即陽性、陰性及介於二者之 45
間的名詞。㊲陽性名詞以 n、r、s 和包括 s 的合成輔音（共兩個，
即 ps 和 ks）結尾，㊳陰性名詞以始終作長讀的元音——如 ē 和
ō，㊴以及在可作長讀的元音中的 a 結尾。㊵所以，陽性名詞和陰
性名詞的收尾成分數目相同，因爲在陽性名詞中，ps 和 ks 是複
合音。㊶名詞不能以默音或只能作短讀的元音結尾。㊷只有三個名 50
詞以 i 結尾，即 meli、kommi 和 peperi；㊸五個名詞以 u 結尾
＊＊＊。㊹介於二者之間的名詞以這些元音㊺及 n 和 s 結尾。㊻

【注　釋】

① 《修辭學》3.2.1404^{b}7 和 1404^{b}28 中的所指可能與本章內容有關。

② Onoma，在此泛指「詞」（包括動詞等）。比較第 20 章注㉔及本章注㊱。

③ Gea 的縮約形式，意爲「土地」、「大地」。

④ 即由名詞（或名稱）加介詞等組成。

⑤ 「不表義」和「非表義」意思相近，有人建議將 kai asēmou 放入 [ ] 號
　　內。

⑥ 即由名詞加名詞組成，如 Theodōros（參見譯文第 20 章第 25 行）。

⑦ Hermokaikoxanthos 由三條河流的名稱〔即 Hermos（赫耳摩斯）、Kaikos
　　（卡伊科斯）和 Xanthos（珊索斯）〕組成。該詞可按六音步格切分，可
　　能係某部非嚴肅作品中的人名。阿拉伯譯文作：Hermokaikoxanthos 向宙
　　斯祈禱。馬薩利亞(Massalia)是古希臘人的一個移民點，位於法國南部。

⑧ 下文沒有解釋的唯有裝飾詞(kosmos)。裝飾詞包括某些表示主體的性質
　　或特徵的修飾成分和同義成分（如稱阿伽門農爲「阿特柔斯之子」等）。

《修辭學》3. 7. 1408ᵃ 14 中的 kosmos 意為「修飾成分」，和 epitheton（「修飾詞」或「修飾成分」）沒有實質性的區別。值得注意的是，該卷兩次並提隱喻詞和修飾詞(1405ᵃ 10, 1407ᵇ 31)。在 1406ᵃ 10 —ᵇ 5 裡，亞氏把 epitheton 放在外來詞和隱喻詞之間作了剖析。

⑨ 這八類詞中，普通詞(kurion)自成一大類，其餘七類詞又為一大類，即不同於普通用語的「奇異詞」（xenika onomata，參考第 22 章第 3—4 行）。

⑩ 參考《修辭學》3. 3. 1406ᵃ 7—10。外來詞(glotta)還包括古廢詞等。

⑪ 阿拉伯譯文在此後還有一語：對於我們，「矛」是個普通詞，但對塞浦路斯人來說，卻是個外來詞。在塞浦路斯方言裡，sigunon 意為「矛」（參考希羅多德《歷史》5. 9）。塞浦路斯(Cyprus)是地中海東部的一個島嶼，當時是希臘人的一個集居點。

⑫ Metaphora。隱喻可增強語言的表現力（參見《修辭學》3. 2. 1405ᵃ 34ff.），使人產生由此及彼的聯想（《論題》6. 1. 140ᵃ 9—11）；人們可從隱喻中學到知識（《修辭學》3. 10. 1410ᵇ 10—13）。使用隱喻詞可使文體顯得明潔優雅，隱喻詞可以起到其它詞類無法替代的作用（同上，3. 2. 1405ᵃ 6—9）。明喻是一種 metaphora，二者之間只有細微的差別（同上，3. 4. 1404ᵇ 20—26）。

⑬ 參考《修辭學》3. 2. 1405ᵃ 10ff.。

⑭ 《奧德賽》1. 185, 24. 308。

⑮ 《伊利亞特》2. 272。

⑯ 這兩個片斷取自恩培多克勒的《淨化》（片斷 138 和 143）。第一個片斷的大意是：用銅刀殺牲口祀祭。由此聯繫起來看，第二個片斷中的「切割」的受語似應為「水」，整個片斷的大意是：用銅罐裝水。恩培多克勒善於使用隱喻，亞氏肯定了他在這方面的才華（參考第 1 章注㉝）。

⑰ 參考《尼各馬可斯倫理學》5. 3. 1131ᵃ 29。Analogia 是隱喻中最好的一

種（《修辭學》3. 10. 1410^b 36）。可能因為這一點，作者在此談得最多的也是這一種（另參考同上，3. 4. 1406^b 31ff., 3. 10. 1411^a 1ff.）。

⑱ 狄俄尼索斯(Dionusos)是傳說中的酒和狂歡之神。荷馬曾提及狄氏遭受德魯阿斯(Druas)之子魯庫耳戈斯(Lukourgos)追逼的傳說（《伊利亞特》6. 130ff.）。自黑西俄得起（參見《神譜》940ff.），古代作家一般把他當作宙斯和塞梅蕾(Semelē)之子。受赫拉的慫恿，大力神將狄俄尼索斯撕成碎片吞食。雅典娜把他的心臟交還宙斯，後者吞下心臟，復生出狄俄尼索斯。古希臘人把狄氏的經歷看作是萬物由生到滅、由死復生的象徵。狄氏別名巴科斯(Bakkhos)。歐里庇得斯寫過一齣《巴科斯的女信徒們》，現存。

⑲ 阿瑞斯(Arēs)乃宙斯和赫拉之子，戰神。

⑳ 「阿瑞斯的酒杯」可能引自提摩瑟俄斯的《波斯人》（片斷 22）。這兩個短語亦出現在《修辭學》3. 4. 1407^a 17－18 裡，另參考 3. 11. 1413^a 1。

㉑ 阿拉伯譯文作：因而可稱……，如恩培多克勒所比喻的那樣。

㉒ 比較《修辭學》3. 10. 1410^b 14－15，柏拉圖《法律篇》6. 770A。

㉓ Onoma 在此作「詞」解，包括動詞（另參考第 20 章注㉔）。「通用的」等於「普通的」。

㉔ 可能引自某位抒情詩人的作品（見 *Poetae Melici Graeci* 1026）。

㉕ 按照順序，接著要討論的似應為裝飾詞（參考注⑧）。

㉖ 可能指荷馬。1458^b 7（第 22 章第 18 行）和 1460^b 2（第 24 章第 62 行）中的「詩人」亦指荷馬。

㉗ 意思不明，可能取自某部已佚失的、被歸置於荷馬名下的詩篇。比較 er-nos，「分枝」。

㉘ 「角」。

㉙ 「祈禱者」（見《伊利亞特》1. 11, 5. 78）。

㉚ 「祭司」。能否把這兩個詞當作嚴格意義上的創新詞？作者對此不作定

論大概是有道理的。

㉛ Poleōs 為 polis（「城邦」）的單數所有格形式，polēos 是古史詩中的用詞。

㉜ Pēleidou 是 Pēleidēs（「裴琉斯之子」，即阿基琉斯）的所有格形式，Pēlēiadeō 乃史詩用詞，除其中第四個字母 ē 和詞尾字母 ō 作長音讀外（第二個字母 ē 原來即為長音），還接受了元音 a。

㉝ 分別為 krithē（「大麥」）和 dōma（「房屋」）的縮略形式。上述延伸詞和縮略詞在荷馬史詩中均有出現。

㉞ 引自恩培多克勒的《論自然》（片斷 88），大意是「雙眼形成一道目光」（即雙眼盯著一個景物）。Ops 為 opsis 的縮略形式。

㉟ 「（擊中她的）右胸」（《伊利亞特》5. 393）。荷馬用了 dexion 的比較級 dexiteron，意思無明顯變化。

㊱ Onomata 在此專指名詞，不包括動詞。下文討論名詞的性和結尾字母的對應問題。

㊲ 最先按「性」分詞的大概是普羅塔哥拉斯（《修辭學》3. 5. 1407^b 6−8，另參考第 19 章注⑬）或包括他在內的辯說家們。「介於二者之間的名詞」（另參考《論詭辯反駁》4. 166^b 11−12, 14. 173^b 26ff.）即中性名詞，但在當時尚無規範的稱謂（普羅塔哥拉斯用了 skeuē（「指物詞」），似不很妥當，因為許多陽性和陰性名詞亦可指物）。斯多噶學派的學者們最先用 oudeteron（以後成了一個規範術語，比較拉丁詞 neuter）表示中性或中性名詞（參見 R. H. Robins, *Ancient and Mediaeval Grammatical Theory in Europe*, London: G. Bell and Sons, 1951, p. 31）。

㊳ 如 Pausōn、Krantor、Aristotelēs、Kuklops 和 Hipponax。在所有的古文本中，只有阿拉伯譯本保留了 s。少量陰性名詞以 s 或 r 結尾，如 mētēr（「媽媽」）。並非所有以 ps 或 ks 結尾的名詞都為陽性。

㊴ 如 Melanippē、Sapphō 等。

㊵ 希臘語中共有七個單元音（參考第 20 章注⑥）其中可作長讀和短讀的有三個，即 a、i 和 u。陰性名詞（或名稱）可以長 a 或短 a 結尾。

㊶ 換言之，可與 s 一起算作一個音。

㊷ 「只能作短讀的元音」指 e 和 o（在希臘語中，epsilon 和 omicron 在形態上不同於 ēta 和 ōmega，即作長讀的 ē 和 ō）。

㊸ 意思分別為「蜜」、「樹膠」和「辣椒」。有人曾找出二十來個以 i 結尾的名詞，其中多數為廢詞和外來詞。

㊹ 根據瓦拉文本和阿拉伯譯本，這五個詞是 doru（「樹幹」、「矛」）、pōu（「羊群」）、napu（「芥末」）、gonu（「膝」）和 astu（「城」）。此類詞確實不多，但也不止五個，比如還有 methu、dakru 等古詞。

㊺ 指 i 和 u。相當一批中性名詞以 a 結尾。

㊻ 似還應有 r；r 的失落可能係由早期傳抄者的遺誤所致。現將上述劃分歸納如下：

　　㈠陽性名詞詞尾：n、r、s〔ps、ks、(x)〕

　　㈡陰性名詞詞尾：ē、ō、a (ā)

　　㈢中性名詞詞尾：a（同陰性名詞）

　　　　　　　　　　n、(r)、s（同陽性名詞）

　　　　　　　　　　i、u

第 22 章①

　　言語的美在於明晰而不至流於平庸。②用普通詞組成的言語最明晰，但卻顯得平淡無奇。克勒俄丰和塞奈洛斯③的詩作可以證明這一點。使用奇異詞④可使言語顯得華麗並擺脫生活用語的一般化。⑤所謂「奇異詞」，指外來詞、隱喻詞、延伸詞以及任
5 何不同於普通用語的詞。⑥但是，假如有人完全用這些詞彙寫作，他寫出的不是謎語，便是粗劣難懂⑦的歪詩。把詞按離奇的搭配連接起來，⑧使其得以表示它的實際所指，這就是謎語的含義。〈其它〉詞類的連接不能達到這個目的，但用隱喻詞卻可能做到這一點，⑨例如「我看見一個人用火把銅黏在另一個人身上」⑩以
10 及諸如此類的謎語。濫用外來詞會產生粗劣難懂的作品。因此，有必要以某種方式兼用上述兩類詞彙，⑪因為使用外來詞、隱喻詞、裝飾詞以及上文提到的其它詞類可使詩風擺脫一般化和平庸，而使用普通詞能使作品顯得清晰明瞭。⑫

1458ᵇ　　言語既要清晰，又不能流於一般，在這方面，延伸詞、縮略詞
15 和變體詞起著不可低估的作用。這些詞既因和普通詞有所不同──它們不具詞的正常形態──而能使作品擺脫一般化，又因保留了詞的某些正常形態而能為作品提供清晰度。由此可見，評論家們對用上述方法構成的話語的批評，以及因為詩人⑬使用了這種方法而對他進行嘲諷，是沒有道理的。例如，老歐克雷得斯⑭的觀點是，要
20 是詩人可以任意拉長詞彙，⑮寫詩就容易了。作為諷刺，他以此

法寫了一些荒唐的詩行，讀作：⑯ Epikharēn eidon Marathōnade badizanta ⑰和 ouk an geramenos ton ekeinou elleboron。⑱

露骨地使用延伸詞是荒唐的。使用所有類型的奇異詞都要注意分寸，⑲因為若是為了逗人發笑而不恰當地使用隱喻詞、外來詞和其它類型的奇異詞，其結果也同樣會讓人覺得荒唐。若是把 25 史詩中的延伸詞換成普通詞，便可看出得體地使用延伸詞和使用普通詞的差別有多大。對外來詞、隱喻詞和其它非普通用語，情況也一樣：假如有人用普通詞替代它們，便會意識到我們這裡說的是一個事實。比如，歐里庇得斯重複過埃斯庫羅斯的某一句短長格詩行，但換掉了其中的一個詞，⑳即用一個外來詞替換了一 30 個常用的普通詞，他的詩行因此顯得優雅，而埃斯庫羅斯的詩行則顯得平淡無奇。㉑埃斯庫羅斯在《菲洛克忒特斯》一劇中寫道

　　　這毒瘡吃我腿上的肉㉒

歐里庇得斯以「享用」㉓代替了「吃」。又如

　　　但現在一個懦弱、猥瑣的小不點㉔　　　　　　　　　　35

假如有人改用普通詞，則讀作

　　　但現在一個虛弱、難看的小個子

同樣的例子也見之於以下例子，比如把

　　　擺了一把醜陋的椅子和一張微不足道的桌子㉕

改作　　　　　　　　　　　　　　　　　　　　　　　　40

擺了一把破舊的椅子和一張小桌子

或把「海岸在咆哮」㉖改作「海岸在叫喊」。㉗

　　此外，阿里弗拉得斯㉘挖苦悲劇詩人使用人們在日常會話㉙中
不用的詞語，比如用 dōmatōn apo ㉚取代 apo dōmatōn，用 sethen、㉛
egō de nin ㉜以及用 Akhilleōs peri ㉝取代 peri Akhilleōs，等等。然
而，正是因爲它們不在普通用語之列，才使言語不至流於一般——
這一點是阿里弗拉得斯所不懂得的。

　　要合理地使用上述各類詞彙，㉞包括雙合詞和外來詞，㉟這一
點是重要的。但是最重要的是要善於使用隱喻詞。惟獨在這點
上，詩家不能領教於人。㊱不僅如此，善於使用隱喻還是有天賦
的一個標誌，㊲因爲若想編出好的隱喻，就必先看出事物間可資
借喻的相似之處。㊳

　　各類詞中，雙合詞最適用於狄蘇朗勃斯，外來詞最適用於英
雄詩，隱喻詞最適用於短長格詩。㊴在英雄詩裡，上述各類詞彙
均有用武之地。在短長格詩㊵裡，由於此類詩行在用詞方面儘可
能地摹仿日常會話中的用語，㊶所以，適用於散文㊷的詞也同樣適
用於它。這些詞類是：普通詞、隱喻詞和裝飾詞。㊸

　　關於悲劇，即用行動的摹仿，㊹以上所述足以說明問題了。

【注　釋】

① 《修辭學》3. 1. 1404ᵃ 39 和 3. 2. 1405ᵃ 6 中的所指可能即爲本章內容。

② 「美」原文作 aretē。X 的 aretē 是成爲出色的、即本身的潛力得到正常和

充分發揮的 x。具體地說，木匠的 aretē 在於能做出美觀耐用的木器，而鋸子的 aretē 在於能讓木匠較快、較省力地鋸開木頭。獲取 aretē 的前提是圓滿地實現事物本身的 ergon（參考第 6 章注㊲）。清晰而不流於平庸的表達將有助於言語(lexis)實現它的 ergon 並由此獲取自身的 aretē。關於言語的 aretē，另參見《修辭學》3. 2. 1404^b 1－8。比較譯文第 2 章第 2 行中的「善」及第 13 章第 15 行中的「美德」。

③ 塞奈洛斯(Sthenelos)是公元前五世紀的悲劇詩人。阿里斯托芬曾提及一位名叫塞奈洛斯的悲劇詩人並嘲笑過他的文體〔片斷 151，另參考《黃蜂》(Vespae) 1313〕。關於克勒俄丰，參考第 2 章注⑪。

④ 在柏拉圖的《克拉圖洛斯篇》401C 裡，奇異詞（比較 xenikos，「外國人」）指非阿提開詞（或用語）。第 21 章沒有提及奇異詞，本章也沒有給它下定義。合理地使用 xenika onomata 可為作品增色（參考《修辭學》3. 2. 1404^b，3. 3. 1406^a 等處）。

⑤ Idiōtikon（比較 idiōtēs，「個人」、「公民」）意為「日常的」、「生活中的」，與之形成對比的是 xenikon，「生疏的」、「不熟悉的」（比較注④，另參考《修辭學》3. 2. 1404^b 8－12）。

⑥ 參考第 21 章注⑨。

⑦ Barbarismos，「粗劣的」、「不合希臘風範的」，與之對應的是 hellēnismos（《詩學》中沒有出現這個詞），意為「合乎希臘風範的」或「符合希臘人的處事習慣和評審標準的」。古希臘人把人分作兩類，一類是 Hellēnes（另參考第 25 章注＊），另一類是 barbaroi（「外國人」）。古希臘人相信，和 barbaroi 相比，Hellēnes 具有較好的人文素質和較為先進的政治制度。詩人是受過良好教育的希臘人，他們應該 hellēnizein（「使用規範的希臘語」，參考《修辭學》3. 5. 1407^a 19－^{b}25），而不應 soloikizein（「說話不顧規範」，參見《論詭辯反駁》3. 165^b 20）。

⑧ 或：把不可能進行正常搭配的詞連接起來。

⑨ 隱喻和謎語(ainigma)有著某種相通之處；好的謎語可為編製隱喻提供素材（《修辭學》3. 2. 1405^b 4－5）。

⑩ 這是個用六音步格作成的謎語，作者大概是生活在公元前七世紀的克勒俄布莉內(Kleoboulinē)。謎語指的是一種醫治外傷的手段：醫生把銅拔火罐貼在病人的瘡患之處，然後把它加熱，火罐冷卻後即可達到吸取膿血的目的。「銅」喻「銅質拔火罐」，此乃以屬喻種的例子。「黏」即「貼」，同為「連合」的表達形式，可作為以種喻種的例子。亞氏在《修辭學》3. 2. 1405^b 1 中亦引用了這個謎語。

⑪ 即普通詞和奇異詞。

⑫ 參考《修辭學》3. 12. 1414^a 24－27 中類似的論述。

⑬ 指荷馬（參考第 21 章注㉖）。

⑭ Eukleidēs。據有關文獻記載，公元前五至四世紀有過兩位知名的歐克雷得斯。一位於前 403－402 年間出任雅典執政官，可能參與或關心過雅典的字母改革。另一位是蘇格拉底的門生，亦受過巴門尼德學說的影響。抄本中的 arkhaios（「古時的」、「從前的」）一詞令人費解，因為以作者的生卒年代來衡量，以上二位似乎都算不得「古人」。有人懷疑 arkhaios 可能係 arkhōn（「執政官」）的筆誤。

⑮ 阿拉伯譯文作：……拉長或縮短詞彙。

⑯ 字面意思是「在言語本身之中」，等於「引用原話」（即引用歐克雷得斯的原話）。

⑰ 「我曾見厄庇卡瑞斯走向馬拉松」。在這個詩行裡，要把兩個短元音拉長（即 Epikharēn 中的 E 及散文詞 badizonta 中的第一個 a），方能湊齊六個音步。厄庇卡瑞斯(Epikharēs)是公元前五世紀末的政治家。馬拉松(Marathōn)位於阿提開東北部，距雅典約四十二公里。

⑱ 抄本似有損蝕，大意可能是：不為他混和藜蘆。藜蘆(helleboros)是一種

植物，古人用它平治瘋癲。

⑲ Metron kainon。Metron 亦作「詩」和「詩格」解（參考第 1 章注㉕）。「類型」原文作 merē（參考第 19 章注④等處）。另參考《修辭學》3.3。

⑳ Onoma，此處包括動詞（參見第 20 章注㉔）。

㉑ 有趣的是，埃斯庫羅斯向以行文綺麗、用詞堂皇聞名。埃氏不僅寫過冗長的唱段（阿里斯托芬《蛙》914－915），而且用詞生僻、豪華（同上，924－926）。

㉒ 片斷 253。「吃」本為普通詞，但在這句詩行裡似可作隱喻詞解。關於菲洛克忒特斯，參見第 23 章注㉓。

㉓ 片斷 792。

㉔《奧德賽》9. 515。若沒有特定的語境和上下文，oligos（「少量」、「小」）和下文中的 mikros（「小」）應同為普通詞。

㉕ 同上，20. 259。

㉖《伊利亞特》17. 265，比較 14. 394。

㉗ Krazousin（「叫喊」）在此取代了 booōsin（「咆嘯」），後者是 boosin 的延伸形式。在這個語境裡，「叫喊」似亦可作隱喻詞解。

㉘ Ariphradēs，生平不詳，可能是一位喜劇詩人。阿里斯托芬嘲笑過一個名叫 Ariphradēs 的人（《騎兵》1281ff.，《黃蜂》1280－1283），但我們無法證明此君是否就是本文提到的這一位。

㉙ Dialektos，交談。

㉚ Dōmatōn 為 dōma（「房屋」）的複數所有格形式。Apo（「離開」）是介詞（在此倒置於名詞之後），後面的名詞要用所有格形式。介詞後置的例子在荷馬史詩中不多見，但在悲劇的短長格詩行裡卻比較普通（唱詞中鮮有此類例子）。歐里庇得斯習慣於置介詞於詩行的末尾。

㉛ Sethen 是 su（「你」）的所有格 sou 的一種方言形式。

㉜ Egō 即「我」，de 是個虛詞。Nin 可能是個奇異詞，為第三人稱代詞的

受格形式，性、數的變化不影響詞形。

㉝ Akhilleōs 是 Akhilleus（「阿基琉斯」）的所有格形式，peri 是介詞（另參考第 20 章注㉒）。

㉞ 包括第 21 章中提及的八種詞彙以及單項詞和雙合詞。

㉟ 雙合詞和外來詞尤其適用於詩歌（參見下文）。散文中應少用外來詞、雙合詞和創新詞（《修辭學》3. 2. 1404^b 28－29）。詩比散文更能容納奇異詞（同上，1404^b 4－5，另參考 3. 3. 1406^a 10ff. 等處）。

㊱ 《修辭學》3. 2. 1405^a 8－10 表述了同樣的觀點。原文中沒有「詩人」一詞。

㊲ 參考《尼各馬可斯倫理學》3. 5. 1114^b 8－12。

㊳ 參見《修辭學》3. 10. 1410^b 32, 3. 11. 1412^a 11－12。

㊴ 《修辭學》3. 3. 1406^b 1－4 對為什麼雙合詞、外來詞和隱喻詞分別適用於狄蘇朗勃斯、史詩和短長詩作了解釋。公元前四世紀的狄蘇朗勃斯用詞生僻含糊，多新奇的複合詞和不尋常的句式（參見 Robert Renehan, "Aristotle as Lyric Poet", *Greek Roman and Byzantine Studies* 23 (1982), p. 256）。「英雄詩」即史詩。

㊵ 指悲劇中的話語部分。

㊶ Lexin mimeisthai，「摹仿會話」。Lexis 在此作「日常會話」解，等於 dialektos（見注㉙）。另參考第 4 章注㊸，比較第 20 章注②等處。在當時，悲劇的用語已相當口語化，雖然史詩詩人仍在沿用日常會話中不用的詞語（《修辭學》3. 1. 1404^a 31－35）。歐里庇得斯率先將日常用語引入悲劇（同上，3. 2. 1404^b 25）。另參考第 4 章第 51 行。

㊷ Logos（參考第 1 章注㉔和第 6 章注㊼）。

㊸ 參考《修辭學》3. 2. 1404^b 31－33 等處。

㊹ 作者的用意是，用行動的摹仿已討論完畢，接下去要談敘述摹仿了。但悲劇不是惟一的通過行動摹仿的藝術——此類藝術至少還應包括喜劇。「即」原文作 kai（參考第 4 章注⑪等處）。

第 23 章

現在討論用敘述和格律進行摹仿的藝術。①顯然，和悲劇詩人一樣，②史詩詩人也應編製戲劇化的情節，③即著意於一個完整劃一、有起始、中段和結尾的行動。④這樣，它就能像一個完整的動物個體一樣，⑤給人一種應該由它引發的快感。⑥史詩不應像歷史那樣編排事件。⑦歷史必須記載的不是一個行動，而是發生 5
在某一時期內的、涉及一個或一些人的所有事件——儘管一件事情和其它事情之間只有偶然的關連。正如薩拉彌斯海戰⑧和在西西里進行的與迦太基人的戰爭同時發生，⑨但沒有引向同一個結局一樣，在順序上有先後之別的情況下，有時一件事在另一件事之後發生，卻沒有導出同一個結局。然而，絕大多數詩人卻是用 10
這種方法編作史詩的。

因此，正如我們說過的那樣，⑩和其他詩人相比，荷馬真可謂出類拔萃。⑪儘管特洛伊戰爭本身有始有終，他卻沒有試圖描述戰爭的全過程。不然的話，情節就會顯得太長，使人不易一覽全貌；⑫倘若控制長度，繁蕪的事件又會使作品顯得過於複雜。 15
事實上，他只取了戰爭的一部分，⑬而把其它許多內容用作穿插，比如用「船目表」⑭和其它穿插豐富了作品的內容。⑮其他詩人或 1459^b
寫一個人，⑯或寫一個時期，⑰或描寫一個由許多部分組成的行動⑱
——如《庫普利亞》和《小伊利亞特》的作者所做的那樣。⑲所以，《伊利亞特》和《奧德賽》各提供一齣、至多兩齣悲劇的題 20

材。⑳相比之下，《庫普利亞》爲許多悲劇提供了題材，而取材於《小伊利亞特》的悲劇[多達八齣以上]：㉑《甲仗的判予》、㉒《菲洛克忒特斯》、㉓《尼俄普托勒摩斯》、㉔《歐魯普洛斯》、㉕《乞丐》、㉖《拉凱代蒙婦女》、㉗《伊利俄斯的陷落》、㉘《歸航》㉙[還有《西農》㉚和《特洛伊婦女》]。㉛

【注　釋】

① 直譯：關於敍述藝術和用格律文進行的摹仿。參考譯文第 6 章第 1 行。

② 原文意為：和在悲劇裡一樣。

③ 唯有荷馬能夠做到這一點（參見第 4 章第 27－28 行及該章注㉒）。

④ 參考第 7 章第 3－5 行。

⑤ 比較第 7 章第 11 行。

⑥ 比較第 13 章第 39 行，第 14 章第 7－8 行。作者認為，儘管史詩和悲劇不盡相同，但它們引發的都是同一種快感（見第 26 章第 41－43 行）。

⑦ 比較第 9 章第 1 段。參考附錄「Historia」。

⑧ 希臘艦隊於公元前 480 年在薩拉彌斯海戰中擊敗了波斯海軍。薩拉彌斯 (Salamis) 是薩羅尼科斯海峽 (Sarōnikos Kolpos) 中的一個島嶼，距雅典約十六公里。

⑨ 在格隆的指揮下，西西里的希臘軍隊於公元前 480 年擊潰了入侵的卡耳開冬人。據希羅多德記載，此事和薩拉彌斯海戰同一天發生（《歷史》7.166）。卡耳開冬 (Karkhēdōn) 即古代名城迦太基（羅馬人稱之為 Cathargo），位於非洲北部。

⑩ 參見第 8 章第 6－13 行。

⑪ Thespesics，字面意思為「神似的」。有幸受過作者如此讚譽的只有荷馬

一人（另參考附錄十四注㉑）。

⑫ 另見第 7 章第 15－17 行，第 24 章第 10－11 行。

⑬ 特洛伊戰爭歷時十年，但荷馬只寫了發生在（最後一年中的）短短幾十天內的事情（參考第 5 章注㉓）。

⑭ 參閱《伊利亞特》2.484ff.。希臘艦隊此時因集奧利斯(Aulis)，戰事尚未正式展開。關於段落名稱，參考第 16 章注⑫。

⑮ 參見第 24 章第 17－18 行及第 18 章第 22 行。穿插還有增加長度的作用（見第 17 章第 14、27 行）。

⑯ 比較第 8 章第 1－5 行。「其他詩人」指所謂的「系列史詩」(epic cycle)的作者們（參考附錄「史詩」）。

⑰ 參考附錄「Historia」注⑤。「或」原文作 kai（參考第 9 章注㉞等處）

⑱ 參考第 18 章注㉑，第 26 章注㉘。

⑲ 據傳《庫普利亞》(Kupria)和《小伊利亞特》(Iliad Mikra)的作者分別是塞浦路斯的斯塔西諾斯(Stasinos)和米圖熱內(Mitulēnē)的萊斯凱斯(Leskh-ēs)。《庫普利亞》始於對戰爭之起因的描述，至希臘聯軍抵達特洛伊城外止。《小伊利亞特》始於對阿基琉斯的甲仗的爭奪，止於希臘人的返航。和《伊利俄斯遭劫》一樣，這兩部史詩屬於「特洛伊故事系列」(The Trojan Cycle)中的一部分，均已失傳。

⑳ 這裡指的可能是《伊利亞特》和《奧德賽》的主要情節（比較第 26 章第 35－37 行）。就《伊利亞特》而言，阿基琉斯和赫克托耳的經歷無疑是較好的悲劇素材，雖然詩人亦可取材於其他人物的活動（參考第 18 章注㉒；另參考第 13 章注㊲）。

㉑ 所有的抄本中都有「八齣以上」一語。Pleon（「多於」）和最後兩個劇名可能是後來添加的。《伊利俄斯遭劫》亦可能包括或涉及下列某些悲劇的內容。下述稱謂或劇名有的沒有見諸史籍。

㉒ 不知是否指埃斯庫羅斯所作的以埃阿斯的經歷為題材的三連劇中的第一

部，該劇亦以 *Hoplōn Krisis* 為名。

㉓ *Philoktētēs*。菲洛克忒特斯(Philoktētēs)是珀伊阿斯(Poias)之子（《奧德賽》3.190），曾率部參加特洛伊戰爭，因遭蛇咬，被留在萊姆諾斯(Lēmnos)島養傷（《伊利亞特》2.718－723）。《小伊利亞特》可能包括如下內容：當俄底修斯獲悉，倘若沒有菲氏的參戰希臘人便無法攻克特洛伊的預言後，便和狄俄墨得斯一起前往萊姆諾斯，找回了菲氏。曾有若干部悲劇以此為名（參考第22章第32－34行），現存的只有索福克勒斯的《菲洛克忒特斯》。索氏還寫過一部《菲洛克忒特斯在特洛伊》(*Philoktētēs en Troiai*)，為《菲洛克忒特斯》的續篇，已失傳。

㉔ *Neoptolemos*。尼俄普托勒摩斯(Neoptolemos)是阿基琉斯之子。年輕人智勇雙全，能言善辯，口才僅次於奈斯托耳和俄底修斯（《奧德賽》11.506－516）。戰後返回故里，娶墨奈勞斯的女兒為妻（同上，3.188－190,4.5ff.）。據《舒達》記載，尼各馬可斯寫過一齣《尼俄普托勒摩斯》。尼俄普托勒摩斯曾殺死特洛伊的同盟者歐魯普洛斯（見注㉕）。因此，這部作品在內容方面和《歐魯普洛斯》也許有相似之處（阿拉伯譯本可能因此而刪去了後者）。

㉕ 至少有兩位歐魯普洛斯(Eurupulos)參加了特洛伊戰爭。一位是歐埃蒙(Euaimōn)之子，曾率部參加圍攻特洛伊的戰爭（《伊利亞特》2.736），另一位是忒勒福斯之子，為保衛特洛伊而戰。有關文獻中查不到這個劇名。

㉖ 此劇大概描寫俄底修斯扮作乞者(ptōkheia)，混進特洛伊城進行偵察一事（參見《奧德賽》4.244－258）。此劇在內容上和《拉凱代蒙婦女》許有相似之處，阿拉伯譯文只錄了前者。有關文獻中無此劇名。

㉗ *Lakainai* 的中心內容可能包括：俄底修斯和狄俄墨得斯一起潛入特洛伊城，在海倫的幫助下偷出了象徵智慧的雅典娜神像。劇中的拉凱代蒙婦女可能以海倫侍者的身份出現。索福克勒斯寫過一部《拉凱代蒙婦女》，已失傳。

㉘ *Ilious Persis*，伊俄丰（Iophōn，索福克勒斯之子）寫過一齣以此為名的悲劇。

㉙ 有關文獻中查不到以此為名的悲劇。

㉚ 索福克勒斯寫過一齣*Sinōn*，內容中可能包括著名的「木馬計」。據傳西農(Sinōn)先設計使特洛伊人將木馬搬入城內，爾後又放出了木馬中的希臘武士〔參閱羅馬詩人維吉爾(Publius Vergilius Maro)的《埃尼特》(*Aeneid*) 2.57－194〕。

㉛ *Trōades*，歐里庇得斯作，現存。

第 24 章

再者，史詩的種類也應和悲劇的相同，即分爲簡單史詩、複雜史詩、性格史詩和苦難史詩。①除唱段和戲景外，史詩的成分②也和組成悲劇的成分相同。事實上，史詩中也應有突轉、發現和苦難，此外，它的言語和思想亦要精美。③荷馬最先使用這些成分，而且用得很好。④事實上，他的兩部史詩分別體現了上述內容，《伊利亞特》是一部簡單史詩，表現苦難；《奧德賽》（由於發現貫穿始終）⑤屬複雜型，同時也展現人物的性格。⑥另外，在言語和思想方面，這兩部作品也優於其它史詩。⑦

史詩和悲劇在結構⑧方面長短不同，所用的格律也不同。⑨關於長度，上文所提的標準當是適用的，即應以可被從頭至尾一覽無遺爲限。⑩若要符合這一要求，作品的結構就應比早先的史詩短，⑪以約等於一次看完的幾部悲劇的長度的總和爲宜。⑫在擴展篇制方面，史詩有一個很獨特的優勢。悲劇只能表現演員在戲台上表演的事，⑬而不能表現許多同時發生的事。⑭史詩的摹仿通過敘述進行，因而有可能描述許多同時發生的事情⑮——若能編排得體，此類事情可以增加詩的分量。由此可見，史詩在這方面有它的長處，因爲有了容量就能表現氣勢，就有可能調節聽眾的情趣和接納內容不同的穿插。⑯雷同的事件很快就會使人膩煩，悲劇的失敗往往因爲這一點。

就格律而言，經驗表明，英雄格律適用於史詩。⑰要是有人

用其它某種或多種格律進行敘述摹仿，其作品就會使人產生不協調的感覺。⑱在所有格律中，英雄格最莊重，最有分量（因此最能容納外來詞和隱喻詞⑲——在這一點上，⑳敘述摹仿亦勝過其它摹仿）。相比之下，三音步短長格和四音步長短格均為動感很強的詩格，前者適用於表現行動，後者適用於舞蹈。㉑若是有人——像開瑞蒙那樣——混用這些格律，㉒結果就更荒唐。鑒於這一點，從來沒有人用英雄格以外的格律作長詩。㉓正如我們說過的，㉔自然屬性本身教會了詩人選用適合於史詩的格律。㉕

　　荷馬是值得讚揚的，理由很多。㉖特別應該指出的是，在史詩詩人中，唯有他才意識到詩人應該怎麼做。詩人應盡量少以自己的身份講話，因為這不是摹仿者的作為。㉗其他史詩詩人㉘始終以自己的身份表演，只是摹仿個別的人，而且次數很有限。㉙但荷馬的做法是，先用不多的詩行作引子，然後馬上以一個男人、一個女人或一個其他角色㉚的身份表演。人物無一不具性格，所有的人物都有性格。㉛

　　悲劇應包容使人驚異的內容，㉜但史詩更能容納不合情理之事——此類事情極能引發驚異感㉝——因為它所描述的行動中的人物是觀眾看不見的。倘若把追趕赫克托耳㉞一事搬上戲台，就會使人覺得滑稽可笑：希臘軍士站在那裡，不參與追擊，而阿基琉斯還示意他們不要追趕。㉟但在史詩裡，這一點就沒有被人察覺。能引起驚異的事會給人快感，㊱可資證明的是，人們在講故事時總愛添油加醋，目的就是為了取悅於人。

　　教詩人以合宜的方式講述虛假之事的主要是荷馬，㊲而使用這個方法要利用如下包含謬誤的推斷。㊳倘若 p 的存在或出現先

1460^a

25

30

35

40

45　於 q 的存在或出現，人們便會這樣適想：假如 q 是存在的，那麼
　　p 也是存在或發生過的。然而，這是個錯誤的推斷。因此，假如
　　前一個事物是個虛構，但在它的存在之後又有了其它事物的存在
　　或出現，詩人就應補上這個事物，㊴因為當知道 q 是真的，我們
　　就會在內心裡㊵錯誤地推斷 p 的存在也是真實的。在「盥洗」裡
50　便有一個這樣的例子。㊶

　　　　不可能發生但卻可信的事，比可能發生但卻不可信的事更為可
　　取。㊷編組故事㊸不應用不合情理的事㊹——情節中最好沒有此類內
　　容，即便有了，也要放在布局之外，㊺比如俄底浦斯對拉伊俄斯的
　　死因一無所知。㊻此類事不應出現在劇內，㊼比如在《厄勒克特拉》
55　裡，有人居然講述發生在普希亞運動會上的事，㊽而在《慕西亞人》
　　裡，有人自忒革亞抵達慕西亞，途中竟沒有說過一句話。㊾因此，
　　如果說不用此類事件便會毀了情節，那就未免荒唐；詩人本來就不
　　該如此編製情節。但是，如果已編進了這樣的事例，而事情聽來尚
　　還過得去，㊿那麼，即便是荒唐之事，也還是可以採用的。㉛若是
60　讓一位蹩腳的詩人來描述即便是《奧德賽》裡的把俄底修斯擱置海
1460ᵇ　灘一節中所包容的不近情理的事，㉜其結果顯然也會讓人無法容忍。
　　但是，詩人卻用別的技巧加以美化，㉝掩蓋了事情的荒唐。

　　　　在作品中平緩鬆弛、不表現性格和思想的部分，詩人應在言
　　語上多下功夫，因為在相反的情況下，太華麗的言語會模糊對性
65　格和思想的表達。㉞

【注　釋】

　　① 比較譯文第 18 章第 7—11 行。

② Merē，可能指第 6 章或第 6 和第 11 章論及的「成分」（當然，不包括唱段和戲景）。

③ 言語和思想是悲劇的成分，突轉等是悲劇的情節中的成分或部分（參見第 11 章第 19 行等處）。作者有時把它們（即上述兩種成分）當作對等的內容使用（另參考第 18 章第 7－9 行及該章注⑦）。

④ Ikanōs，字面意思為「充分地」。

⑤ 忒勒馬科斯曾被奈斯托耳、海倫和墨奈勞斯所發現（或認出），而俄底修斯曾被珀魯斐摩斯、法伊厄凱斯人(Phaiēkes)、歐邁俄斯(Eumaios)、牧牛人、忒勒馬科斯、歐魯克蕾婭、裴奈羅珮、萊耳忒斯以及求婚者們所發現。

⑥ Ēthikē（參考第 2 章注③及第 6 章注㉒等處）。《奧德賽》比《伊利亞特》更具道德傾向：它的結局像是在歌頌正義和美德的勝利（另參考第 13 章注㉚）。性格的重要性僅次於情節；荷馬之所以值得讚揚，其原因之一就在於善於表現性格（另參考本章第 34－35 行）。

⑦ 抄本 B 作：在表現思想和使用言語方面，他比其他詩人技高一籌。

⑧ 「結構」即情節（比較注㉓，另參考第 13 章注㉙）。

⑨ 參考第 5 章第 15－17 行；比較第 26 章第 24－25 行。

⑩ 參考第 7 章第 18－19 行，第 23 章第 14 行。

⑪ 在長度方面，《伊利亞特》和《奧德賽》遙遙領先於其它以特洛伊戰爭為背景的史詩（關於這兩部史詩的行數，參見第 4 章注㉖和㉗）。《庫普利亞》占第三位，共十一卷，約 7,150 行（此乃估計算，以每卷 650 行計），還不及《伊利亞特》的一半。《小伊利亞特》共四卷，約 2,600 行；《忒勒戈尼亞》(Telegonia)僅兩卷，約 1,300 行，只相當於一部悲劇的長度。在取材於其它故事的史詩中，安提馬科斯（Antimakhos，約生於公元前 444 年）的《瑟拜斯》(Thēbais)較長，共二十四卷，約 15,600 行，但似不能歸入「早期史詩」之列〔詳見 C. F. Else, *Aristotle's Poetics: The Argument*, Cambridge(Massachusetts): Harvard University Press, 1957, pp. 604

—605〕。由此可見，本文中的這句話可能是對荷馬的含蓄的批評（另參考第 15 章注⑫）。「應比早先的史詩短」，似可解作「應比《伊利亞特》和《奧德賽》短」。阿波洛尼俄斯（Apollonios，即 Apollonius Rhodius，生於公元前 295 年左右）的 *Argonautica* 僅四卷，約 5,300 多行。維吉爾（公元前 70－19 年）的《埃尼特》共 9,896 行，比較第 7 章注⑫。

⑫ 「一次看完的幾部悲劇」大概指一天內上演的悲劇（參見附錄「悲劇」第 3 段）。公元前四世紀的悲劇早已蕩然無存，若以前五世紀的悲劇（的長度）為基準，三部悲劇的總行數當在四至五千行左右（另參考第 7 章注⑫）。

⑬ 「事」原文作 meros（「部分」）。

⑭ 個別悲劇中似有例外（分析《阿伽門農》的開場部分）。此外，報信人的敘述和歌隊的表演往往表示發生在其它地點的事情。這裡所說的「同時發生之事」可能不包括此類情況。文藝復興時期的義大利戲劇理論家們據此引伸出三整一律中的「地點整一律」（參考「引言」倒數第 4 段），儘管亞氏的原意似乎並不是想要制定什麼「清規戒律」。在今天的戲劇舞台上，人們可以看到許多當年不可思議的情景，空間的限制已在一定程度上被突破了。

⑮ 如《伊利亞特》中對混戰場面的描述等。應該指出的是，在《奧德賽》裡，俄底修斯的回歸和忒勒馬科斯的出尋雖以雙線的形式鋪開，「同時進行」卻只是個輪廓式的概念，其具體內容要靠聽衆或讀者的想像來填補。嚴格說來，荷馬很少描述同時進行的成套事件。例如，他先讓忒斯馬科斯安抵斯巴達，然後再安排俄底修斯離開卡魯普索(Kalupsō)居住的小島，及至俄氏回抵伊薩凱後，他才讓忒氏離開斯巴達。

⑯ 參見第 18 章第 22 行。關於「多樣化」的重要性，參見《修辭學》1.11.1371^{a}25－28。關於穿插的作用，另參考第 17 章注⑳。

⑰ 所指大概包括開瑞蒙的嘗試（參考注⑫）。「英雄格」即六音步長短短格（參考第 6 章注①）。

⑱ 或：顯然是不合適的。

⑲ 參考第 22 章第 53 行及該章注㉟。荷馬史詩中有大量的明喻，而在亞氏看來，明喻亦是一種 metaphora（參考第 21 章注⑫）。

⑳ Tautē，各抄本均無此詞，根據特威寧的建議增譯。

㉑ 比較第 4 章第 50 行。參考第 4 章注㊹。

㉒ 參考第 1 章第 28−29 行及該章注㊶。

㉓ 原文意為：長的結構。參考注⑧。

㉔ 可能指第 4 章第 50−51、41−42 行中的內容。

㉕ 「自然屬性」原文作 phusis（參考第 4 章注㉝）。根據拉丁文譯本和阿拉伯譯本，各校勘本取「選擇」；抄本作「劃分」。詩的形成和發展既與人的天性有關（參見第 4 章第 1 及 14−17 行），也受其本身內在法則的制約（見第 4 章第 51 行等處）。每種詩體都有符合其自然屬性的格律，詩人的作用在於發現和卓有成效地使用它們（另參考附錄四第 15 段（第 213 頁））。

㉖ 荷馬善於組織完美的情節（即摹仿完整的行動，見第 8 章第 12−13 行等處）和表現性格不同的人物（見本章第 34−35 行）。他擅長戲劇式的表演（見第 3 章第 3 行）並合理地使用了各種做詩的技巧（見本章第 60−62 行，另參考第 8 章第 7 行）。荷馬的功績還在於促成了詩歌本身的完善（參見第 4 章第 27−31 行）。

㉗ 詩不同於歷史，前者摹仿人物的行動，後者記述「已發生的事」（第 9 章第 5 行）。從這個意義上來說，詩人即摹仿者（倘若不摹仿行動，即使用格律文寫作，也不能算作嚴格意義上的詩人，參考第 1 章第 23−26 行）。在第 3 章裡，作者把「敘述」和「扮演」列為摹仿的兩種不同的表現形式（荷馬採用了介於二者之間的模式），但在本段裡，作者似乎意欲把「摹仿」和「扮演」等同起來，使之和「敘述」形成對比。同樣的「雙重用法」（由此區分出廣義和狹義上的摹仿）也見之於柏拉圖的《國家篇》3. 394B−C。荷馬是惟一具有強烈的戲劇意識的史詩詩人，

他的作品和表演顯示了詩（或嚴肅文學）的發展方向。

㉘ 主要指「系列史詩」詩人（參考第 23 章注⑯），亦可能包括公元前五至四世紀的史詩詩人，如安提馬科斯等。

㉙ 其他史詩詩人的作品中大概也有直接引語（在現存的《庫普利亞》殘詩中可以讀到奈斯托耳的言論）。

㉚ Allo ti ēthos，「其他什麼角色」。Ēthos 在此作「形象」解（比較第 2 章注③等處）。「其他角色」可以是神、鬼怪或孩子等。

㉛ 「無人缺少性格」即為「人物都有性格」。如此行文，許是為了強調。

㉜ 參考第 9 章第 38 行。命運變化，死裡逃生，諸如此類的事情能使人驚詫，給人快慰（《修辭學》1. 11. 1371^b 10－11）。驚異中包含求知的慾望（同上，1. 1. 1371^a 30ff.），迷惑不解是求索的動力。

㉝ 然而，並非一切不合理之事(aloga)都能引發驚異感，所以 aloga 不完全等同於 thaumasta（「使人驚詫之事」）。

㉞ 赫克托耳(Hektōr)乃特洛伊國王普里阿摩斯(Priamos)之子，特洛伊最善戰的英雄，曾多次率軍和希臘人鏖戰，但似不敵埃阿斯，後被阿基琉斯所殺（另參考第 15 章注㉜，第 18 章注⑨）。

㉟ 阿基琉斯搖頭示意軍士們不要追趕，唯恐後者搶了他的戰功（《伊利亞特》22. 205－207）。第 25 章重提此事，稱之為 adunaton（「不可能之事」），而不是 alogon（「不合情理之事」）。只要有助於實現詩藝的目的，使用不可能之事有時是允許的（參考第 25 章第 18－20 行）。

㊱ 參考注㉜。

㊲ 當柏拉圖指責荷馬和其他詩人用詩文撒謊時（《國家篇》2.377D，詳見附錄十三第 12－13 段）。他所依據的主要是政治和道德的標準（另參考第 25 章注⑦）。在《詩學》裡，「撒謊」不是一種過錯，而是一個與詩藝有關的技術問題。在作者看來，說得好的「謊話」之所以不易被人識破，除了詩人的文采以外，還有邏輯上的依據，儘管這種「依據」是以

人們的錯誤推斷為前提的。

㊳ Paralogismos（參考第 16 章注㉛）。

㊴ 原文十分簡練，不可能逐字對譯。譯文力圖反映作者的原意。

㊵ Psukhē ēmōn（「我們的內心」）。亞氏認為，人的思維能力來自 psukhē。另參考第 6 章第 45 行及該章注㊸。

㊶ 在「盥洗」裡，裝成乞者的俄底修斯告訴裴奈羅珮，他是個克里特人，曾款待過前往特洛伊的俄底修斯。他接著描述了俄氏當時的衣著和隨從的模樣（《奧德賽》19.221－248），從而使裴奈羅珮相信他前面所說的也是真話。裴氏的 paralogismos 是這樣的：(a)假設此人真的款待過俄底修斯，他就應該知道俄氏當時的穿著，(b)他知道俄氏當時的穿著，(c)因此，他是招待過俄底修斯的克里特人。但是，這個推斷是不嚴密的，因為來人亦可通過道聽途說了解俄氏當時的穿著。在這個例子裡，被騙的當不是聽眾或讀者（他們是知情的），而是俄底修斯的夫人裴奈羅珮。

㊷ 「可信」的重要性超過「真實性」。第 25 章第 79－80 行重複了這個意思。

㊸ 或：組織情節（「情節」原文作 logoi，參考第 17 章注⑩，第 5 章注⑰）。

㊹ 「事」原文作 merē（另見注⑬）。

㊺ 「布局」(mutheuma)指演出來的內容（等於下文中的 drama），可能是個小於「結」和「解」之總和的結構單位（參考第 18 章注②）。Mutheuma 是否等於 muthos，作者沒有明說。

㊻ 比較第 15 章第 23 行。按常理推斷，俄底浦斯早就應該派員調查老國王的死因，若再聯想到自己的身世和當年的作為，應該不難從中理出一些頭緒來。拉伊俄斯(Laios)是俄底浦斯的生身父親。

㊼ Alla mē en tōi dramati（比較第 14 章注㉒，第 15 章注㉓等處，另比較本章注㊺）。

㊽ 為了便於行動，俄瑞斯忒斯的僕人給對方提供了一條假情報：俄瑞斯忒斯在普希亞賽會(ta Puthia)上車翻人亡（索福克勒斯 *Electrta* 680－763）。

俄瑞斯忒斯的生活年代大概不會遲於公元前十二世紀，而包括馬車比賽在內的競賽項目遲至前 582 年才進入普希亞賽會（音樂或歌唱可能是該賽會中最早的比賽項目；nomos Puthikos 的歌頌對象是阿波羅）。普希亞賽會在普索進行。普索(Puthō)是德爾福（見第 5 章注㉒）的別名，在福基斯(Phokis)境內。厄勒克特拉(Ēlektra)是阿伽門農和克魯泰梅絲特拉之女，荷馬史詩中不見提及（參見第 11 章注⑱）。歐里庇得斯亦寫過一齣《厄勒克特拉》，現存。

㊾ 埃斯庫羅斯、索福克勒斯等詩人都寫過《慕西亞人》(*Musoi*)，無一倖存。這裡指的可能是埃斯庫羅斯或索福克勒斯的《慕西亞人》。忒勒福斯殺了母親的兄弟，遵神諭去慕西亞(Musia)淨罪。因破了殺親的大忌，罪孽深重，故不宜和人接觸（另參考第 14 章注⑫）。忒革亞(Tegea)在伯羅奔尼撒，慕西亞在小亞細亞的西北部。在公元前四世紀，忒勒福斯的「沉默」是一些喜劇作家筆下的笑料〔安菲斯(Amphis)片斷 30. 6，阿勒克西斯(Alexis)片斷 178. 3〕。

㊿ 或：顯得還算合乎邏輯(phainētai eulogōterōs)。

(51) 翻譯這段話時（自「如果」起），參考了布切爾等人的校勘本。本段文字還可作另一種解釋：如果已編製了這樣的情節——而詩人當初顯然可以做得更合理些——事情仍然是荒唐的。

(52) 原文用了複數名詞 aloga（參閱《奧德賽》13. 78ff.）。法伊厄凱斯人把俄底修斯從船裡抬到海灘上，但後者仍酣睡不醒（同上，13. 116ff.）。

(53) 「美化」原文意為「用調味品」（比較第 6 章第 4、58 行）。「技巧」原文作 agathoi，即「好東西」（可能包括第 25 章提及的某些內容）。「詩人」即荷馬。

(54) 瑰麗的言詞既可掩飾作品中的不足（如荒唐之事等），亦可提供不正確的導向或「幫倒忙」。華麗的詞藻傾向於「喧賓奪主」，使人們忽略作品的情節和應該予以重視的內容。

第 25 章①

關於針對史詩提出的問題②以及對問題的解答，③我們或許可通過以下分析，指明它們的屬性和數量。

既然詩人和畫家或其他形象的製作者一樣，④是個摹仿者，那麼，在任何時候，他都必須從如下三者中選取摹仿對象：㈠過去或當今的事，⑤㈡傳說或設想中的事，㈢應該是這樣或那樣的事。詩人通過言語表達上述內容，所用的詞彙包括外來詞、隱喻詞和言語中其它許多不尋常的詞語。⑥我們同意詩人在這方面擁有「特權」。

再者，衡量政治和詩的優劣，標準不一樣；⑦衡量其它技藝和詩的優劣，情況也一樣。與詩藝本身有關的錯誤分兩類，一類屬詩藝本身的錯誤，另一類則是出於偶然。⑧倘若詩人意欲摹仿什麼，結果卻因功力不足而摹仿得不像，⑨此乃藝術本身的錯誤。但是，倘若出於不正確的選擇——描寫馬的兩條右腿同時舉步⑩——錯誤就在於其它某種技藝，比如醫術或其它任何一種技藝，⑪而不在於詩藝本身。⑫所以，考慮和解答問題中的指責⑬時，應參照上述原則。

首先，對某些批評的回答應從對詩藝本身的考慮出發。⑭如果詩人編排了不可能發生之事，這固然是個過錯；但是，要是這麼做能實現詩藝的目的（關於目的上文已有提及），⑮即能使詩的這一部分或其它部分產生更為驚人的效果，那麼，這麼做是對的。關於追趕赫克托耳的描述，便是一例。⑯儘管如此，倘若按照有關技藝

的規則行事亦能，甚至更能達到藝術的目的，那麼採用不可能發生之事是不對的，⑰因為只要可能，詩人最好不出任何差錯。

其次，要弄清錯誤的類型：是藝術本身的錯誤，還是出於偶然的過失？不知母鹿無角是個過錯，⑱但不如把鹿畫得面目全非
25 來得嚴重。

再者，要是有人批評詩人的摹仿不真實——詩人或許是按事物應有的樣子來描寫的：如索福克勒斯所說的那樣，他按人應有的樣子來描寫，而歐里庇得斯卻根據人的實際形象塑造角色⑲——對這個批評，就該這樣回答。

30 要是這兩種解法都不行，便可借用一般人的說法來回答——
1461ᵃ 例如對有關神的故事。此類故事或許說得並不好，而且也不真實——或許正如塞諾法奈斯認為的那樣⑳——但人們仍然這麼說。

詩中的描寫有時或許不比現實更好，㉑但在當時卻是事實，比如這句詩行中對武器的描述：「他們的矛尾端插地而立」。㉒
35 這是當時的習慣，伊魯里亞人㉓至今仍在沿用這種做法。

衡量一個人言行的好壞，不僅應考慮言行本身，即看它是好還是壞，而且還應考慮其它因素：言者和行動者的情況，對方是誰，在什麼時候，用什麼方式，目的是什麼，例如，是為了更美好的善，還是為了避免更大的惡。㉔

40 對某些指責的回答必須基於對言語的觀察。㉕比如，設想 ourēas men prōton 中有個外來詞；荷馬指的可能不是「騾子」，而是「哨兵」。㉖同樣，荷馬形容道隆「此人的確形狀古怪」，所指或許不是道隆的體型不佳，而是面貌醜陋，因為克里特人用「形態好」形容人的五官端正。㉗此外，「把酒兌得

zōroteron」，可能指「兌酒兌得快一點」，而不是——好像爲酒 45
鬼們兌酒那樣——「把酒兌得濃一些」。㉘

　　某些表達包含隱喻詞。比如，荷馬說，「所有的神和人都整
夜酣睡」，但同時又說，「當他移目特洛伊平原，阿洛斯和蘇里
克斯樂的鬧聲」——這裡，「所有的」作隱喻詞解，意爲「許
多」，因爲「所有的」是多的一種說法。㉙同樣，「惟獨她不會」 50
中亦包含一個隱喻詞，因爲最著名的即是「惟獨的」。㉚

　　下述解法適用於對某些問題的解答。從分析語音㉛入手。比
如，塔索斯人希庇阿斯㉜就用此法解答了 didomen de hoi euxos
aresthai ㉝和 to men hou kataputhetai ombrō 中的疑難。㉞

　　注意劃分。㉟以恩培多克斯的詩爲例：aipsa de thnēt' ephuonto 55
ta prin mathon athant' einai zōra te prin kekēto。㊱

　　注意歧義。比如，prarōxēken de pleō nex 中的 pleō 詞義模棱
兩可。㊲

　　注意言語中的慣用法。人們稱兌了水的酒爲「酒」，同樣，
荷馬用了「新鍛造的錫脛甲」一語。㊳人們稱鐵製品的製作者爲 60
「銅匠」，㊴同樣，荷馬稱伽努墨得斯爲「宙斯的斟酒人」，㊵雖
然神是不喝酒的。㊶這一用法也可作隱喻詞解。㊷

　　當一個詞㊸的所指似乎包含了某種有矛盾的意思時，就應考
慮該詞在所處的上下文裡可能有哪幾種意思。例如，對「銅矛在
那兒被擋住了」㊹一語，要考慮「被止住了」有哪幾種可能的意 65
思，並根據自己對它的最佳理解，試著用這種或那種辦法解一
解。此種方法和格勞孔㊺提過的做法恰恰相反。他說，㊻某些人先 1461^{b}
定下一個不合理的設想，然後在接受這一設想的基礎上進行推

理；要是出現和他們的設想不符的情況，他們就批評詩人，好像
後者眞的說過他們想像中的話。在處理有關伊卡里俄斯[47]的疑難
點時，人們用的就是這種方法。按他們的設想，伊卡里俄斯是拉
凱代蒙[48]人，所以，他們對忒勒馬科斯到了拉凱代蒙後沒有見他
一事感到奇怪。[49]但是，事實或許像開法勒尼亞[50]人說的那樣——
他們說，俄底修斯娶了他們那裡的女子爲妻，她父親名叫伊卡底
俄斯，而不叫伊卡里俄斯。[51]因此，這個問題可能出自誤會。

一般說來，爲不可能之事辯解可用如下理由：做詩的需要，
作品應高於原型，以及一般人的觀點。[52]就做詩的需要而言，一件
不可能發生但卻可信的事，比一件可能發生但卻不可信的事更爲可
取。[53]生活中或許找不到[54]如宙克西斯畫中的人物，但這樣畫更
好，因爲藝術家應該對原型有所加工。[55]爲不合情理之事辯護可以
公衆的意見爲理由。此外，還可用如下理由：此類事情的發生有時
不是不合情理的，因爲事情可能在違反可然性的情況下發生。[56]

要像審視辯論中對方的反駁那樣對待包含矛盾的語句，[57]即
看它指的是不是同一件事，是否與同一件事有關，以及是否包含
同樣的意思。[58]因此，必須聯繫詩人自己的言論或一位明智者的
見解解答其中的疑難。[59]

倘若詩人毫無必要地編寫不合情理之事和表現惡劣的性格——
前者可以歐里庇得斯對埃勾斯的處理爲例，[60]後者可以歐里庇得
斯在《俄瑞斯忒斯》中描述的墨奈勞斯的惡劣表現爲例[61]——那
麼，對此兩者提出批評是正確的。[62]

由此可見，人們的批評分五類，即詩人描述了不可能發生之
事、不合理之事、有害之事、[63]前後矛盾之事和技術上處理欠妥當

之事。⑥④應從上文談及的內容中尋找解答的辦法，總共十二點。⑥⑤

【注　釋】

① 本章論及的相當一部分內容亦出現在《荷馬問題》和《論詭辯反駁》裡。

② 「問題」(problemata)指詩，尤其是荷馬史詩中被認為是使用不當、意思不明或包含矛盾的詞句和不準確或不得體的描述。自公元前五世紀起，一些學者文人對荷馬史詩進行了比較深入的研究。評論家的意見，有的較有說服力，有的則不夠客觀，還有的甚至帶有苛求和非難之意。例如，公元前四世紀的宙伊洛斯(Zōilos)就對荷馬史詩作過許多吹毛求疵式的評論和不負責任的批評。

③ Lusis，在 1455^b 24（譯文第 18 章第 1 行）裡意為情節的「解」（參考該章注①）。

④ 藝術有其共性，作者多次強調了這一點（參考第 1 章注⑬）。

⑤ 《伊利亞特》裡的卡爾卡斯(Kalkhas)是一位博古通今的智者，他既了解現實，也知曉過去和將來(1. 70)。黑西俄得唱道，聰明的繆斯可以談論過去、現在和將來（《神譜》38，另見 32）。柏拉圖說過，muthologos（「詩人」、「說書人」）講述的是過去、現在和將來的事（《國家篇》3. 392D）。

⑥ 或：其它經過「修飾」的詞語（pathē，原意為「經歷過的事」）。Pathos 的另兩個意思是「情感」（見第 19 章注⑤）和「苦難」（見第 11 章注㉑）。

⑦ 柏拉圖經常從政治或道德的角度出發談論詩的「正確」(orthotēs)或「不正確」（參見《國家篇》10. 601D－E；《法律篇》2. 653B－660C，670E 等處）。作者提出政治和詩評應有不同的標準的觀點，顯然是有所針對的。當然，這裡談論的不是藝術本體論；對亞里斯多德來說，「為

藝術而藝術」是不可思議的。事實上，在專門論及技藝的從屬問題時，他的態度是明確的：政治是一切技藝的統領，藝術應該服從政治（詳見附錄七末段）。關於「政治」(politikē)的含義，參見第 6 章注㊼。

⑧ 換言之，一類屬實質性錯誤，另一類屬非實質性（或偶發性）錯誤。第一類錯誤係由詩人的業務水平低劣所致。

⑨ 「摹仿得不像」一語根據布切爾校勘本譯出。從下文來看，「摹仿」的受語可能是「馬」。原文中亦無「詩人」一詞，也就是說，摹仿的主體也可能是畫家或藝術家。

⑩ 如果用一邊的兩條腿同時舉步，動物就會因重心失去平衡而摔倒〔《論動物的行動》(Peri Poreias Zōiōn) 14. 712ᵃ 24ff.〕。事實上，馬可以走出一邊的前後腿同時並舉的步態（是謂「溜蹄」）。

⑪ 略去了其後的[ē adunata pepoiētai]（「或已編排了不可能之事」）一語。

⑫ 柏拉圖指責詩和詩人的理由之一是詩人不懂具體的技藝（詳見附錄十三第 7 段）。

⑬ 並非所有的問題都包含對詩人的指責。翻譯時參考了拜瓦特校勘本。

⑭ 在《論詭辯反駁》4—5 裡，亞氏把謬誤分作兩類，一類和如何使用語言有關，另一類與如何運用邏輯知識有關。

⑮ 參見第 6 章第 6 行，第 9 章第 37—38 行，第 14 章第 8—9 行以及第 18 章第 28—29 行。「目的」(telos)在此和「功效」同義（參考第 6 章注㊳）。

⑯ 上文將此事歸入「不合情理的事」之列（見第 24 章第 36—40 行，另參考該章注㊱）。

⑰ 原文意為：（這種）錯誤是不對的。作者的觀點是：在詩裡，某些錯誤是可以接受或容忍的。

⑱ 據說不少詩人在這方面出過差錯〔參考埃利阿努斯(Claudius Aelianus) De Natura Animalium 7. 39〕，抒情詩人品達(Pindaros)用過「金角母鹿」一語（《奧林匹亞頌》3. 29）。亞氏明確指出，母鹿無角（《動物研究》

4. 11.538^b 18，《論動物的部分》3. 2. 664^a 3）。

⑲ 這是索福克勒斯作過此番評論的惟一記載，出處無從查考，可能是根據傳聞。在按人「應有的樣子」塑造性格的同時，索福克勒斯亦沒有忘記突出人物的個性（他筆下的阿爾開斯提斯明顯地不同於希珀魯托斯），這種做法是作者所欣賞的（參考第 24 章第 34－35 行）。

⑳ 塞諾法奈斯(Xenophanēs)，克洛丰(Klophōn)人，公元前六世紀的詩人和思想家。塞諾法奈斯不滿傳統神學的道德基礎，並以尖銳的言詞批評過荷馬和黑西俄得（參考「引言」第 13 段（第 6－7 頁））。

㉑ 或：不比應有的樣子更好。

㉒ 《伊利亞特》10. 152。俄底修斯步入狄俄墨得斯的營區，發現後者正和夥伴們一起酣睡；在他們身旁，長矛尾端插地而立。評論家的意見是，如此描寫是錯誤的，因為萬一長矛倒了下來，便可能引起慌亂（評論家依據的大概是營旅方面的知識和經驗）。在《荷馬問題》裡，亞氏亦對此發表過意見（片斷 160）。

㉓ 當時的伊魯里亞(Illuria)人散居在包括今天的阿爾巴尼亞和南斯拉夫在內的廣闊區域內。

㉔ 參考《尼各馬可斯倫理學》3. 1. 1110^a 4－5。

㉕ 下列六個 luseis 和如何使用或解釋語言有關（比較《論詭辯反駁》4 中的有關論述）。

㉖ 阿波羅因阿伽門農冒犯他的祭司而決定用瘟疫和死亡來懲罰希臘人。他 ourēas men prōton（「先射騾子」，《伊利亞特》1. 50）。宙伊洛斯就此質問道：為什麼先射騾子和狗？作者的回答是，ourēas 在此指「哨兵」（比較《奧德賽》15. 89）。這一解答缺乏令人信服的證據，因而是站不住腳的。

㉗ 「此人模樣古怪，但跑得飛快」（《伊利亞特》10. 316）。批評家問：既然體型不佳，何以跑得飛快？回答：在荷馬時代，eidos 可指人的五

官，克里特人至今仍在沿用這一意思。作者的解答可能是正確的。道隆(Dolōn)是特洛伊的偵探。克里特(Krētē)是地中海中的一個島嶼。

㉘ 參見《伊利亞特》9.203。阿基琉斯讓帕特羅克洛斯兌酒招待前來調解的聯軍將領。宙伊洛斯認為這個詞用得不妥：嚴肅的談判者豈可飲用烈酒？這回，作者建議的解法又錯了，zeroteron 似只能作「純一點」（即「濃一點」解。

㉙ 比較：

其他的阿開俄伊*將領

都在戰船旁酣睡了一夜，

但阿伽門農，阿特柔斯之子，兵士的牧者，

卻徹夜冥思苦想，難以進入香甜的夢境。

《伊利亞特》10.1—4

當阿伽門農凝目特洛伊平原，

所見所聞使他詫異：特洛伊前面火光點點，

還有阿洛斯和多管阿洛斯聲及人群的喧鬧聲。

同上，10.11—13

其他的神和人，這些戰車的駕馭者，

都已酣睡整夜，但宙斯卻不曾享受到睡眠的香甜，

他在想著如何為阿基琉斯雪恥，

把成群的阿開俄伊人殺死在戰船旁。

同上，2.1—4

上述引文表明，作者可能想引《伊利亞特》10.1—2，結果卻摻入了 2.1—2 中的內容。在今天的希臘文本中，10.1 和 2.1 均以 alloi（「其他的」）開篇，其中並無 pantes（「所有的」）一詞，因而不存在與下文發生矛盾的問題。Pantes 可能出現在當時流行的抄本裡。這裡的矛盾是：既然所有的神和人都已入睡，特洛伊方面怎麼還有人群的活動呢？作者

的建議是：「所有的」在此意為「許多」（參考第21章第16－17行）。

㉚ 「惟獨她沒有下俄開阿諾斯沐浴」（即不會從地平線上消失，《伊利亞特》18.489，《奧德賽》5.275）。這句話曾使評論家們大傷腦筋（他們以為荷馬天文地理無所不知，參考《國家篇》10.598E；另參考附錄十四第6段）。作者解釋道，荷馬的意思是，大熊座是不下沉的星座中最重要的，因此也就是「惟一的」。在希臘神話裡，俄開阿諾斯(Ōkeanos)是天地的驕子（《神譜》133）。俄開阿諾斯河蘊藏著巨大的神力（genesis theōn，參考《伊利亞特》14.201，246和302）。古希臘人相信，太陽和星星從這條河裡升起，而人世間也因此有了白天和黑夜。

㉛ Prosōdia，包括音高、送氣與否、元音的長度等內容（另參考《論詭辯反駁》4.166^{b}1）。

㉜ Hippias 可能是公元前五世紀的人（不是著名辯說家，Elis 人希庇阿斯）。魯西阿斯(Lusias)曾提及一個名叫希庇阿斯的薩索斯人，無法斷定是否就是此君。

㉝ 「我們答應使他如願」。在當時，這句話出現在相當於今天的《伊利亞特》2.15處（參考《論詭辯反駁》4.166^{b}7－10；比較《伊利亞特》21.297），這裡的問題是，倘若讓宙斯支使夢神去告訴阿伽門農「我們同意讓他如願」，而後又自食其言，這豈不是暗示宙斯是個騙子嗎？（柏拉圖對此很不滿意，參見《國家篇》3.283A）。希庇阿斯將表示陳述語氣第一人稱複數的dídomen（「我們准予」）改作不定式didómen（didonai的古形式或didomenai的縮略形式），從而使這句話讀作：讓他們如願。改動的目的是為了維護宙斯的名譽，但從下文來看，它的意義並不很大——夢神明確告訴阿伽門農，他是宙斯的使者，前來傳送宙斯的旨意（《伊利亞特》2.26ff.）。

㉞ 「樹樁的一部分已經腐爛」（《伊利亞特》23.328）。經驗豐富的奈斯托耳在賽前將如何駕車轉彎的技巧傳授給兒子安提洛科斯(Antilokhos)；樹樁

（松樹或橡樹的殘留部分）是轉彎的標記。據拜瓦特推測，評論家們可能對不易腐爛的松樹或橡樹樁為什麼會爛掉感到迷惑不解。希庇阿斯把送氣的 hou（關係代詞 hos 的所有格形式）改作不送氣的 ou（「沒有」），從而使這句話讀作：樹樁沒有被雨水爛掉（另見《論詭辯反駁》4.166[b]5）。

㉟ 在當時，人們書寫不用標點，詞句間亦不留空隙，所以「劃分」包括意群和詞句的劃分（比較《論詭辯反駁》4.166[a]33－38）。

㊱ 片斷 35。理解這句話，關鍵在於如何處理意群。若把第二個 prin（「之前」）和後面的 kekrēto（「混合」合在一起理解，這段文字的意思是：

　　轉瞬間先前所知的不滅之物變為可滅

　　單一之物以前混合

但是，若把第二個 prin 和 zōra（「單純的」）合在一起考慮，換言之，在 prin 後面加個逗號（或朗讀時作個停頓），後半部的意思就大不一樣了：

　　轉瞬間先前所知的不滅之物變為可滅

　　以前的單一之物變得相互混合。

第二種理解顯然較為符合恩培多克勒的原意。

㊲ 《伊利亞特》10.252－253：多於三分之二的夜晚已經過去，還剩三分之一。評論家指出，既然多於三分之二的夜晚已經過去，何以還剩三分之一呢？回答是，pleōn（即 pleiōn）是個歧義詞，既可作「多於」，亦可作「大部」解（有人認為 pleōn 在此等於 plērēs，「全部的」）。作者曾在另一篇著述裡辯護道：荷馬的意思是，夜晚的大部，即三分之二已經過去，因此說「還剩三分之一」是可以的（《荷馬問題》片斷 161）。比較《論詭辯反駁》4.166[a]6－12。

㊳ 《伊利亞特》21.592。錫是軟金屬，似不宜做脛甲，評論家們因此提出質疑。作者的建議是：既然兌了水的酒還是叫酒，摻了其它金屬的錫也可以叫錫。由此類推，用錫銅合金製成的脛甲也可以叫做錫脛甲。

㊴ 古希臘人對銅器的使用先於鐵器，故在稱鐵匠時沿用了現成的「銅匠」

一詞。

㊵ 《伊利亞特》20.234。伽努墨得斯(Ganumēdēs)是特羅斯(Trōs)之子，諸神視其貌美，把他抓去當了宙斯的斟酒人（同上，20.230－235）。宙斯(Zeus)乃克羅諾斯和大地伽婭(Gaia)之子，主宰天空，為眾神中最強有力者（另參考第 17 章注㉕）。

㊶ 神不飲酒，但喝一種叫做 nektar 的飲料（參考《形而上學》3.4.1000ᵃ12；詳見 R. B. Onians, *The Origins of European Thought*, Cambridge:Cambridge University Press, 1951, reprinted 1988, pp. 292－299）。

㊷ 或：解答這個問題，亦可用其中有隱喻詞為理由。

㊸ 參考第 20 章注㉔等處。

㊹ 阿基琉斯的盾係由神界工匠赫法伊斯托斯(Hēphaistos)所鑄，共五層（《伊利亞特》18.481－482），兩層銅，兩層錫，一層黃金。埃內阿斯(Aineias)的標槍刺穿了兩個銅層，在黃金層上被擋住了（同上，20.268－272）。赫法伊斯托斯大概不會把貴重的黃金放在中間；換言之，他可能會把黃金鑄在盾的表面。評論家因此發問：表面的黃金層尚未穿透，如何能刺穿其後的兩個銅層呢？對此作者沒有作出正面的回答。但是，他提出了一種解答的辦法，即從如何理解「被擋住了」一語入手——有趣的是，他在下文中用了「被止住了」，而不是機械地重複「被擋住了」。荷馬史詩專家阿里斯塔耳科斯（Aristarkhos，約公元前 217－145 年）解釋道：儘管矛尖穿透了其後的兩個金屬層，黃金層的緩衝作用仍然是值得肯定的。從這個意義上來說，荷馬的描述還是可以理解的。

㊺ Glaukōn，不知是否就是柏拉圖提及過的那位荷馬史詩評論家（《伊昂》530D）。較早時還有一位格勞孔，寫過評論古詩的專著。《修辭學》3.1.1403ᵇ26 提到了一位來自忒伊俄斯(Tēios)的格勞孔。

㊻ 阿拉伯譯文作：此外。若照此理解，格勞孔便很可能與下文表述的觀點無關。

㊼ 伊卡里俄斯(Ikarios)是裴奈羅珮的父親（《奧德賽》1.328），忒勒馬科

斯的外祖父。

㊽ Lakedaimōn，即斯巴達（另參考第 15 章注⑬）。

㊾ 忒勒馬科斯(Tēlemakhos)是俄底修斯和裴奈羅珮之子，《奧德賽》中的重要人物。為尋找父親，忒氏曾去普洛斯(Pulos)拜會過奈斯托耳（《奧德賽》3），以後又在拉凱代蒙會見了墨奈勞斯（同上，4）。某些地方性的傳說將伊卡里俄斯定為拉凱代蒙人。通過本段所舉之例可以看出，某些問題的產生可能係由它們不能通過常識或已經形成的看法（或成見）的「檢驗」所致。公元前四世紀以後，評注家們從荷馬史詩裡歸納出幾種「錯誤」，其中有的出自評注者的想像和主觀評判，有的則屬於作品本身的失誤：㈠所述之事不合情理（如海倫不知兄弟已死，《伊利亞特》3.236－238），㈡所述之事不可能發生（如美神阿芙羅底忒以老嫗的模樣出現，同上，3. 386），㈢內容前後矛盾（如對克里特有多少城鎮說法不一，比較《伊利亞特》2. 649，《奧德賽》19. 174）。

㊿ Kephallēnia 是伊俄尼亞海中最大的島嶼。

(51) 作者似乎傾向於接受開法勒尼亞人的說法，儘管後者所依據的大概只是流行於本地區的傳說。Ikadios 和 Ikarios 的不同僅在一個字母。

(52) 這段話重複了上下文裡的某些內容。關於這一點（即實現詩的目的），見本章第 18－20 行，關於第二點（即對人物的藝術處理），見第 28－29 行；關於第三點（即「人們都這麼說」），見第 32 行和第 83 行。當然，一般人的看法不一定總是正確的。

(53) 第 24 章中已表述過這一觀點（見該章第 51 行）。

(54) 校勘本作空缺處理。阿拉伯譯文作：或許不可能。

(55) 或：超過原型（參見第 15 章第 26－27 行，另參考《政治學》3. 11. 1281[b] 10－15）。關於宙克西斯，見第 6 章注㊲。

(56) 第 18 章 31－33 行中已提及過阿伽松的這一觀點。

(57) Logoi（參考附錄「Logos」）。

⑤⑧ 比較《論詭辯反駁》5. 167ᵃ 21－35。

⑤⑨ 參考了 M. Schmidt 的建議。按抄本 A 和某些校勘本，似可將這句話譯作：進而斷定詩人的話前後矛盾或有悖於一位明智者的見解。比較《尼各馬可斯倫理學》2. 6. 1106ᵇ 36－1107ᵃ 3。

⑥⓪ 可能指《美狄婭》中的一個場景（參閱該劇第 663－758 行）。作者可能覺得埃勾斯的出現缺少舖墊，故顯得有點唐突和不近情理。不過，這是個可以爭議的問題。埃勾斯是傳說中的雅典國王，和埃絲拉生子瑟修斯（參考第 8 章注④）。埃勾斯曾收留由科林索斯逃來的美狄婭。歐里庇得斯寫過一齣《埃勾斯》，已失傳。關於對《美狄婭》的批評，另參見第 15 章第 19 行，第 14 章第 25－26 行等處。

⑥① 歐里庇得斯於公元前 408 年推出 Orestes。在第 15 章裡，作者已將此事作為不必要地表現卑劣性格的例子（參考該章注⑬）。

⑥② 或：對不合理之事和邪惡的批評是正確的。

⑥③ 即不道德和有傷風化之事（參考本章第 32－33 行）。

⑥④ 參見第 14－16 行。

⑥⑤ 本章涉及的內容很多，十二個 luseis 的具體所指，有的是公認的，個別的則還有爭論。事實上，讀者在此面臨一個「蘿蔔多於坑」的局面。第 16－40 行(1460ᵇ 22－1461ᵃ 9)舉出了六個 luseis，即㈠為了實現詩藝的目的，㈡非實質性錯誤，㈢按事物應有的樣子描述，㈣一般人的看法，㈤歷史事實，㈥使用情境和目的。通過對言語的分析亦可得出六個 luseis，即㈠和使用外來詞有關，㈡和使用隱喻詞有關，㈢和語音有關，㈣和「劃分」有關，㈤包含歧義，㈥和習慣用法有關。兩項相加，總數是十二。除此而外，第 65－77 行(1461ᵃ 31 －ᵇ 9)亦提出了兩個如何處理疑難點的辦法。

* 荷馬稱希臘人為 Akhaioi、Argeioi 或 Danaioi。以後泛指希臘人的 Hellēnes 在當時僅指住在 Hellas 的希臘人（《伊利亞特》2.683）。英語詞 Greek（「希臘人」）轉譯自拉丁詞 Graeci。

第 26 章

　　也許有人會問，①史詩和悲劇這兩種摹仿，哪一種比較好。要是較為不粗俗的摹仿比較好，而較為不粗俗的摹仿總是指那種具較高欣賞能力的觀眾可以接受的摹仿，那麼，很明顯，一種通過表演來表現一切的摹仿是粗俗的。②演員們以為不加些自己的噱頭觀眾就欣賞不了，因此在表演時③用了許多動作，一如下等的阿洛斯演奏者──這些人在不得不摹仿擲鐵餅的情景時便扭轉起身子，在表演《斯庫拉》時又衝著歌隊領隊窮扯亂拉。④悲劇被看作是一種具有上述特點的藝術。再比較前輩演員對後輩演員的看法。由於卡利庇得斯⑤表演過火，慕尼斯科斯⑥時常稱其為「猴子」；⑦品達羅斯⑧也受過類似的評價。整個悲劇藝術之於史詩，就如後輩演員之於前輩演員一樣。人們故而說道，⑨史詩的對象是有教養的聽眾──他們的欣賞無須身姿的圖解──而悲劇則是演給缺少教養的觀眾看的。⑩所以，如果說悲劇是一種粗俗的藝術，那麼它顯然是二者中的較為低劣者。

　　然而，⑪首先，這不是對詩藝，而是對演技⑫的指責，因為史詩吟誦藝人⑬和比賽中的歌手亦可能犯濫擺姿勢的毛病，可分別以索西斯特拉托斯和俄普斯的謨那西瑟俄斯⑭的表演為例。其次，應該被取消的並不是所有的動作──除非把舞蹈也列入取消之列──而是那些卑賤者的動作：卡利庇得斯曾為此受過指責，當代的一些人亦因此而受到批評，理由是摹仿了下賤的女人。⑮再者，如史詩

1462ᵃ

那樣，悲劇即使不借助動作也能產生它的效果，因為人們只要僅憑閱讀，便可清楚地看出它的性質。⑯因此，如果悲劇在其它方面都優於史詩，這個問題就不一定成為悲劇本身的缺憾。

此外，悲劇優於史詩還因為它具有史詩所有的一切⑰（甚至可用史詩的格律）。⑱再則，悲劇有一個分量不輕的成分，即音樂⑲［和戲景］，⑳通過它，悲劇能以極生動的方式提供快感。㉑另外，無論是通過閱讀還是通過觀看演出，悲劇都能給人留下鮮明的印象。㉒再者，悲劇能在較短的篇幅內達到摹仿的目的㉓（集中的表現比費時的、「沖淡」㉔了的表現更能給人快樂；我的意思是，比如說，假設有人把索福克勒斯的《俄底浦斯》擴展成《伊利亞特》的規模，便會出現後一種情況）。還有，史詩詩人的摹仿在整一性方面欠完美（可資說明的是，任何一部史詩的摹仿都可為多齣悲劇提供題材）。㉕所以，若是由他們編寫一個完整的情節，結果只有兩種：要是從簡處理，情節就會給人像是受過截刪的感覺；倘若按史詩的長度寫，情節又會顯得像是被沖淡了似的。我的意思是，比如說，如果一部作品由若干個行動組成——正如《伊利亞特》和《奧德賽》便是由許多這樣的、本身具一定規模的部分組成的㉖——便會出現在整一性方面欠完美的情況。然而，這兩部史詩不僅在構合方面取得了史詩可能取得的最佳成就，而且還最大限度地分別摹仿了一個整一的行動。㉗

由此看來，如果悲劇不僅在上述方面優於史詩，而且還能比後者更好地取得此種藝術的功效㉘（它們提供的不應是出於偶然的，而應是上文提及的那種快感），㉙那麼，它就顯然優於史詩，因為它能比後者更好地達到它們的目的。

25

1462ᵇ

30

35

40

45　　關於悲劇和史詩本身，它們的種類和部分，部分的數量和區別，決定其效果之好壞的原因以及關於提出的問題和對問題的解答，就談這麼多。㉚***

【注　釋】

① 或：有人或許會迷惑不解。

② 比較《國家篇》3. 397A－B。

③ Diskon mimeisthai，亦可作「摹仿（飛轉的）鐵餅」解。

④ 演奏者既要拉人，就不能不中斷吹奏。當時的狄蘇朗勃斯已具摹擬藝術的特點，也就是說，表演者已開始用較多的動作配合敘述。由於取消了antistrophē，歌隊成員的活動變得更為自由了（參考《問題》19. 15. 918ᵇ 13－29）。關於《斯庫拉》，另見第 15 章第 12 行及該章注⑭。

⑤ 卡利庇得斯(Kallippidēs)於公元前 427 年左右開始他的演員生涯，於前 418 年在萊那亞戲劇比賽中獲演出獎。據色諾芬記載，卡利庇得斯的表演能催人淚下〔《討論會》(Symposium) 3. 11〕。另參考注⑮。

⑥ 慕尼斯科斯(Munniskos)是公元前五世紀的悲劇演員，曾在埃斯庫羅斯後期的作品裡扮演過角色。慕氏是戲壇宿將，從藝時間長達四十年（前 460－420），在前 422 年獲表演獎。

⑦ 卡利庇得斯的過錯可能不在於他太會摹擬，而在於用了過多的噱頭或小動作。

⑧ Pindaros。除《詩學》外，古文獻中沒有關於他的記載。注意，不是那位飲譽古希臘的抒情詩人品達。

⑨ 動詞為複數形式，可見持下列觀點的可能是一批人。

⑩ 在《法律篇》裡，已經跨入老人行列的柏拉圖寫道：男孩愛看喜劇，婦

人、青年以及大多數普通人愛看悲劇，上了年紀的長者愛聽史詩(2.658D
—E)。亞里斯多德欣賞荷馬式的直接摹仿（參見第 24 章第 32—35 行），
認為悲劇是嚴肅文學中的精品。表演是一種高於，而不是（像柏拉圖所
以為的那樣）低於敘述的摹仿形式（見譯文第 4 章第 31—34 行）。儘管
如此，人的素質（包括是不是自由人）和教養如何，仍然是亞氏區別觀
眾群體的標準。在論及音樂比賽和觀眾的關係時，他把後者分為兩類，
一類是受過教育的自由人，另一類是從事各種行當的體力勞動者（參考
《政治學》8. 7. 1342^a 18—28）。

⑪ 阿拉伯譯文作：讓我們討論這些問題。

⑫ Hupokritikē，可作「演技」或廣義上的「表演」解。無論是在詩裡，還
是在講演藝術裡，hupokritikē 都是一個重要的內容（《修辭學》3. 1.1403^b
24—25）。另參考第 19 章注⑪等處。

⑬ 誦說史詩時，藝人亦會附帶作些表演。所以，從某種意義上來說，吟誦
藝人或吟誦詩人(rhapsōidos)也是演員(hupokritēs)。柏拉圖稱伊昂為 rhap-
sōidos 和 hupokritēs（《伊昂》536A）。關於 rhapsōidos，另參考附錄十
四注㉙。

⑭ 關於索西斯特拉托斯(Sōsistratos)和慕那西瑟俄斯(Mnasitheos)，除了這裡
提供的信息外，我們幾乎一無所知。俄普斯(Opous)在洛克羅伊(Lokroi)
境內。

⑮ 字面意思為：因為他們不摹仿（生來）自由的女人(eleutherai gunaikai)。
沒有證據表明卡利庇得斯扮演過身份低下的女人，他的過錯很可能是把
女人演得低賤了。在古希臘戲劇舞台上，有台詞的角色（包括女角色）
一概由男人扮演。

⑯ 參考第 6 章第 37—40 行。亦可作「看出它的屬性」（即屬於哪一種悲
劇）解（第 18 章提及過四種悲劇）。即使沒有演員的表演，悲劇也不會
喪失它的 dunamis（見第 6 章第 59—60 行）。在現存的古文獻中，最早

提及有人看讀悲劇的是阿里斯托芬（《蛙》52）。在公元前五世紀下半葉至前四世紀上半葉，悲劇的服務對象主要還是觀眾，但受公眾喜愛的作品已能吸引較多的讀者，換言之，當時已出現了文學作品的讀者群（參考 C. B. Gulick, *The Life of the Ancient Greeks*, New York: Cooper Square, 1902, republished 1973, p. 108）。另參考第 1 章注㊶。

⑰ 但史詩卻沒有悲劇所有的全部成分（參考第 5 章第 21－22 行，第 24 章第 1－3 行）。

⑱ 即六音步長短短格（比較第 5 章第 14－15 行）。在現存的悲劇裡，用此種格律寫成的段落不僅短促，而且數量很少〔參考《特拉基斯婦女》1010－1022，《祈求者》（*Supplices*，歐里庇得斯）271－274, 282－285〕。

⑲ Mousikē（在此和 melos 等義）在《詩學》中僅出現這一次。Mousikē 亦可指「詩」（參考第 1 章注⑫）。

⑳ 從語法上來看，這是個病句。「音樂」和「戲景」是兩個成分，但 meros 和下文中的關係代詞 hēs 卻為單數形式。有人建議將 meros 作非技術性術語理解，即把它想像成一個包括音樂和戲景的成分。有的校譯者主張將 di'hēs 改為 hais 或 di'has。〔和場面〕出現在所有的抄本和阿拉伯譯文裡。

㉑ 比較第 6 章第 58－59 行。關於快感，參考第 14 章第 7－9 行等處。

㉒ 參考注⑯；另比較第 14 章第 3－5 行。閱讀中不易發現某些通過觀看演出可以發現的失誤（見第 17 章第 4－7 行，第 24 章第 38－40 行）。「觀看演出」原文作 epi tōn ergōn，可作「在表演中」解。

㉓ 關於摹仿的目的，參考第 6 章注㊳等處。「篇幅」原文作 mēkos（「長度」）。第 5 章第 16 行中的「長度」指情節所包含的時間跨度。篇幅的長短和作品的時間跨度既不完全一樣，又有某種內在的關連。

㉔ 原意為用水把酒「沖淡」（參考第 25 章注㉘，《政治學》2. 4. 1262^b 14－22）。

㉕ 比較第 23 章 19－22 行（參考該章注㉒）。「史詩的摹仿」可能包括作品的主要情節和穿插。

㉖ 「許多部分」是否包括穿插？作者沒有明說。一部優秀的作品只摹仿一個完整的行動（參見第 8 章第 15－16 行），而這個「行動」似乎不同於「部分」——作者從未說過一部作品應該摹仿一個部分——後者只是情節（或行動）的組成部分而已（參考第 8 章第 17－19 行，第 23 章第 15－16 行）。但在本段文字裡，作者似乎沒有明確區分「行動」和「部分」的不同，儘管他沒有說《伊利亞特》和《奧德賽》是由「許多行動」組成的。另參考注㉗。

㉗ 根據作者本人的傾向以及他在第 8 章第 1 段和第 23 章第 2 段中的有關論述，我們似乎可以循著他的思路，把史詩的結構分作兩種，一種是由主要內容加次要內容組成的「主次結構」（如《伊利亞特》，另一種是由一些無明顯主次之分的內容組成的「均等結構」（如《小伊利亞特》等）。兩種結構的根本不同點在於，用「均等結構」不能或很難摹仿一個完整的行動。荷馬史詩儘管篇制宏大，內容跌宕，但主題明確，銜接巧妙，讀來給人一氣呵成之感。其他史詩詩人沒有荷馬的氣魄和詩才，他們的作品不是「流水賬」，便是「散沙一盤」，讀來缺乏整體感和立體感。作者讚賞荷馬的構思（見第 8 章第 8－13 行）和編排內容的方法（見第 23 章第 12－17 行），但沒有嚴格區分兩種結構中的作用不同、導向不同的部分。不僅如此，在論及應用範疇時，他還混淆了兩種不同性質的內容（或結構）。比如，他說過，《伊利亞特》和《奧德賽》的內容各可提供一齣、至多兩齣悲劇的題材，而《小伊利亞特》則為八齣以上的作品提供了素材（第 23 章第 21－22 行）。在提及前者時，他指的可能是作品的核心內容（不包括許多次要內容或穿插），而在提及後者時，他指的可能是其中分段式的、在重要性方面大致均等的內容。另參考第 18 章注㉑。

㉘ 「此種藝術」指內容嚴肅的詩。請注意，作者似乎已把悲劇和史詩當作一種藝術的兩種表現形式。關於「功效」，參考第 6 章注㊳等處。亞氏認為，《奧德賽》中的某些內容能引發憐憫和憤怒（參考第 16 章注㉑；另參考柏拉圖《伊昂篇》535B－E）。

㉙ 參考第 14 章第 7－8 行，第 23 章第 4 行。

㉚ 亞氏常用 peri men oun…eirēsthō tosauta（或 tauta）結束對一個問題的討論並轉入另一個論題。此段文字表明，對悲劇和史詩的討論已告結束（參考第 1 章第 1－4 行，第 6 章第 1 行）。抄本 B 在此後似有「關於諷刺詩和喜劇」一語（後繼二詞已無法辨認）。關於《詩學》是否還有第二部分（或第 2 卷），參見「引言」第 18 段（第 8－9 頁）。

附　　錄

(一) Muthos

Muthos（複數 muthoi）原是個不帶褒貶色彩的名詞。在荷馬史詩裡，muthos 一般表示「敘說」、「談論」、「話語」等意思，① 有時亦可作「想法」、「思考」或「內心獨白」解。②自公元前六世紀下半葉起，一些希臘學人開始把注意力從宗教或關於神的故事轉向自然界。在米利都，自然哲學家們開始從「這個世界」出發探索物質的起源，並試圖用準科學的觀點解釋世界，用自然哲學取代不可靠的、無法求證的「談論」或「傳聞」(muthoi)。③至公元前五世紀，muthos 大概已帶上了某種貶義，形容詞 muthōdēs 開始表示「離奇的」、「不真實的」等意思。與此同時，人們亦開始有意識地區分 muthos 和 logos 的不同——前者多指「故事」、「傳說」，後者常指真實可信的敘述。④希羅多德稱自己的著述為 logos 或 logoi，而將某些傳說（如俄開阿諾斯是一條環繞大地的巨河等）歸為 muthoi。修昔底德(Thoukhudidēs)在選用 muthoi 時採取了較為審慎的態度。柏拉圖無疑熟悉這兩個詞的區別，⑤雖然他有時也用 logos 指「故事」或一般的敘述。⑥柏拉圖認為，muthos 可能包含某種真理，但總的說來只是個「虛構的故事」(logos pseudēs)⑦。

在某些上下文裡，《詩學》中的 muthos 保留了該詞的傳統意思，即「故事」或「傳說」。例如，亞氏認為，關於赫拉克勒斯

的故事不是一個整一的行動；⑧他還告誡說，詩人可以和應該有所創新，但不宜改動家喻戶曉的故事。⑨作為詩人，光會照搬現成的故事還不行⑩——詩人應該是情節的編製者。⑪

在多數情況下，《詩學》中的 muthos 指作品的「情節」。有了情節，悲劇即可實現它的目的(telos)或功效(ergon)。情節是理性和規則的產物，它的組合必須符合必然或可然的原則。⑫情節是「事件的組合」(sustasis pragmatōn)，⑬應有一定的長度（但又不能太長），⑭它的「解」應是情節本身發展的必然結果。⑮情節不僅是對行動的摹仿，而且應該摹仿一個完整的行動。⑯在 1451^b 33（譯文第 9 章第 29 行）和 1452^a 37（第 11 章第 12 行）裡，muthos 幾乎是 praxis（「行動」）的同義詞。Muthos 有時是「悲劇」的同義語，⑰有時則指作品的一般性內容，比如在《伊菲革涅婭在陶羅依人裡》的 muthos 中就不必提及俄瑞斯忒斯為何去該地的原因和目的。⑱在個別情況下，muthos 幾乎和 logos 同義。⑲Muthos 的意思有時不易確定。例如，1456^a 13（第 18 章第 21 行）中的 muthos 可作「情節」或「故事」解；在 1453^b 7（第 14 章第 4 行）裡，muthos 既可作有關俄底浦斯的「故事」或「傳說」解，亦可作關於俄底浦斯的故事的「情節」或《俄底浦斯王》的「情節」解。⑳

【注　釋】

① 參見《奧德賽》4. 214, 597; 15. 196 等處。

② 參見《伊利亞特》1. 545，《奧德賽》15. 445。

③ 參考 Werner Jaeger, *The Theology of the Early Greek Philosophers*, Oxford:

Clarendon Press, 1936, p. 19。

④ 參見品達《奈彌亞頌》7. 21, 8. 33；歐里庇得斯《希珀克魯托斯》197。

⑤ 《高爾吉阿斯篇》523A。另參考 E. A. Havelock, *Preface to Plato*, Cambridge (Massachusetts): Harvard University Press, 1963, p. 236。

⑥ 《國家篇》2. 376E。

⑦ 同上，377A。

⑧ 參見《詩學》譯文第 8 章第 5－6 行。

⑨ 見同上，第 14 章第 19－21 行（另參考第 9 章第 20 行，第 13 章第 25 行等處）。

⑩ 當然並非絕對不可以（參考第 9 章第 26－27 行，第 17 章第 13 行）。

⑪ 見《詩學》第 9 章第 24－25 行。

⑫ 見同上，第 10 章第 5－6 行。

⑬ 同上，第 6 章第 32 行（1450^a 32，另參見第 6 章第 18 行，1450^a 5）。

⑭ 參見同上，第 7 章第 17－19 行，第 23 章第 13－14 行。

⑮ 見同上，第 15 章第 18 行。

⑯ 見同上，第 8 章第 15－16 行。

⑰ 參見同上，第 6 章第 13－18 行。

⑱ 同上，第 17 章第 19－20 行。

⑲ 1449^b 8，第 5 章第 13 行。

⑳ 另參考第 14 章注④。

(二) Logos

　　Logos 是個常用的多義詞。Logos 的意思包括：㈠講話、話語，①㈡故事、敘述、說明，②㈢消息、報告，③㈣與事實相比較的話，言語，④㈤命令，⑤㈥思考、斟酌、權衡，⑥㈦意見、觀點，⑦㈧原則、道理，⑧㈨原因、理由，⑨㈩作品的「中心內容」。⑩在公元前四世紀，logos 還指「思考能力」或「說理的能力」。人和動物不同，因為人有 logos。亞里斯多德有時用 logos 指「定義」或闡明事物性質和特點的語言。Logos 還有另外一些意思，這裡恕不一一介紹了。

　　在《詩學》裡，logos 亦是個多義詞，其意思往往因上下文的不同而有所不同。例如，logos 在 1447ª 22（譯文第 1 章第 11 行）裡指「語言」（或「話語」），以區別於節奏和音調；在 1454ª 18（第 15 章第 2 行）裡指「言論」，⑪有別於行動；在 1449ª 17（第 4 章第 44 行）裡意為劇中人的「話」或「對話」，有別於由歌隊唱誦的部分(ta adometa)。⑫在 1459ª 13（第 22 章第 49 行）裡，logos 指「非格律文」，⑬在 1450ª 15（第 6 章第 57 行）裡指「散文」，有別於詩歌。⑭Logos 可以表示「故事」或「情節」，⑮亦可指作品的梗概。⑯在第 20 章裡，logos 意為「語段」，⑰在第 25 章裡則指作品的「語句」。⑱1449ᵇ 8 中的 logos 幾乎和 muthos 同義。⑲

【注　釋】

① 參見《伊利亞特》15.393，《奧德賽》1.56，品達《普希亞頌》4.101，阿里斯托芬《黃蜂》472。

② 參見希羅多德《歷史》1.141, 6.2；品達《奧林匹亞頌》7.21；《普希亞頌》2.66, 4.132；柏拉圖《國家篇》2.376E。

③ 參考歐里庇得斯《巴科斯的女信徒們》633，希羅多德《歷史》1.75，修昔底德《伯羅奔尼撒戰爭史》4.46.5。

④ 「希臘人說（即在他們的話語裡——譯者注）俄開阿諾斯河環繞大地，但他們不能證明這一點」（希羅多德《歷史》4.8）。另參考索福克勒斯《厄勒克特拉》59。

⑤ 埃斯庫羅斯《被綁的普羅米修斯》40，《波斯人》363。

⑥ 在古希臘人看來，思考或內心的盤算近似「自我對話」，即人對自己的心(thumos)或thumos對人說話（參見 R. B. Onians, *The Origins of European Thought*, Cambridge: Cambridge University Press, 1951, reprinted 1988, p.13）。當美狄婭說「我對自己說了一番話」時，她的意思是：我考慮過這件事（歐里庇得斯《美狄婭》872；另參考《特洛伊婦女》916）。

⑦ 亦指和另一個logos對立的「觀點」。普羅塔哥拉斯說過，任何一個logos都有與之對立的logos(Walter Burkert, *Greek Religion*, translated by John Raffan, Cambridge (Massachusetts): Harvard University Press, 1985, p. 312)。

⑧ 赫拉克利特可能是第一位賦予 logos 以哲學內涵的學者。在某些上下文裡，他把 logos 當作一個技術性術語，指制導一切的原則。這一概念在西方思想史上產生過重大的影響（參考 J. M. Warbeke, *The Searching Mind of Greece*, New York: Appleton-Century-Crofts, 1930, p. 42）。

⑨ 埃斯庫羅斯《奠酒人》515，索福克勒斯《菲洛克忒特斯》731。

⑩ 參考阿里斯托芬《黃蜂》54。

⑪ 另見 1456^a 37（譯文第 19 章第 3 行）等處。

⑫ 參考 1456^a 28（第 18 章第 36－38 行）。在 1450^b 6（第 6 章第 50 行）裡，logos 指「講話」或「演說」。

⑬ 即「散文」，在用詞方面和短長格詩有某些共同之處。

⑭ 另參見 1447^a 29（第 1 章第 16 行）等處。

⑮ 1455^a 34（第 17 章第 13 行）。

⑯ 1455^b 17（第 17 章第 28 行）。

⑰ 1457^a 23（該章第 32 行）。

⑱ 1461^b 16（該章第 85 行）。

⑲ 參見《詩學》第 5 章第 13 行。另參考附錄「Muthos」。

(三) Phobos kai eleos

　　當阿基琉斯因受辱於阿伽門農，自感心緒煩躁、憤懣不平時，遂和琴唱起了英雄們的業績。荷馬知道，詩有抒發情感、寬慰和爽悅心境的功用。①公元前五世紀的辯說家們研究過語言的感化作用。著名辯說家高爾吉亞說過，語言可以消除恐懼，解除痛苦，帶來歡樂，強化憐憫之情。②語言之於心靈猶如藥物之於身體。不同的話語可以產生不同的效果：有的使人悲痛，有的給人愉悅，有的使人害怕，有的促人勇敢，有的像魔術一樣使人著迷。③柏拉圖亦認真地研究過詩對心緒或情感的催動作用。④吟誦詩人伊昂爽快地承認，荷馬史詩會使他和聽眾們產生憐憫和恐懼之情。⑤在公元前四世紀，phobos 是個很普通的詞，可指程度不等的「害怕」。「恐懼」和「憐憫」很可能是當時的詩評專家們熟悉的術語。

　　亞里斯多德在《修辭學》第 2 卷第 5 和第 8 兩章分別討論了恐懼和憐憫。他給「恐懼」下的定義是：一種由對不幸之事的預感而引起的痛苦或煩躁的感覺。⑥分析恐懼的產生應考慮人和事兩方面的因素。會產生恐懼之情的人一般㈠生活不夠美滿，㈡有某種不安全感，㈢對可能發生的不幸之事有所預察。能使人產生恐懼的事情一般具有下列特點：㈠會給人帶來嚴重的危害，㈡可能在近期內發生，㈢其發生時間和方式等可被預先感知。當人們看到由上述事件引起的不幸時，便會產生「大難臨頭」的感覺。

亞里斯多德給「憐憫」下的定義是：看到別人遭受了不應遭受的痛苦或損失，想到此類不幸之事亦可能發生在自己或親友身上而產生的痛苦的感覺。⑦一般說來，能產生憐憫的人應是對厄運或不幸有所預察的人。自以爲十分幸運的人不會有危機感，而已經遭受過各種不幸的人也不會在乎再遭受什麼不幸，只有介於二者之間的人才可能產生災難臨頭的感覺。必須相信世界上還有好人，對此失去信心的人是不會憐憫他人的。「相似」是引發憐憫的一個因素。遭受過不幸的人有可能對別人所遭受的類似的不幸產生憐憫之情。人們傾向於同情在年齡或性格等方面和自己相似的人的不幸。說話者的語調、表情、舉止和服飾等是否合適亦是能否引發憐憫的一個因素。此外，辯護人的德行如何也是審判官和聽衆心目中的一個「砝碼」。在法庭上，品行高尚的被告者的不幸，比一般人的不幸更能引發憐憫之情。

　　恐懼和憐憫有著某種值得重視的關連。亞氏分析道，一些人們不希望發生的事，如果發生在別人身上，就會引發憐憫。⑧在《詩學》裡，亞氏經常把二者作爲兩個併立的成分加以連用。當然，可怕之事不等於可憐憫之事；⑨事實上，「可怕」有時甚至可以排斥「憐憫」。某些可怕之事（如看著親生兒子被處死）不僅不能引發憐憫，而且還可能激發與之對立的情感，即仇恨。產生憐憫之情，有一個感情上的「距離」問題——太遠了不行，十分親近也不行。⑩

　　應該注意的是，我們不能完全機械地搬用《修辭學》裡的有關論述解釋《詩學》提出的概念或觀點，因爲詩和修辭畢竟各有自己的特點。

【注　釋】

① 詳見附錄十四第 9 段。

② 《海倫頌》（*Helena* 或 *Helenēs enkōmion*)8。

③ 同上，14。

④ 參閱《國家篇》10. 604－606，另參考附錄十三有關部分。

⑤ 《伊昂篇》535C－E。

⑥ 2. 5. 1382^a 20－22。

⑦ 2. 8. 1385^b 13－15。

⑧ 參考 2. 8. 1382^b 25－26, 2. 8. 1386^a 27－29。

⑨ 比較《詩學》1452^a 38（譯文第 11 章第 10－14 行）。《修辭學》第 2 卷第 5 章論恐懼，第 8 章才論及憐憫。

⑩ 參考《修辭學》2. 8. 1386^a 18－20。

㈣ Mimēsis

名詞 mimos ①（複數 mimoi）最早可能流行於西西里地區，指當地的一種擬劇。Mimos 也指表演，如摹仿人或動物的表情、動作或聲音等。在荷馬和黑西俄得的作品裡找不到mimos或它的派生詞。Mimos 進入伊俄尼亞和阿提開方言後，可能先派生出動詞 mimeisthai，以後又有了名詞 mimēsis ②和 mimēma。在公元前五世紀，mimeisthai的出現率遠高於mimēsis，現存的悲劇裡幾乎找不到後者的影子。一般認爲，公元前 450 年前後，mimos 在阿提開方言裡的出現率比較低。柏拉圖大量使用了 mimeisthai，③卻從未用過 mimos。Mimeisthai 和 mimēsis 的原意可能指（包括用表情、聲音和舞蹈等進行的）表演式摹仿，mimēma（複數mimēmata）一般指人物的摹擬像或器物的複製品。

至公元前五世紀，此類詞彙的意思大致包括：

㈠**用聲音和舞蹈摹仿**。(A)用樂器摹仿。雅典娜曾用她發明的樂器摹仿歐魯阿蕾(Eurualē)尖屬的哭叫聲。④(B)用嗓音摹仿。《阿波羅頌》的作者寫道：一群德洛斯(Dēlos)少女用歌聲惟妙惟肖地摹擬各種方言，使來該地參加慶祭活動的外方人都彷彿感到「自己在說話」。⑤在《奠酒人》裡，俄瑞斯忒斯要普拉得斯(Puladēs)摹仿福克斯(Phōkis)人的口音說話，⑥以便混進宮內。在《伊菲革涅婭在陶羅依人裡》中，俄瑞斯忒斯誤把牛和狗的叫聲當作復仇女神的吼聲。⑦(C)用舞蹈摹仿。關於此類情景，色諾芬在《征戰

記》(*Anabasis*)6.1.5–13 裡作過精彩的描述。

(二)扮演或裝扮。阿里斯托芬爲我們提供了不少這方面的例子。莫奈西洛科斯(Menēsilokhos)說，他要扮演海倫，並且眞的這麼做了。⑧《財神》(*Plutus*)中的卡里恩(Kariōn)高興地對歌隊成員們說：我將摹擬圓目巨人，帶領你們起舞。⑨當然，他們的摹仿大概多少帶些喜劇式的嘲弄或誇張。阿里斯托芬曾讓狄俄尼索斯摹仿赫拉克勒斯的裝束。⑩在《婦女的節日》裡，阿伽松身著女裝，希望藉此縮短和人物之間的距離。⑪

(三)行爲方面的效仿。斯特瑞普西阿得斯(Strepsiadēs)在聽了兒子的一番頗爲荒唐的議論後斥訓道：如果你在一切方面都拜公雞爲師，爲什麼不去刨糞而食，棲木而眠呢？⑫在悲劇裡，海倫要瑟娥內(Thenoē)效法她的父親；⑬克魯泰梅絲特拉替自己和埃吉索斯通姦的辯詞是：妻子可以效仿不忠的丈夫。⑭裴里克勒斯(Periklēs)自豪地宣稱，雅典人不是別人的仿效者(mimoumenoi)，相反，他們爲後者樹立了榜樣。⑮

(四)相似或相似之物。希羅多德曾提及被琢成狀如棕櫚樹的石柱，⑯並把某地神廟中的雕像比作「仿像」(pugmaiou andros mimēsis esti)。⑰古埃及人有這樣一種習俗：盛宴之後，有人會突然搬出一具木製的屍體模型，用以提醒人們不要忘記自己是總有一天會壽終正寢的凡人。「屍體」雕工精緻，著色和諧，看來十分逼眞。⑱在歐里庇得斯的《海倫》裡，忒烏克羅斯(Teukros)在見到海倫時以爲後者是海倫的化身（沒想到她就是海倫），不禁驚嘆道：好一個海倫的再現(mimēma)！⑲

我們知道，畢達哥拉斯學派的一個重要觀點，是把音樂—數

學的原則當作宇宙間的第一原則。顯然，這一法則是對現實世界的高度抽象。畢達哥拉斯學派有沒有因此引伸出現實世界摹仿一個隱藏著的、終極的、超越時空的「數字世界」的學說，至今仍是個爭論中的問題。一條可以直接用於肯定求證的資料，出現在亞里斯多德的《形而上學》裡。亞氏認為，柏拉圖關於現實世界和「形」（或「眞形」）的世界的學說，接近於畢達哥拉斯學派關於具體事物和數字之間的關係的論述。柏拉圖的創新在於用「介入」(methexis)取代了畢達哥拉斯學派的「摹仿」。⑳囿於資料和命題，我們不打算在此對這個問題作深入的探究。

古希臘人十分重視向自然學習。公元前五世紀的大醫學家希珀克拉忒斯(Hippokratēs)曾較爲系統地提出了技藝(tekhnē)摹仿自然(phusis)的思想。他的主要論點有兩個。㈠技藝的產生和形成是受自然啓發的結果，換言之，技藝的產生是對自然現象及其運作過程的摹仿。人世間的法律是對神界法律（或自然界的運作規律）的摹仿。宇宙在運轉中產生萬物，同樣，陶工通過旋盤的轉動製作成品。㈡技藝協助自然的工作，幫助自然實現自己的企望。醫術順應生活的需要而產生，隨著與自然合作的過程而發展。醫生通過診斷，先摸清病情，而後對症下藥，使人體恢復失去的平衡。㉑哲學家德謨克里特發表過類似的、具鮮明的仿生論色彩的見解。他認為，人的生活得益於動物的活動。在一些方面，人類是動物的學生：蜘蛛是織姑和修補匠的啓蒙老師，建築師的工作受燕子築巢的啓示，而歌唱是對鳥鳴的摹仿。㉒據說在阿波羅的教授下，詩人斯忒西科羅斯在娘肚裡就學會了彈奏豎琴；出生後，又師從停在嘴邊上的夜鶯，學會了歌唱。㉓

在柏拉圖哲學裡，mimēsis 是一個重要的、應用面十分寬廣的概念。柏拉圖認為，藝術的再現，㉔語言的描述，㉕行爲方面的效仿，㉖哲學家的追求，㉗政府的工作，㉘乃至自然界的形成，㉙都無例外地體現了摹仿的原則。摹仿是一個程序或過程，通過它，試圖摹仿的一方努力使自己「像」或「近似於」被摹仿的另一方。

包括詩在內的各種藝術都是「摹仿藝術」(mimētikai tekhnai)，而包括詩人在內的藝術家都是「摹仿者」(mimētai)。㉚畫家和雕塑家摹仿人和事物的外形，㉛優秀的造型作品應能準確地表現原型的色彩和形狀。㉜音樂可以摹仿，好的音樂本身即可體現正確的原則，因而是對美的趨同(homoiotēs tou kalou)。㉝舞蹈可以再現生活，舞姿和旋律可以反映人的精神面貌和道德情操。㉞正如運動可以強身一樣，好的詩作可以陶冶人的心靈。㉟

柏拉圖不是藝術的門外漢。作爲詩人，㊱他對藝術的魅力和強烈的感染力，或許有著比一般人更深刻的了解。但是，柏拉圖首先是一位哲學家。柏拉圖哲學是一種以概念否定表象的本體論，它的立論基礎和歸向是一種非物質的但卻高於物質的存在，即「形」（idea 或 eidos）。「形」是柏拉圖哲學或本體論的核心。這位天才的哲學家巧妙地把摹仿同「形」的原則結合在一起，從而使他的形念論能夠成爲一種有深度的、較爲嚴密的、較富思辨色彩的哲學理論。柏拉圖哲學不僅把摹仿作爲一種工具，而且還把它當作一種審定事物或過程的哲學價值的「參數」。通過對摹仿及其運作過程的研究，柏拉圖試圖要人們相信，mimēsis 是哲學天平上的一個砝碼：mimēsis 的對象不同，決定了事物的哲學內涵的差異。

一種把藝術及其作品包容在它的研究範疇之內的、以概念揚

棄表象的本體論爲基礎的哲學，應該說明藝術作品在這一哲學體系內的地位以及藝術作品和其它存在形式之間的關係。㊲柏拉圖認爲，作爲哲學的研究對象，事物的存在可以在三個平面上體現自身的價值。第一個是「形」的平面，第二個是實物的平面，第三個是藝術摹仿的平面。以「床」(klinē)爲例。神是床的「形」（或絕對形態）(eidos)的製作者。㊳有了床的eidos，木匠才能做出作爲實物的床；木匠是「床的製作者」(dēmiourgos klinēs)。藝術家摹仿木匠的工作成果，製作床的「相似物」，因而只是床的藝術形象的製作者(eidōlou poiētēs)。㊴藝術既不能生產eidos，也不能製作eidos的實物翻版，它所提供的只是eidōlon，即絕對形態的拙劣的仿製品。「形」之平面上的存在是永恆不變的、最高形式的存在。這是一種眞實的、概念化了的、完美無缺的存在形式，它既是現實世界的楷模，又代表了一個後者永遠不能企及的絕妙境界。柏拉圖相信，「形」的世界是眞實的世界，而勇於探求和闡釋「原形」世界之「眞諦」的哲學家是眞正的現實主義者。㊵藝術作品是「形」的翻版的再版，對眞理已經有過兩度的離異。所以，藝術反映的世界是極不眞實、極不可靠的。藝術家的分辨能力亦是大可懷疑的；㊶他們抓不住眞理，也不知道如何求索眞理——他們所能做的，只是重現自己對外界事物的不眞實的印象。以詩人爲例，他們通過文字傳遞的謊言，實際上是「他們）頭腦中模糊不清的印象的再現(mimēma)。㊷詩的表象美會蒙騙像詩人一樣無知的民衆；因此，民衆的老師應該是哲學家，而不是學識貧乏的詩人。㊸

在某些上下文裡，柏拉圖區分了廣義和狹義上的藝術摹仿，㊹前者指包括詩在內的藝術門類對自然和生活的摹仿，後者指演員

（或進入角色的詩人）的扮演。在《國家篇》第 3 卷裡，柏拉圖區分了三種表達形式，即敘述(diēgēsis)、摹仿或表演式摹仿(dia mimeseōs)以及敘述和摹仿的結合。狄蘇朗勃斯是敘述藝術，悲劇和喜劇是（狹義上的）摹仿藝術，史詩是兼採敘述和摹仿的藝術。[45]表演式摹仿所提供的形象比敘述摹仿所提供的形象更為直接和生動，因此更能使人誤入迷津，受騙上當。

綜觀上文，不難看出，柏拉圖對藝術摹仿基本上是持否定態度的。關於這個問題，我們將在「柏拉圖的詩學思想」裡再作探討。

亞里斯多德創建了一個在許多方面都和柏拉圖哲學有所不同的哲學體系。在這個體系裡，「摹仿」的應用範疇要相對小一些。亞里斯多德一般不認為現實世界是理念（或「形」化）世界的不如人意的翻版。摹仿不是連接「實」與「虛」的紐帶，不是區別「真」與「假」的分界；摹仿不是哲學家手中的「萬金油」或「試金石」。儘管如此，在亞里斯多德物理學裡，「摹仿」仍然是一個重要的概念。

亞里斯多德認為，自然不是一種盲目的力量。相反，自然似乎是有意識的；它有既定的發展方向，亦有受內在法則制約的運作方式和程序。自然彷彿了解自己的希冀，熟悉自己的生產動機和目的。[46]在《物理學》裡，技藝和自然一樣，是一種生產力量。技藝和自然有著引人注目的相似之處：它們的工作對象都是具體的材料(hulē)，產品都具一定的形態（eidos 或 morphē），[47]目的都是為了生產出材料和形態的結合物。為了達到自己的目的，技藝必須採用在自然中已被證明行之有效的生產程序和方法，亞氏的名言 hē tekhnē mimeitai tēn phusin（「技藝摹仿自然」）[48]指的可能正是

這種意義上的摹仿。技藝和自然存在於一個互補機制之中；技藝得益於自然的啓示，自然得益於技藝的輔佐。醫術能使病體恢復健康，政治可以推動社會組織形態的發展，教育可以補足人在知識方面的匱缺。[49]技藝可以挖掘自然的潛力，填補自然的不足，糾正自然的缺陷，實現自然的企願。

亞里斯多德關於技藝摹仿自然的論述，是對德謨克里特、柏拉圖、尤其是希珀克拉忒斯所提出的有關論點的充實和發展。Tekhnē 是個含義比較廣泛的詞彙，[50]既指我們今天所說的「技術」，亦指我們通常所說的「藝術」，雖然在《物理學》裡，它的主要所指應該是技術或工藝。古希臘人一般不注重區分技術和藝術；在他們看來，所有包含技術的製作活動都是 tekhnai。Tekhnē 的特點是按規則或可行的方式從事某項生產或推動某種活動的進行，顯然，這一點也適用於對藝術的詮解。製作藝術品和生產生活用品一樣，應該有所規劃，有所憑藉，有所遵循。製作和規則，生產和生產程序之間的關係是密不可分的。所以，從某種意義上來說，論詩，實際上是論寫詩的技巧，讀過《詩學》的人對此都會有很深的感受。

但是，《詩學》不是《物理學》，前者研究詩的「製作」，後者研究技藝與自然的聯繫。研究的側重點的不同，決定了它的指導原則的不同。當亞里斯多德轉而專門探討藝術的時候，他接受了當時可能已經流行的藝術摹仿現實或生活的觀點。[51]《詩學》第 1 章開宗明義地指出，史詩、悲劇、喜劇、狄蘇朗勃斯以及絕大部分用阿洛斯和豎琴演奏的音樂，均屬摹仿。在第 6 章裡，亞氏突出強調了詩摹仿行動(praxis)的觀點。應該指出的是，在《詩

學》裡，「摹仿」是個起著明顯鑒別作用的詞彙；在某些上下文裡，它實際上是詩的標籤。荷馬和恩培多克勒都以格律文為「媒介」，但前者是詩人，後者是自然哲學論著作者(phusiologos)[52]——因為他沒有摹仿。

　　亞氏不是簡單地接過一個大家熟悉的術語，而是對這個術語進行了揚長避短，去粗取精式的改造。[53]《詩學》中的「摹仿」既不指惡意的扭曲和醜化，也不是照搬生活和對原型的生吞活剝，而是一種經過精心組織的、以表現人物的行動為中心的藝術活動。藝術源於生活，但不必拘泥於生活。藝術作品可以表現作者的主觀意向，藝術摹仿（或表現）不僅可以，而且應該高於生活。[54]詩人應按必然或可然的原則組織情節，只要編排得體，一件不可能發生但可信的事，比一件可能發生但不可信的事更為可取。[55]

　　藝術摹仿是一種有意義的活動，它克服了具體的侷限，[56]揚棄了故事或傳說中的蕪雜，避免了生活的瑣碎和片面性。詩摹仿的對象不是「形」的不完善的翻版，而是經過提煉的生活；藝術活動的成果不是兩度離異於真理的「贗品」，而是具有很高欣賞價值的藝術形象。藝術摹仿是一件受人歡迎的事，因為人生性喜歡摹仿，並少有例外地樂於欣賞藝術摹仿的成果。[57]藝術使人增長知識，而獲取知識不僅於哲學家，而且於一般人也是件極快樂的事。[58]藝術摹仿不是一種被動的現象，相反，在理性原則的指導下，它的活動充滿了主動精神。因此，對藝術摹仿本身不存在查禁的問題。在《詩學》第 26 章裡，亞氏理直氣壯地指出，對於演出中出現的問題，應負責任的不是藝術本身，而是那些糟蹋藝術的下賤演員。[59]

【注　釋】

① Mimos 的詞源不詳，據學者稽考，該詞可能和梵語詞 māyā「同宗」，詞根是 māi-、mī-或 mim，其基本意思是「轉化」、「蒙騙」等。德謨瑟奈斯曾用 mimoi 指擬劇演員。

② 以-sis 結尾的名詞往往含有表示行動的意思，相當於英語中名詞化的動名詞（另參考附錄六注①）。

③ 「摹仿」幾乎出現在柏拉圖所有重要的著作裡。另參考注㊹。

④ 品達《普希亞頌》12. 21。據傳雅典娜發明了阿洛斯（同上，12. 20）。在《英雄的後代》裡，埃斯庫羅斯提到過一種可摹仿牛叫的樂器（片斷 57）。

⑤ 《荷馬詩頌》3. 162－163。

⑥ 64。

⑦ 294；另參考《伊菲革涅婭在奧利斯》578ff.。

⑧ 《婦女的節日》850ff.。

⑨ 291。

⑩ 《蛙》109ff.。

⑪ 《婦女的節日》155－156。

⑫ 《雲》(Nubes)1430-1431〔另參考　559，《鳥》(Aves)1285，《黃蜂》1019〕。

⑬ 歐里庇得斯《海倫》940。

⑭ 歐里庇得斯《厄勒克特拉》1037（比較《希珀魯托斯》114，《伊昂》451）。

⑮ 修昔底德（《伯羅奔尼撒戰爭史》2. 37. 1。

⑯ 《歷史》2. 169。

⑰ 同上，3. 37（另參考《伯羅奔尼撒戰爭史》1. 95. 3）。

⑱ 同上，2. 78。

⑲ 詳閱 G. F. Else "'Imitation' in the Fifth Century", *Classical Philology* 53 (1958), pp. 73-90。

⑳ 1.6. 987^b 11－14。

㉑ *Hippocrates on Diet and Hygiene*, edited by J. Precope, London, 1952, I. xi－xxii. 上述觀點對後世的哲學家（包括柏拉圖、亞里斯多德和斯多噶學派的某些成員）產生過影響。關於「技藝」，詳見附錄「Tekhnē」。

㉒ 片斷 154（另參考 M. C. Nahm, *Readings in Philosophy of Art and Aesthetics*, Englewood Cliffs: Prince-Hall, 1975, p. 46）。

㉓ 參考帕里尼烏斯《自然研究》10. 82。據《舒達》記載，這位詩人的生卒年代可能分別約在公元前 632－629 年和前 556－553 年間。Stēsikhoros 可能是他的「渾名」，真名叫 Teisias。據傳詩人阿爾克曼也曾因受鷓鴣啼叫的啟示而做過一首詩。羅馬詩人魯克瑞提烏斯(Lucretius)亦認為歌唱是對鳥鳴的摹仿，所不同是，他把歌的產生看作是一個循序漸進的過程〔參考 *De Rerum Natura (Lucretius on the Nature of Things)*, translated by Cyril Bailey, Oxford, 1910, pp. 231－232〕。

㉔ 即藝術的摹仿。

㉕ 參見《克里提阿斯篇》107，《克拉圖洛斯篇》426C－427C, 431D。

㉖ 參考《法伊德羅斯篇》252D－E，264E；《普羅塔哥拉斯篇》326A－B。

㉗ 哲學家摹仿永恆的存在，並通過不懈的努力使自己和永恆的存在結合在一起（即「同化」，aphomiousthai，《國家篇》6. 500C）。柏拉圖區分了兩種不同性質的摹仿，即出於無知的摹仿和在知識指導下的摹仿（《智者篇》267B－D）。

㉘ 參見《政治家篇》293E。

㉙ 參考注㊳。

㉚ 《國家篇》2. 378B，《提邁俄斯篇》19D－E。

㉛ 參考《國家篇》3. 401A, 10. 596－598，《克拉圖洛斯篇》430B，《智者

篇》234A－236C，《法律篇》2.667－670。

㉜ 《克拉圖洛斯篇》431C。

㉝ 《法律篇》2.668A－B；比較7.798D－E。

㉞ 參考同上，2.655Bff.。

㉟ 參考《國家篇》3.401D－E，2.376E。

㊱ 參考附錄十三第1段。

㊲ 柏拉圖區分了三種存在形態。第一種是永恆和靜止不變的樣板形態(para-deigmatos eidos)，第二種是通過摹仿樣板形態而產生的可見的、具體的形態(mimēma paradeigmatos)，第三種是包容運動和變化的形態。永恆猶如一塊純金，變化就像刻在金塊上的花紋（可以刻了改，改了刻）；永恆是本質，變化是現象。那些個來去匆匆的「紋路們」（事物、現象等），只是永恆形態的不完善的顯現（參考《提邁俄斯篇》48E－50C）。

㊳ 在這個問題上，柏拉圖的觀點有時不盡一致。比如，在《國家篇》裡，神工（即神）創造了床的 eidos(10.596B)，但在另一篇對話裡，神工創造的是實物，而不是 eidē（參見《智者篇》265C－D，另參考《提邁俄斯篇》30C－31B）。

㊴ 《國家篇》10.596－597。

㊵ 「形」和「空想」有所不同——柏拉圖不是空想主義者。在他看來，「形」或「形念」不是一種不切實際的、不真實的存在，而是「一切事物中最真實的」(*The Dialogues of Plato*, volume 3, translated by Benjamin Jowett, New York: Oxford University Press, 1892, p. clx)。

㊶ 另參考附錄十三第6段。

㊷ 《國家篇》2.382B。

㊸ 另參考附錄十四第6段。

㊹ 據埃爾斯研究，在柏拉圖以前，mimeisthai 常指擬劇中的「模擬」，一般不泛指戲劇表演。柏拉圖把「摹仿」（表演式摹仿）的意思作了引伸

（詳見 *Plato and Aristotle on Poetics*, Chapel Hill: The University of North Carolina Press, 1986, p. 27）。

㊺ 《國家篇》3. 392D－394E。

㊻ 參見《物理學》2. 8. 199^{a-b}。

㊼ 「形態」既是「材料」存在的目的，又是一種能動因素。通過「形態」的活動，「材料」的潛力方能得以發揮。材料和形態的結合組成「實體」(ousia)。

㊽ 參見《物理學》2. 2. 194^a 21，《氣象學》(*Meteorologica*)4. 3. 381^b 6。自然和技藝往往使用相似的程序和方法：自然利用本身的熱能完成某些「加工」過程（如人體內的消化過程），技藝亦可利用外在的熱能達到同樣的目的〔如烹製食物，見《氣象學》4. 3. 381^b，另參考《論動物的部分》1. 1. 639^b 15ff.，《論動物的生長》(*De Generatione Animalium*)2. 1. 734^b 22－735^a 3〕。亞氏亦喜用 tekhnē 的生成原則解釋自然（參考《物理學》2. 8. 199^a 11－20）。

㊾ 《形而上學》6. 7. 1032^b 13－14，《政治學》7. 17. 1337^a 2－3。

㊿ 參考附錄「Tekhnē」第 2 段。

51 參見《詩學》譯文第 6 章第 27－28 行。

52 同上，第 1 章第 26－27 行。

53 亞里斯多德對 Mimēsis 作了「重新審察」(J. M. Walton, *The Greek Sense of Theatre*, London: Methuen, 1984, p. 16)。

54 參考《詩學》第 15 章第 25－27 行，第 25 章第 81－82 行。

55 同上，第 24 章第 51 行，第 25 章第 80 行。

56 參考同上，第 9 章第 6－7 行。

57 見同上，第 4 章第 1－4 行。

58 見同上，第 4 章第 7－8 行。

59 參見同上，第 26 章第 15－20 行。

(五) Hamartia

> 他們之所以遭受不幸，不是因為本身的罪惡或邪惡，而是因
> 為犯了某種錯誤……人物之所以遭受不幸，不是因為本身的邪
> 惡，而是因為犯了某種後果嚴重的錯誤。
>
> 《詩學》第 13 章

Hamartia（包括同根詞，統稱hamart-詞）在荷馬史詩裡的出
現率相當之高，達三十六次之多，其意思大致可歸為三類。㈠偏
離或未擊中目標。從詞源學的角度來看，這是此類詞彙的本義或
字面意義，其出現率絕對高於第二、三種意思。《伊利亞特》提
供了大量的「擊」(tunkhanein)和「未擊中」(hamartanein)的例
子。㈡失誤、過失、錯誤。㈢冒犯、罪過。在公元前五世紀，悲
劇作家們較多地使用了 hamart- 詞的第三種意思，演說家們則偏
重於使用第一、二種意思。在希羅多德和修昔底德的作品裡，表
示三種意思的例子均有出現。①公元前四世紀的演說家們偏好使
用此類詞彙的第三種意思。魯西阿斯的作品中，用 hamartanein 表
第一種意思的例子較為罕見，其他演說家們一般用 dihamartanein
表示這種意思。

我們知道，《詩學》沒有對 hamartia（複數 hamartiai）下過
定義。②這說明，在這篇文獻裡，hamartia 或許不是個技術性術
語，因此它的「覆蓋面」可能會比《尼各馬可斯倫理學》第 5 卷
第 8 章中的 hamartēma（複數 hamartēmata）廣一些。③ Hamartia

的覆蓋面問題是《詩學》中的「熱點」之一。討論這個問題，就像理解和把握「思想」、「性格」、「摹仿」等概念一樣，撇開亞里斯多德的學術體系是不行的。在《尼各馬可斯倫理學》第3卷第1章和第5卷第8章裡，亞里斯多德較為透徹地分析了錯誤的種類和如何審定其性質的問題，其中的某些論點可能會有助於我們加深對《詩學》中的 hamartia 的理解。

亞里斯多德把人的行動歸為兩類，一類是自願的(hekousia)，另一類是不自願的(akousia)。④根據《尼各馬可斯倫理學》3.1中的論述，不自願的行動分兩類，即㈠受外力逼迫(bia)做出的行動，㈡因為無知(di'agnoian)而做出的行動。⑤受外力逼迫的行動又可分作兩小類。(A)純粹受外力驅發的行動(biaia)。一般說來，此類行動完全違背當事人的意願（或完全出乎當事人的預料），因此行動的動因(arkhē)不在當事者。例如，一陣突起的狂風可以把人捲走，但由於此人既不知風從何起，也不知去向何處，因此無須對行動承擔任何責任。(B)在外力逼迫下，當事人經過思考和斟酌做出的行動。就當事人的主觀願望而言，此類行動的目的不是為了避免某種惡，就是為了追求某種善，因而已不再是外力的簡單的延伸。在此類情況下，當事人的行動既是出於被迫的——如果沒有外力的逼迫，他就不會採取這樣的行動，又是出於自願的——在特定的條件下，他選擇了自以為有意義的行動（因此，嚴格說來，此類行動更接近於「自願行動」）。鑒於這一特點，亞氏稱此類行動為 miktai praxeix，即「混合行動」。在 miktai praxeis 中，有的是應受譴責的，⑥有的是可以原諒的（因為逼迫的程度超出了一般人可以忍受的程度），有的甚至是值得讚揚的

（爲了某種崇高的目的或追求，當事人忍受了痛苦或某種形式的侮辱）。

一般說來，可以把出於無知而做出的錯事歸入不自願的行動之列。但是，在下述三種情況下，當事人的不自願至少是不徹底的。㈠事後對自己的行爲沒有表示眞正的追悔之意。此類行動既不是出於自願，也不是出於嚴格意義上的不自願，因而是「非自願的」(ouk hekousia)。㈡「無知」的產生係由某種強烈的情感(pathos)所致。酒後無德，直接動因是酒——醉漢不是因爲無知，而是於無知之中(agnoōn)做了錯事。當事人的行動並非完全出於不自願；事實上，他們了解事態發展的過程，不僅有目的感，而且知道自己正在做什麼。⑦㈢「無知」的所指不是一般的具體內容，而是帶普遍意義的原則。對原則的無知是很難原諒的，因爲正常的人不應好壞不分。一般說來，由對具體事物或具體情況的無知而導發的錯誤較能得到人們的諒解。

《尼各馬可斯倫理學》5.8對錯誤的劃分和3.1的劃分有所不同。本章區分了兩種類型的錯誤，即㈠當事人在無知的情況下所犯的錯誤，㈡當事人在知情的情況下所犯的錯誤。第一類錯誤分兩小類，即(A)無法預見或預測的錯誤(atukhēmata)和(B)可以預見或預測的錯誤(hamartēmata)。⑧對於後一類錯誤，當事人如果事先小心一些，本來是可以避免的。但是，儘管不夠愼重，當事人絕非惡貫滿盈的歹徒。第二大類錯誤也分兩小類，其區別性特徵是動機的促成因素。(A)當事人由於一時衝動（如受暴怒等的驅使）而做出的錯事(adikēmata)。在此種情況下，由於行動的動因不是邪惡(mokhthēria)，故不應把當事人看作是沒有正義感的惡

人。(B)當事人心懷惡意，在經過蓄意謀劃之後做出的 adikēmata。⑨在這種情況下，當事人不僅壞(adikos)，而且惡劣(mokhthēros)。這兩類錯誤雖然都叫 adikēmata，但性質卻有所不同。5.8 中沒有提到 3.1 中談到的受外力逼迫而做出的行動。

在《尼各馬可斯倫理學》第 7 卷裡，亞氏分析了另一種可能引發錯誤行動的因素，即「放縱」或「不節制」(akrasia)。「不節制」和「罪惡」不是同一個概念；人們可以說不節制是一種不好的心態或弱點，卻不能說它是嚴格意義上的邪惡。亞氏明確指出：不節制和罪惡雖然不無相似之處，卻分屬不同的門類。和那些雖然了解理性的原則卻從來不想服從它們的人相比，在激情支配下偶爾做了壞事或錯事的人似乎更值得同情。行為不節制者(akrasteis)不是壞人(adikoi)，雖然他們有時也會做一些壞事或錯事(adikousi)。⑩不難看出，akrasia 與 kakia 的不同近似於 5.8 中提到的出於衝動的 adikēma 和出於邪惡的 adikēma 的不同。

值得注意的還有《尼各馬可斯倫理學》7.4 中的有關論述。在該章裡，亞氏把一般表示出於生理需要而進行過度追求的akrasia，引伸用於指對其它「悅樂」（如榮譽、戰功、財富等）的嚮往和追求。從某種意義上來說，對榮譽等的追求明顯地不同於簡單的、受生理需要驅使的過分追求，因為在前一種情況下，被追逐的事物本身即包蘊某種積極的、值得肯定的意義（比如說，榮譽本身是一件好事）。亞氏分析道，對這些行為，不應簡單地稱之為不節制，而應稱之為在對榮譽、財富等的追求中所表現出來的不節制。和生理需要相關的過度追求往往受到人們的指責——人們把它看作是一種錯誤(hamartia)，甚至是一種罪惡(kakia)——而對錢財、榮譽等的追求卻沒有受到同樣的指責。⑪

　　根據亞里斯多德的悲劇理論，理想的悲劇人物應該既不是十全十美的道德楷模，又不是本性邪惡的歹徒。像阿基琉斯一樣，他們有缺點，有不完善之處，但總的說來仍屬「好人」之列。⑫在《詩學》第 2 章裡，亞氏認為悲劇人物應是比今天的人（或一般人）好的人。既然悲劇人物不是本性邪惡之徒，他們就不會在正常情況下蓄意謀害別人或毫無理由地傷害自己，也不會在本身利益沒有受到侵犯的情況下無端地損害他人的利益。根據同樣的理由，悲劇人物所犯的錯誤儘管可能導致嚴重的後果，卻不應被看作是典型意義上的邪惡或罪惡，⑬即《尼各馬可斯倫理學》5.8 中列舉的當事人在知情和自願的情況下所犯的錯誤中的第二類 adikēmata(＝ kakia)。⑭

　　我們知道，在悲劇裡，人物可以在某種不自願或不明真相的情況下犯錯誤。但是，總的說來，悲劇人物的不自願是不徹底的（也不應該是徹底的），因為完全的不自願將意味著當事人有足夠的理由替自己的行為辯護。亞里斯多德似乎不認為當事人可以因為他們的行動是在神的逼迫或驅使下進行的而無須承擔任何責任。⑮在神的策動下做了錯事和被大風捲走不是完全相似的一碼事。所以，《尼各馬可斯倫理學》3. 1 中提及的完全出於外力逼迫的行動，至少是不很適合於悲劇的。

　　由此可見，出色的悲劇似不應包括下述兩種行動，即㈠自願行動中的由邪惡引發的行動，㈡不自願行動中的完全出於被迫的行動。儘管如此，悲劇人物的 hamartia 仍然是個內涵豐富的概念。例如，在悲劇裡，「混合行動」是一種較為常見的錯誤：阿

伽門農因獻出女兒而達到進軍特洛伊的目的；克魯泰梅絲特拉爲了替女兒報仇而殺了阿伽門農。各種形式的「無知」亦是導致人物犯錯誤的一個重要因素。出於「無知」，蘇厄斯忒斯吃了親子之肉，俄底浦斯殺了生身父親。激情(pathos)奪走了埃阿斯的生命，放縱(akrasia)使尼娥北付出了一位母親所能支付的最昂貴的代價。驕橫和不謹慎是導致「無知」的重要因素。從這個意義上來說，hamartēmata 無疑比 atukhēmata 更適合於悲劇。值得注意的是，導致不幸的因素經常是「複合」的，比如，俄底浦斯弒父固然是出於「無知」，但他的任性和莽撞亦是引發悲劇性結局的重要原因。

根據以上分析，我們認爲，將《詩學》第 13 章中的 hamartia 解作「錯誤」是合適的。當然，由於悲劇人物性格不一，經歷各異，所以，在不同的悲劇裡，hamartia 的側重點亦可有所不同。⑯

【注　釋】

① 詳見 J. M. Bremer, *Hamartia*, Amsterdam: Adolf M. Hakkert, 1969.pp. 37－38。比較 T. C. W. Stinton，"Hamartia in Aristotle and Greek Tragedy"，*The Classical Quarterly*, Ns 25 (1975), p. 222。

② 在《詩學》裡，hamartia 一共出現五次，三次指詩人的「錯誤」，兩次和悲劇人物的行爲有關（參見注⑭）。

③ Hamartēma 在《詩學》裡出現四次。和 hamartia 相比，hamartēma 似更側重於指具體的錯誤。

④ 參閱柏拉圖《國家篇》10. 603C，《法律篇》9. 867B。和蘇格拉底一樣，

柏拉圖認為沒有人真正願意做壞事（參考《辯護篇》25D—26A，《提邁俄斯篇》86E，《法律篇》9. 860D 等處）。柏拉圖堅信，犯罪與人的弱點（如無知(agnoia)、縱慾(hēdonē)和濫用情感(thumos)）有關，糾正的辦法是加強教育。

⑤ 蘇格拉底提出過一個著名的觀點：美德(aretē)是知識；無知是錯誤和邪惡之源。亞里斯多德認為，蘇格拉底的提法不盡完善，因為它把錯誤的起因一概歸之於「無知」，從而實際上排除了人們可能因為意志薄弱和缺少自制力而犯錯誤的可能性（《尼各馬可斯倫理學》7. 2. 1145^b 21ff.）。人的知識可以處於待用狀態，也可以處於潛在狀態；已經獲取的知識可能暫時和人的意識脫節（例如在睡眠或醉態中）。知識又有一般和具體之分，強烈的感情波動可能使人的具體知識由待用狀態轉入潛在狀態（換言之，人可能對某種具體知識一時喪失使用意識），但當事人仍然可能意識到一般知識的存在。由此可見，人可能在有意識（不是典型意義上的「無知」）的情況下犯錯誤。但是，亞氏同時也承認，對具體行為或情景等的了解是感知範圍內的事，而不是嚴格意義上的知識；真正有知識的人不會、也不應該放縱和為所欲為。從這個意義上來說，蘇格拉底的見解是正確的（同上，7. 3. 1147^b 9—15）。

⑥ 某些行動事關重大，當事者哪怕獻出生命，也不宜貿然從事。倘若有人做出此類行動，僅憑「外力逼迫」是不能開脫責任的。歐里庇得斯讓阿爾克邁恩「被迫」殺死親娘是「荒謬的」（《尼各馬可斯倫理學》3. 1. 1110^a 26—29）。

⑦ 參考注⑤。

⑧ 參見《尼各馬可斯倫理學》5. 8. 1135^b 16—19。

⑨ 另參見《修辭學》1. 13. 1374^b 1—9 和《亞歷山大修辭學》(*Rhetorica ad Alexandrum*) 4. 1427^a 27ff.。Atukhēmata、hamartēmata 和 adikēmata 可能是當時的雅典公民們熟悉的術語。Adikēmata 可指「錯誤」、「壞事」、

「罪行」等。

⑩ 7. 8. 1150^b 35－1151^a 10。

⑪ 1148^a 2－4。

⑫ 參見《詩學》譯文第 13 章第 4－12 行，第 15 章第 28－29 行。

⑬ 美狄婭殺子比克魯泰梅絲特拉殺夫更難辯護，因為受害者是無辜的孩子。但美狄婭本人也是個受害者，她之殺死孩子是為了打擊伊阿宋。從這個意義上來說，她的行為仍然是可以理解的。美狄婭的作為不是出自和本性相關的邪惡——傳說中的她不是個壞人。

⑭ 在 1453^a 10（譯文第 13 章第 16 行）裡，亞氏明確指出，悲劇人物之所以遭受不幸，不是因為本身的罪惡(kakia)，而是因為他的 hamartia。稍後，亞氏又強調了這一觀點：促使命運變化的因素不是人物的邪惡(mokhthēria)，而是他的 hamartia（1453^a 15－16，第 13 章第 22 行）。儘管缺少理論上的鋪墊，十六世紀的義大利學者（如羅伯泰羅、維托里等）對 hamartia 的理解基本上是正確的（三個世紀以前，莫耳貝克的威廉在釋譯 hamartia 時用過 peccatum 一詞，可作「罪惡」解）。法國學者拉梅斯那笛斯(La Mesnardière)、拉辛和達西爾等人傾向於將 hamartia 解作「致命的激情」或「邪惡」，他們的觀點遲至十九世紀上半葉仍相當流行。十九世紀下半葉以來，學者們對 hamartia 提出了不少新的見解，總趨勢是不贊成把它定為帶強烈道德色彩的「罪惡」。

⑮ 悲劇——正如《詩學》第 13 章所指出的——不應表現「十足的」好人由順達之境轉入敗逆之境。

⑯ 「誤解」、「缺點」、「性格上的缺點」、「判斷錯誤」、「理解錯誤」等都是值得重視和參考的解法。

㈥ Katharsis

> 悲劇是對一個嚴肅、完整、有一定長度的行動的摹仿，它的
> 媒介是經過「裝飾」的語言……通過引發憐憫和恐懼使這些情感
> 得到疏洩。

> 《詩學》第 6 章

在公元前五世紀，katharsis①大概指一種醫治手段。醫學家希珀克拉忒斯認為，人體內任何一種成分的蓄積，如果超出了正常的水平，便可能導致病變，醫治的辦法是通過 katharsis 把多餘的部分疏導出去。但是，當時的醫學還不是嚴格意義上的科學。醫學和宗教、藥物學和玄學、病理學和倫理學之間的分界尚不很明確。在古希臘人的心目中，阿斯克勒庇俄斯(Asklēpios)既是醫聖，又是某種意義上的宗教領袖。②在這種時代和文化背景下，katharsis 不僅是一種較常用的醫治手段，而且還是某些宗教活動的目的。換言之，katharsis 既可指醫學意義上的「淨洗」和「宣洩」，亦可指宗教意義上的「淨滌」。③據亞里斯多德的學生阿里斯托克塞諾斯(Aristoxenos)所敘，畢達哥拉斯學派的成員們用藥物醫治身體上的疾病，用音樂(mousikē)「洗滌」不純潔的心靈。④經過洗滌的心靈是安謐和和諧的。⑤

俄耳斐烏斯⑥和畢達哥拉斯的學說對柏拉圖產生過重大的影響。柏拉圖作品中的 katharsis 有時帶著濃厚的宗教氣息。在《斐多篇》裡，katharsis 是心靈掙脫肉體之騷亂的一種途徑。像宗教

一樣，哲學淨化人的心靈，使人的精神得到昇華。⑦ Katharsis 具有純淨和開發心智的作用。在論及美德(aretē)的功用時，蘇格拉底說，美德是對恐懼的 katharsis。淨化的對象包括肉體和靈魂，淨洗的目的是消除積弊，保留精華。蘇格拉底稱他所從事的行當是一種淨化工作，目的是通過 katharsis 除去靈魂中的髒東西。⑧蘇格拉底使用的「洗滌劑」是「問答」或「辯駁」(elenkhos)。「問答」可以掃除愚昧，糾正謬誤，增強心智的活力。

從公元前五世紀起，尊崇醫聖阿斯克勒庇俄斯的活動，從它的中心厄庇道羅斯(Epidouros)迅速擴展到馬其頓地區。亞里斯多德出身於名醫之家，對 katharsis 的醫療功用自然不會一無所知。⑨這位學問家對生理和病理的熟悉程度，我們甚至可以從他對倫理原則的闡述中看出來。《尼各馬可斯倫理學》的作者不僅是一位有造詣的倫理學家，而且也是一位高明的病理學家。

亞里斯多德認為，不加限定的憐憫和恐懼屬於 ta lupounta 的範疇，是一些「會給人帶來痛苦和煩惱的情感」。⑩和柏拉圖一樣，亞氏亦把情感歸為人性的一部分；但是，他不同意柏拉圖提倡的對某些情感採取絕對壓制的辦法。⑪如果說產生情感的機制和它的工作效能是天生的（人們無法從根本上改變這一點），情感的表露和宣洩卻是可以控制和調節的。有修養的人不是不會發怒，也不是不會害怕，而是懂得在適當的時候，對適當的人或事，在正確的動機驅使下，以適當的方式表露諸如此類的情感。⑫情感的積澱，猶如人體內實物的積澱一樣，可能引出不好的結果。它會騷亂人的心緒，破壞人的正常欲念，既有害於個人的身心健康，也無益於群體或社團的利益。因此，人們應該通過無害

的途徑把這些不必要的積澱（或消極因素）宣洩出去。在《尼各馬可斯倫理學》裡，亞氏提及過某類治療手段的「療程」——它們可以解除病痛或不適，使人體恢復失去的平和——其中可能包括 katharsis。⑬

在《政治學》第8卷第7章裡，亞氏把音樂按功能分作三類。一類適用於對民衆的教育，另一類適用於消遣（因爲它可以鬆弛人的神經或能給人美的享受），還有一類音樂可以像藥物和療法一樣起淨化和調理的功用。亞氏指出，每個人都難免受憐憫、恐懼等感情的影響，雖然有的人特別容易產生這些感覺。動感強烈的音樂可以引發某些人的宗教狂熱，當情感的高潮像疾風暴雨那樣一掃而過後，他們的心情就會趨於平靜，就像病人得到治療和淨洗一樣(hōsper iatreias……kai katharseōs)。通過心靈與音樂的撞擊，無論是受到憐憫、恐懼或其它情感騷擾的人，還是可能在不同程度上受這些情感影響的人，都能感受到一種輕鬆和愉快的感覺。人們從具淨化功能的音樂中得到的是一種無害的快感。⑭亞氏不否認悲劇會引發某些情感，相反，他認爲這種引發是必要的。引導（或引發）比盲目的反對好，適量的排洩比一味堵塞好。悲劇之所以引發憐憫和恐懼，其目的不是爲了讚美和崇揚這些情感，而是爲了把它們疏導出去，從而使人們得以較長時間地保持健康的心態。悲劇爲社會提供了一種無害的、公衆樂於接受的、能夠調節生理和心態的途徑。⑮

亞里斯多德不僅生活在一個宗教氣氛比較濃烈的時代，而且還是神學大師柏拉圖的學生，後者的帶有某些宗教色彩的哲學思想對他不會沒有產生過一點影響。亞氏熟悉醫學意義上的宣洩，

也無疑知道 katharsis 還可指宗教意義上的淨滌。事實上，上文提及的「淨洗」活動很可能是當時仍然盛行的、氣氛狂熱的庫貝萊 (Kubelē)宗教儀式，⑯作者所用的某些詞彙，如「纏迷」(katok-ōkhimoi)和「聖樂」⑰等或許可以證明這一點。

但是，亞里斯多德從來不是「宗教迷」。正如我們指出過的，⑱在追溯悲劇的起源時，亞氏明顯地「淡化」了它的宗教背景。若再考慮到他對醫學、生理學和病理學的熟悉程度以及《政治學》8.7 中的有關論述，我們似乎有理由爲《詩學》第 6 章中的 katharsis 提供某種「醫學背景」。儘管如此，我們也應該認識到，在資料匱缺，論據不很充分的情況下，在這個問題上持較爲審愼的態度或許是必要的。⑲

長期以來，對如何理解《詩學》第 6 章中的 katharsis，人們作過種種嘗試。十七世紀的法國新古典主義戲劇理論家們傾向於強調戲劇的教育功用。按高乃依和拉辛的理解，katharsis 是一種淨化人的道德觀念的手段。Katharsis 可以純淨人的心靈，提高人的道德意識。從某種意義上來說，德國戲劇理論家萊辛似乎比法國新古典主義戲劇理論家們更熱中於挖掘 katharsis 的倫理內涵。在他看來，悲劇的功用是「淨化」觀衆，其目的是防止人們走極端。他把 katharsis 和亞里斯多德的「中庸論」聯繫起來，認爲 katharsis 是實現心態中和的一種途徑。⑳

用醫學或病理學觀點解釋 katharsis 有著悠久的歷史。早在 1559 年，義大利學者明托諾就在《論詩人》(De Poeta)裡提到了醫學上的順勢療法（或類似療法）。在四年以後發表的《詩藝》(Arte Poetica)裡，明托諾明確地提出了悲劇的淨化或疏導作用等

且於藥物的治療作用的觀點。英國文豪密爾頓(John Milton)在《力士參孫》(*Samson Agonistes*)的前言部分提到了悲劇的類似順勢療法的功用。Katharsis 是一種「以子之矛克子之盾」（similia simi-libus curanter，「以同類之物治同類之物」）的醫治手段。㉑通過引發某些情感並把它們推向高潮，悲劇得以實現引發這些情感的目的，即消除它們對心理的潛在危害。德國學者巴內斯(Jacob Bernays)於 1857 年發表了 Zwei Abhandlungen über die aristotelische Theorie des Dramas，㉒較爲系統地闡述了用醫學觀點解釋katharsis 的理論依據，確立了「宣洩論」的權威。

當然，即使對權威，挑戰也是允許的。學術的活力在於百家爭鳴，推陳出新。S. H. 布切爾認爲《詩學》第 6 草中的 katharsis 是亞里斯多德藝術理論中的一部分，它代表了一條藝術原則。㉓ Katharsis 的作用不僅限於對憐憫和恐懼的疏導，作爲一種藝術手段，它還能給觀衆以美的享受。㉔G. F. 埃爾斯建議從分析悲劇的內在結構入手解釋 katharsis。他的研究表明，katharsis 是悲劇內在結構中的重要一環：pathos——hamartia——anagnōrisis——katharsis。㉕利昂·戈爾登(Leon Golden)主張「另闢蹊徑」，將katharsis解作 intellectual clarification。㉖哈維·戈爾德斯坦(Harvey Goldstein)認爲，katharsis 是一個「提煉」或「精煉」的過程：作爲原材料的憐憫和恐懼，只有經過 katharsis 的「篩選」，才能具備審美的價值。㉗

【注　釋】

① 動詞 kathairō，詞根意思爲「純淨」（另參考注⑮）。Walter Burkert 寫

道，希臘詞 kathairein（kathairō 的現在時不定式）可能來自閃米特詞 qtr，後者指宗教儀式中的熏煙〔*Greek Religion*, translated by John Raffan, Cambridge (Massachusetts): Harvard University Press, 1985, p. 76〕。像其它以-sis 的結尾的名詞一樣，katharsis 包含行動或過程之意（另參考附錄「Mimēsis」注①）。

② 參考 Teedy Brunius, *Inspiration and Katharsis*, Uppsala: Almquist and Wiksell 1966, p. 71。最先運用淨化療法的是阿斯克勒庇俄斯（西塞羅《論神之性質》(*De Natura Deorum* 3. 22. 57)）。

③ 淨滌的對象可以是人（包括肉體和心靈），亦可以是器物和場所，如受過玷污的神像、住所和宇宙等（參考第 14 章注⑫，第 17 章第 26 行(1445^b 15)）。Katharsis 有時可作「淨罪」解。

④ 片斷 26。

⑤ 伊安比利科斯《畢達哥拉斯傳》（*Vita Pythagorae* 或 *Peri tou Puthagorikou Biou*）110。

⑥ Orpheus 宗教的主要內容包括：㈠強調靈魂和肉體的抗爭；㈡靈魂優於肉體，肉體是靈魂的「監獄」（所以靈魂需要淨滌）；㈢只有通過節制和苦行才能贖救靈魂，使之找回失去的純潔。

⑦ 67C－D, 69C－D, 114C。比較色諾芬《討論會》1. 4。

⑧ 參考《智者篇》226Dff.。

⑨ 在亞氏的論著中，「卡沙西斯」常可作醫學或生理學意義上的「淨化」或近似的意思解（參考《物理學》2. 3. 194^b 36；《動物研究》6. 13. 572^b 30ff.；《論動物的生長》1. 1. 727^a 14,^{b} 14ff.；《形而上學》5. 2. 1013^b 1）。

⑩ 《修辭學》2. 5. 1382^a 21－22, 2. 8. 1385^b 13－15。

⑪ 柏拉圖認為詩迎合和誘發了一些本來應該受到遏制的情感（《國家篇》10. 606A，另參考附錄十三第 15－18 段，第 265－267 頁）。在另外一些場合，柏拉圖亦指出過「因勢利導」的作用（參考注㉑）。

⑫ 見《尼各馬可斯倫理學》2.6.1106^{b}16－23。

⑬ 7.12.1152^{b}31－34, 7.14.1154^{b}17－19。

⑭ 《政治學》8.7.1342^{a}5－16。在8.7裡，亞氏答應在論詩時解釋katharsis（另見「引言」第18段，第9頁）。由於在現存的《詩學》中找不到這一解釋，長期以來，專家們為探求katharsis的確切含義頗費了一番心血。

⑮ 根據Henry Liddell和Robert Scott編纂的*A Greek-English Lexicon*(Oxford, 1940)，動詞kathairō（參考注①）還可表示「修剪」（樹枝等）的意思。「修剪」不僅指除去無用或有害的部分，而且還包含為修剪對象「整形」之義〔另參考Louis Moulinier, *Le pur et l'impur dans la pensée des Grecs d'Homère à Aristotle*, Paris, 1952; W. B. Stanford, "On a Recent Interpretation of the Tragic Katharsis", *Hermathema* 85(1955), pp. 52－56〕。

⑯ 參考柏拉圖《伊昂篇》534A，《歐蘇代摩斯篇》277D。

⑰ 《政治學》8.7.1342^{a}8－9。

⑱ 參見「引言」第15段（第7－8頁）。

⑲ 公元前四世紀以後，katharsis及其同根詞仍不時出現在學者文人的著述中。普魯塔耳科斯、阿里斯泰得斯、昆提利阿努斯等在論及音樂時用過此類詞彙，伊安比利科斯和普羅克洛斯(Proklos)在談論戲劇和文藝時也提及過「卡沙西斯」的作用。普魯塔耳科斯稱送葬時唱的輓歌是一種「卡沙西斯」，伊安比利科斯認為「卡沙西斯」可以調節人的情緒，因為人的情感需要宣洩的「渠道」。地理學家斯特拉堡曾提及過大海的自我淨化功能，即通過激浪把髒物推向海岸。

⑳ 另參考S. P. Sen. Gupta, *Some Problems of Aristotle's Poetics*, Pustakam, 1966, p. 62。

㉑ 參考：欲催嬰兒入睡，母親們不是讓他們躺著不動，而是抱著他們左右搖晃；她們不是保持沉默，而是哼起動聽的催眠曲——正如對神情不安的人，祭司不是讓他們安坐靜室，因是用音樂和舞蹈進行因勢利導一樣

（柏拉圖《法律篇》7. 790C－E）。

㉒ 「關於亞里斯多德戲劇理論的兩篇論文」。十九世紀初，蒂里特從同樣的角度解釋過 katharsis。H. Weil 於 1847 年發表了 "Ueber die Wirkung der Tragödie nach Aristoteles"，此文探討了悲劇的功用與醫學上的宣洩及淨化的相似之處。

㉓ 參見 *Aristotle's Theory of Poetry and Fine Art*, New York: Dover Publications, 1951, p. 253。

㉔ 同上，p. 255。

㉕ 參見 *Aristotle's Poetics: The Argument*, Cambridge(Massachusetts): Harvard University Press, 1957, p. 445。

㉖ 格爾登認為伯內斯忽略了 katharsis 亦可作 intellectual clarification 解的可能性〔詳見 "The Purgation Theory of Catharsis, *Journal of Aesthetics and Art Criticism* 31 (1973), p. 474〕。據格爾登考證，副詞 katharōs 常作 intellectual catharsis 解，而形容詞 katharos 亦可作如是解（詳見 "Catharsis", *Transactions of the American Philological Association* 93 (1962), pp.145－153）。Katharos 的用途比較廣泛：希羅多德用它形容「乾淨的」水，「鮮白的」麵包，「純真的」黃金；柏拉圖用它指「不摻雜的」仇恨；亞里斯多德用它表示「清晰的」聲音（見 H. D. F. Kitto, "Catharsis", *The Classical Tradition*, edited by Luitpold Wallach, Ithaca: Cornell University Press, 1966, p.140）。

㉗ 詳見 "Mimesis and Catharsis Reexamined", *Journal of Aesthetics and Art Criticism* 24 (1996), pp. 567－577。

(七) Tekhnē

　　希臘哲學區分了絕對存在和暫息存在(genesis)，也區別了「變」和「不變」以及「可變」和「不可變」。絕對存在是一種概念式的存在，其最高表現形式體現為神（或某種有同等支配力和仲裁權的超自然的力量）的存在。希臘人是糊塗的，他們把迷信當作科學；希臘人又是絕頂聰明的，他們以自認為可行的方式把宗教和科學統一在一種以研究世界和宇宙中的本質問題為宗旨的學問裡。希臘人很早便開始了對物質世界以外的「存在」的探究，並相當自然地把巫師的玄學「改造」成了哲學中的形而上學。[1]暫息存在包括事物的生和滅以及它們的發展過程和各種形態變化，因此是在本質上不同於以不變和永恒為特徵的絕對存在的另一種存在。

　　泛指的 genesis 可以是一種自然現象（如自然界中生物的繁衍），也可以是一種人為的現象（如製作用品和器具）。自然界中的生長叫「生長」，人工的生成（或生產）叫「製造」。自然界的生成依循本身的規律，人工的生產靠的是技藝（tekhnē，複數 tekhnai）的指導。[2]Tekhnē 首先是一種製作或促成力量，它之理想的活動範圍是需要和可以接受促動的物質世界。古希臘人認識到生成是一種普遍現象，也知道 tekhnai 是方便和充實生活的「工具」，但是，他們沒有用不同的詞彙嚴格區分我們今天所說的「技術」和「藝術」。Tekhnē 是個籠統的術語，既指技術和技藝，亦指工藝和藝術，[3]正如 tekhnitēs、kheirotekhnēs 或

dēmiourgos 旣可指雕塑家，亦可指礦工、採石工或建築師一樣。④
作爲技藝，tekhnē 的目的是生產有實用價值的器具；⑤作爲藝術，
tekhnē 的目的是生產供人欣賞的作品。事實上，在古希臘人看
來，任何受人控制的有目的的生成、維繫、改良和促進活動都是
包含 tekhnē 的活動。辯說家普羅塔哥拉斯說過，教育公民是一種
藝術，即政治藝術。⑥蘇格拉底的工作是「照料人的靈魂」(thera-
peia psukhēs)，而這也是一種 tekhnē。⑦

　　Tekhnē 是理性和「歸納」的產物。從這個意義上來說，tekhnē
不僅是具某種性質和功用的行動，而且是指導行動的知識本身。
柏拉圖知道，tekhnē 包含知識；因此，他有時不那麼重視區分
tekhnē 和 epistēmē（「系統知識」、「科學知識」）的不同。⑧他
認爲，tekhnē 和 epistēmē 都高於一般的經驗(empeiria)。儘管
tekhnē 的實施過程可能包含對經驗的運用，但經驗沒有 tekhnē 的
精度(akribeia)。⑨經驗傾向於排斥技藝(atekhnos)。從理論的高度
來分析，tekhnē 是一種審核的原則，一種尺度和標準。盲目的、
不受規則和規範制約的行動是沒有 tekhnē 可言的。Tekhnē 是一種
擺脫了盲目和蠻幹的力量。當然，和自然(phusis)相比，tekhnē 的
能量要小得多。Tekhnē 是自然的「幫手」或「助手」──醫術、
體育、政治、立法、耕作和養殖等技藝，從一開始就爲自然和生
活提供了有益的幫助。⑩

　　和 epistēmē 一樣，tekhnē 也有兩個「對立面」，一個是無知
(agnoia)，另一個是靈感(epipnoia)。無知排斥技藝，靈感藐視技
藝。靈感是有別於自然和技藝的另一種可以產生（可感覺到的）
「效果」的力量──不同之處在於靈感的運作過程不像自然的運

作過程那樣可以接受理智和常識的解釋。柏拉圖相信，詩是靈感的產物，做詩是一種需要激情，需要衝動，不是用理智可以闡釋的精神活動。蘇格拉底說，寫詩不靠 sophia，[31]因為它是一個「自然過程」(phusei tini)。[32]靈感和技藝是難以調和的。詩人是有靈性和悟察力極強的人，他們在誦詩時靠的不是 tekhnē，而是神靈的啟示和點撥。[33]

在承認 tekhnē 是一種知識的同時，柏拉圖也清醒地意識到它的局限性。Tekhnē 只是經驗的總結，而經驗並不一定總是正確的。從這個意義上來說，tekhnē 還不是經過哲學純化的知識。較為可靠的知識是 epistēmē。Epistēmē 有自己的系統並且經過純度較高的理論抽象，因而不同於一般人的「意見」或「正確的看法」(orthē doxa)。作為一種科學的算術不同於木匠所掌握的算術知識，因為後者所針對的只是可用數字計量的物體，而不是數字本身。[34]對「真形」世界，即超越物質的概念世界的闡釋，需要一種高於 tekhnē 的知識。「形」，或終極化的現實，代表了知識的最完善的表現形態，對它的解釋就連數字也難以完全勝任。只有通過分辨或辯證分析(dia legein)，才可能獲取對終極現實或「真形」平面上的現實的較為深刻的認識。[35]

亞里斯多德是一位具有驚人的宏觀控制能力的思想家。他比當時的任何人都更注重知識的系統性。他的研究加大了知識的縱深，增強了知識的橫向聯繫，令人信服地證明了在大作業面上系統地進行哲學思辨的可能性。亞里斯多德認真地研究過自然和技藝以及二者之間的關係。亞氏認為，自然和技藝是兩個有目的運作實體，它們的活動依循了相似的方式和原則。[36]自然和技藝都

具有生成的能力，因而都可憑藉事物本身的潛力或潛在屬性進行符合規律的變形或改變狀態的活動。所以，和自然中的力一樣，tekhnē 也是一種力，一種能量或動能(dunamis)。在某些上下文裡，亞氏用 dunamis 取代了 tekhnē。

在亞里斯多德哲學裡，dunamis 的含義包含：㈠作用於它物或物體本身的運動或變化的動能，㈡物體之接受由它物引起的變化和本身的運動或變化的潛能，㈢導致上述變化的能力，㈣承受上述變化的能力。⑰亞氏把 dunamis 分作兩類，一類是有生命或附屬於生命的（如人的感覺和驅動力等），另一類是無生命的（如火）。有生命的 dunamis 又可分為理性的和無理性的兩小類。包含理性的動能指㈠技能(tekhnē)，㈡某種潛能，㈢思考。就產品而言，製作的動力來自製作者，其驅動因素或是思考(dianoia)，或是技藝(tekhnē)，或是某種潛能(dunamis)。就做成的事情而言，動因在當事者。⑱技藝和 dianoia 的不同，在於前者是一種有外在目的（如造船）的生產力量，而後者是一種內在的思維活動。Tekhnē 和狹義上的 dunamis 同屬製作力量，但前者強調人的活動和製作過程的直接性。

受理性制約的動能有兩個特點：㈠可能導致相反的結果，如醫術可以治病，亦可能致病；鞋匠既可能做出優質的鞋子，亦可能做出品質低劣的鞋子。因此，技藝是具有雙向功能的動能(dunamis tōn enantiōn)。⑲㈡不是「天生的」——獲取此類能力可通過兩種途徑，一種是實踐（如練習吹奏），另一種是學習（如學習技藝）。⑳無理性的動能只能產生單向的結果，如熱能只能生產熱量。生來即有的能力一般是單向的，如眼睛（或視覺）只具看的功能。

Tekhnē 不僅是一種動能，而且還有相對穩定的屬性。掌握某種技藝的人，不會在一夜之間忘卻通過長期學習或實踐得來的專門知識。從這個意義上來說，tekhnē 和 hexis 又有某種相似之處。Hexis（複數 hexeis）不是一般的「狀態」(diathesis)，而是一種更穩定、更不易接受變動的「常態」或「習慣」。[21]人的心靈㈠可以處於表達情感(pathos)的狀態，㈡具備產生和感受情感的能力(dunamis)，㈢具備承受和處理情感的習慣(hexis)。在情感、能力和 hexis 三者中，hexis 是最基本和最穩定的因素。因此，評審心態美(aretē)最好不要憑藉情感和能力，而應憑藉更有代表性的心理常態。Hexis 最能表現心理的 aretē。[22]也許是因為 tekhnē 具有某種「常態」或「習慣」的特點，亞氏在給它下定義時，稱它是一種在理性原則指導下進行製作或生產的 hexis。[23]亞里斯多德注意到了心靈的運作和與之相關的「狀態」之間的關係。心靈具有通過肯定和否定掌握真理的功能，而此種功能可以在下述五種「狀態」中得到程度不等的發揮：㈠技藝(tekhnē)、㈡知識(epistēmē)、㈢實踐知識(phronēsis)、㈣智慧(sophia)、㈤直覺推論(nous)。[24]

Tekhnē 的重要性不僅在於它的能量和功用，而且還在於他的「結構位置」。亞里斯多德似乎要人們相信，在剖析知識的深層結構和說明認識的遞進順序時，忽視 tekhnē 的存在是不行的。亞里斯多德的認識論有著明顯的「循序漸進」的特點。他把獲取知識看作是一個由表及裡、由低級向高級、由具體知識向抽象的思辨知識發展的漸進過程。在《形而上學》裡，他把認識的深化過程分作以下幾個階段：㈠感受(aisthēsis)，㈡幻象(phantasia)，㈢記憶(mneme)，㈣經驗(empeiria)，㈤理解(hupolēpsis)，㈥規則或

技藝(tekhnē)，㈦知識(epistēmē)，㈧智慧(sophia)。技藝是對經驗的總結，是從具體事例中歸納出來的、具有一般指導意義的規則或準則，是一種以群體和類別為工作對象的知識。技術或技巧是可以教授和學習的知識(logos)，[25]而掌握此種知識的前提是切實做到對「原因」或「動因」(aition)的把握。因此，技藝高於經驗，掌握技藝的人高於普通的有經驗的工匠，因為前者不僅知道如何製作，而且知道為什麼要這樣製作，而後者卻只知其然，不知其所以然。[26] Tekhnē 表現普遍性，epistēmē 解釋和論證說明普遍性的原則或原則。鑒於二者的智能背景，亞氏經常混用或在同一個語境中合用這兩個術語。[27]

當然，tekhnē 不是典型意義上的、無須接受限定的 epistēmē。[28]亞氏曾嚴格區分過二者的含義和應用範疇。嚴格說來，epistēmē 是高層次上的思辨內容，是哲學家應該認真探求的知識及其構合形式。Epistēmē 包蘊自己的原則，但原則本身缺乏某種自我論證的能力（比如，原則本身無法證明為什麼它們是原則），因為人們不能通過對其它事物的分析來實現對 epistēmē 的論證。因此，知識結構中還應該有一個特殊的成分，通過它人們可以直接感知到 epistēmē 的原則。亞里斯多德稱這個成分為 nous，即「直感知識」(intuitive knowledge)。Nous 和 epistēmē 的結合產生最高層次上的知識，即 sophia。由此可見，epistēmē 明顯地高於 tekhnē，前者是關於原則或原理的知識，後者是關於生產或製作的知識，前者針對永恒的存在，後者針對變動中的存在，[29]前者制約著人的哲學思考，後者制約著人的製作和生產。作為低層次上的知識的概括者，tekhnē 站在 empeiria 的肩上，眺望著 epistēmē 的光彩。

應該承認，亞里斯多德對 tekhnē 的系統化處理是比較成功的。經過「處理」的 tekhnē 已不再是一個孤立的、簡單的概念——它在物理學中找到了自己的位置，在倫理學中看到了自己的存在，在認識論中意識到了自己的作用和價值。

荷馬和黑西俄得都沒有對技藝作過明確的劃分。在荷馬史詩裡，詩人、醫生、先知和木匠被統稱爲 dēmiourgoi（「製作者」、「工作者」）。[30] 這些人都有一技之長，靠自己的手藝或本領謀生。公元前五世紀的辯說家們區分了兩類技藝，一類爲應用性技藝（如建築），另一類爲娛樂性技藝（如繪畫），前者滿足生活的必需，後者增添生活的情趣；前者服務於生活，後者充實生活。[31]

在如何區分技藝方面，柏拉圖作過一些值得肯定的努力和探索。在《高爾吉阿斯篇》裡，他區分了以行動爲標誌的技藝（如繪畫、雕塑等）和以詞或符號爲標誌的技藝（如算術、天文學等）。[32] 在《菲勒波斯篇》裡，他把音樂、醫術和農業等歸爲一類，把木工（或建造）歸爲另一類，並指出後者具有更高的精度。[33] 在《政治家篇》裡，他似乎著意於區別應用性技藝和所謂的智能技藝和「純技藝」。[34] 在《智者篇》和《政治家篇》裡，柏拉圖列舉了如下三類技藝：㈠獲取（如貿易、狩獵等），[35]㈡分離（如蘇格拉底的「盤問」），[36]㈢生產或製作（包括「形象」的製作）。[37]「獲取」包括對可用於實踐（如建築）和理論研究的知識的汲取。理論活動包括「指導」（epitaktikē，如政治）及「評論」或「評判」(kritikē)；評論的主要內容包括「計算」(logistikē)。[38] 柏拉圖對技藝的論述散見在《高爾吉阿斯篇》、《會飲篇》、《國家篇》、《智者篇》、《政治家篇》、《菲勒波斯

篇》等多篇重要的對話裡。由於內容複雜，分析角度多變，加上其它一些因素，㊴我們似乎很難把他所論及的技藝塞進少數幾個「框框」裡。但是，如果必須這麼做的話，我們認為「度量」、「摹仿」、「生產」、「輔佐」、「理論」等是概括面較寬的門類名稱。柏拉圖把詩、音樂、舞蹈、繪畫、雕塑和戲劇等統稱為「摹仿藝術」(mimētikai tekhnai)，這一劃分無疑是有意義的，儘管在他看來，農人、工匠、政治家和哲學家的工作也都帶有摹仿的性質。㊵

　　亞里斯多德明確區分了「做」（或「行動」）和「製作」（或「製造」）。㊶根據這一基本知識，他把技藝分作兩類，一類與人的行動有關（即「做」什麼，如農業和醫術），另一類與人的製作有關（如生產鞋子和繪畫）。製作分兩類，一類生產各種器具和用品，另一類則以聲音、節奏、音調、語言和色彩等摹仿自然和生活。和柏拉圖一樣，亞氏對技術和藝術的不同是有所悟覺的。在《形而上學》裡，他區分了生產生活必需品的技藝和提供消遣的技藝，並認為後者優於前者，因為後者的目的超越了滿足物質生活的需要。㊷人們從事娛樂活動是為了追求娛樂以外的目的，即使身心得到休息，以便繼續工作。㊸生活包括娛樂(anapausis)，而娛樂的一種方式是輕鬆的(meta paidias)談笑。㊹音樂有教育、提供娛樂、平衡心態和供人欣賞的功用。㊺在《詩學》裡，亞氏稱史詩、悲劇、喜劇和狄蘇朗勃斯等為「摹仿」(mimēseis)。㊻

　　柏拉圖和亞里斯多德都是技藝等級論者。在他們看來，政治或管理城邦事務和組織城邦生活的藝術是理所當然的技藝之「王」。㊼亞里斯多德偶爾也會對這位「統領」的權威提出一點

質疑，[48]但這不是對政治的統領地位的有意識的、以系統理論爲依據的挑戰。

【注　釋】

① 儘管如此，他們卻沒有用過「形而上學」一詞。亞里斯多德的《形而上學》在當時僅是一些沒有名稱的手稿，公元前三世紀和以後的評論家們稱之爲 *meta ta phusika*。後世的校勘者將書稿匯編成書，取名爲 *ta meta ta phusika biblia*。一般認爲，最早使用這一書名的是羅德斯人安德羅尼科斯。形而上學是一門以研究物質世界以外的存在或現象爲宗旨的學問，亞里斯多德稱之爲「第一哲學」或「神學」。

② 希臘詞 tekhnē 來自印歐語字根 tekhn-，後者表示「木製品」或「木工」。比較梵語詞 tákṣan（「木工」、「建造者」），赫梯語詞 takkss-（「連合」、「建造」），拉丁語詞 texere（「編織」、「製造」）。

③ 因此既可指製鞋，亦可指繪畫。

④ Alison Burford, *Craftsmen in Greek and Roman Society*, London:Thames and Hudson, 1972, p. 14.詩人和雕塑家只不過是一些高級的 tekhnitai（「工匠」）而已(E. E. Sikes, *The Greek View of Poetry*, New York: Barnes and Noble, 1969, p. 23)。

⑤ 是否具實用價值是古希臘人審美的一條標準。蘇格拉底在《大希庇阿斯篇》裡說道，任何有用的東西都是美的(kalon)。另參考《高爾吉阿斯篇》474D，《普羅塔哥拉斯篇》358B，《梅農篇》87D－E。一只裝糞的籃子，若很實用，便是美的。反之，即使是一面金質的盾牌，若不敷實用，也是醜的（詳見色諾芬《回憶錄》(*Memorabilia*) 3. 8. 4－7）。

⑥ 《普羅塔哥拉斯篇》319A。

⑦ 《拉凱斯篇》185E。英語中找不到一個和 tekhnē 完全對應的詞(W. K. C. Guthrie, *A History of Greek Philosophy*, volume 1, Cambridge:Cambridge University Press, 1962, reprinted 1977, p. 115)。

⑧ 參考《智者篇》257D，《伊昂篇》537D－E 和 538B 等處。

⑨ 參考《高爾吉阿斯篇》510A，《法伊德羅斯篇》260E。

⑩ 《法律篇》10. 889D。

⑪ 在荷馬和黑西俄得的作品裡，sophia 指「本領」或「技藝」，和 tekhnē 沒有實質性的區別（參見《伊利亞特》15. 412，《農作和日子》649）。同樣的用法亦見之於索隆、瑟俄格尼斯(Theognis)、阿那克瑞恩(Anakreōn)和西蒙尼得斯(Simōnidēs)等人的作品中。懂行的木匠、高明的醫生、騎手和詩人都有各自的 sophia〔參考 C. M. Bowra, *Landmarks in Greek Literature*, London:Weidenfield and Nicolson, 1966, p. 16〕。在公元前五世紀末至公元前四世紀，掌握了 sophia 的詩人已不再是一般的能夠嫻熟地使用某種技巧的藝人，而是有學問的智者(G. M. A. Grube, *The Greek and Roman Critics*, London: Methuen, 1965, p.47)。當然，詩人的 sophia 和哲學意義上的 sophia 是有所不同的。

⑫ 《辯護篇》22C。

⑬ 詳見《伊昂篇》533Eff.。另參考附錄十三第 5－7 段。

⑭ 《菲勒波斯篇》56D。

⑮ 參考同上，58Aff.等處。

⑯ 詳見附錄「Mimēsis」第 15－16 段（第 211－212 頁）。

⑰ 參見《形而上學》5. 12. 1019ᵃ 15ff.。

⑱ 參見同上，6. 1. 1025ᵇ 22－24，7. 7. 1032ᵃ 27－28，9. 2. 1046ᵇ 2 等處。

⑲ 同上，9. 2. 1046ᵇ 4－7，另參考 9. 5. 1048ᵃ 2－10。

⑳ 同上，11. 5. 1047ᵇ 32－33。另參考注㉒。

㉑ 表示「習慣」的另一個希臘詞是 ethos，和 ēthos 同源（參考第 2 章注③）。

㉒ 《尼各馬可斯倫理學》2. 5. 1105^b 19ff.。Tekhnē 和 aretē 的另一個相似之處是它們的習得途徑：人們通過學習和實踐掌握技藝，同樣，人們通過接受教育和實踐分別習得智能美德和倫理美德（同上，2. 1. 1103^a 14－17）。當然，無論就本身所包含的內容還是各自的涉及面而言，tekhnē 和 aretē 的區別都是顯而易見的（同上，2. 4. 1105^a 26－34）。

㉓ 同上，6. 4. 1140^a 7, 20－21。

㉔ 同上，6. 3. 1139^b 15－17。

㉕ 製作活動可能在下述兩種情況下進入誤區：㈠不受任何 logos 的指導，㈡受到一種錯誤的或似是而非的 logos 的指導。

㉖ 詳見《形而上學》1. 1. 981^a 24 －^{b} 6。工程的指導者高於實際操作者，前者的任務是指導，後者的任務是實幹（另參考柏拉圖《政治家篇》259E）。但是，經驗並不是無用的。在具體的生產活動中，empeiria 的作用不小於 tekhnē；事實上，經驗豐富的人有時可以比空頭理論家幹得更出色（同上，1. 1. 981^a 13－16）。

㉗ 參考《分析論》1. 30. 46^a 22，《修辭學》1. 2. 1355^b 31, 1. 6.1362^b 26, 1. 19. 1392^a 24。

㉘ 亞氏常用 epistēmē 指思辨的或（在 nous 的協助下）可以實現自我論證的知識，有時亦用 epistēmē 取代 epistēmē theoretikē，以區別於實踐科學和製作科學（參考《尼各馬可斯倫理學》6. 3. 1139^b）。

㉙ 《分析續論》2. 19. 100^a 9。

㉚ 《奧德賽》17. 383－385。

㉛ 這一劃分對後世產生過重大的影響。普魯塔耳科斯區分了三種技藝，即除了這裡提到的兩種外，增加了一種「有助於完善」的技藝，包括自然科學、數學和天文學。古希臘人重腦力而輕視體力勞動。他們很早便有了按「高雅」和「粗俗」區分技藝的意識。羅馬人繼承了這一傳統，較為明確地把技藝分作「自由的」和「粗俗的」兩類。伽勒努斯（Claudius

Galenus 約 129－199 年）筆下的「自由技藝」包括修辭、幾何、算術、天文和音樂（在今天看來，只有音樂才是嚴格意義上的藝術）。伽勒努斯沒有明確說明繪畫和雕塑的類別——「如果願意的話，可以把它們看作自由技藝」（詳見 "Classificaiton of Arts in Antiquity"，*Journal of the History of Ideas* 24 (1963), pp.233－234）。

㉜ 450C－D。

㉝ 參見 55E－56C。

㉞ 258E。

㉟ 《智者篇》219C－D。

㊱ 同上，226ff.。

㊲ 參考同上，235Bff., 266C－D 等處。

㊳ 《政治家篇》260B, 259E。

㊴ 柏拉圖所用的術語有時不盡一致，對具體技藝的歸類有時亦不很明確，比如《政治家篇》中的實踐藝術可能包括某些根據《智者篇》219B 和 265B 中的敘述似應歸屬於生產技藝的項目。

㊵ 參考附錄「Mimēsis」第 8 段。

㊶ 另參考「引言」第 8 段。

㊷ 1. 1. 981^b 18－20。供人消遣的藝術可能包括但不等同於摹仿藝術，即我們今天所說的「藝術」。

㊸ 參考《尼各馬可斯倫理學》10. 6. 1176^b 30ff.。

㊹ 同上，4. 8. 1127^b 33－34。

㊺ 《政治學》8. 5. 1339^a 11ff. , 8. 7. 1341^b 34ff.。

㊻ 《詩學》譯文第 1 章第 5－6 行。

㊼ 《政治家篇》305C－E，《尼各馬可斯倫理學》1. 1. 1094^a 25 －^{b} 10。

㊽ 參考《詩學》第 25 章第 9 行。

㈧史詩

史詩（epos 或 epopoiia）是一種古老的詩歌形式，其產生年代早於一般的或現存的希臘抒情詩和悲劇。希臘史詩的前身可能是某種以描述神和英雄們的活動和業績爲主的原始的敘事詩。①希臘史詩的形成很可能在某種程度上受過美索不達米亞文化的影響。在某些細節上，《伊利亞特》，尤其是《奧德賽》，和蘇米利亞人的 Gilgamesh（作於公元前兩千年左右）有著值得注意的相似之處。早期的史詩是一種誦唱藝術，其伴奏樂器是豎琴。②吟遊詩人出沒在宮廷、廟宇和軍營等場所，唱誦代代相傳的詩篇。至公元前六世紀末，荷馬史詩已是希臘地區（包括「殖民地」或「移民區」）家喻戶曉的「經典」。大約在前 800 至 550 年間，希臘詩人還做過一批敘事詩，以後被統稱爲「系列史詩」(epikos kuklos)，包括《詩學》中提到的《庫普利亞》和《小伊利亞特》等。希臘史詩的標準格律是六音步長短短格。亞里斯多德認爲，史詩是嚴肅文學的承上啓下者，③具有莊重、容量大、內容豐富等特點。④

【注　釋】

① 參考《伊利亞特》9. 189。

② 另參考第 1 章注⑪。

③ 參見《詩學》譯文第 4 章第 17－19 和第 30－31 行。

④ 參見同上，第 18 章第 22 行，第 24 章第 17－18 及第 22 行。

(九)悲劇

　　Tragōidia，通譯作悲劇，字面意思爲「山羊歌」。①關於名稱的由來，解釋不一而足，如因爲㈠比賽的獎品是山羊，②㈡演出時歌隊圍繞著作爲祭品的山羊，③㈢歌隊由扮作山羊的薩圖羅斯組成（在阿提開地區，馬尾和馬耳似是歌隊成員常用的繫戴物）。

　　據《舒達》記載，公元前 600 年左右，科林索斯詩人阿里昂(Ariōn)在寫作時用了 tragikos tropos。④據信索隆（阿里昂的同時代人）說過，阿里昂是寫作悲劇或具悲劇性質的作品(drama tēs tragōidias)的第一人。《舒達》中還提到一位名叫厄庇革奈斯(Epigenēs)的西庫昂人，並說此人最早寫作了與狄俄尼索斯的經歷無關的合唱歌。⑤據希羅多德記載，西庫昂獨裁者克雷塞奈斯(Kleisthenēs)在執政期間（前 600－570 年）改變了當地的 tragikoi khoroi 的慶祭對象，即由原來的阿德拉斯托斯(Adrastos)改爲狄俄尼索斯。⑥典型意義上的悲劇大概產生在雅典。公元前 534 年，悲劇首次正式成爲狄俄尼索斯慶祭活動的一部分。

　　在公元前五世紀的雅典，包容戲劇比賽的較爲隆重的慶祭活動每年舉行三次，即「城市狄俄努西亞」、⑦「鄉村狄俄努西亞」和「萊那亞」。城市狄俄努西亞戲劇比賽歷時三天，每天上演一位詩人的三齣悲劇和一齣薩圖羅斯劇（可由悲劇替代；埃斯庫羅斯常以連劇參賽）。⑧至公元前四世紀中葉，除第一天外，其後的比賽中不再加演薩圖羅斯劇。

【注 釋】

① 比較 tragos，「山羊」；ōidē，「歌」。

② 瑟斯庇斯在城市狄俄努西亞慶祭活動中舉行的第一次悲劇比賽（公元前534年）中奪魁，獎品是一頭山羊。

③ 據厄拉托塞奈斯（Eratosthenēs，約前275－194年）所述，伊卡里亞(Ikaria)人首創圍著山羊跳舞的活動，但他沒有說明慶祭儀式的性質(A. W. Pickard-Cambridge, *Dithyramb, Tragedy and Comedy*, second edition, revised by T. B. L.Webster, Oxford: Clarendon, 1962, p. 123)。

④ 可能指某種後來為悲劇所吸收的音樂形式或處理音調的方式。

⑤ 和厄庇革奈斯相比，瑟斯庇斯只能算作第十六位悲劇詩人（依時間先後而論）。

⑥ 《歷史》5. 67。Tragikoi khoroi 指一種合唱，內容以描述阿德拉斯托斯所遭受的苦難為主。另參考《詩學》第4章中的有關論述。

⑦ 始於三月底，歷時六天。另參考第3章注⑮。

⑧ 每天亦上演一齣喜劇，時間在黃昏以後（參考 W. E. Sweet, *Sport and Recreation in Ancient Greece*, New York: Oxford University Press, 1987, p.194 ）。

(十)喜劇

喜劇(kōmōidia)的萌芽形式很早便出現在多里斯人居住的伯羅奔尼撒地區。在公元前五世紀，希臘人較爲熟悉的喜劇分兩種，一種活躍在西西里，其代表作家是厄庇卡耳摩斯，另一種出現在阿提開地區，即所謂的「舊喜劇」。阿提開喜劇的形式可能亦多少得力於當地的一種半戲劇性的kōmos。①西西里喜劇不帶歌隊，情節中較少人身攻擊和政治諷刺一類的內容。厄庇卡耳摩斯去世後，此種藝術逐漸被擬劇所代替。阿提開喜劇帶歌隊，具較爲濃烈的諷刺和政評色彩。此種藝術於公元前 486 年獲雅典官方承認，成爲狄俄尼索斯慶祭活動中的一個比賽項目。喜劇（比賽）大約在前 441－440 年進入萊那亞。阿里斯托芬的作品可能代表了舊喜劇的最高成就。一般認爲，舊喜劇的結構成分包括 prologos（「開場白」）、parodos（「歌隊入場」）、agōn（「辯論」）、parabasis（「向 前」），② epeisodia（「場」）和 exodos（「終場」）。舊喜劇逐漸走向衰亡後，其地位先後被中期喜劇（約前 400－323 年）和新喜劇（前 323－263 年）所取代。

【注　釋】

① 在其它地區，kōmos 一般是非戲劇性的，也就是說，狂歡者們僅以自己、而不是劇中人的身份參加活動。Kōmos 的慶祭對象是巴科斯（即狄俄尼

索斯）。有一種意見認為，kōmōidia（「喜劇」）原意為 comus-song。比較《詩學》譯文第 3 章第 12－20 行，第 4 章第 39 行。

② Agōn 結束後，所有的角色退出舞台。此時歌隊「向前」（開始表演），其領隊開始用四音步短短長格述誦詩行。

㈩狄蘇朗勃斯

　　Dithurambos 可能是個包含外來成分的詞彙。從現存的資料來看，早在公元前七世紀即已有人使用這個詞。①狄蘇朗勃斯起源於祭祀酒神狄俄尼索斯的活動，內容以講述狄氏的出生、經歷和所遭受的苦難爲主。②公元前 600 年左右，阿里昂對當時的狄蘇朗勃斯進行了改革，突出了內容的完整性和連貫性。他還明確地把合唱分爲 strophē 和 antistrophē，並率先給作品起了具體的名稱。③赫耳彌俄內(Hermionē)的拉索斯（Lasos 約出生在前548－545 年間）將狄蘇朗勃斯引入雅典。不久後，這一藝術形式即被列爲狄俄尼索斯慶祭活動中的一個比賽項目。④比賽以 dēmoi（「村社」）爲單位進行，每個 dēmos 出一個由五十名成員組成的歌隊。⑤至遲在公元前五世紀，狄蘇朗勃斯的內容已不再爲狄俄尼索斯的經歷所「壟斷」。前 470 年後，墨拉尼庇得斯(Mela-nippidēs)、菲洛克塞諾斯和提摩瑟俄斯等詩人在作品中加大了音樂的比重，使它的作用超過了語言。其後，改革者們啓用了豪華、生硬的詞語，引入了獨唱，取消了 antistrophē。⑥從公元前四世紀下半葉起，狄蘇朗勃斯開始逐漸失去昔日的風采。在追溯悲劇的發展時，亞里斯多德肯定了狄蘇朗勃斯的貢獻。⑦

【注　釋】

　　① 阿耳基洛科斯 片斷 77。

② 柏拉圖《法律篇》3.700B。

③ 希羅多德《歷史》1.23。

④ 據説首次比賽在公元前 509－508 年間舉行，得勝詩人是卡爾基斯 (Khalkis)的呼珀底科斯(Hupodikos)。在雅典，狄蘇朗勃斯比賽每年舉行 兩次，一次在城市狄俄努西亞，另一次在萊那亞。西蒙尼得斯（約前556 －468 年）或許是最成功和最受歡迎的狄蘇朗勃斯詩人，曾五十六次獲 獎。

⑤ 關於演出時的排列隊形，參考第 4 章注㊱。

⑥ 另參考第 26 章注④。

⑦ 參見《詩學》譯文第 4 章第 38 行。

㈤歷史

　　希臘民族是個注重歷史的民族。古希臘人採用了「多樣化」的記事形式，歸納起來大概有如下幾種。㈠家譜或家族史：主要記載神的家族成員、輩份、派系以及和神有「關連」的家族的歷史。㈡編年史：記載發生在希臘各邦國內的重大事變，如王位更迭、官員變動等。㈢地方志：記載某個地區或邦國的資源、民俗、憲政等方面的情況以及發生在該地的重大事件。㈣民族志：主要描述外民族的歷史淵源、人情地貌、生活習性等。㈤傳記：描述著名人物的生平。㈥歷史(historia)。①當然，實際的劃分不可能非常嚴格；歷史和編年史可以使用同一條資料，地方志也絕非不能提及發生在其它地方的事情。希羅多德的《歷史》(*Historiai*)既包括人種學、民俗學等方面的知識，也為研究憲政學和戰爭史的學者提供了寶貴的資料。

　　Historia的詞根意思是「看」或（通過看而達到）「知」。這一意思仍保留在動詞 histōr（「判斷」）裡。Historia 包含通過分析和辨察掌握信息的意思，可作「探究」、「查詢」解。赫拉克利特稱畢達哥拉斯的研究為 historia，並稱從事 historia 的人為「探究者」。②在公元前五世紀，historia 指一種記敘形式，一種有意義的探究或探索。③希臘文學史專家克羅賽(Alfred Croiset)盛讚用 historia 指一種記敘文學是一次「文學革命」。R. G. 科林烏指出，正是因為希羅多德用了這個詞並充分地意識到了它的含義，才使他成為「歷史之父」。④從公元前四世紀起，historia 可指對往事

的記敘。史學家珀魯比俄斯基本上確定了 historia 的這一用法，從而使該詞專指一門記敘往事的學門或科學，即我們今天所說的「歷史」。珀魯比俄斯認爲，歷史和人物傳記是兩種關係比較密切的記敘形式，但前者應客觀和公正地利用史料，後者則以歌頌爲主。儘管包括柏拉圖和亞里斯多德在內的哲學家們都經常引用史實和典故，但從整體上來看，希臘哲學似乎傾向於低估歷史的價值。蘇格拉底和柏拉圖沒有鼓勵學生去做歷史學家，亞里斯多德甚至認爲歷史的哲學可塑性還比不上柏拉圖「聲討」過的詩。

亞里斯多德認爲，歷史和詩至少有如下三點區別。㈠歷史記述已經發生的事，而詩描述可能發生的事；㈡歷史記載具體事件，詩則著意於反映事物的普遍性；㈢歷史敘述一個時期內發生的所有事情，⑤詩卻意在摹仿完整的行爲。歷史把事實變成文字，把行動付諸敘述，把已經發生的事變成記載中的事。歷史取之於具體的事例，還之於具體的記載；從這種由具體到具體的形式變動中看不到歷史的哲學可塑性。與之相比，詩取材於具體的事件，卻還之於能反映普遍性和因果關係的情節。⑥詩是一種「積極」的藝術，詩人的工作具有可貴的主動性。

今天的歷史學家或許不會或很難同意歷史是一部「流水賬」的觀點。他們知道，好的歷史著作不僅可以，而且應該表現普遍性和事變的因果關係。希羅多德的《歷史》（即《希波戰爭史》）雖然遠非盡如人意，但仍不失爲一部拿得起、放得下的大家之作。《歷史》描寫了希波戰爭的起因和波斯人失敗的原因，它的某些章節強調了驕縱(hubris)和不受制約的權力會導致死亡的道理。希羅多德要人們認識到自身的局限性，學會正確地審時度

勢，在生活中時時注意防驕戒躁⑦──因爲神要摧毀一個人，總是先讓他頭腦發熱，忘乎所以。⑧《歷史》包含了豐富的生活哲理。修昔底德在《伯羅奔尼撒戰爭史》中明確交待了戰爭的起因。「引發戰爭的眞正原因」──他寫道──「是拉凱代蒙人懼怕雅典人日益增強的實力」。⑨他告誡人們不要盲從詩人和說書人，因爲前者傾向於誇張，而後者則意在取悅於人。修昔底德自以爲他的結論是通過周密的分析得出的；他的作品不是「故事」(to muthōdēs)。⑩他筆下的人物說了在當時的情況和條件下「肯定會說的話」。⑪這位歷史學家不無自豪地宣稱，他的著述將爲後人提供有益的借鑒；它的價值不在一時一世，而在永久。⑫

【注　釋】

① Historia 的功用之一是記敘人的行動（參考《修辭學》1. 4. 1360ᵃ 36）。

② 注意，赫拉克利特不是在讚揚畢達哥拉斯。相反，赫拉克利特認爲，通過 historia 得來的知識是一種騙人的學問。眞正的知識只有通過對「自我」的剖析來獲取（片斷 125, 35；另參考 W. K. C. Guthrie, *A History of Greek Philosophy*, volume 1, Cambridge: Cambridge University Press, 1962, reprinted 1977, p. 417）。

③ 參考 C. B. Beye, *Ancient Greek Literature and Society*, second edition, Ithaca: Cornell University Press, 1987, p. 203；另參考 Alfred Croiset, *An Abridged History of Greek Literature*, translated by G. F. Heffelbower, New York: The Macmillan Company, 1904, p. 268。

④ 參見 *The Idea of History*, Oxford: Clarendon Press, 1948, p.19。

⑤ 《詩學》譯文第 23 章第 5－6 行。修昔底德去世後，色諾芬、克拉提珀斯(Kratippos)和瑟俄龐珀斯(Theopompos)等學者繼續了他所未盡的事業（即從修氏輟筆處開始，續寫 Hellēnika（「希臘史」））。對此種接續著寫一段時期內發生的「一切事情」的做法（儘管事實並非如此），亞里斯多德大概是熟悉的（參考 A. W. Gomme, *The Greek Attitude to Poetry and History*, Berkeley: University of California Press, 1954, p. 3)。

⑥ 參見《詩學》第 9 章第 36 行，第 10 章第 6－7 行，第 15 章第 15－18 行；另參考第 23 章第 4－10 行等處。

⑦ 參考《歷史》1. 32, 3. 39－43, 7.10 等節段。

⑧ C. H. Whitman, *The Heroic Paradox*, Ithaca: Cornell University Press, 1982, p. 32.

⑨ 《伯羅奔尼撒戰爭史》1. 23. 6。

⑩ 同上，1. 21. 1。

⑪ 參考 C. B. Beye, *Ancient Greek Literature and Society*（參見注③），pp. 223－224。

⑫ 《伯羅奔尼撒戰爭史》1. 22. 4。

㈢柏拉圖的詩學思想

年輕時代的柏拉圖是一位頗有抱負的詩人。如果沒有遇見蘇格拉底並為他的談論所吸引，柏拉圖——正如他對索隆的評價那樣——或許可以成為一位有造詣的詩人。①柏拉圖從來沒有完全掙脫過詩的誘惑。②詩的美，詩的遐想和神奇使他動情，使他興奮，使他入迷。但是，柏拉圖又是一位思想活躍、善於思考、勤於求索的哲人，他的論述涉及了哲學中的一些帶根本性的問題，其中的某些觀點即使在今天仍然不失其獨特的魅力。

傳統的希臘哲學認為，詩和哲學有著不同的工作範疇和對象。詩描繪一個變化中的、五光十色的、哲學的思辨終將予以揚棄的世界，而哲學揭示的則是一個靜止的、永恒不變的、傳統詩人筆下的境界無法與之媲美的世界。詩和哲學有著不同的企望和歸向。詩和哲學——用柏拉圖的話來說——是長期抗爭的對手。③是沿著荷馬的足跡走還是繼續蘇格拉底的事業，是迷戀於物質的美還是追求理念（或「形」）的美，是輕鬆地摘取詩壇上的鮮花還是費力地攀登哲學的峰巒，柏拉圖選擇了後者。這位哲學家是個聰明人，他了解自己的希冀和潛力，意識到自己的責任和使命。

對公元前五世紀末以來詩與哲學「抗爭」的形勢，柏拉圖所持的態度遠不是樂觀的。在他看來，詩人、演說家和詭辯學家的「進攻」已經呈現出咄咄逼人的態勢。外來的詭辯學家們正在爭得越來越多的聽衆，而喜劇詩人阿里斯托芬對哲學和蘇格拉底的嘲弄，可以說已經達到了使哲學家們感到難堪的地步。與此同時，對詩歌談

不上有什麼造詣的平民觀眾已在某種程度上取代了有教養的社會賢達，成了一支左右詩評的力量。④爲了迎合觀眾的喜惡，詩人們不惜犧牲本來應該堅持的道德原則和藝術標準，用昂貴的代價換取廉價的掌聲。⑤詩的「墮落」加深了柏拉圖對它的戒心。

在實用主義思潮和世俗化的進攻面前，傳統意義上的哲學面臨著丟失「陣地」的危險。柏拉圖知道，零敲碎打不能阻止詩的「進攻」，更不能使哲學在這場曠日持久的抗爭中獲得決定性的勝利。經驗表明，詩絕不是一觸即潰的敗軍。⑥哲學的「反擊」必須以一種系統的理論爲依據，必須以一個成熟的整體戰略爲指導，必須有一位懂詩而又「恨」詩的一流哲學家負責具體的籌劃和協調。

柏拉圖（或蘇格拉底）對詩和詩人的批評開始於對詩的生產程序的審視，開始於對詩人的作用的懷疑，開始於對「知」和「無知」的思考。柏拉圖認爲，詩的性質是非理性的，詩的形成是被動的，對詩的運作的探索和理解是超越人的智能極限的。詩不是科學，因而也不受科學的檢驗；詩不是理性的產物，因而也不受理性的規束和制約。在生產詩的過程中看不到詩人的能動性和自主精神。柏拉圖相信，神的點撥和啓示是詩的源泉。沒有神明的助佑，詩人很難有所作爲。⑦誘人的詩篇來自繆斯花園裡的淌著蜜水的溪流。⑧當受到神的催動而詩興大發時，詩人就像著了魔似地述誦起來。⑨詩的傳播是一個「吸引」的過程。神明靈感的磁鐵先把史詩詩人牢牢吸住，然後再通過詩的魅力吸引吟誦詩人，最後又通過吟誦詩人的如簧之舌吸引聽眾。⑩詩人的靈感神奇而富藝術色彩，但靈感是神賦的。所以，與其說詩人在使用靈感，倒不如說靈感在驅使詩人。詩的產生似乎不需要周密的思

考，不需要理智的判斷和精細的規劃。

　　做詩憑靈感，靠直覺，而無須系統的知識和智慧。柏拉圖並不否認詩可能具有某種積極的意義，但是他懷疑詩人有闡釋作品的含義和評論作品的能力。⑪詩人對作品的理解甚至還趕不上普通的旁觀者。⑫即使詩的內容是好的，詩人的理解力和能動性仍然是大可懷疑的，因為他們既不知道故事的來源，也不明白它們究竟好在哪裡。詩人們迷迷惘惘，如痴似醉，完全聽憑於靈感的驅使和擺佈。他們的描述經常捉襟見肘，自相矛盾。⑬

　　理性的原則不能或不能令人滿意地解釋一種受靈感制導的運作過程。從某種意義上來說，靈感是盲目的，難以捉摸的，因而是排斥各種原理和不受規則制約的。詩人靠神賜的靈感，而不是靠技藝(tekhnē)誦詩。伊昂之所以能出色地誦說荷馬史詩，不是得力於技巧，而是因為受到神的驅使。⑭技巧或技藝產生於經驗和對經驗的總結。一種技藝一經形成，便具有較強的針對性和較普遍的應用價值。技藝的形成意味著實踐領域內的蠻幹和盲目性的結束。詩人可能會有一些感性知識，但不能成為善於引伸和歸納的理論家。他們不懂什麼叫由此及彼，什麼叫融會貫通，只能長期停留在「單打一」的水平上。擅寫狄蘇朗勃斯的寫不好其它形式的合唱詩，擅寫史詩的也寫不出優秀的短長格詩。⑮伊昂承認只能流利地吟誦荷馬史詩，而不善誦說其他詩人的作品。⑯詩人的知識是粗礪和膚淺的，他們只知道摹仿表象，而不知道如何抓住實質。倘若詩人真正掌握了某種有用的知識，他們就會身體力行地去實踐，而不會僅僅滿足於對現象的摹仿了。⑰

　　柏拉圖從前人手裡接過了祖傳的「神賦論」⑱並巧妙地進行

了引伸，即在重申靈感神賦的同時，突出強調了詩人的無知。柏拉圖指出，人和器物之間的關係分三種，即㈠使用和被使用，㈡製作與被製作，㈢摹仿和被摹仿。三種關係包含了三種不同的知識，即㈠有關物品的性質和性能的知識，㈡有關製作的正確方法，㈢有關摹仿的粗淺認識。使用者的知識具有較高的價值，因為它說明和審定物品的品質；製作者的知識略次一些，因為它所包含的是一些理論性不高的技術內容；摹仿者（包括詩人）的「見識」最次，因為它只涉及事物的表象。[19]詩人的知識相當貧乏，這是可悲的。然而，更為可悲的是，詩人不僅沒有意識到這一點，反而不合適地自尊為無所不知的通才。詩人以為，只要有了詩的軟床，他們便可盡情享受自我膨脹的迷夢。[20]這是一種不應有的誤會。詩人的無知是雙重的：和工匠相比，他們缺乏有關製作的具體知識；和哲學家相比，他們不懂生活中的一個起碼的道理，即真正的聰明人不會，也不應該掩飾自己的無知。

在《辯護篇》和《伊昂篇》等早期寫成的對話裡，柏拉圖展示了一位大學問家的洞察力和驚人的辯才。然而，柏拉圖對詩和詩人的批評沒有停留在只是懷疑詩人的思辨能力和能動作用的水平上。詩是哲學的「對手」，而與對手「和平共處」是危險的。在哲學家當政的國家裡，不應有詩人的地位。在《國家篇》第10卷裡，柏拉圖對一直被尊為民眾之師的詩人亮起了紅燈，理由有兩條：㈠詩不真實，㈡詩擾亂人的心境，使理性屈服於衝動和激情。

我們知道，柏拉圖創立了一種以「形」論為核心的本體論。和蘇格拉底一樣，柏拉圖認為，在任何時候和任何情況下，理論總是比實踐，概念總是比物質更接近於真理。實踐不能實現

「形」的全部內涵，物質也永遠達不到概念的精度和純度。「形」(eidos)是作爲事物的典範和標準的存在。神創造「形」，[21] 工匠摹仿「形」（或神造的產品）製作器物，而藝術家則只能摹仿事物的外形製作藝術品。藝術摹仿是對「形」的兩度離異。[22] 在《智者篇》裡，柏拉圖指出，神可以製作兩類形態，一類是有實體的形態，另一類是對實體的摹仿形態，如夢、影子和幻象等。人間的工匠（包括藝術家）也可以製作兩類形象，一類是「形」或樣板的仿製品（如房屋），另一類是對仿製品的再摹仿（如藝術作品中的房屋）。[23] 顯然，同現實相比，藝術就像它的影子一樣。在柏拉圖的本體論中，摹仿藝術提供的形象似乎和夢、影子和幻象等處在同一個層次上。藝術形象不是「形」，就像任何可見的形象不是「形」一樣；藝術形象也不代表它所摹仿的具體的實物，而是實物的某種「貌合神離」的再現。詩，就如一抔黃土，在事物的山丘和「形」的高峰面前顯得十分卑賤和渺小。「形」論在高視闊步地行走，把卑微的詩遠遠地拋在後面。

柏拉圖認爲，假如以掌握眞理的多寡爲標準，可以把人分爲九等。第一等是哲學家（或繆斯的眞正的追隨者），第六等才是詩人——詩人甚至還不如商賈和運動場上的競技者。[24] 詩人和哲學家在智能和素養諸方面的不同，決定了他們的工作層次的不同。柏拉圖哲學把「美」放在如下七個層次上來分析：㈠美的人體，㈡多個美的人體，㈢所有美的人體，㈣美的心靈，㈤法律和社會組織的美，㈥知識的美，㈦美本身。[25] 一般說來，包括詩人在內的藝術家只是接觸到較低層次上的、具有較大和較直接的感官衝擊力的美。詩人把遠不夠完美的現實世界作爲自己的描述對

象。他們沉迷在現實生活的庸庸碌碌裡，以為生活的全部意義存在於世人所經受的酸甜苦辣之中。他們不懂「形」和現實的區別，不了解普遍和個別、永恒和瞬息的不同。詩人陶醉在美的花叢裡，沉浸在掌聲和名利所帶來的喜悅中。在表象美的誘惑下，詩人忘卻了「原形」世界的真善美。和詩人相比，哲學家的工作層次要高得多。真正的哲學家是一些具有獻身精神的人；他們致力於對人和人的倫理意識的研究，孜孜不倦地從事對法和上層建築的組合結構及其運作狀態的探討。他們親身體驗到求索帶來的快感，毫不掩飾地表達了對絕對美的憧憬和熱愛。哲學家不是趨附於世俗的芸芸眾生(philodoxoi)，而是一批勇敢無畏、心智開闊、胸懷坦蕩的知識精英(philosophoi)。在有幸受到神明的啟示和驅使的人之中，只有哲學家才可能最終步入絕對真理的無限美妙的殿堂。㉖

柏拉圖強烈反對傳統故事的神學內涵以及它們所反映的倫理觀念。他認為，如果說從「形」論的角度來看詩所描述的現象是不真實的，從神學和倫理學的角度來看，詩的描述不僅不真實，而且是虛假的。傳統故事中充斥著誤人子弟的「謊言」(pseudeis)。㉗黑西俄得筆下的神祇不僅相互間勾心鬥角，而且不惜大動干戈，用野蠻的方式進行爭權奪利的鬥爭。在荷馬史詩裡，神們好壞不分，我行我素，具有凡人所有的一切弱點。神行騙有方，形象多變。荷馬、黑西俄得和悲劇詩人們是製造謊言的專家。㉘謊言腐蝕人的心智，遲鈍人的判斷力，最終將會把天真無邪、涉事不深的青少年引入歧途。因此，無論是青少年還是成年人都不應接觸此類邪惡、有害和自相矛盾的故事。㉙

柏拉圖認為，傳統詩人「創造」了一種虛假的神學。詩人編造

的謊言不僅毒害人的心靈，而且也不利哲學家在傳統哲學的基礎上建立配套的形而上學，因哲學不能同時承認神是至善至美的和無惡不作的。神學或形而上學是希臘哲學的終端，柏拉圖大概不會不注意到傳統神學對建立一種符合貴族意願的形而上學的潛在威脅。㉚很明顯，無論是哲學還是倫理學都不允許詩人想寫什麼就寫什麼，想怎麼寫就怎麼寫。㉛柏拉圖責備那些瀆神的詩家文人忽略了兩個必須承認的大前提。㈠神是至善至美的，因此只能是「善」，而不是「惡」的動因。所以，詩人應該把神描寫成「善」或「美」的典範。倘若一定要描寫某些不道德或有悖理性原則的行動，詩人也應設法避免讓人產生是神的過錯的感覺，因為神所做的一切都是，也只能是為了造福人類。㉜如果詩人置這一切於不顧，硬要把神和罪惡扯在一起，那麼，應該承擔責任的就只能是蓄意醜化神祇形象的他們，而不是「無辜」的神。㉝詩人不僅無權詆毀神的形象，而且也不能醜化神的後代和古時英雄們的形象。阿斯克勒庇俄斯不會接受賄賂（除非他不是阿波羅之子），所以也不會遭受雷劈。神的兒子不會做壞事。㉞㈡神不會改變形態（也不會試圖要凡人相信神會改變形態），因為神比任何人或事物都更具「抵抗」外力的侵蝕和影響的能力。神也不想改變形態，因為要改的話，只能往不好的方向改（神，如果有形態的話，一定是完美無缺的）。㉟神和「真形」是永恆不變的。神不會、也無須撒謊。神知曉過去的一切，沒有必要像智力有限、對過去所知甚少的詩人那樣編造謊言。神不是「會撒謊的詩人」（poiētēs pseudēs）。㊱

應該注意的是，從某種意義上來說，柏拉圖神學和倫理學所極力反對的不是說謊本身，而是對神的不敬及不負責任的描述和

污蔑。柏拉圖區分了三種不同的「真實性」，即歷史真實性、³⁷形而上學意義上的真實性和文學意義上的真實性。歷史真實性應該服從於形而上學意義上的真實性，因為後者是對包括歷史在內的一切生活現象的最後總結。歷史真實性也應該服從文學的真實性，因為後者不僅告訴人們過去的生活，而且還教育人們如何生活。因此，儘管世界上發生過，並且還將繼續發生好人受屈、惡人得志的不公平之事，詩人卻不應該把它們寫進作品。黑西俄得講的那些事，「即便是真的」，也不宜對青少年講述；最好的辦法是把它們束之高閣。³⁸相反，某些傳說，儘管有人或許接受不了（以為是虛構的），「但我卻認為是真實的」。³⁹「適宜的謊話」比不合適的事實更為可取。「金屬寓言」是個虛構的故事，「不僅過去沒有發生過，而且今天也不太可能發生」，但是，由於它形象地說明了某種柏拉圖認為可行的撫育後代的方式，因此是個可以接受的或「適宜的」謊言。⁴⁰只要是為了城邦和公眾的利益，城邦的管理者可以「欺騙」人民。⁴¹對柏拉圖來說，謊言本身並不可怕，可怕的是用謊話毒害人的身心，危害社團或城邦的利益。⁴²詩人的愚蠢不僅在於他們說了不合適的謊話，而且還在於缺乏在複雜的情況下鑒別真偽的本領。詩人不理解真實和真理的不同，不懂真實性在理論和實踐中可能具有的不同的含義，也不知道真實和虛假或事實和謊言的轉化時間和條件。

　　柏拉圖對詩和詩人的指責還有心理學（當然是柏拉圖的心理學）方面的依據。在《國家篇》第 4 卷裡，柏拉圖把人的靈魂分作兩部分，一部分受理性的制導，另一部分受欲念的控制。⁴³雖然他在該卷 440E 裡似乎承認還有一個介於理性和欲念之間的部

分，即理性部分的輔助成分或部分，但至少在《國家篇》第 10 卷裡柏拉圖堅持了靈魂「兩分論」的觀點。[44] 對詩和詩人來說，這是不幸的。靈魂的理性部分受理智和智能的制約，因而是心之「精華」；靈魂的欲念部分受情感和衝動的支配，因而是心之「糟粕」，即卑俗低劣的部分。靈魂的理性部分以符合理性原則的工作方式證明了自己的優越；同樣，靈魂的欲念部分以它的粗俗、它的活動方式的直接性和盲目性以及它對理性原則的出於本能的排斥，證明了自己的卑劣。

柏拉圖認為，正如平庸務實的普通人在數量上大大超過有真知灼見的人類精英一樣，理性部分是靈魂中較小的部分。[45] 雖然從本質上來看，理性部分是強大的，但柏拉圖似乎無意排除欲念部分可能一時或局部地壓倒理性部分，從而使人做出錯誤的決定和不理智的行為的可能性。由於欲念的作祟，人不可能總是堅強的。從某種意義上來說，人具有任性、放縱和隨心所欲的天然趨向。物質世界的引誘，藝術和表象美的迷惑，隨時可能摧毀理性的防線，使欲念得以長驅直入，「統治」人的心靈。詩人本能地喜歡渲染表現情感大起大落的場面，而觀眾也似乎對此類描述特別感興趣。詩人和觀眾可謂「一個願打，一個願挨」。此外，沉默的、有智慧的人物不僅不好演，即使演出來了，素養不高、水平有限的普通觀眾也看不懂。表現此類人物的場面，既超出了一般觀眾的欣賞水平，也不符合他們的欣賞習慣。[46]

使柏拉圖擔憂的是，他在感情上十分鍾愛的詩，在理性和欲念的爭鬥中扮演了不光彩的角色。詩增添了自然的嫵媚，迎合了人們低級的感官需求，誘發了本來應該受到抑制的欲念和情感，[47]

助長了導致懦弱、非理性和懶散的靈魂的欲念部分的「威風」。從某種意義上來說，詩使理性的潛在的「敵人」變成了現實中的「敵人」，使一種非理性的存在變成了反理性的存在，使本來就強大得足以使人擔心的欲念變得更加難以對付。

詩增大了欲念的強度，削弱了理性的力量，破壞了心理的平衡。失去理性制衡的心靈是可悲的，因為這意味著人的心智進入了一種不正常的狀態，意味著人可能在劇場裡做出某些日常生活中視為恥辱的蠢事。在生活中，人們遇到不幸的事情往往會採取克制的態度，因為他們知道，痛哭流涕不是大丈夫的作為。但是，在劇場裡，人們看到人物的不幸便會產生悲感和憐憫之情，並進而可能做出有失身份和不體面的舉動。詩奪走了人的理智，削弱了人的判斷能力，使人在不知不覺中失去可能需用極大的努力才能找回的、符合理性原則的表達情感的習慣。詩不是習慣，也不包含習慣，但卻可以影響人的生活方式，改變人對生活的態度。一個人如果常看喜劇，就會於無意中摹仿喜劇人物的行為（人有一試小丑的活動方式的「潛意識」），久而久之，小丑的性格便會逐漸取代原有的自由人的性格，今天的正人君子將會變成明天的市井無賴。㊽

柏拉圖對詩的指責和他對語言所取的審慎態度是一致的。柏拉圖認為，如果說做詩的靈感是神賦的，語言卻是「人造」的。詞彙的「發明者」們是一些具有思辨意識的聰明人。但是，儘管他們比一般人更能勝任這份工作，他們也像一般人一樣可能犯錯誤㊾——只有神是永遠正確的。像圖畫一樣，語言也是一種摹仿。㊿因此，一般說來，語言缺乏事物本身的精度。語言不能總是精確地反映事

物的實質以及事物之間的內在聯繫。尋求有關事物的知識應從對事物本身的研究出發，因爲名稱並不表示事物的實質。事物往往有一個以上的名稱，這一事實本身就說明了語言的不可靠性。此外，語言沒有自我更正和自我協調的機制，因而無法從根本上排除誤導的可能性。所以，即便是「最正確」（或最準確）的詞彙也只能是人與眞理之間的「中介」，而不能代表眞理。一般人很難準確地使用語言；詭辯學家們的小聰明只能增添語言的誘惑力，而不能證明他們掌握了眞理。[51]只有辯證學家或辨析學家才能把握語言的實質，發揮語言的優勢，在最大的限度上實現語言的價值。

在柏拉圖（或蘇格拉底）看來，書面文字的產生是一件令人遺憾的事情。[52]文字是一種有魔力的「藥物」(pharmakon)，它可以給人提示，但不能使人記取眞理。只有用心記住的知識才是眞正有用的活的知識。[53]文字既不明晰，也不可靠，所以，熱中於從書面文字中尋找眞理的學者並不是眞正的智者或聰明人。成文之作的產生使語言失去了可貴的彈性和伸縮性，使語言變得僵硬而沒有應變能力，並因此從哲學的工具變爲思辨的桎梏。成文之作閹割了語言的精華，葬送了語言的活力。一件事一旦被訴諸書面文字，便進入了機械的單向流通領域，文字既把它傳送給可以理解它的人，也把它硬塞給對此毫無興趣的人。像圖畫一樣，僵硬的文字不懂得如何「因才施教」，因此，一旦出現被人誤解的局面，便只有坐等作者的救援。[54]詩和詭辯學家的說教都包含了僵化語言的傾向。在柏拉圖看來，僵化語言無疑等於僵化知識，而僵化知識的必然結果是窒息人的思辨。成文之作無視、也不可能顧及人們的要求；作者只是根據自己的一廂情願爲公衆提供自

以爲他們需要的東西。⁵⁵對眞理的探索在此顯然已進入了誤區。

　　應該指出的是，柏拉圖從未正面否認過人的生活需要詩的點綴這麼一個顯而易見的事實。不僅如此，他還相當深刻地認識到了詩的潛在的積極作用。他認爲優秀的詩篇可以陶冶人的心靈，⁵⁶主張青少年應該熟讀乃至背誦於身心有益的作品。⁵⁷柏拉圖批評和反對的主要是瀆神的和不道德的詩篇（或內容），雖然在《國家篇》第10卷裡他似乎不打算「批准」除了頌神詩和讚美詩以外的任何詩歌進入他所設計的國邦。在晚年寫成的《法律篇》裡，柏拉圖對詩和詩人的態度似乎變得較爲現實。《法律篇》主張建立嚴格的檢審制度，但並不認爲應該無條件地驅逐所有的詩人。哲學的勝利——柏拉圖或許會這麼說——不在乎是否能從根本上消滅詩的存在，而在於是否能準確地評價詩的性質，有效地控制詩的內容和發展趨向，恰如其分地估計詩和詩人的社會地位和作用。

　　對哲學的摯愛使柏拉圖毅然中斷了詩人的生涯。但是，柏拉圖是一位極具詩人氣質的哲學家——自我克制和壓抑終究不能完全打消他對詩的熱愛。對詩的嚮往激發了他把詩和哲學「等同」起來的念頭。詩人和哲學家都以對美的追求爲己任；前者追求形式的美，後者追求實質的美。如果說詩人是美的追求者，那麼，眞正的詩人應該是追求實質美的哲學家。⁵⁸哲學和最好的詩是一致的。⁵⁹柏拉圖承認格律是詩的一個特徵，⁶⁰但不認爲它是詩的惟一標誌。如果說亞里斯多德強調摹仿是詩的一個特徵，柏拉圖則傾向於認爲眞正的好詩不僅應該給人美的享受，而且應該表現人的睿智、責任感和求索精神。柏拉圖多次暗示蘇格拉底對話是一種高於詩的、更適合於探求眞理的語言形式。他在《法律篇》裡

自豪地宣稱：我們自己就是能夠寫出最佳作品的悲劇詩人。[61]詩人和哲學家都是有幸受到神明指引的人，智者的談話和內容健康的詩篇一樣有利於對青少年的教育：

> 回顧你我從天明談到現在的這番話語，我確實相信我們受到了某種神力的指引……在我看來，我們的談話正像一種詩篇……在我所接觸過或聽過的許多作品中——無論是詩還是散文——這是最令人滿意和最適合於青少年的。[62]

大家知道，柏拉圖的觀點很多都具探索的性質。在對待詩和詩人、詩和哲學的關係以及各自的區別性特徵等問題上，他的論述中都不無欠妥帖或自相矛盾之處。然而，柏拉圖詩學思想中的耐人尋味之處，不僅在於它的寬闊的縱深和豐富的理論內涵，而且還在於它的某些難以自圓其說的論點，因為人們從這些矛盾中看到的不是小學生般的無知，也不是三流學者的不負責任的杜撰和申辯，而是一位創立了「形」論的一流哲學家在經過苦苦思索以後表現出來的迷惘、疑慮和冀盼。

【注　釋】

① 《提邁俄斯篇》21C－D。柏拉圖寫過狄蘇朗勃斯、抒情詩和悲劇（第歐根尼·拉爾修《著名哲學家生平》3.5）。Philip Sidney 稱柏拉圖為最有詩人氣質的哲學家(*The Prose Works of Sir Philip Sidney*, edited by Albert Feuillerat, 3: 33)。

② 柏拉圖熟悉悲劇和厄庇卡耳摩斯的作品，喜讀索弗榮的擬劇（參考第 1 章注㉘），對安提馬科斯的作品亦很感興趣（參考西塞羅《布魯吐斯》

51. 191，普魯塔耳科斯《魯桑德羅斯》(*Lusandros*)18）。對荷馬的詩才，柏拉圖更是讚嘆不已。他讚譽荷馬是最好的詩人（《伊昂篇》530B），「最富悲劇意識」（《國家篇》10. 607A）。另參考《會飲篇》209C－D，《瑟埃忒托斯篇》152E，《法律篇》6.776E等處。柏拉圖多次以贊同的口吻引述荷馬的語句（參考《斐多篇》112A，《拉凱斯篇》191A－B，《高爾吉阿斯篇》523A－B等處）。

③ 《國家篇》10. 607B。但柏拉圖有時不否認一個人可以既是哲學家，又是詩人（《卡耳米得斯篇》155A）。

④ 參考《法律篇》3. 701A。

⑤ 參考《詩學》譯文第 13 章第 37－38 行。

⑥ 參考「引言」第 13 段（第 6－7 頁）。

⑦ 參見《伊昂篇》534B 等處。

⑧ 同上，534B－C。

⑨ 《法律篇》4.719C。在無意強調靈感之重要性的上下文裡，柏拉圖似乎不太介意發表一些與靈感論相矛盾的言論。比如，在《高爾吉阿斯篇》502Cff.裡，他把詩和講演術相提並論；在《會飲篇》205B－C 裡，他承認寫詩是一種製作；在《法律篇》裡，他主張詩人應該掌握音律方面的技巧(2. 670E－671A)。

⑩ 《伊昂篇》535E－536A。

⑪ 《梅農篇》99C。色諾芬亦發表過類似的言論。他認為吟誦藝人不知作品的含義（《討論會》3. 6），是一些愚蠢的人（《回憶錄》4. 2. 10）。在《伊昂篇》530C 裡，蘇格拉底承認伊昂了解荷馬史詩的內容，因為他不僅是作品的吟誦者，而且還擔負著闡釋作品的責任。在另一篇對話裡，柏拉圖似乎暗示讀者，詩人或許並非完全與真理無緣（《會飲篇》209A－D）。

⑫ 《辯護篇》22B。

⑬ 《法律篇》4. 719C。從另一個方面來看，能夠通神是一種殊遇，是「不

一般」的標誌（詳見附錄十四有關部分）。德爾福的女先知和多多內(Dōdōnē)的女祭司在「瘋迷之際」方能「顯靈」，而在清醒之時卻反而無所作為或沒有什麼大的作為（參見《法伊德羅斯篇》244B）。另參考第 17 章注⑧。

⑭ 《伊昂篇》533D。

⑮ 同上，534C。亞氏以為荷馬既是《伊利亞特》，又是《馬耳吉忒斯》的作者，可能與事實不符（另參考第 4 章注⑯）。

⑯ 《伊昂篇》，531A。

⑰ 《國家篇》599A－B。

⑱ 參考附錄十四第 12－15 段（第 280－282 頁）。

⑲ 《國家篇》10.601D－602B。

⑳ 參考《辯護篇》22C。另參考《國家篇》10.598C－E。

㉑ 參考附錄「Mimēsis」注㊳。

㉒ 詳見《國家篇》10.596A－597E。

㉓ 《智者篇》226B－D。

㉔ 《法伊德羅斯篇》248D－E。

㉕ 《會飲篇》210B－D。

㉖ 《法伊德羅斯篇》249C－D。

㉗ 《國家篇》2.376E。注意，柏拉圖在此似乎否定了詩人是神的代言人或「傳聲筒」的觀點（比較《伊昂篇》534D）。在公元前五至四世紀，希臘青少年主要接受兩種訓練，即體育和音樂（包括詩）。運動強健人的體魄，音樂或故事陶冶人的心靈（《國家篇》2.376E）。

㉘ 當然，不是詩人所說的一切都是謊言。柏拉圖承認，由於得到繆斯的指點，詩人經常講述一些歷史事實（《法律篇》3.682A；另參考《國家篇》3.392D等處）。每一位詩人的作品裡都有精華和糟粕（《法律篇》7.811B）。

㉙ 《國家篇》2.380B－C。

㉚ 因此，有必要為神學制定一些標準(tupoi peri theologias)，以便使詩人在描述神的作為時有所遵循（參見《國家篇》2.379A）。

㉛ 參見《法律篇》4.719B, 7.801D 等處。

㉜ 《國家篇》2.379C。

㉝ 同上，10.617E。

㉞ 同上，3.391C－D, 408B－C。

㉟ 同上，2.381Aff.。

㊱ 同上，2.382D。

㊲ 古希臘人相信，荷馬史詩記載著過去的往事，連希羅多德也不否認特洛伊戰爭的歷史真實性。另參考第 9 章注㉔，附錄十四注㊽。

㊳ 《國家篇》2.378A。

㊴ 《高爾吉阿斯篇》523A。

㊵ 《國家篇》3.414C－415C。和柏拉圖同時代的伊索克拉忒斯聲稱，他的 *Panathenaicus*「包含許多有關哲學和歷史方面的知識以及種種趣聞和虛構(pseudologia)」。這些虛構不是一般的謊言；從道德的角度來衡量，它們可以起教育公民的作用（詳見 *The Classical Tradition*, edited by Luitpold Wallach, Ithaca: Cornell University Press, 1966, p. 15）。

㊶ 《國家篇》3.389B－C。

㊷ 柏拉圖主張從荷馬和其他詩人的作品裡砍掉不符合道德標準的部分，其原因並不是因為它們缺乏詩的風采，而是因為它們不利於對自由人的教育（《國家篇》3.387B）。有德行的人，即使文筆差一些，也可被授予寫作的權利（《法律篇》8.829C－D）。

㊸ 431A－B。

㊹ 參見 603A 等處。

㊺ 《國家篇》4.431A。

㊻ 參見同上，10.604E。

㊼ 同上，10. 606D。另參考 603B－C, 605A－B。

㊽ 同上，10. 606C。

㊾ 《克拉圖洛斯篇》436。

㊿ 同上，430B。

(51) 連蘇格拉底也不能完全擺脫語言美的誘惑（《法伊德羅斯篇》234D，另參考《辯護篇》71A，《梅奈克塞諾斯篇》234C－235C）。

(52) 在古希臘，口誦的傳統源遠流長。遲至公元前五世紀，口誦仍是作品的重要表達形式。普羅塔哥拉斯曾在雅典誦念作品，希羅多德和修昔底德都很重視通過口頭問答得來的資料。

(53) 參考《法伊德羅斯篇》275A－B。另參考《書信二》314B－C。

(54) 《法伊德羅斯篇》275E。

(55) 參考同上，275C－E。詭辯學家們只能傳授「死」的知識；一旦有人發問，他們就「像書本一樣」不知如何應答（《普羅塔哥拉斯篇》329A）。蘇格拉底認為，探求真理不能通過教與學的途徑。尋求真理是個人之間的事，最好的方式是小範圍內的、面對面的交談。交談的一方主問，另一方主答(elenkhos)，各方可以隨時插話和即興發表意見。

56 參考《國家篇》3. 401－402 等處。

57 參考《普羅塔哥拉斯篇》325ff.，《法律篇》7. 810E－811A。另參考附錄四第 9 段。

58 哲學家是繆斯的追隨著（《法伊德羅斯篇》248D），是真正的 mousikoi（另參考《拉凱斯篇》188D，《法律篇》7. 817）。

59 參考《法伊德羅斯篇》259D。

60 參見《國家篇》3. 393D 等處。

61 柏拉圖把自己所設計的國度比作一部「最好的悲劇」（《法律篇》7. 817B）。比較《國家篇》2. 379A：我們不是詩人（另參考 3. 393D）。

62 詳見《法律篇》7. 811C－D。

㈴詩人・詩・詩論

　　在古希臘傳說裡，人間最早的詩人是神的兒子。①詩人是了不起的，荷馬經常用於形容詩人的一個分量不輕的讚詞是 theios，即「神一樣的」。②一般說來，只有王者、先知、祭司和詩人才有幸接受此類讚譽。③恩培多克勒認為，先知、詩人、醫生和領袖人物是人群中的精英，而他自己則是身兼這四種人的才幹的神一樣的人物。④在《伊利亞特》裡，足智多謀的普魯達馬斯(Pouludamas)提醒猛將赫克托耳：一個人不可能無所不會，精通一切；神把一些足以使人出類拔萃的才能分送給不同的個人，因此有人精於攻戰，有人能歌，有人善舞。⑤詩人德摩道科斯是繆斯最喜愛的凡人。作為對雙目失明的彌補，繆斯給了他唱詩的才能。⑥在阿爾基努斯舉行的宴會上，俄底修斯請人把一塊上好的豬肉遞給了德摩道科斯，因為在所有的凡人中，詩人不僅受過神的教誨，而且最受神的寵愛。⑦黑西俄得唱道：受神鍾愛的詩家是幸福的人。⑧

　　在生產力低下、文化落後、民眾愚昧的古代，詩人不僅被看作是神的「寵兒」和使者，而且還被當作是一些應該受到尊敬的人(laoisi tetimenos)。怠慢詩人，以任何形式表示對詩人不敬的做法，至少是不應受到鼓勵的。忒勒馬科斯警告肆無忌憚的求婚者們不要在詩人吟唱時大聲喧鬧——能夠聆聽一位如此出色的詩人的唱誦是聽眾的榮幸。⑨在宮廷裡，詩人往往被待以上賓之禮。供德摩道科斯下坐的是一把華貴的、用銀釘裝嵌的椅子，椅子旁

邊是一張精緻的桌子，上面放著一籃食物和一杯酒。唱畢後，有人領著他和王貴們一起走出廳殿。⑩在《奧德賽》第22卷裡，憤怒的俄底修斯殺盡了玷污門楣的求婚者，但卻放過了詩人斐彌俄斯。荷馬還多次把英雄俄底修斯比做詩人。⑪

公元前六世紀以後，有名望的詩人一般享有較高的社會地位。品達出身貴族，一生中也基本上過著貴族的生活。從他的某些詩行中可以看出，這位飲譽希臘城邦的詩人似乎不認為自己是贊助者的附庸。索隆是著名的詩人政治家，薩福(Sapphō)是蜚聲伊俄尼亞的女詩人，索福克勒斯是大政治家裴里克勒斯的朋友。⑫荷馬時代的詩人收入如何，現已無從查考。從公元前六世紀起，詩人，尤其是名詩人的收入遠較一般的體力勞動者豐厚。薩福說過，憑藉繆斯的助佑，她是注定要成為巨富的。寫作一首《奈彌亞頌》，品達開價3000個德拉克梅(drakhmē)。⑬以公元前五世紀的生活水平來衡量，悲劇詩人的收入大概也是相當不錯的。⑭

早期的詩人是原始神學的闡釋者。俄耳斐烏斯、慕賽俄斯(Mousaios)和利諾斯(Linos)等既是詩人，又是神學「權威」。⑮亞歷山大的克勒門斯(Klemens)稱俄耳斐烏斯為「祭司和詩人」(hierophantēs kai poiētēs)，⑯珀耳夫里俄斯(Porphurios)等學者尊荷馬為「神學家」。⑰亞里斯多德有時亦把「神學家」的頭銜「授給」黑西俄得等編說神話故事的詩人。⑱荷馬和黑西俄得基本上確定了神的系統和家譜。⑲黑西俄得的《神譜》不僅是一部文學作品，而且是一部不可多得的神學著作。正如希臘史專家喬治‧格羅特(George Grote)所指出的：黑西俄得系統地整理了史前時期神的家譜和活動史。⑳

斯特拉堡把荷馬史詩當作哲學論著(philosophēma)，㉑第歐根尼‧拉爾修認爲黑西俄得和巴門尼德、恩培多克勒及塞諾法奈斯一樣，是一位早期的詩人哲學家。㉒據德謨克里特的理解，sophos指可以超越理智的限度進行感知的人。這些人像神一樣具有憑藉「第六感覺」感知事物的能力，而所謂的「第六感覺」指人的哲學本能。「智者」包括詩人、先知和哲學家。㉓

早在公元前六世紀，荷馬已是雅典人熟悉的詩人。到了公元前五世紀，荷馬已是希臘民族的老師。㉔在一個相當長的時間內，詩是小學生的「必修課」，孩子們通過讀詩學習做人的美德。受過教育的希臘人無例外地熟悉荷馬史詩，許多人熟記了其中的精彩段落和警句，有的甚至能夠背誦整部作品。㉕喜劇大師阿里斯托芬承認，詩人不僅爲公衆提供娛樂，而且還是民衆的先生。㉖至遲在公元前五世紀，黑西俄得已被尊爲「民衆的教師」(didaskalos pleistōn)。㉗黑西俄得認爲，詩是神賜給人類的一份「神聖的禮物」(hierē dosis)，㉘詩人不僅可以，而且應該用它伸張正義，針砭時弊。詩是潛在的輿論工具，詩人有責任用它敦促人民爲建立一個公正、穩定的生活秩序而努力。《農作和日子》包含了豐富的內容，其中既有嚴肅的說教，又有懇切的規勸；既有關於農作的經驗之談，又有對航海、曆法等方面的知識的介紹。可以相信，當時的農人和民衆在聽了黑西俄得的誦唱後，一定會感到受益匪淺。《農作和日子》喊出的要求伸張正義的呼聲，激勵了包括索隆在內的幾代文人。後世人把這篇著述比作賀拉斯的 sermo 和 epistula，稱之爲「訓導書」。㉙薩福不僅是一位傑出的女詩人，而且還是以她爲核心的婦女文學團體的召集人和「教師」。和黑西俄得一樣，品達

亦是一位有責任感的詩人。他不厭其煩地告訴當時的權貴們：權利和責任是對等的；有教養的人應該懂得克制，放蕩的生活會摧毀貴族階級主觀上想要維護的政治觀念和道德標準。

荷馬稱詩人為 aoidos，字面意思為「歌唱者」。這些詩人以後被 rhapsōidoi（單數 rhapsōidos，「敘事詩的編製者」或「吟遊詩人」）所取代。⑩在《伊斯米亞頌》5.28裡，品達稱詩人為 sophistēs（「智者」或「有知識的人」）。⑪自公元前五世紀起，poiētēs 及其同根詞開始被分別用於指「詩人」、「詩」和「做詩」。⑫與此同時，melopoios 亦被用於指「歌的製作者」，即詩人。在《詩學》裡，poiētēs 是「詩人」的標準用語。

詩，荷馬稱之為 aoidē，意為「歌」或「詩歌」。《阿波羅頌》的作者用 sophia 指詩。⑬這一用法也見之於索隆、塞諾法奈斯等人的作品。在詩人中，品達有時亦把詩比作 sophia。⑭至遲在公元前五世紀，mousikē 已被用於指詩。⑮和他的同胞們一樣，柏拉圖常用 mousikē 統指詩和音樂。⑯自公元前五世紀起，人們開始漸趨於用 poiēsis 指詩。

荷馬史詩中提到過好幾種詩歌，每一種都有自己的內容和功用。婚禮上應唱表示喜慶的歌，送葬時要唱表示哀悼的歌。勞動時可以唱詩，舞蹈時亦可以唱詩。⑰頌神詩可用於平息神的憤怒或在勝利後表達對神的感激之情。⑱此外，還有一種敘事詩，荷馬稱之為「有關人的故事」(klea andrōn)，或「有關英雄們的故事」(klea andrōn hērōōn)。⑲

古希臘人相信，神的生活需要詩的點綴，人的生活更需要詩來充實。詩可以博得神的歡心，⑳也可以給凡人帶來歡樂。㉑慕賽

俄斯唱道，人世間一切事物中，詩最能快慰人心。㊷提到歌唱時，荷馬喜用 terpein 一詞，意爲「使高興」、「使愉悅」。詩歌在古希臘人的生活中占有重要的地位。神界工匠赫法伊斯托斯在阿基琉斯的盾上鑄了大地和星星之後，沒有忘記鑄上歡樂的勞動場面——青年男女們在葡萄園裡穿梭往返，一位年輕人正和著琴聲唱詩助興。㊸在荷馬看來，詩是生活中的一種享受，㊹是「盛宴之冠」。㊺詩可以平息積怨，消解憂愁，使人忘卻悲傷，振作精神。在《伊利亞特》第 9 卷裡，當俄底修斯和狄俄墨得斯進入阿基琉斯的軍營時，看到這位聯軍的頭號英雄正在高歌 klea andrōn，藉以寬慰忿懣不平的心境。㊻黑西俄得亦清醒地意識到詩的這種撫慰心靈的作用：當繆斯的僕人唱起有關神和英雄們的故事時，人們即可擺脫悲痛和憂傷的纏擾。辯說家高爾吉亞也有過類似的論述。㊼詩可以助興，可以消愁，可以改變和影響人的心境，平衡和協調人的生活。

歷史記載過去的事，但記載往事的卻不一定都是嚴格意義上的歷史。詩，尤其是史詩，記載著發生在遙遠的年代裡的事情，記載著神的活動和英雄們的業績。㊽人們通過聆聽或閱讀史詩了解史書上沒有記載的往事。在古希臘，詩的聽衆是整個民族。詩是「長了翅膀的話語」(epea pteroenta)，是用語言築成的紀念碑，㊾是人的功過和價值的見證。㊿阿爾基努斯說得好：神使希臘人和特洛伊人受盡磨難，爲的是讓他們的業績成爲千古絕唱。[51]能夠受到詩人的頌揚是幸運的，因爲詩可以使注定要死亡的凡人在某種程度上獲得永生。[52]無緣入詩的人，一旦死後就完全「銷聲匿跡」，後人將不再銘記他的業績。[53]荷馬塑造的海倫儘管不是一

位完美的女性，卻有著難得的預察力。她後悔當初的草率，自喻為母狗，並指責帕里斯心術不正。她預言道，由於宙斯的安排，她和帕里斯的作為將成為後人譏笑的內容。⑭奈斯托耳讚揚忒勒馬科斯長得英俊，並勉勵他再勇敢些，以不負後人的稱頌。⑮阿伽門農指控克魯泰梅絲特拉心狠手辣，謀害「結髮」夫婿；她的惡劣行徑將會受到世人的譴責。⑯在求婚者的挾迫和胡作非為面前，裴奈羅珮沒有動搖，也沒有產生任何邪念，不愧為人妻的楷模。壞事傳千里，好事也要出門——神將使凡人永遠頌唱裴奈羅珮的情操。⑰

在公元前五至四世紀，詩是千家萬戶熟悉的藝術。在雅典，沒有看過悲劇或對悲劇沒有一點感性認識的公民恐怕是不多的。政府鼓勵公民觀劇，對荷包羞澀者，還常常給予必要的資助。埃斯庫羅斯和索福克勒斯等詩人的名望，在他們在世時就已經跨出了「邦界」。《詩學》中提及的瑟俄得克忒斯和阿斯圖達馬斯等，都是公元前四世紀享有盛譽的詩人，儘管他們的作品也像那個時代的其他悲劇詩人的作品一樣，早已失傳。辯說家的游說和修辭學的興盛對悲劇的影響是巨大的。從現有的資料來分析，當時（前四世紀）的悲劇似乎較為側重於表現人物的辯才或「思想」(dianoia)。值得注意的是，當時可能已出現專供閱讀的作品，如開瑞蒙的《馬人》等。⑱

古代的天才們善於用最簡單的辦法解答最複雜的問題。例如，他們把世界上最不易解釋的現象之一——靈感的運作——看作是一個在神的控制下創造奇蹟或從事一般情況下難以勝任的工作的過程。古希臘人認為，像一切奇妙的東西一樣，靈感也是神

賦的。做詩或許比做其它任何事情更需要靈感；根據這一點，古希臘人進行了看來似乎是合乎邏輯的推理：詩是典型意義上的靈感的產物。[59]詩原為神界的珍品，[60]旣是神所鍾愛的娛樂，又是神比人優越的象徵。神把詩和做詩的靈感賜給了世上的聰明人，使凡骨肉胎的芸芸衆生得以在勞動之餘分享神的愉悅。富於想像力的古希臘人從一開始就把他們的藝術觀和原始神學結合在一起，用簡單然而卻是耐人尋味的方式表達了對美的嚮往和對神的敬畏。

「忘恩負義」不是美德，「貪神之功」更是天理難容。詩人是領情的；他們爽快地承認成功的保證或「秘訣」在於神的助佑，並用優美的詩句充分地肯定了這一點。[61]隨著時間的推移，虔誠的祈求逐漸帶上了一些「行話」的色彩，對神之啓示的感激也逐漸具有了某種「套語」的味道。[62]但是，詩人不敢設想作為凡人的他們可以隨便否認或懷疑神的作用。時代的意識，代代相傳的古訓，本人的局限以及生存的需要，所有這一切都增強了詩人堅持神賦論的主動性。[63]荷馬是史詩的集大成者，但不是首創者。他和黑西俄得從前輩詩人那裡繼承下來的「遺產」無疑是豐厚的，其中大概包括一大批被當作「常識」或「事實」接受下來的行話和套語。當黑西俄得當衆聲稱是繆斯把唱詩的靈感送進他的心田並教會他唱誦動聽的詩歌時，[64]他絕然沒有開玩笑或胡弄聽衆的意思。詩人無法用神賦論以外的觀點解釋自己的創作心態，聽衆也不能接受懷疑神賦論的觀點，想像和事實在這裡成了可以理解的同義語。

在神祇面前，詩人不能不表現得十分謙卑。受傳統和習慣的驅使，詩人甚至沿用了一些只要稍加思索便會覺得非常荒唐的提

法。比如，他們不僅承認靈感是神賦的，而且還把說什麼和怎麼說的決定權也拱手讓給了「無所不知」的神。⑥參加特洛伊戰爭的希臘聯軍來自各個不同的部落。詩人承認，要是沒有神的助佑，他就是長著如簧之舌也不能準確無誤地一一介紹各路軍旅的情況，因為對遙遠的往事，凡人除了聽過一些傳聞以外，幾乎一無所知。⑥黑西俄得承認自己沒有多少航海經驗——一生中除去過一次歐波亞(Euboia)外，再無旁的乘船遠遊的經歷。儘管如此，他仍然想講一講關於航海的事，因為繆斯已教會了他怎麼說。⑥即使在詩人有了較強的自我意識以後，他們仍然不敢完全否認神的作用。對神的恭維儘管帶上了更多的行話色彩，但仍然是必須的。品達自稱是繆斯的使者，巴庫里得斯(Bakkhulidēs)則「自封」為繆斯的「侍從」(therapōn)。

在古希臘，哲學的興盛並沒有以神賦論的消亡為代價。米利都的自然哲學家們似乎沒有批評過神賦論。畢達哥拉斯、巴門尼德和恩培多克勒的論述中既有理性的閃光，也有靈感的火花。德謨克里特提出了作為唯物論的理論基礎的原子論，但同時也承認做詩需要靈感。⑥哲學在經過長期的思辨以後，終於認識到靈感是不同於理性思考的另一種可能產生巨大作用的精神力量。事實上，柏拉圖哲學排除了對靈感進行系統研究的可能性。在《伊昂篇》裡，柏拉圖否認詩人有獨立思考和周密構思的能力；詩人只有在受到神的感召時才會產生澎湃的詩情——「神攝走了詩人的理智，使他們成為神的代言人」。神要人們知道，「是神，而不是精神恍惚的詩人在向他們誦說精彩的詩行。」⑥當然，此時的神賦論已失去了早先的樸素，它反映了理性的困惑和哲學的迷惘。

儘管靈感是神賦的，但能夠如此通神的卻只是少數人。詩人對神的「感激」固然是出於誠意，但其中多少也帶點抬高自己的意思。能夠在神的授意下工作是令人羨慕的，僅憑這一點即可使平頭百姓們自嘆弗如。神利用詩人的喉舌顯耀威勢，詩人則扯起神的大旗謀求生計。神和詩人可謂互為倚靠，各取所需。靈感帶來的自豪感如果膨脹到一種不合適的程度，就會使詩人忘記祖傳的克制和謙卑。從神賦論到天才論畢竟只有一步之遙。在宣揚天才論方面，品達是當仁不讓的代表。他自豪地宣稱：天資聰穎是最好的稟賦，但許多人卻只能通過師從他人爭得名譽。⑦有天賦者詩才橫溢，而依賴於別人教授的詩人卻只能在無謂的冥思中消磨時光。⑦一自品達起，天賦的高低似乎正式成了評判詩人的一條標準。《奧林匹亞頌》2中的一段話被後人看作是對西蒙尼得斯和強調學而成才的巴庫里得斯的嘲諷：聰明人憑天分即可知曉許多事情，而通過學而知之的人只能像烏鴉那樣對著宙斯的神鷹噪叫。⑦在西方文學史上，這大概是天賦和技藝之爭的第一個回合。⑦

　　古希臘人不僅有離奇的想像，而且還有崇尚理性的傳統和嚴肅對待生活、實事求是的現實主義精神。體現在詩學理論中，現實主義意味著承認人的作用（即人的思維、辨識能力和創作潛力）和規則的重要性（即技藝的作用）。希臘詩人很早即表現出渴求實現自我價值的願望。黑西俄得在《神譜》裡提到了自己的大名，⑦《阿波羅頌》的作者自稱是一位來自基俄斯的盲詩人，⑦阿爾克曼也在一首詩裡寫進了自己的名字。⑦

　　一位頭腦清醒的詩人不會因為強調神賦論而完全抹殺技藝的作用。如果他真的以為只要躺在床上靜等神明的啟示，而無須經

過艱苦的勞動便可獲得巨大成功的話，嚴酷的現實馬上會提醒他要麼改變主意，要麼丟掉詩人的飯碗另謀出路。詩是神給人的恩賜，詩人的成功離不開神的助佑，對這些荷馬至少沒有認真懷疑過。但是，對那個時代的詩人來說，做詩和誦詩實在不是一件輕鬆的事。新的（字母）文字剛剛產生，包括荷馬在內的吟遊詩人基本上還是靠耳聞心記來履行自己的責職。⑦史詩的格律是工整的，而為了照顧格律的規整，詩人必須掌握大量的詞彙，包括許多生活中不用或少用的詞句。史詩內容豐富，情節複雜，人名地名俯拾皆是，要記住這一切，不掌握一點竅門，不依靠某些規律性的東西，恐怕是不行的。做詩不易，記詩亦難，對其中的苦楚，作為身體力行者的荷馬，一定會比作為旁觀者的我們有更深切的感受。一個不懂格律、不懂做詩的技巧、沒有驚人的記憶力的人，是不能成為詩人的。⑱當俄底修斯打算懲治斐彌俄斯(Phēmios)時，後者振振有詞地申訴道：我的故事是神賜的，而我是「自學成材的」(autodidaktos)。⑲在荷馬看來，神的恩賜和詩人本身的努力似乎並不矛盾。Autodidaktos 暗示了詩人的工夫和技巧，說明了掌握技巧和發揮技術優勢的重要性。詩人絕不是無所作為的。做詩和唱詩需要特殊的本領和技巧，詩人是有一技之長的實幹家。事實上，荷馬把詩人歸入了 dēmiourgoi 之列，也就是說，和先知、醫生和木匠一樣，詩人是用自己的本領為民眾工作的人。⑳在《奧德賽》第 11 卷裡，阿爾基努斯讚揚俄底修斯像一位吟唱詩人一樣把故事講得繪聲繪色(epistamenōs)，㉑黑西俄得在形容自己的詩才時亦用過這個詞。㉒《奧德賽》8. 489 中的 kata kosmon（「安排巧妙」）可能既指詩的內容，亦指詩的結構。在

《赫耳梅斯頌》裡，阿波羅對赫耳梅斯（此時還是一個嬰兒）居然能夠製作和彈撥豎琴感到詫異：「這是什麼技藝(tekhnē)」？⑧顯然，這裡的 tekhnē 指做詩和彈奏的技巧。⑭

　　黑西俄得曾把做詩比作編織(rhapsantes aoidēn)，阿爾卡伊俄斯(Alkaios)和品達也把做詩比作組合或「詞的合成」(thesis)。⑤阿里斯托芬直截了當地指出：詩（指悲劇）是一種技藝。⑧巴庫里得斯和品達不僅把詩人比作編織者和組合者，而且還把他們喻作工匠、建築師和雕塑家。⑦在《蛙》裡，詩人是懂行和務實的製作者。⑧做詩是一件業務性很強的工作，它要求詩人熟悉典故，精通音律。寫詩是一種合成，它要求詩家有藝人的敏捷，工匠的靈巧。做詩是一種要求品質、也講究品質的活動，粗製濫造不會產生優質的、經得起推敲的作品。巴庫里得斯認為，做詩的知識可以通過學而得之，所以詩人應該善於學習——這一點無論在過去還是現在都是正確的。⑨即便是對自己的天資信心很足的品達，似乎也在某種程度上贊同做詩需要技巧的觀點。作為對天才論的補充，品達亦提過一些符合「技藝論」的看法，比如，他認為詩人應該接受訓練，通過學習逐步掌握做詩的技巧。品達也重視經驗，認為真正的成功是用辛勤的勞動(pronos)換來的。⑩

　　詩的名稱也間接地表明做詩是一件需要技藝的工作。Rhapsōidia 含有「編織」之意，⑪ mousikē 意為「繆斯的藝術」，epopoiia、poiēsis 和 melopoiia 等詞也都包含「製作」的意思。⑫

　　亞里斯多德知道，寫詩不能完全依靠技藝；有成就的詩人總有一些屬於「素質」方面的東西。他尊重和推崇荷馬，不僅因為荷馬掌握了其他詩人無法與之比擬的高超技藝，而且還因為他有

過人的天賦。如同在其它方面一樣，在編製情節這一點上，荷馬
——不知是得力於技巧(dia tekhnēn)還是憑藉天賦(dia phusin)——
遠比他的同行們高明。⑬亞氏喜愛荷馬的作品，稱頌荷馬「像神一
樣」出類拔萃。⑭在論及荷馬的出身時，他甚至接受了極富傳奇色
彩的說法。⑮詩是靈感的產物。⑯寫詩，沒有過人的感知能力不
行，麻木不仁更不行。「詩是天資聰穎者或感情狂熱者的藝術」。⑰
亞氏承認，在如何使用隱喻這點上，詩家無法師從他人。⑱

　　但是，有天賦不等於就有詩。一位詩人之所以值得讚揚，是
因爲推出了高水平的作品，而一部作品之所以被譽爲傑作，是因
爲它具體地體現了一些可供人分析、總結、參考和借鑑的東西。
詩人的成功在於（不管是有意還是無意地）遵從了某些做詩的原
則或規則。荷馬是值得推崇的，因爲他了解做詩的目的，諳熟做
詩的訣竅。亞氏不否認天賦的作用，但卻不是靈感至上論者。亞
氏認爲，詩人的工作從很大的程度上來說是技術性的，寫詩需要
用到大量的本行知識。既然寫詩是有章可循的，詩人就可以通過
學習不斷提高自己的寫作技巧。⑲亞氏強調技藝的指導作用，注
重寫詩的方法和程序，不厭其煩地告誡詩人應該注重什麼，避免
什麼，明確地指出了詩評的標準和內容。在他看來，一部粗劣的
作品是沒有多少技術性可言的(atekhnos)。從某種意義上來說，
《詩學》是一本關於如何寫詩和進行詩評的「實用手冊」(prag-
mateia)。

　　《詩學》所表述的做詩需要技巧的觀點，是對柏拉圖的神賦
論的間接駁斥。亞里斯多德希望用理性的、務實的觀點解釋詩的
性質和類型，闡明詩的生成和發展過程，分析組成詩的成分以及

這些成分的特點。亞氏的觀點是明確的：㈠詩是可以研究的，因為它是一種製作藝術；㈡這種研究應該照顧到詩歌本身的特點；㈢沒有必要把對詩的研究「升格」為對形而上學的研究。亞氏沒有說過詩即哲學，也沒有說過詩人就是哲學家。但是，他不認為詩和哲學是勢不兩立的「敵人」，⑩也不認為詩是哲學的一種消極的反襯。在他看來，詩包含了向哲學趨同的傾向，因為它克服了歷史的局限，為哲學在更高層次上的求證提供了經過初步加工的、具有一定普遍意義的素材。作為一種技藝，詩可以在哲學的思辨體系內體面地占有一個應該屬於它的位置。

【注　釋】

① 據傳俄耳斐烏斯是俄伊阿格羅斯（Oiragors，一說阿波羅）和繆斯卡莉娥珮(Kalliopē)的愛子。俄耳斐烏斯生前與神祇交往密切；死後，繆斯為他舉行了葬禮，宙斯把他用過的豎琴置於天界，以示對他的紀念（詳見 I. M. Linforth, *The Arts of Orpheus*, Berkeley: University of California Press, 1941, pp.9－10）。

② 參考《奧德賽》1. 336; 4. 17; 8. 43, 87, 539; 16. 252; 17. 359; 23. 133, 143; 24. 439。當然，荷馬不會真的把德摩道科斯和斐彌俄斯等同於神；theios 一類的詞在當時已具套語或固定修飾語的性質。用於詩人的其它讚詞包括 periklutos（「名聞遐邇的」）、eriēros（「忠誠的」）、hērōs（「英雄」）和 laoisi tetimenos（「受人愛戴的」）等。

③ 參考《奧德賽》1. 65, 196, 284; 2. 27, 323, 394; 3. 121; 4. 621, 691 以及《伊利亞特》1. 176; 2. 196, 445 等處。

④ 參見 M. R. Wright, *Empedocles: The Extant Fragments*, New Haven:Yale University Press, 1981, p. 10。

⑤ 詳見《伊利亞特》13. 726ff.。

⑥ 《奧德賽》8. 64ff., 另參考 8. 43－45。

⑦ 同上，8. 475－481。

⑧ 《神譜》96。

⑨ 《奧德賽》1. 368－371。

⑩ 同上，8. 65－71, 106－109。事實上，並非每個詩人都能如此走運。斐彌俄斯的活動似給人「寄人籬下」之感——給求婚者獻藝似乎不是出於斐氏本人的意願。阿伽門農在出征前曾留下一位詩人（荷馬沒有提及他的名字）「看守」妻子克魯泰梅絲特拉，此人後來被埃吉索斯帶到荒島上餵了兀鷹（同上，3. 265－271）。有學者認為，在古希臘，大多數詩人的生活都比較困苦，其處境不會比乞丐好多少（參考 B. K. Gold, *Literary Patronage in Greece and Rome*, Chapel Hill: The University of North Carolina Press, 1987, p.15）。

⑪ 《奧德賽》11. 368, 17. 518－521, 21. 404－409。

⑫ 關於工匠、藝術家和理論家、政治家的關係，參考 Alison Burford, *Craftsmen in Geek and Romen Society*, London: Thames and Hudson,1972, pp.128－130。

⑬ 另參考 Bruno Gentili, *Poetry and Its Public in Ancient Greece*, translated by A. T. Cole, Baltimore: The Johns Hopkins University Press, 1988, pp.160－164。在公元前五世紀末的雅典，普通勞動者一天的收入約為一個 drakhmē。在公元前四世紀下半葉的厄琉西斯(Eleusis)，一般人一天的工資約在兩個至兩個半 drakhmai 左右。

⑭ 參考柏拉圖《拉凱斯篇》183A。

⑮ 在古羅馬，vates 既指祭司，亦指詩人(C. M. Bowra, *The Greek Experience*,

New York: The New American Library, p. 135)。Vates 以後被 poeta 所取代。

⑯ 參見 *Protrepticus* 7. 63。

⑰ 詳見 Robert Lamberton, *Homer the Theologian*, Berkeley:University of California Press, 1986, pp. 22－31。希臘神學的「創造者」不是先知,也不是祭司,而是藝術家、詩人和哲學家(F. M. Cornfor, *Greek Religious Thought from Homer to the Age of Alexander*, New York: AMS Press, 1969, p.xiii)。

⑱ 《形而上學》3. 4. 1000^a 9, 12. 6. 1071^b 27。另參考拉克塔提烏斯(Lactantius)*Divinae Institutations*5. 5,奧古斯丁(Aurelius Augustinus)*De Civitate Dei* 18. 14。

⑲ 參考 Walter Burkert, *Greek Religion*, translated by John Raffan, Cambridge (Massachusetts): Harvard University Press, 1985, p. 305。另參考希羅多德《歷史》2. 53。

⑳ 參見 *History of Greece*(in 10 volumes), London: John Murray,1903, 1. 11。

㉑ 《地理》1. 2. 17。

㉒ 《著名哲學家生平》9. 22。

㉓ 參見 Alice Sperduti, "The Divine Nature of Poetry in Antiquity",*Transactions of the American Philological Association* 81 (1950), p.235。

㉔ 《國家篇》10. 606E,另參考 595C。

㉕ 參考色諾芬《討論會》3. 6;另參考柏拉圖《普羅塔哥拉斯篇》325E。

㉖ 參考《蛙》686－687, 1009－1010, 1054－1055;《阿卡耳那伊人》500, 644－645, 654－658。

㉗ 另參考赫拉克利特 片斷 57。

㉘ 《神譜》93。

㉙ 參考 *Works and Days*, edited by T. A. Sinclair, Hildeshein: Georg Olms, 1966, p. xiv。

㉚ Aoidoi一般攜帶豎琴，表演時自彈自唱；rhapsōidoi一般不帶豎琴，代之以一根表示身份的節杖(A. R. Benner, *Selections From Homer's Iliad*, New York: Irvington, 1931, p. xvi)。儘管 rhapsōidos 有時可能略帶貶義，但在柏拉圖的著述中仍可指嚴格意義上的詩人。

㉛ 在阿瑟那伊俄斯看來，sophistēs 適用於任何詩人（《學問之餐》14. 632C）。當然，sophistēs 不是詩人的專稱。伊索克拉忒斯稱古希臘人仰慕的「七賢」為「智者」；索隆是第一位被譽為sophistēs 的人(*Antidosis* 313)。埃斯庫羅斯稱普羅米修斯為 sophistēs（《被綁的普羅米修斯》62），希羅多德亦把這一頭銜「授」給了索隆和畢達哥拉斯。阿里斯托芬和演說家埃斯基奈斯(Aiskhinēs)認為蘇格拉底也是一位sophistēs。據柏拉圖所敘，辯說家普羅塔哥拉斯認為俄耳斐烏斯、荷馬、黑西俄得等都是他的「同行」（《普羅塔哥拉斯篇》316D, 317B）。自公元前五世紀末起，sophistēs 常指「詭辯家」（參考 Jean Hatzfeld, *History of Ancient Greece*, translated by A. C. Harrison, New York: W. W. Norton,1966, p. 146）。

㉜ 參考希羅多德《歷史》1. 23; 2. 53, 116; 4. 13, 14; 6. 21；另參考阿里斯托芬《阿卡耳那伊人》65，《雲》881。

㉝ 483。

㉞ 參見《普希亞頌》10. 22 等處。另參考注㉚。

㉟ 品達《奧林匹亞頌》1. 15。

㊱ Mousikē 可以包括故事(logos)，詳見《國家篇》2.376E。

㊲ 參考《伊利亞特》18. 590－605，《奧德賽》8. 246ff.。

㊳ 參見《伊利亞特》1. 473－474, 22. 391－392。

㊴ 《伊利亞特》9. 189, 524－525。

㊵ 同上，1. 474, 603－604；《荷馬詩頌》3. 188ff.；《神譜》40－51。

㊶ 《奧德賽》8. 44－45, 17. 518－519。

㊷ 《政治學》8. 5. 1339b 22。

㊸ 《伊利亞特》18. 561ff.；另參考 490ff.。

㊹ 《奧德賽》8. 248。

㊺ 同上，1. 152。

㊻ 《伊利亞特》9. 186－191。

㊼ 參考附錄三第 1 段。

㊽ 有關神和英雄的傳說是希臘民族最初的歷史，「沒有一個希臘人會懷疑這一點」，儘管他們也知道傳說中摻雜著一些「不可信和互相矛盾的事情」(M. P. Nilsson, *Cults, Myths, Oracles, and Politics in Ancient Greece*, New York: Cooper Square, 1972, p. 14)。另參考第 9 章注⑭。

㊾ 詩比雕像更能經久（西蒙尼得斯 片斷 581）。詩是不朽的豐碑(monumenta)，比金字塔更經得起時間的磨煉〔參考賀拉斯《頌》3.30，普羅裴耳提烏斯(Propertius) *Elegiarum* 3. 2〕。古希臘人不僅生前珍惜自己的名聲，而且還希望死後也能受到人們的懷念。雕像、畫像、墓碑等是理想的紀念物。詩人 Turtaios 激勵人們：勇敢的人雖死猶生，他的業績將和墳墓一起永存。墓碑或墳墓等還是某種永久的「見證」。赫克托耳在向希臘將領們挑戰時說：如果他能在阿波羅的助佑下殺死一位希臘將領，他將剝去死者的盔甲，然後把屍體交還給希臘人。這樣，當後世的人們從海船上眺見死者的墳堆時，便會想到英勇善戰的赫克托耳，因為是赫克托耳戰勝並殺死了他。英雄赫克托耳的名字將因此而永遠活在人們的記憶裡（《伊利亞特》7. 89ff.）。

㊿ 在古希臘，詩的社會功用分兩種，即褒揚（epainos 或 ainos，動詞 epaineō 或 aineō）和貶斥（psogos，動詞 psegō，另參考《詩學》第 4 章注⑬）。參考 Gregory Nagy, *The Best of the Achaeans*, Baltimore: The John Hopkins University Press, 1979, pp. 222－242。

(51) 《奧德賽》8. 579－580。

(52) 瑟俄格尼斯 片斷 237。

(53) 詳見 T. B. L. Webster, " Greek Theories of Art and Literature Down to 400 B.C.", *Classical Quarterly* 33 (1939), p. 173。

(54) 《伊利亞特》6. 343－358。

(55) 《奧德賽》3. 198－199。

(56) 同上，24. 199－200。

(57) 同上，24. 196－198。關於詩的教育作用，我們在討論詩人時已經談過了。

(58) 參考《修辭學》3. 12. 1413b 13－14（另參考第 26 章注⑯）。

(59) 除了神（通常是阿波羅和繆斯）的啟迪外，詩興的來源還有蜜、酒等的「刺激」。《荷馬詩頌》中提到過蜜與做詩的關係(4. 560ff.)，品達亦說過蜜蜂在他的雙唇上塗蜜，使他唱誦起來口若懸河的話。另參考《伊昂篇》534A－B。阿耳基洛科斯酒後尤善做詩（見第 4 章注㉛）。

(60) 阿波羅和繆斯是神界的詩人和歌手（參考《伊利亞特》，1. 603－604）。詩是繆斯姑娘們飲用的「蜜」、「甘露」和「泉水」。

(61) 參見《奧德賽》1. 1－10（比較 8. 44, 64, 498; 17. 518; 22. 347 等處），另參考注(64)、(66)和(67)。

(62) 所謂「套語」，指某些相對固定的用語和一些反覆出現的、表示性質和屬性的詞語。

(63) 另參考 Werner Jaeger, *Paideia: The Ideas of Greek Culture*, volume 1, translated by Gilbert Highet, New York: Oxford University Press, 1945, p. 15。

(64) 《神譜》22－23。

(65) 參考 G. M. Grube, *Geek and Roman Critics*, London: Methuen, 1965, p. 3。

(66) 《伊利亞特》2. 484－492。

(67) 《農作和日子》649－662。古希臘人相信，任何可以通神的人都有不尋常的口才和「能耐」。在埃斯庫羅斯的《阿伽門農》裡，當歌隊對卡桑德拉的記憶力表示驚詫時，後者答道，她之所以能如此輕鬆地講述阿耳

戈斯的往事，是因為得力於阿波羅的助佑。

㉘ 參考第 17 章注⑧。

㉙ 534C－D。

⑰ 《奧林匹亞頌》9.100－102。

⑪ 《奈彌亞頌》3.40－42；參考《普希亞頌》8.44－45。

⑫ 《奧林匹亞頌》2.83－88。

⑬ 早在公元前五世紀，希臘人已意識到天賦、學習和實踐是獲取美德的不可缺少的條件(W. K. C. Guthrie, *A History of Greek Philosophy*, volume 3, Cambridge: Cambridge University Press, 1969, p. 457)。柏拉圖說過，要想成為一名成功的演說家，除了應有天分外，還要靠勤學和苦練（《法伊德羅斯篇》269D）。羅馬詩人和評論家們顯然也考慮過天資和技藝何者更為重要的問題，一般的意向是：對一位成功的詩人來說，天分(natura)、技藝或技巧(ars)和實踐(expercitito)缺一不可。有天賦而不重視學習，這種天賦是盲目的；愛學習但缺乏天賦，這種學習是事倍功半的；缺此二者，實踐是徒勞無益的〔參考普魯塔耳科斯《論兒童的教育》(*De Liberis Educandis*) 4B，《道德論》2〕。

⑭ 22。

⑮ 172。

⑯ 片斷 39。

⑰ 據 Milman Parry 的研究，荷馬史詩具有一切口誦史詩的特點，因此和南斯拉夫的口誦史詩一樣，是一種典型的口頭文學。帕里的學生 A. B. Lord 基本上同意老師的觀點，但認為荷馬亦可能請別人把自己的唱誦整理成文。

⑱ 無怪乎繆斯的母親名叫 Mnēmosunē（「記憶」）。

⑲ 即「自教自會的」（《奧德賽》22.347）。

⑳ 同上，17.383－385。

㉑ 368。

⑫ 《農作和日子》107。

⑬ 440－442, 447－448。

⑭ 參考 Rosemary Harriott, *Poetry and Criticism before Plato*, London: Methuen, 1969, p. 93。

⑮ 阿爾卡伊俄斯 片斷 204，品達《奧林匹亞頌》3. 8。

⑯ 《蛙》939。

⑰ 此類比喻在巴庫里得斯的殘詩裡至少可以找到三例，在品達的作品裡則更多（參考《奧林匹亞頌》6. 1－4；《普希亞頌》3. 113－114, 6. 5－9；《奈彌亞頌》3. 4－5 等處）。

⑱ 參考 762ff., 780ff.等處。

⑲ 參考 *From Achilochus to Pindar: Papers on Greek Literature of the Archaic Period*, edited by J. A. Davison, London: Macmillan, 1968, p.294。

⑳ 《奧林匹亞頌》8. 54－61，《普希亞頌》2. 72, 8. 73－76；另參考《奧林匹亞頌》4. 22，《普希亞頌》3. 73－76。

㉑ 比較動詞 rhaptō，「縫」、「縫接」。

㉒ 這三個詞在《詩學》中均有出現（見 1447ᵃ 13 譯文第 1 章第 5 行；1447ᵃ 10，第 1 章第 2 行；1449ᵇ 33，第 6 章第 13 行）。

㉓ 《詩學》第 8 章第 7－8 行。

㉔ 1459ᵃ 30（第 23 章第 13 行）。

㉕ 詳見 G. F. Else, *Aristotle's Poetics: The Argument*, Cambridge(Massachusetts): Harvard University Press, 1957, p.501。

㉖ 《修辭學》3. 7. 1408ᵇ 19。

㉗ 《詩學》第 17 章第 9－10 行。

㉘ 同上，第 22 章第 49－50 行。

㉙ 參考附錄七第 8 段及注㉒。

㉚ 參考附錄十三第 2 段。

正文索引

人名索引

作品索引

引言注釋和附錄索引

部分人名及神名索引

161, 164, 172, 173, 174, 176, 181, 183, 185, 186, 187, 188, 189, 193, 195, 197, 203, 206, 213, 240, 243, 246, 258, 260, 263, 271－273, 275－279, 281, 283－288, 293

十二劃

喬叟(Geoffrey Chaucer) 21
提摩瑟俄斯(Timotheos) 40, 41, 115, 153, 252
斐彌俄斯(Phēmios) 276, 284, 287
斯伽里格(Julius Caesar Scaliger) 15
斯忒西伯羅托斯(Stēsibrotos) 5
斯忒西科羅斯(Stēsikhoros) 108, 215
斯特拉堡(Strabōn) 18, 232, 277
斯塔西諾斯(Stasinos) 165
普拉同(Platōn) 96, 104
普茜阿絲(Puthias) (1)亞里斯多德之妻 3；(2)亞里斯多德之女 3
普魯塔耳科斯(Plutarkhos) 17, 18, 31, 52, 87, 110, 126, 232, 244, 270, 293
普羅米修斯(Promētheus) 92, 135, 290
普羅塔哥拉斯(Protagoras) 18, 35, 142, 154, 201, 235, 274, 290
萊托(Lēto) 137
萊耳忒斯(Laertēs) 79, 171
萊辛(Gotthold Ephraim Lessing) 16, 229
萊斯凱斯(Leskhēs) 165
菲利普(Philippos) 1, 17
菲洛克忒特斯(Philoktētēs) 91, 92, 161, 166
菲洛克塞諾斯(Philoxenos) 41, 252
菲洛梅拉(Philomēla) 122
菲紐斯(Phineus) 123
賀拉斯(Quintius Horatius Flaccus) 12, 15, 28, 127, 277
開瑞蒙(Khairēmon) 35, 100, 172, 280
雅典娜(Athēnē) 102, 116, 153, 166, 206, 214
黑西俄得(Hesiodos) 6, 39, 44, 90, 130, 135, 153, 181, 183, 206, 240, 243, 263,

265, 275, 276, 277, 279, 281, 282, 283, 284, 290

十三劃

塞那耳科斯(Xenarkhos) 33
塞奈卡(Lucius Annaeus Seneca) 100, 127
塞奈洛斯(Sthenelos) 159
塞諾克忒斯(Xenokratēs) 2, 6, 17
塞諾法奈斯(Xenophanēs) 6, 183, 277, 278
奧格(Augē) 102
奧瑞利阿努斯(Caelius Aurelianus) 128
瑟俄弗拉斯托斯(Theophrastos) 2, 5, 12
瑟俄格尼斯(Theognis) 243, 292
瑟俄得克忒斯(Theodektēs) 72, 90, 91, 101, 123, 133, 134, 280
瑟修斯(Thēseus) 79, 189
瑟提絲(Thetis) 117, 134
瑟斯庇斯(Thespis) 55, 57, 59, 249
蒂里特(Thomas Tyrwhitt) 10, 128, 137, 233
達西爾(André Dacier) 16, 225
達那俄斯(Danaos) 91, 133

十四劃

圖丟斯(Tudeus) 123
圖羅(Turō) 121
福耳庫斯(Phorkus) 135
福耳彌斯(Phormis) 60
維吉爾(Publius Vergilius Maro) 12, 167, 172
維托里(Pietro Vettori) 14, 19, 225 （另見維克托里烏斯）
維克托里烏斯(Victorius) 9, 19（另見維托里）
裴里克勒斯(Periklēs) 207, 276
裴奈羅珮(Penelopē) 71, 121, 124, 171, 175, 188, 280
裴洛庇婭(Pelopia) 101
裴洛普斯(Pelops) 100, 120

內容索引

希臘詞語索引

（用羅馬字母表示）

kalos 50, 51, 113; kalas 50; kalon 75, 242
kalōs 109; kalōs idein 79
kathairein 231; kathairō 230, 231
katharos 233
katharōs 233
katharsis 9, 19, 67，附錄六
katokōkhimoi 229
kekrēto 186
kentauroi 36
kheirotekhnēs 234
hkora 55
khorēgia 107
khorēgos 59, 107
khoreuō 55
khoros 55; khoron edōke 60
khrēsmos 113
khrēstos 113; khrēsta 113
kithara 30
kitharis 30
klea andrōn 278, 279; klea andrōn hērōōn 278
klinē 210
kōmazein 45
kōmē 45; kata kōmos 46
kommos 96
kōmōidia 44, 250, 251
kōmōidos 45
kōmos 250
koptein 96
kosmos 67, 151; kata kosmon 284
krazousin 161
krithē 154
kritikē 240
kubelē 229
kurion 152

L

laoisis tetimenos 275, 287
legein 68; dia legein 236
Lēnaia 85
lexis (1)言語、話語 57, 67, 68, 73, 95, 96, 141, 158；(2)表述 96；

(3)語言 145；(4)口語 162；lexin mimeisthai 162
logisikē 240
logos 31, 32, 33, 37, 53, 56, 60, 73, 114, 130, 141, 142, 148, 162, 188, 197,200, 201, 202, 239, 244, 290; akroatikoi logoi 4; apodeiktikos logos 71;ekdedomenoi logoi 4; epi tōn logōn 72, 73; ēthikos logos 71; hēdusmenōi logōi 66; logoi 33, 129, 175, 188,197; logos pseudēs 197; logous kai muthous 60; meta metrou logōi 60; pathētikos logos 71; Sōkratikoi logoi 33
Lukeion (to) 2
lura 30
lurikos 30
lusis 116, 132, 133, 181; luseis 183, 189

M

mallon 128
mania 128; maniai 128
manikos 128; manikoi 127
mathantein 50
margos 52
megethos 75, 76；（音量）142
mēkhanē 116; apo mēkhanēs 116
mēkos (1)時間跨度 61；(2)長度 76, 194
melikos 30
melodia 32
melopoiia 68, 285
melopoios 68, 278
melos (1)歌（唱段） 32, 35, 36, 37, 68, 95, 96, 194；kai melos 67；(2)肢 36，kholou melos 95；melē 36
men 147
menos 128
meros 29, 67, 94, 172, 194; merē 29, 53, 62, 67, 69, 94, 133, 141, 161, 171, 175
metabasis 88, 90

peripeteia 71, 90, 121
Phaiēkes 171
phainētai eulogōterōs 176
phallika 54
phantasia 238
pharmakon 268
phaula 54; phaulous 39
phēres 36
philanthrēpia 99
philanthrēpon 99
philia 91
philodoxoi 263
philos 148; philoi genomenoi 104
philosophēma 277
philosophoi 263
phobos 203; phobos kai eleos 203
phōnē 31, 145; phōnē akoustē 146
phormizein 30
phronēsis 69, 238
phusiologos 35, 213
phusis 54, 57, 173, 208, 235; dia
    phusin 286; hē de phusis telos estin
    54; kata phusin 29; phusei tiin 236
pleon 165
pleōn 186
plērēs 186
plethra 76
poiein 28, 29, 73; poiei 43
poiēma 28, 51
poiēsis 3, 29, 34, 51, 66, 278, 285
poiētēs 28, 34, 86, 278; eidōlou
    poiētēs 210; poiētēs pseudēs 264
poiētikē 28, 29, 142; en tois peri
    poiētikēs 9, peri poiētikēs 9, 28;
    poiētikē tekhnē 28
poion (to) 68; kata to poion 94; poi-
    as tinas 68; poious tinas 68
poiotēs 70
poleōs 153; polēos 153
polis 72, 153
politikē 72, 182
polumuthon 136
pōu 155

pragmata 70, 141
pragmateia 286
prattein 46; prattontōn 46
praxis 3, 33, 46, 66, 69, 88, 114, 198,
    212; praxeis 33; miktai praxeis
    219
prin 186
proairesis 66, 72, 114
problemata 181
prologos 57, 95, 250
pronos 285
pros tous agnōnas kai tēn aisthēsin 76
prosōdia 146, 185
psegō 291
pseudeis 263
pseudologia 273
psukhē 69, 71, 175; psukhē ēmōn
    175
psogos 51, 53, 59, 291; psogoi 51
psophos 145
ptōkheia 166
ptōsis 145, 148
Puthia (ta) 32, 175

R

rhapsōidia 36, 285
rhapsōidos 193, 278, 290; rhapsōidoi
    278, 290
rhaptō 294; rhapsantes aoidēn 285
rhēma 147, 148
rhēsis 57
rhētorikōs 72
rhuthmos 31, 32, 142

S

saturoi 56
sēmeia 124
sigunon 152
skēnē 92, 94; apo skēnēs 94; epi
    skēnēs 94; epi tēs skēnēs 94; epi
    tōn skēnōn 94; skēnai 94; ta apo
    tēs skēnēs 94
skeuē 154

部分參考書目

《詩學》原文、譯文及評注

Butcher, S. H. *Aristotle's Theory of Poetry and Fine Art*. New York: Dover Publications, 1951.

Bywater, I. *Aristotle on the Art of Poetry*. London and New York: Oxford University Press, 1909.

Else, G. F. *Aristotle's Poetics: The Argument*. Cambridge(Massachusetts): Harvard University Press, 1957.

——. *Aristotle: Poetics*, Ann Arbor (Michigan): The University of Michigan Press, 1967.

Epps, P. H. *The Poetics of Aristotle*. Chapel Hill: The University of North Carolina Press, 1942.

Fyfe, W. H. *Aristotle: The Poetics*. Cambridge (Massachusetts):Harvard University Press, 1953.

Golden, L., and Hardison, O. B. *Aristotle's Poetics*. Englewood Cliffs: Prince-Hall, 1968.

Gudeman, A. *Aristotele's Peri Poiētikēs*. Berlin: Walter De Gruyter, 1934.

Halliwell, S. *The Poetics of Aristotle*. Chapel Hill: The University of North Carolina Press, 1987.

Hardy, J. *Aristotle: Poetique*. Paris, 1952.

Hutton, J. *Aristotle's Poetics*. New York: W. W. Norton & Company,1982.

Janko, R. *Aristotle: Poetics*. Indianapolis: Hackett Publishing Company, 1987.

Kassel, R. *Aristotle de Arte Poetica Liber*. Oxford: Oxford University Pres, 1965.

Lucas, D. W. *Aristotle: Poetics*. Oxford: Clarendon Press, 1968.

Margoliouth, D. S. *The Poetics of Aristotle*. London: Hodder & Stoughton, 1911.

Pitcher, S. M. "Aristotle: On Poetic Art", *Journal of General Education* 7 (1952), pp. 56—76.

Potts, L. J. *Aristotle on the Art of Fiction*. Cambridge: Cambridge University Press, 1953.

Rostagni, A. *Aristotele Poetica*. Turin, 1945.

Telfor, K. *Aristotle's Poetics*. Chicago: Henry Pegnery, 1965.

Tkatsch, J. *Die arabische Übersetzung der Poetik des Aristoteles*. Vianna, 1932.

Vahlen, J. *Aristotelis de Arte Poetica Liber*. Leipzig, 1885.

其它著作

Barker, A. edited, *Greek Musical Writings*, volume 1, Cambridge:Cambridge University Press, 1984.

Beye, C. B. *Ancient Greek Literature and Society*, second edition. Ithaca: Cornell University Press, 1987.

Bowra, C. M. *Landmarks in Greek Literature*. London: Weidenfield and Nicolson, 1966.

Bremer, J. M. *Hamartia*. Amsterdam: Adolf M. Hakkert, 1969.

Burford, A. *Craftsmen in Greek and Roman Society*. London: Thames and Hudson, 1972.

Burkert, W. *Greek Religion*, translated by J. Raffan. Cambridge(Massachusetts): Harvard University Press, 1985.

Bury, J. B. *A History of Greece*. New York: The Modern Library,1913.

Carlson, M. *Theories of the Theatre*. Ithaca: Cornell University Press, 1984.

Collingwood, R. G. *The Ideas of History*. Oxford: Clarendon Press,1948.

De Romily, J. *A History of Greek Literature*, translated by L. Doherty. Chicago: The University of Chicago Press, 1985.

Dover, K. J. *Greek Popular Morality in the Time of Plato and Aristotle*. Oxford: Basil Blackwell, 1974.

Else, G. F. *Plato and Aristotleon Poetry*. Chapel Hill: The University of North

Carolina Press, 1986.

Gentili, B. *Poetry and Its Public in Ancient Greece*, Translated by A. T. Cole. Baltimore: The Johns Hopkins University Press, 1988.

Grube, G. M. A. *Aristotle on Poetry and Style*. New York: The Liberal Arts Press, 1958.

——. *The Greek and Roman Critics*. London: Methuen, 1965.

Guthrie, W. K. C. *A History of Geek Philosophy* (volumes 1 − 5).Cambridge: Cambridge University Press, 1962 − 1981.

Harriott, R. *Poetry and Criticism before Plato*. London: Methuen, 1969.

Jaeger, W. *Paideia: The Ideas of Greek Culture*, volume 1, translated by G. Highet. New York: Oxford University Press, 1945.

Jones, J. *On Aristotle and Tragedy*. Stanford: Stanford University Press, 1962, reprinted 1980.

Perters, F. E. *Greek Philosophical Terms*. New York: New York University Press, 1967.

Pickard-Cambridge, A. W. *The Theatre of Dionysus in Athens*. Oxford: Clarendon Press, 1946.

——. *Dithyramb, Tragedy, and Comedy*, second edition, revised by T. B. L. Webster. Oxford: Clarendon Press, 1962.

——. *The Dramatic Festivals of Athens*, second edition, revised by J. Gould and D. M. Lewis. Oxford: Clarendon Press, 1968.

Pollitt, J. J. *The Ancient Viwe of Greek Art: Criticism, History, and Terminology*. New Haven: Yale University Press, 1974.

Robins, R. H. *Ancient and Mediaeval Grammatical Theory in Europe*.London: G. Bell & Sons, 1951.

Sikes, E. E. *The Greek Viwe of Poetry*. New York: Barnes and Noble, 1969.

Wallach, L. edited, *The Classical Tradition*. Ithaca: Cornell University Press.

Weinberg, B. *A History of Literary Criticism in the Italian Renaissance*. Chicago: The University of Chicago Press, 1961.

亞里斯多德著作

《動物研究》(*Historia Animalium*)
《分析論》(*Analytica Priora*)
《分析續論》(*Analytica Posteriora*)
《論闡釋》(*De Interpretatione*)
《論動物的部分》(*De Partibus Animalium*)
《論動物的成生》(*De Generatione Animalium*)
《論靈魂》(*De Anima*)
《論題》(*Topica*)

《論詭辯反駁》(*De Sophistici Elenchis*)
《門類》(*Categoriae*)
《尼各馬可斯倫理學》(*Ethica Nicomachea*)
《氣象學》(*Meteorologica*)
《問題》(*Problemata*)
《物理學》(*Physica*)
《形而上學》(*Metaphysica*)
《修辭學》(*Rhetorica*)

柏拉圖論著

《辯護篇》(*Apologia*)
《法律篇》(*Leges*)
《法伊德羅斯篇》(*Phaedrus*)
《斐多篇》(*Phaedo*)
《菲勒波斯篇》(*Philebus*)
《高爾吉阿斯篇》(*Gorgias*)
《國家篇》(*Respublica*)
《克拉圖洛斯篇》(*Clatylus*)
《拉凱斯篇》(*Laches*)
《梅農篇》(*Meno*)

《梅奈克塞諾斯篇》(*Menexenos*)
《歐蘇代摩斯篇》(*Euthydemos*)
《普羅塔哥拉斯篇》(*Protagoras*)
《瑟埃忒托斯篇》(*Theaetetus*)
《提邁俄斯篇》(*Timaeus*)
《會飲篇》(*Symposium*)
《伊昂篇》(*Ion*)
《政治家篇》(*Politicus*)
《智者篇》(*Sophista*)

其它古文獻、作品

阿瑟那伊俄斯
《學問之餐》(*Deipnosophistai*)

第歐根尼‧拉爾修
《著名哲學家生平》(*Philosophoi Bioi*)

賀拉斯
《詩藝》(*Ars Poetica*)

朗吉諾斯
《論崇高》(*Peri Hupsous*)

帕里尼烏斯
《自然研究》(*Natura Historia*)

普魯塔耳科斯
《道德論》(*Moralia*)
《人物對比》(*Vitae Parallelae*)

色諾芬
《回憶錄》(*Memorabilia*)
《討論會》(*Symposium*)

希羅多羅
《歷史》(*Herodoti Historiae*)

西塞羅
《論神之性質》(*De Nature Deorum*)
《論演說家》(*De Oratore*)
《演說家》(*Orator*)

修昔底德
《伯羅奔尼撒戰爭史》(*Thucydidis Historiae*)

埃斯庫羅斯、索福克勒斯、歐里庇得斯及阿里斯托芬現存作品及品達詩頌

荷馬
《伊利亞特》(*Ilias* 或 *Iliad*)
《奧德賽》(*Odusseia* 或 *Odyssey*)
《荷馬詩頌》(*Homērou Humnoi*)

黑西俄得
《農作和日子》(*Opera et Dies*)
《神譜》(*Theogonia*)

片　斷

Diehl, E. *Anthologia Lyrica Graeca*. Leipzig, 1942 – 1952.

Diels, H., and Kranz, K. *Die Fragmente Der Vorsokratiker*, twelfth edition. Dublin, Zürich, 1966.

Kock, T. *Comicorum Atticorum fragmenta*. Leipzig, 1880.

Nauck, A. *Tragicorum Graecorum fragmenta* (Supplementum Adiecit Bruno Snell). Georg Olms, 1964.

Page, D. L. *Poetae Melici Graeci*. Oxford, 1962, 1975.

Rose, V. *Aristoteles Pseudepigraphus*. Leipzig, 1886.

Wehrli, F. *Die Schule de Aristoteles*, volume 2, *Aristoxenos*, second edition. Basel and Stuttgart, 1967.

Wilamowitz-Moellendorff, U. *Griechische Dichter fragmente*. 1907.

後　　記

　　本書正文的翻譯主要參考了德國學者 R. 卡塞爾校勘的 *Aristo-telis De Arte Poetica Liber* (ΑΡΙΣΤΟΤΕΛΟΥΣ ΠΕΡΙ ΠΟΙΗΤΙΚΗΣ, Oxford University Press, 1965, reprinted lithographically in Great Britain from correctd sheets of the firts edition, 1966)。釋譯中參考了 J. 瓦倫、S. H. 布切爾、I. 拜瓦特、A. 馬戈琉斯、A. 古德曼、A. 羅斯塔格尼以及 G. F. 埃爾斯等學者的校勘本。

　　為了便於讀者理解，我對譯文作了較為詳盡和涉及面較寬的注釋。「引言」部分介紹了亞里斯多德的生平、他的哲學體系和詩評著作，以及《詩學》的形成、流傳和影響。「附錄」包括十四篇長短不一的文字，對一些重要概念作了闡釋，簡要地介紹了史詩、悲劇等藝術形式的產生和發展的概況，對柏拉圖和亞里斯多德的詩學思想作了一些有針對性的剖析和闡述——所有這一切或許將有助於讀者加深對《詩學》及其內容的了解，為進一步閱讀或研究古希臘乃至西方詩評和文評論著，架起一座捷達和立體的橋樑。

　　楊伯翰大學(Brigham Young University)的歐克斯(Harold R. Oaks)教授熱情關心和支持了此項研究工程的進行；馬基(Thomas W. Mackay)教授和布里克曼(Daniel R. Blickman)副教授曾就某些疑難點的釋譯提供過有參考價值的意見。商務印書館哲學編輯室武維琴和陳小文先生審讀全稿。藉此機會，本人謹向各位先生表

示衷心的感謝。

　本書的出版，功在學界，責在一己。誠望各界讀者同仁不譏膚淺，不吝指正。

　　　　　　　　　　　　　　　　陳中梅

詩學 ／ 亞里斯多德(Aristotelēs)著；陳中梅譯注,
-- 初版. -- 臺北市 ： 臺灣商務, 2001[民90]
面 ； 公分. -- (Open ; 2:33)
譯自：Peri poiētikēs
ISBN 957-05-1717-4(平裝)

871.31   90011283

OPEN系列／讀者回函卡

感謝您對本館的支持，為加強對您的服務，請填妥此卡，免付郵資寄回，可隨時收到本館最新出版訊息，及享受各種優惠。

姓名：_____　　性別：□男　□女

出生日期：____ 年 ____ 月 ____ 日

職業：□學生　□公務（含軍警）　□家管　□服務　□金融　□製造
　　　□資訊　□大眾傳播　□自由業　□農漁牧　□退休　□其他

學歷：□高中以下（含高中）　□大專　□研究所（含以上）

地址：_____

_____

電話：（H）_____（O）_____

E-mail:_____

購買書名：_____

您從何處得知本書？
　　□書店　□報紙廣告　□報紙專欄　□雜誌廣告　□DM廣告
　　□傳單　□親友介紹　□電視廣播　□其他

您對本書的意見？（A/滿意　B/尚可　C/需改進）
　　內容_____　編輯_____　校對_____　翻譯_____
　　封面設計_____　價格_____　其他_____

您的建議：_____

_____

_____

臺灣商務印書館

台北市重慶南路一段三十七號　電話：（02）23713712轉分機50～57
讀者服務專線：0800056196　傳真：（02）23710274・23701091
郵撥：0000165-1號　E-mail：cptw @cptw.com.tw
網址：www.cptw.com.tw

100臺北市重慶南路一段37號

臺灣商務印書館 收

對摺寄回，謝謝！

- -

OPEN

當新的世紀開啓時，我們許以開闊